百年中国女性文学作品选

乔以钢 总主编

主　编●许　航
副主编●陈琰娇

哈尔滨

图书在版编目（CIP）数据

百年中国女性文学作品选. 电影文学 / 乔以钢总主编 ; 许航分册主编. -- 哈尔滨 : 黑龙江大学出版社, 2023.12
ISBN 978-7-5686-0929-6

Ⅰ. ①百… Ⅱ. ①乔… ②许… Ⅲ. ①中国文学－现代文学－妇女文学－作品综合集②中国文学－当代文学－妇女文学－作品综合集③电影文学剧本－作品集－中国－现代④电影文学剧本－作品集－中国－当代 Ⅳ. ①I216.1 ②I235.1

中国国家版本馆 CIP 数据核字（2023）第 013185 号

百年中国女性文学作品选·电影文学
BAINIAN ZHONGGUO NÜXING WENXUE ZUOPINXUAN DIANYING WENXUE
许 航 主编 陈琰娇 副主编

责任编辑 于 丹 高楠楠
出版发行 黑龙江大学出版社
地 址 哈尔滨市南岗区学府三道街 36 号
印 刷 哈尔滨市石桥印务有限公司
开 本 720 毫米 ×1000 毫米 1/16
印 张 26.75
字 数 371 千
版 次 2023 年 12 月第 1 版
印 次 2023 年 12 月第 1 次印刷
书 号 ISBN 978-7-5686-0929-6
定 价 107.00 元

本书如有印装错误请与本社联系更换，联系电话：0451-86608666。

总　序

乔以钢

《百年中国女性文学作品选》是国家社会科学基金重大项目"《中国女性文学大系》及女性文学史研究"(17ZDA242)的阶段性成果。课题组在广泛搜集、系统整理二十世纪初至今百余年来中国女作家不同文体创作的基础上,精选部分优秀篇章,多侧面呈现出中国女作家的创作成就,为读者展示出五彩斑斓的文学景观。

一

文学创作是人类精神生活的重要方式之一,负载着极为丰富的历史文化信息,其中包括人们在社会实践中的生命感受和性别体验。关于这一点,通常不难取得共识。然而,在此基础上如果提出"女性文学"的命题则常会遭遇质疑:文学属于全人类,为什么要专门将其与"女性"连在一起谈论呢?

实际上,我们如果能够客观地看待女性在世界范围内所具有的共通性的历史地位,不回避这个性别在父权社会中总体上居于从属地位的基本事实,就不难理解,女性的文学活动作为性别弱势群体的一种表达方式,被视为具有特定人文内涵的观照对象是不无道理的。

在漫长的历史进程中,女性始终是人类文化活动的参与者。从古希腊抒情诗人萨福的诗作,到中国最早的诗歌总集《诗经》中出自女作者之手的篇章;从日本紫式部的小说《源氏物语》、清少纳言的散文集《枕草子》,到墨西哥女诗人索尔·胡安娜、美国女诗人安妮·布雷兹特里特的创作;从十九世纪英国女作家简·奥斯汀、乔治·艾略特、勃朗特姐妹,法国女作家乔治·桑,到二十世纪初的中国现代女作家…… 不同时代、不同地域的文学女性,以不同的民族语言谱写出异彩纷呈的篇章,在人类审美之旅中留下了宝贵的印记。然而受宗法制影响,曾长期存在男尊女卑、男主女从、男外女内的等级观念和社会运行机制,反映在各类历史叙事作品中,女性的文学创作活动或被湮没,或难以得到公正的评价。二十世纪上半叶,在妇女解放运动和新文化思潮的推动下这种状况开始发生改变。时至今日,涉及性别平等的社会制度和思想文化建设已取得重大进展,越来越多的人认识到,性别问题反映着人类文明的程度,女性创作除了具备一般意义上的文学功能之外,还蕴含着对性别平等的诉求。从这个角度来说,女性在文学活动中的创造既是中华民族文化史的有机构成,具有不可替代的人文价值,同时也是一种符合时代进步要求,具有文化批判和文化建设双重意义的文学现象,无疑值得关注。

不可否认,女性文学这一命题的展开与性别差异有着密切的关联。这里所说的差异,以不同性别之间的生物学差异为基础,同时强调社会文化建构的重要作用。不过,性别差异并不能构成具体作品的面貌及其价值的决定性因素,因为任何一部文学作品都是诸多因素复合作用的结果,它很可能包含“性别”,但并非止于“性别”。

为此，我们在阅读和谈论具体创作时应顾及整体，而不是仅据作品流露的性别倾向做出判断。事实上，阅读丛书收录的作品可以了解到，百余年来的中国女性文学不仅生动地传达了与性别生存相关的体验，而且切入广阔复杂的社会生活，在艺术方面做出了不拘一格的尝试和创造。这里，性别视角作为阅读和理解作品的途径之一，只是提示我们自觉关注文本中常被忽略的性别文化内涵，而并不否认这些创作本身所具有的多样性特征。

二

冰心曾说："世界上若没有女人，这世界至少要失去十分之五的'真'、十分之六的'善'、十分之七的'美'。"（《〈关于女人〉后记》）这虽然是一种主观性颇强的描述，却也间接地透露出作者对具有真、善、美品性的女人的期许。百余年来的女性创作未曾受限于传统文化有关女性性别的思维定式，而是以缤纷的艺术生命力敞开了宇宙自然和人类生活的景观。她们的文字跨越地域，穿越时空，描摹世间万象，抵达人性幽微，其中有深邃的历史、鲜活的现实以及流动的心灵世界，蕴含的内容极为丰富。丛书所展现的正是女作家笔下色彩绚丽的文学世界的一个缩影。

首先，"人"的主体意识的觉醒，是百余年来中国女性文学创作最为鲜明、具有划时代意义的特征。此前，古代才女往往以抒写个人生活际遇和情感为中心，缠绵多思，多愁善感。十九世纪末二十世纪初，秋瑾等人的创作注入了女性人格意识，辐射开阔的社会领域。在"五四"催生的新一代女作家身上，进一步体现出时代的影响，小说、诗歌、散文、戏剧等各类文学体裁的创作中都有女作家的身影。在反映女性境遇的同时，她们以强烈的参与意识面向社会，展现出迥异于旧时才女的精神视野。社会责任感和历史使命感的增强，塑造了女作家崭新的人生气度，拓展了其创作思维空间。二十世纪三四十年代以后，相当一部分女作家的文学实践汇入带有社会革命色彩和民族解放斗争气息的文学主潮，其社会性主题突出并得到长期延续。二十世纪八十年代，文学的发展进入新时期，文学女性的主体意识空前增强，其创作在启蒙主义、人道主义思潮引领下焕发出新的生机。自那时至今四十多年来，女性文学创作大大地突破了传统的狭小格局，以独立的人格精神和鲜明的艺术个性在中国文坛上绽放光彩，而且产生了世界性的影响。

其次，来自生命本体以及社会文化涵育的性别意识，在女性文学创作中有着或隐或显的体现。从这套丛书收录的作品可以看出，一方面，在特定的历史环境中，部分女作家倾向于将女性命运融入对国家、民族命运的关注，她们突破传统文化脉络中的女性书写方式，既没有以个人生活为中心，也不曾限于对妇女解放的诉求，而是关注大时代的社会风云。另一方面，部分女作家自觉关注女性的受压迫命运以及传统历史文化在她们身上留下的痼疾，在作品中揭示礼教和社会恶势力对女性的戕害，同时对女性自身进行严肃的自审和反思，昭示着女性精神的成长。在这样的过程中，作者的性别意识程度不同、形态各异地渗透到创作活动中，对作品的思想文化内涵产生了深刻的影响。

最后，开放而多元的审美倾向，才华横溢的艺术创造，可谓百余年来中国女性文学实践的重要收获。不难发现，女性文学的现代性演进是全方位的，其思维空间的拓展、文学观念的更新，带来了传统审美模式的突破和艺术表现的新变。现代女性文学突破了传统才女文学的情感倾向和审美趣味，取而代之的是多元的审美倾向和绚烂的艺术风貌。其植根于中华民族的历史和现实，萃取传统文学的精华，包括尝试赋予旧有的文学形式以新的内容；与此同时，女作家们以积极的心态从世界文学经典中汲取营养，将丰饶的文学想象力和创作才华运用于不同文学体裁的实践中，奉献出了风采各异的作品。

三

本丛书萃取二十世纪初至2020年间中国女作家的优秀之作，依体裁进行编排，分为小说、诗歌、散文、戏剧文学和电影文学五种，共十二卷。各卷大体依作家出生及作品发表的时间进行排序；对作品的版本择善而从，文末注明具体出处。需要说明的是，丛书对中华人民共和国成立之前的作品，侧重文献整理，在编辑出版过程中，除订正明显讹误之外，字词、标点、句法尊重原文予以保留，不做调改。

由于丛书篇幅有限，我们在编选时重点收录中、短篇作品；与此同时，对包括长篇作品在内的女性文学创作概貌在各册“前言”中择要加以介绍，以便读者了解各类体裁和不同时期女性文学创作的整体面貌、主要成就及特征。

担任丛书各册主编的是来自国内多所高校、在女性文学研究领域取得重要成绩的学者，同时也是国家社会科学基金重大项目“《中国女性文学大系》及女性文学史研究”各子课题的负责人及主要成员。具体情况为：

小说（第一、二卷）：刘堃（南开大学）

（第三卷）：董丽敏（上海师范大学）

（第四、五卷）：马春花（中国海洋大学）

（第六卷）：郭冰茹（中山大学）

诗歌：李润霞（南开大学）

散文：吕若涵（福建师范大学）

戏剧文学：苏琼（厦门大学）

电影文学：许航（北京电影学院）

我们期待这套丛书的出版，有助于从特定的角度丰富读者对中华民族优秀传统文化资源的认知，并为基于性别平等观念的文学史写作及学术研究提供参考。

前　言

许航

我们把“电影文学”作为文学的一种样式收录进这套女性文学丛书当中，首先有必要对电影与文学的关系，以及“电影文学”在中国的历史发展进行一个简单的回顾。20世纪80年代初，我国电影界、评论界曾经展开了一场关于电影与文学关系的讨论，其中一方认为，电影是“文学的分支”“文学家族的一员”，是一种“用电影手段完成的文学”，应看重其“文学价值”。[①] 另一方则坚持电影作为艺术具有独特性、独立性，强调“电影特性”使电影成为一种具有独立美学品格的艺术样式，提出“是否电影这门独立艺术的灵魂只能托附在文学的躯体上才能生存”的疑问。[②] 包括袁文殊、钟惦棐、邵牧君、李少白、余倩等在内的当时国内著名的电影理论家都加入了这场争论。对中国电影界来说，这场“电影文学”的论战，比当时“电影语言的现代化”“电影民族化”的讨论更带有根本性的意义。[③] 这场争论始终没有明确的结论，而对电影与文学关系的探讨

---

① 这一派的代表人物是张骏祥、荒煤，参见张骏祥：《用电影表现手段完成的文学》，载《电影通讯》1980年第11期，荒煤：《不要忘了文学》，载《电影剧作》1982年第1期等。

② 这一派的代表人物是张卫和郑雪来，参见张卫：《“电影的文学价值”质疑——与张骏祥同志商榷》，载《电影文学》1982年第6期，郑雪来：《电影文学与电影特性问题——兼与张骏祥同志商榷》，载《电影新作》1982年第5期等。

③ 参见郑雪来：《电影文学与电影特性问题——兼与张骏祥同志商榷》，载《电影新作》1982年第5期。

一直是构成中国电影艺术研究的重要命题之一。

中国电影自发展之初，就与小说、戏剧有着密切的联系，早期的电影工作者很多都是从文学等行业中跨行而来。他们在从事电影创作的同时也兼习文学。电影被称为“影戏”，创作者天然地把电影与文学联系在一起。在“五四”新文化运动，特别是20世纪30年代左翼文学兴起以后，新文学、左翼文学所取得的成就，很大地影响了电影的创作，各种文学思潮、创作观念和方法都为电影创作提供了灵感。

此外，苏联电影的“文学观”，也对中国电影产生了很大影响。苏联早期的电影导演，如爱森斯坦等，更注重电影的视觉造型和蒙太奇叙事功能。20世纪30年代以后，苏联电影开始更注重强调自身的社会文化职能，“电影文学”开始在特定的意识形态传达中发挥重要作用。苏联电影在其创作体系内部设置“文学部”，它成为为影片提供思想和艺术创作保证的重要部门之一。苏联电影的文学观不仅影响到中国左翼电影的创作，对其他流派和风格的影片也产生了一定影响。1949年以后，新中国电影的生产和管理也在很大程度上借鉴了苏联的方法，如设置“文学部”，而这一部门一直到20世纪90年代中后期，才随着电影市场发生的变化慢慢地退出历史舞台。在很长的一段时间里，电影文学作品和小说、诗歌等文学作品一样，发表在电影文学类或其他类别的文学、电影杂志上。

20世纪90年代以来，电影与文学的关系发生了新的变化，尤其是电影体制中“文学部”的衰落以及原来刊登电影剧本的杂志阵地的逐步萎缩，均使电影剧本和文学渐行渐远。再加上电影市场竞争中对剧本内容保密性的高度重视，电影剧作很少再作为文学作品被单独发表。但这一时期，电影和文学的关系却依然紧密，一方面，剧本作为“一剧之本”的地位一直被强调，另一方面，文学改编作品一直在电影市场中占据着重要位置。

在这样的背景下，本书所收录的电影文学作品主要指在书刊上发表的供读者阅读的剧本，有的更侧重剧本的文学性、可读性，有的更侧重电影的视听因素，更多地展现“电影语言”，甚至导演的阐释。此外，我们的选本中也包括早期的电影“本事”“说明”，在早期电影胶片、剧本遗失的情况下，这些资料为人们提供了电影的蓝本。

女性创作者从中国电影初兴之时起，就参与了电影的创作，并留下了电影文学作品。据现有的考证，中国第一位女性电影编剧是濮舜卿，她作为编剧创作了《爱神的玩偶》《月老离婚》等作品。艾霞、胡萍等人也参与了电影文学的创作。但从整体上看，在新中国成立之前，女性电影编剧的作品并不多见。在文学界声名鹊起、后来参与电影创作的著名作家张爱玲可谓是这一时期女性电影编剧中最重要的人物。她早期曾与桑弧合作《太太万岁》《不了情》，后来又创作了《情场如战场》《一曲难忘》《南北一家亲》等电影剧本。

新中国成立后，中国电影经历了电影传统与新化的融合，电影人也在变革中经历成长与改变，女导演、女编剧得到了新的机会。女编剧们在承袭传统中力求创新，但也和当时的中国电影一样面对着种种约束。这一时期，在特定的社会和历史语境下，女编剧的创作基本上呈现出“无性化”状态，女性意识只得“在政治与社会的夹缝中隐秘流露”①。革命题材和儿童题材成为这一时期女性编剧创作中的重要内容。

20 世纪 70 年代以后，在时代转折和女性意识逐渐萌发的双重背景下，我国在 20 世纪 80 年代涌现出了一批优秀的女编剧，如李玲修、王静珠、严亭亭、康丽雯、姚云、韩兰芳、石楠等。一些女性作家参与了编剧创作，如谌容、乔雪竹、彭名燕、丁小琦等。同时，也有身兼编剧与导演的女性创作者，如张暖忻、黄蜀芹、史蜀君、陆小雅、广春兰、刘苗苗等。这一时期的女性电影文学创作，一方面摆脱了很多历史因素造成的约束，另一方面还未背负过大的市场压

① 孙晓虹：《历史与女性的抒写——二十世纪八十年代以来华语电影女编剧创作论》，复旦大学博士学位论文，2007 年。

力，产生了一批经典的作品。如《赤橙黄绿青蓝紫》《人到中年》《青春祭》《十六号病房》等作品，不仅反映了时代的面貌，也体现了女性对生活细致深入的观察。

进入20世纪90年代，社会转型和经济发展既给女性电影创作带来了更大的自由，也带来了更多的挑战。活跃在80年代的一批女性作家依然坚持创作，新的力量也源源不断地加入，如彭小莲、李少红、肖茅、苗月、王浙滨、孟朱、思芜、宁瀛、宁岱、杜丽鹃……在市场的压力之下，在个体意识的进一步彰显下，这一时期的女性电影创作走向了多元化，《找乐》《民警故事》《假装没感觉》《与往事干杯》《妈妈》《那山那人那狗》等作品展现了社会转型过程中不同个体的境遇和心理。

跨入新世纪以后，经过市场长时间的磨砺，那些既能适应激烈的市场竞争，又能保持自己创作特色的女编剧、导演又贡献了一批新的优秀作品，如薛晓路的《海洋天堂》《北京遇上西雅图》、马俪文的《世界上最疼我的那个人去了》等。此外，还有一些更加年轻的女编剧加入了创作队伍，她们的表现令人惊艳，如鲍鲸鲸、袁媛、白雪、滕丛丛、韩家女、李媛、许伊萌……新生力量的创作风格更加多样化，对性别问题的态度也体现出一种新的自觉。她们的作品正等待着观众的品评和时间的淘洗。

从整体上来看，女编剧的创作既体现时代特征，也凸显出艺术家的创作个性。作为历史社会中发展的个体，女编剧和男编剧一样，都在体验着由社会、历史发展所带来的创作内容、创作观念、创作手法上的变化，并将她们的体验在作品中展现出来。同时，她们的作品也体现出其作者独特的价值观、审美观。我们的选本涵盖了一百多年来不同时期的女性电影文学作品，虽然前文中已经以时代发展为线索对其进行了整体的勾勒，但实际上的创作情况远比这复杂得多。同样地，我们也发现女性编剧创作的一些较为普遍的特性。如对女性自身的关注，包括婚恋、家庭、工作等，这些内容经常是女编剧笔下戏剧冲突的展开点。又如对个体的关注，总体上来说,女编剧更愿意将关注点放在大时代中的个体身上,更多地以小人物去折射大时代。再如对细节的重视,女编剧的创作一般更加注重对细节的锤炼,描写更加细腻、生动……在中国电影发展的历史长河中,女编剧的创作既体现了电影创作思潮、历史的变迁,也展现了她们的独特魅力。

从本书所选的作品来看,《爱神的玩偶》系由濮舜卿创作的同名话剧剧本改编而来,通过描写一对爱而不得的主人公而对传统的包办婚姻提出控诉,塑造了一批反映时代特征的女性形象,体现了作者对性别问题的观察和思考。

《现代一女性》是早期中国电影女星艾霞的作品。《现代一女性》塑造了一位为爱不惜一切代价的"现代女性",她热衷于"摩登"生活,作风大胆。该剧本主要突出了"爱情"与"金钱"的矛盾,以"现代一女性"的经历来揭示社会的不公。可惜,艾霞的创作和她的生命一样耀眼但短暂。1934 年 2 月,艾霞吞服鸦片自杀。后蔡楚生以其生平为素材编导了影片《新女性》,由上海联华影片公司摄制,于 1935 年公映。

林蓝的《祖国的花朵》是早期儿童电影中的重要代表作品。影片主要讲述了一个老师和同学们帮助两位"落后"的同学改掉身上的缺点、融入班级大集体的故事。这也是一个时代性很强的文本,人物、情节设置在今天看来都有些概念化,但它从一个角度反映了当时的价值观和教育观。

杨沫的《青春之歌》作为这一时期长篇小说创作的典型文本,与《创业史》《红旗谱》等一并成为该时期现实主义文学创作的重要代表作。成功的电影改编更为它赢得了广泛而持久的关注。《青春之歌》的电影文学剧本由创作者杨沫亲自操刀,其在改编过程中吸取了小说发表后所引起的大讨论中的许多意见。从各个方面看,这部作品都是新时期女性电影文学创作的重要代表作。

乔雪竹担任编剧的《山林中头一个女人》《十六号病房》《女人·TAXI·女人》等作品都产生了一定的影响。本书所选的《十六号病房》将知青故事放置在一间小小的病房内，桑青青、常琳、田进军和刘春桦四位病友来自不同的家庭且有着迥异的性格，在这间病房里，她们的价值观、人生观发生了碰撞，使她们每个人都开始重新思考人生。

《穿红衬衫的少女》是电影《红衣少女》的文学剧本，由《红衣少女》的导演陆小雅根据铁凝的小说《没有纽扣的红衬衫》改编。安然的故事之所以迷人，就在于其选择了从天真无邪的少女的视角来反思时代变革中的种种问题。在作者看来，"少女"是美的代名词，讲述安然的故事就是"对真诚——美的渴望"①。小说和电影都引起了广泛的社会讨论，甚至女主人公的"安然服"一度成了流行服饰，社会在"红衣少女"身上寄托了对青年一代的理解和想象。

《春桃》是对许地山同名小说的改编，展现了20世纪30年代劳苦民众的艰难生活，同样也突出了春桃所面临的人生道路和价值观的选择。剧本由女性编剧根据男性作家的小说改编而成，两相对照，在一些细节的处理上可见女性编剧在人物塑造、性格刻画上的细腻之处。

《九香》主要刻画了一个为儿女奉献一生的母亲形象。在九香的丈夫去世并留下五个未成年的子女后，她含辛茹苦养大了孩子们。虽然也曾想追求自己的幸福，但在母职面前她还是选择放下了一切。读来令人动容，也促人反思。

《那山那人那狗》改编自彭见明的同名短篇小说，却在改编中体现了女性编剧的温情与细腻。从一条蜿蜒的邮路出发，呈现了中国式的父子温情和家庭人伦，展现出浓浓的人文关怀。它在思芜的创作中，不是最浓墨重彩的作品，却回味悠长。

《世界上最疼我的那个人去了》由导演马俪文根据作家张洁的同名长篇散文改编，主要展现一对母女在母亲最后时光里的相处，故事整体上很简单却扣人心弦。散文因其文体特征，非常考验改编

---

① 《红衣少女——从小说到电影》，中国电影出版社1987年版，第291页。

者对剧情、叙事节奏的掌握，作者在改编中很好地把握了这一点。

在本卷的编选过程中，我们既注重作品的艺术性，也考虑作品的时代性，既考虑它的文学价值，也考虑它的视听特征，力图通过本卷的编选，为读者呈现百余年来中国女性作家在电影剧作方面的成就，并展现其作品在各个历史时期的基本面貌和发展轨迹。但碍于篇幅有限，对于许多优秀的作品只能忍痛割爱，希望在未来的工作中能进一步弥补当前的遗憾。

百年中国女性文学作品选

电影文学

◇濮舜卿

濮舜卿(1902—?),浙江杭县(今杭州市余杭区)人,现代剧作家,中国电影史上第一位女性电影编剧,作品主要有《人间的乐园》《爱神的玩偶》《黎明》《她的新生命》《月老离婚》《蔡公时》等。濮舜卿的作品多以表现女性成长和人的觉醒见长。其中,《人间的乐园》曾被收录进 1935 年由赵家璧主编的《中国新文学大系·戏剧集》。

爱神的玩偶

本事

“唉！我们都是爱神的玩偶啊！”这句话是剧中主人翁处于“强不爱以为爱”和“有爱而不能爱”的境遇时的痛苦的呼声。本剧所发挥的，也就是注重在这两点上。明国英是一个聪明果敢的女子。她的父亲明群，继母余氏，仗着父母绝对的权威，强迫她和平素无爱情，性情不相合，志趣不相投的表哥余仁——余氏的内侄——结婚。她屡次反对，终无效果；她为争她的幸福与自由起见，就愤然离家，到杭州民本小学校做教员去了。

逝水韶光，转瞬就到了暑假。国英此时所特别感触的，就是有家归不得的痛苦。不解事的小学生偏向她问长问短，使她的脑海的思潮更卷起许多不堪回首的辛酸往事。民本小学校长罗人达是她的好友，因她有家归不得，就请她到自己的家里去住。国英到了罗家后，不知不觉地就和人达的弟弟人俊发生了恋爱。但是她因为余家的婚事没有解决，心里总觉得她不能爱人俊，有时明知人俊向她表示爱，她却故作不知。她的精神上，既受了一种“强不爱以为爱”的痛苦，现在又加添了一种“有爱而不能爱”的烦恼。人俊明知国英是订过婚的人，但是他却不因此而减少他爱她的热度。

有一天，罗家来了一个不速之客。客名秦笠翁。他是人俊的岳丈，但是人俊从来是不认识他的。这件离奇的公案，是二十余年前所成立的，秦笠翁与人俊的父亲，在二十年前，是很好的朋友，他们曾指腹为婚，后来因乱事，彼此分散，传闻秦氏全家遇难，所以罗老太也就没有向人俊提及这件事。其实秦氏与罗氏分散后，就避居远方。后来笠翁打听得罗家仍迁回杭州，所以特自送他的女儿玉贞来完婚。人俊对于这种儿戏的婚姻起初是极力反对的，无奈他的老母以死来要挟他，他只得暂时承认来安慰老母。人俊此时所处的境遇，正和国英所处的一样。爱神把他们这样玩弄，未免太恶作剧了！

明群自从国英出走后，自然是非常焦急。余家因体面的关系，也想替余仁另娶，但是余仁贪恋国英的美貌，不肯答应。他本是一个口是心非，朝秦暮楚的纨绔少年，对于国英并无真心恋爱。后来他结识了一个比国英更美的荡妇，因此就把国英放在脑后。有一天他领了荡妇到一家珠宝店去买首饰，刚刚给明群看见。明群发觉他的劣行后，就叫他到家里去教训了一顿。余仁因此怀恨在心，回家就对父亲挑拨是非说明群看余家不起，他愿意与国英退婚。他的父亲信之本来是主张替他另娶的，听了儿子的话，果然就到明家去把他们两家的婚约解除。明群因此也气愤成病，后悔他当时不应把女儿逼得太甚。

有一天国英在报上见了父亲病危，找她回家的广告，就匆忙整装，与罗家作别。人俊与国英是同病相怜而又相爱的人，他们话别的时候，除泪眼相看之外，竟找不出一句话来互相安慰。那时的情景，只可以“流泪眼观流泪眼。断肠人送断肠人”两句诗来形容他们的万一。国英回到家，已是明群最后的呼吸的时候了。明群见了国英只说了半句话：“英儿！你回来了。余家的婚事……”就死了。

余家既和国英退了婚，国英本可自由。不想明群遗嘱上，国英得享受两万元的遗产。余家因此就和余氏密谋，否认退婚的事。他们恐怕国英第二次逃婚，就买通疯狂院的医生，诬她是狂人，生生把她关在疯狂院里，以便将来等她的丧服期满后，实行逼婚。

星月将沉，夜深人静，有一男子救国英逃出疯狂院。这个男子就是罗人俊。人俊自从与国英别后，许久没有得着她的消息，所以他就到上海找她。他到了明家之后，从明家的忠仆王升处探知她被关在疯狂院。所以他就装作一个疯子，故意使警察送他到疯狂院去，等到夜里，他才把国英救出。他们出了疯狂院后，国英就向人俊道："我们到哪里去呢?"人俊就毅然说道："我们到新社会去找新生活去!"国英点头微笑。他们就携着手向光明的路上前进。他们是有志的青年，终归是不肯做爱神的玩偶的!

说明

民本小学校教员明国英。——张秀影饰

学生：明老师！放假你回家去吗?

国英：小朋友！你的明老师是不能回家的。

明群——国英之父。——邢少梅饰

余氏——国英的继母。——邢半梅饰

国英：爹爹！我已经恳求你不止一次了，你如果可怜女儿，请早些把我和余家的婚约解除!

余氏：我的侄儿有哪一件配不上你?

余氏：老爷！如果你听她的话，可真把你的老脸也丢尽了。

国英：强不爱以为爱，是最痛苦的事情！我宁死也不……

明群："在家从父"古有明训。不要无理取闹!

父亲大人膝下敬禀者女宁负不孝之名免贻终身之戚从此远离故土寄迹他乡婚约不除无相见也肃此敬叩

金安

不肖女国英拜上

国英：妈啊！你不死，我何至……

民本小学校长罗人达——国英的好友。——翟绮绮饰

人达：英妹！我劝你把烦恼去开罢!

人达：到处能安就是家。你到我家里去不是一样的吗?

余仁——国英的未婚夫。——刘继群饰

信之——余仁之父。——易荫峤饰

信之:国英出走已经半年了。我屡次要把婚约解除,替你另娶,你总不肯,究竟是什么意思?

余仁:我总要想法把她找回来。不像她那样漂亮的人我不要。

王氏——人达的寡母。——陈疑梦饰

罗人俊——人达之弟,醒华大学学生。——雷夏电饰

余氏:你要一千块钱干什么?是不是又赌输了?

余仁:我有正经用处,请你暂时借一借罢!

荡妇贾琴。——王曼瑛饰

余仁:我到银行拿钱的时候,和总经理多谈了几句,所以来迟了。

明群:明天差人去叫他来,我教训他一顿!

余仁:她是……是我的姑母。

明群:哼!你以为我还不知道你干的好事吗?

余仁:你不要摆臭架子!谁是你管的?

人俊:英妹!我送你一个爱神,愿他常常伴着你。

国英:感谢你的厚意,我却不能领受。

人达:你知道他送你这个爱神是什么意思?

国英:别开玩笑罢!你要知道,我是一个被爱神所忘却的人。

人俊:我不因国英是订过婚的人而不爱她。

余仁:爹爹!姑丈太瞧我不起。我现在听你的话,愿意和国英退婚。

信之:对啦!我另外替你娶一个好的。

国英:唉!爱神!你明知我没有权利爱人,为什么偏叫人爱我?

明群:你也太不会管儿子了,让他在外面胡闹。

信之:哼!你太会管女儿,所以让她逃走了。

明群:好!好!好!我的女儿配不上贵公子,我们把婚约解除罢。

信之:求之不得。我已经把庚帖信物带来了。

秦笠翁。——包梦蛟饰

玉贞——笠翁之女。——火美丽饰

笠翁:玉贞!你快要做新娘了,怎么还不脱小孩子的脾气。你夫家的消息给我打听着了,他们新近才迁回杭州,我打算明天就送你去。

国英:鱼没有水是怪可怜的!

人俊:人没有爱,也和鱼没有水一样地可怜!

明群气出病来。

信之:不要胡闹!国英我尚且不要,怎能让你娶这种无耻的妇人?

明群:我不该逼英儿太甚!

王氏:哎哟!自从遭乱,我们分散后,听说你全家被贼杀了,怎么还……

笠翁:我们逃难之后,就在山东省的乡下住了十几年。现在因为玉贞大了,所以送她来和人俊成亲。

王氏:俗语说"是姻缘棒打不开",我们就早些选日子替他们完婚罢。

笠翁:我们住在宇宙旅馆。人俊回来请他去见我。

律师金明法。

明群:我要请金律师代写一张遗嘱。

余宦囊薄涩,有田百亩,房屋十间,以遗吾妻余氏。有现金万元,股票值万金,留付吾女国英。余身后事,务求简朴。此嘱。

立遗嘱人　　明　群
代笔人　　金明法
证明人　　明余氏

信之:听说你的姑丈病危,请律师立遗嘱,我要去看看他。

人俊:我什么时候订过婚?和什么人订过婚?

王氏:说来话长。我以前以为秦小姐被贼害了,所以没有告诉你。

罗秦两家指腹为婚，满月行聘。

人俊：父母一时高兴，断送儿女终身幸福。这种儿戏的婚姻，我誓不承认。

笠翁：什么话？哪有把二十多年婚约废除之理。你莫非嫌我穷吗？

人俊：无论老伯答应不答应，我一定不与没有爱情的人结婚。

玉贞：爹爹！他要退婚……我……将来还有什么面目做人？

笠翁：孩子！不要怕！有我在这里。

信之：可惜仁儿已和国英退了婚，不然这两万多块钱，也属余家了。

余氏：退婚的事情，只有我们三人知道。他病到神志都不清楚了，如果国英回来，我们可以把退婚的事情瞒过。

王氏：你看！你这样害人。如果你再闹，我就死在你面前。

王氏：我白养了你一场……

人俊：罢了！罢了！我答应就是了。

人俊：我要对你声明：这是我母亲娶媳妇，并不是我娶妻子。

第二天。

明国英鉴自汝离家余日夜思念今抱病甚危望见报速归

明群

人达：弟弟！事已如此望你不要有意糟蹋身体。英妹的父亲有病，她立刻就要回去。

人俊：英妹！我们都是爱神的玩偶啊！

人俊：你为什么强不爱以为爱，使有爱而不能爱？

流泪眼观流泪眼。

断肠人送断肠人。

以爱情当谐剧来演的荡妇，又与第二个配角合演了。

贾琴：你化装起来，简直是一个美女。

国英：爹爹！爹爹！国英回来了。

明群:英儿!……你回……来了……余家的……婚事已……

国英:爹爹!什么?余家的婚事怎样?哎哟!爹爹!爹爹!……

一星期后。

信之:国英有丧服在身,强迫她成婚是不合礼的。

余仁:迟了,恐怕她再逃走。

余仁:姑母!请你千万看守着她!

余氏:但是家里没有铜墙铁壁恐怕关她不住。

张媒婆。

张婆:本城倪副官家里有财有势,和府上门当户对,我想替大小姐做媒。

人俊:你这种人不知害死了多少青年男女!滚出去!

国英:王升!我回家后今天才有机会和你谈话,我走后,家里的情形怎样?

王升把退婚的事和余氏的阴谋告诉她。

王氏:人俊一定要等到大学毕业才肯结婚。

闲坐悲君亦自悲。

断肠人访断肠人。

第二天。

王升:罗少爷!小姐被关在疯狂院里。

人俊:好好的一个人,怎么会发狂?

余仁:胡医生替我想了一条妙计,由胡医生签字,硬说国英有病,把她软禁在疯狂院里,等她丧服满了,才接她出来成亲,这样我们就可以人财两得了。

余氏:小姐有病,我们现在送她到疯狂院去。

王升:他们的诡计我全知道,只恨我没有能力去救小姐。

她是一个因失恋而疯狂的人。

疯妇:没有爱就没有生命!没有爱就没有生命!没有爱就没有生命!

余氏:大小姐！请你安心住在这里。医生说你的病快要好了。

疯妇:贼婆！快把情人还我！

佣人:胡医生吩咐的,谁也不许见明国英。

人俊:“不入虎穴,焉得虎子。”

人俊:还我国英。

警长:他是一个疯子,我奉区长的命把他送来。

国英:俊哥！俊哥！我们是梦里相逢吗?

人俊:不！不！英妹！快跟我逃出疯狂院去！

国英:我们到哪里去呢?

人俊:我们到新社会去找新生活去！

有志的青年终归不肯做爱神的玩偶。

选自《中国无声电影剧本》,中国电影出版社 1996 年版

◇艾霞

艾霞(1912—1934),原名严以南,福建厦门人,少时随经商的父亲在北京定居、求学。1928 年,艾霞为逃避旧式包办婚姻只身出走,来到上海谋生。不久,她加入当时由田汉等人组织的进步文艺团体南国社,从事话剧演出活动,并利用业余时间学习绘画和诗歌写作,从而开始了她的艺术生涯。1932 年,艾霞考入明星影片公司,不久后因主演影片《旧仇新恨》崭露头角。后又相继出演《战地历险记》《春蚕》《时代的女儿》等影片。作为演员的同时,艾霞也经常在报刊上发表文章,与胡萍、王莹、陈波儿一起被誉为“作家明星”。1933 年因自编自演影片《现代一女性》而声名大振。1934 年 2 月 12 日,艾霞自杀身亡,年仅 22 岁。后上海联华影片公司以其生平为素材拍摄了电影《新女性》,于 1935 年公映。

现代一女性

（电影本事）

上海的夜，一个淫嚣的梦。

人，一大群，男，女，炉火，烟，昏乱的一室。“今朝有酒今朝醉”，乐吧，这世界是你们的。

葡萄，联合地产公司的职员，摩登的女性。小个子，聪明，美，泼辣。可是她患着流行的时代病，她要求刺激，用爱情的刺激来填补空虚的心。——偶然的邂逅，爱了一个男人。三年前她相识的，新闻记者，俞冷。

星期日，有闲有钱的狂欢，乐。穷的忙的，忙着愁着。热心的姑娘们趁着假日给工人子弟上课。葡萄小姐，今天约朋友在红村酒家聚餐。低斟，浅酌，陶醉的客，忘忧的笑，满座是年轻的贵客，俞冷也在内，当然。

刺激要强，爱要彻底，葡萄明白这个，凑个机会向俞冷坦白地透示了自己的心迹。他是结过婚的，并且爱他的妻，他踌躇了；但是没关系，她不在乎。彼此仅有着余闲的青春，谈恋爱是最好的玩意。

恋爱，恋爱，爱着吧！荡湖，游公园，爱的功课一样都少不了，让爱的甜酒醉了，也不辞。葡萄是彻底的，为了一心一意爱俞冷，对于拼命向她追求的联合地产公司经理老史的进攻也拒绝了。可是俞冷心里还有着不如意，谈恋爱是要钱的，当记者，薪水的收入不够花，何况家里的老婆玉如又来了信：孩子小宝病了，钱！

老史心里更不高兴。既然拒绝进攻，留着干吗！有能耐没事做的人多着呢，办事怕没人？滚，滚你的：一封退职书就从联合地产公司到了葡萄的手里。

小宝的病不轻，依了医生的嘱咐，玉如带着孩子到了上海。这一下俞冷可累了！孩子的病，要医；爱人的烦恼，要安慰；为了生活，要工作：人忙得分不开，钱尽从手里加快地溜，来的可没有。这一下他可真累了！

岂但他？葡萄近来也感着窘。一个新的经验告诉她：不只是生活，恋爱没钱也不行。——哪里来的钱呢？不容易！想想看，想想看，哦，有计划了：打个电话找老史去……

从老史的旅馆里出来，老史在某一方面满足了，她在经济上面也满足了。不但他们，俞冷也得到了葡萄的帮助，也有一半的满足了。她怎么有能力帮助他？他没有想。

意外的事还要发生：俞冷的孩子大宝又摔伤了，死了。接着报馆又把他停了职。他愁，可不怨，为什么要停职他明白，职务的荒废，活该！但首先把这消息带给了葡萄时，她却说："不要紧，也不用告诉妻子，每天上我这儿来办公好了。"生活费？她有她的办法。

好，干脆！现在时间，空间，尽生命所有的，都可以献给恋爱了。葡萄小姐要新的刺激，决定要和他离开上海旅行去。——这晚上，她又找着了老史。第二天清晨从老史那里出来的时候，皮袋里多了四千元的支票，连老史也不知道的，没法的办法中所得来的钱。

可是，旅行的还没有出发，床上的人可醒了：他发觉了他的损失。只要爷们心里愿，在女人身上花几个钱不心疼，你顾自己拿可不行。葡萄这样就犯事——是的，犯了法！法律是只许富人用文明的方法来抓钱，不许谁"非法"地拿富人的钱的。于是，隔日的报上就用新奇的标题把这事登出来了。

俞冷知道了这件事，奇怪，他恨透了葡萄！这行为是不对的，他这样想。何况意外的事还要发生：他的妻子发现了他另外的恋爱的秘密，离开他走了，正在这个时候。——恋爱，完了，老婆，走了。

颓废，耽乐，他，沉沦了。

在监牢里，永远隔在两个世界里的人却撞了头，葡萄巧巧地遇见了她的老朋友安琳。——这姑娘，有着前进的思想，革命的虔心。革命有时候也是“犯法”的，她会和葡萄凑在一起，有一个过去了的时期，她辛苦在教工人子弟读书的时候，葡萄恋爱正闹得起劲，她劝葡萄：不要把整个生命都托付恋爱。葡萄没有听。虽然如今大家都“犯法”了，她还老劝着她这些话。

一天，两天，一个月，两个月。时间是冷酷的刽子手，它杀死了多少人的幻想，用一柄锋利的、现实的刀。葡萄小姐如今也感得爱的空虚了：自己“犯法”是为了谁？俞冷也不谅解这个，你想想，这恋爱！

一天，两天，一个月，两个月……一年。

葡萄小姐出狱了。安琳说：“去吧，不要忘记了自己的使命！”——走了，巧！在门口她遇着了新闻：男犯当中的一个，在担水，面善得很。“怎么他也来了？”对！可不是他——俞冷！

可是，走，头也不回，她走了。她是出了狱，恋爱的牢笼再也囚不住她了；前面有的是光明的路，走，海阔天空。如今的葡萄已不是从前的葡萄了！

选自《现代一女性》，海豚出版社 2011 年版

◇林蓝

林蓝(1920—2002),河南汝州(原临汝县)人。1937 年抗日战争爆发后赴陕北延安,先后在陕北公学、抗日军政大学和鲁迅艺术学院学习,后任鲁艺文学系助理员。于 1945 年到东北解放区,做过《东北日报》的记者及《松江农民报》的编辑,并在这一时期创作了短篇小说《冷子沟的枪声》《桂屯的沉默》《红棉袄》《高三柱娶媳妇》等。1949 年后任北京电影制片厂编剧,后专门从事儿童文学创作,主要作品有小说集《红棉袄》,电影文学剧本《祖国的花朵》《赵小龙的故事》《宝衣》《红军桥》等。

祖国的花朵(节选)

第一章 幸福的节日

朝阳浴照着的天安门,庄严辉煌的天安门。一群鸽子响着哨音,闪亮着翅翼,飞掠过天安门楼脊上微飘云朵的晴空。

天安门的两边,东长安街和西长安街,枝叶初茂的街树下面,孩子们的队伍,红领巾的队伍,无穷无尽地不绝地走向天安门,涌进劳动人民文化宫和中山公园里去。

中山公园的门楣上挂着"庆祝六一儿童节游园大会"的巨幅横额。

中山公园内,古老的大柏树下,万紫千红的花圃边,流水潺潺的河岸上,到处都是一群一群的孩子们,唱歌的孩子们,跳舞的孩子们,使人眼花缭乱、数不清数不尽的孩子们……

沁人心灵的歌声,令人心醉的舞蹈,无价的幸福的欢笑,黄金的童年的快乐呵!……

柏树林里的亭子内外,有两群孩子在争吵。他们显然在争占这个亭子,这是市立一小五甲和四甲的同学。

五甲为首的是个穿一身水红衣裙、辫梢结着两朵雪白的缎带、面貌出众的漂亮的杨永丽。

"我们早就计划好了,"杨永丽望着四甲的李佩兰得意地扬一下她那漆黑的眉毛,把垂在胸前的粗大的辫子扔回背后去,"要在亭子这儿和志愿军叔叔联欢!"

"可是我先进来呀!"剪着短发的老实的李佩兰气愤地说。

"你先进来?"杨永丽尖牙利齿地顶上去,"你问问这亭子,它能证明吗?"

四甲的一个男同学刘小天走进亭子来,他声色俱厉地对着杨永丽说道:

"谁先进来就是谁先进来,还兴这么嚼嘴咬舌头地不讲理呀?"

"谁不讲理?"杨永丽向前走了一步,毫不示弱。

"你!"四甲的刘小天挺着胸脯气汹汹地喊,不由得握起拳头。

这时,亭子外边五甲的同学骚动起来。一个矮个儿、戴着顶破烂的鸭舌帽的男同学架着胳膊,左右分开人们,走进亭子里来。这矮个儿男同学往上掀一下帽檐,不慌不忙地向四甲的刘小天说道:

"五甲怕你还是怎么的!……要打个顶个!"

身个高大的刘小天,一见江林顿时气焰低了。但他故作强硬地向前迈一步道:

"四甲怕你还是怎么的!……"

像斗架前的公鸡似的,两个男孩子红着脸,叉着腰,静默而峙。

这时,一直站在五甲人群前边、生着一对机灵的大眼睛、翘着两根又细又短的小辫儿、手臂上挂着小队长符号的小刘菊,忙去拉那矮个儿男同学,一面着急地制止着:

"江林!江林!"

江林看也不看刘菊一眼,依然叉着腰,像钉在地上的木桩子一样纹丝不动。两边的人群都骚然地拥向前去,刘菊又着急地回过身来对五甲的人群说道:

"同学们,咱们另找地方,让给四甲好了……"

五甲的人群中嘁嘁喳喳,不少人赞同刘菊的意见往外走,可突然杨永丽又冲出来,往亭子中间一站说:

"让?四甲为什么不让我们呀?"

五甲的人群又乱了,大家嘁嘁喳喳,又有人往回走。

刘菊急得直挥手，说着什么，可是谁也没有听见她的话。

突然，人群后边有人喊道：

“梁惠明来了！梁惠明来了！”

大家一齐转身，向大道上望去。

傍着柏树林的大道上，一个女孩子飞跑而来。

这女孩子十二三岁模样，在她的雪白衬衫下面，飘动着亮蓝的裙子。她的两条短粗的辫子上结着两朵大红绸结，这绸结衬得她那敦厚的脸面更加红润。在这敦厚的脸面上，一双时刻微笑着的眼睛使人感到这样和善可亲。

女孩子一路跑，一路扬起挂着中队长符号的手臂喊着什么。

亭子内外，五甲的人群立刻高兴地喊：

“梁惠明！”

“梁惠明！”

梁惠明跑到大家跟前来，气喘不止地说道：

“志愿军叔叔来了！”

人群里腾起一片欢呼声，孩子们的脸上现出兴奋激动的表情，仿佛完全忘记了方才的争吵。

“同学们，快整队。”梁惠明拂一下额上的短发说，“冯老师和志愿军叔叔马上就到。”

人群唰地静下来。站在梁惠明跟前的刘菊低声向梁惠明说着方才发生的争吵。

梁惠明望一眼四甲的同学，转身向五甲的人群说道：

“同学们，咱们为个亭子，和四甲的同学争吵，待会儿还有脸见志愿军叔叔吗？”

人群没有一点声息。梁惠明又说道：

“咱们上藤萝架那儿去，大家赞成吗？”

“赞成！”

大家同声地喊，立刻一窝蜂地向藤萝架跑去，江林领头儿跑在最前边。

走在最后的杨永丽，一边走一边向从她身边跑过的梁惠明撇一下嘴，生气地嘟囔着：

“就你是好人！”

藤萝架下，志愿军叔叔杨志平正在给五甲的同学讲战斗故事。

杨志平叔叔穿着草绿色的军服，胸前挂着两枚功勋章。他朴实而又谦和，满脸带笑，健康的红润的肤色使他显得格外年轻和快乐。

“……李家发拖着受伤的腿爬到敌人碉堡跟前，”杨志平叔叔望着大家紧张的脸面说道，“他把最后一个手榴弹扔进碉堡的射口，轰隆一声，碉堡不响了。大家喊着‘杀呀！’冲向前去。”杨志平叔叔望着大家兴奋高兴的脸面，突然放低了声音。“可你们猜怎么着？敌人的机枪又从另一个射口响起来，子弹扑扑、扑扑，像雨点一样往下落，大家只好又趴下来，可刚一趴下，敌人的机枪却突然又不响了，嗨，简直像哑巴了，等大家冲到跟前一看，”杨志平叔叔望着大家注视着他的眼睛，停顿一刻，“原来是李家发同志用自己的胸膛扑在敌人的机枪射口上！”

大家在一刻感动的静默之后，才兴奋地鼓起了掌。

站在杨志平叔叔身边的冯老师——这是一个二十六七岁的女老师，穿着得异常整洁，在她的温柔的脸面上，流露着一种深深理解自己的责任并热爱自己的事业的庄重的表情——深有感触地向同学们说道：

“同学们，志愿军叔叔当中有多少黄继光式的英雄啊！志愿军叔叔们用生命和鲜血保卫着我们，所以，我们才能有今天的幸福愉快的节日。大家快把礼物献给杨志平叔叔，表示我们感谢的心意吧！”

大家一声欢呼，向杨志平叔叔拥过来。

梁惠明第一个走上前去，双手托着一个精制的锦盒，锦盒内珍藏着一枚她的学习优良奖章。

刘菊送上一方手帕，手帕上绣着一颗心和两行小字："这颗心，是祖国无数孩子的心！"

江林从别人肩头伸过手去，把他自己做的飞机模型丢到杨志平叔叔怀里。

杨永丽送给杨志平叔叔一张她自己画的画，这张画上画着一条鸭绿江，江这边是祖国丰饶的田野，江那边是遍地废墟的朝鲜，志愿军叔叔的队伍正跨过鸭绿江上的大桥，走向战火中的朝鲜土地。

杨志平叔叔应接不暇地接着大家的礼品，激动地连声道谢。

献完礼，冯老师招呼大家整队站好，孩子们自己的小乐队奏起了庄严的音乐。

梁惠明手托一条红领巾走出队来，踮起脚，给俯下身的杨志平叔叔系上，庄严地行了队礼。

梁惠明归至队前，又代表中队致辞道：

"亲爱的杨志平叔叔，这条红领巾代表着祖国无数少先队员的希望与感谢，请你把它带回朝鲜前线，送给战斗中立功的人吧！"

大家响起一片掌声。激动的杨志平叔叔还未开口，乐队奏起了快乐优美的曲调，队伍立刻散成圆圈，跳舞开始了。

冯老师陪杨志平叔叔站在圈子外边。

杨永丽在一阵节奏急促的音乐声中上场。她在场中心打起转儿，张开来的裙子红成一片，那两条长长的粗大的辫子带着雪白的缎结划成一个圆圈。随着缓慢下来的音乐，她踏起了缓慢的步子，她那扬起又落下的手臂犹如柔软的水波，她敏捷灵活地弹动着的手指使人好像听见那汩汩的流水声。杨永丽两眼闪闪发亮，完全沉醉在优美的音乐的旋律里了。

站在圈子外边的杨志平叔叔连连称赞道：

"跳得好！跳得好！"

杨志平叔叔又转脸问冯老师道：

"她叫什么名字？"

"杨永丽！"冯老师答。

“怎么没戴红领巾？”杨志平叔叔又问。

微笑从冯老师脸上消逝，冯老师沉吟一刻说道：

“这孩子聪明得很，不只跳舞唱歌好，功课也好，可就是……缺点比较严重……所以没有入队。”

杨志平叔叔脸上现出关切的神情，跟着又问：

“什么缺点？帮助她改嘛……”

“是啊，”冯老师稍现忧虑地说道，“只帮助她不够……我们班还有一个叫江林的，”冯老师指一指站在圈子里的江林，“调皮得厉害，怎么也改不了……”

杨志平叔叔朝冯老师指的方向望去，戴着鸭舌帽、颈上也没系红领巾的江林，正在碰瘦小的李相仁的胳膊，一面向正在跳舞的满面春风的杨永丽斜一眼，扬起眉毛，嫌恶地说：

“臭美劲！”

这时，音乐变了调子，刘菊、梁惠明相继登场，跟着大家全跳起来了。

小乐队起劲地演奏着，跳舞的圈子经过杨志平叔叔和冯老师身边，杨永丽突然从舞圈里出来，拉杨志平叔叔到舞圈里来，跟着，梁惠明也拉冯老师进来。

杨志平叔叔和冯老师同大家一起快乐地跳舞、唱歌。

杨志平叔叔亲切地望着和他对舞着的杨永丽说道：

“你叫杨永丽，是吧？”

杨永丽惊讶而又高兴地点点头。

跟着转到杨志平叔叔手中的舞伴是江林，杨志平叔叔充满兴趣地打量着江林问道：

“江林，你长大了想做什么呀？”

江林忽然站住，拍一下胸脯说：

“飞行员！”

杨志平叔叔又拉起江林的手舞开去，一面笑着说：

“好！那现在可得好好学习呀！……”

大家跳着，唱着，在极度兴奋的高潮中音乐停了。

大家又把杨志平叔叔围起来，杨志平叔叔激动地向大家说道：

“亲爱的小朋友们，今天和你们一起过这快乐的节日，真使我高兴！不久，我就要回朝鲜前线，希望你们好好学习，为着我们亲爱的祖国，一定要好好学习，而且要关心和帮助别人，使大家都学习得好。因为，光你自己，是不能把祖国建设起来的，对不对呀？”

“对！”

大家齐声回答。梁惠明掏出她的小本子，用工整的依然是儿童的字体在本子上写：

“为着我们亲爱的祖国，一定要好好学习，而且要关心和帮助别人。”

第二章　课堂上

清晨，梁惠明在空无一人的教室里做值日。

她敏捷迅速地把椅子翻转来，放到桌子上，然后戴上口罩，拿扫帚扫地。

小刘菊走进教室。

刘菊立刻去拿抹布，紧张地擦着玻璃。她擦着玻璃，不由得唱起歌来：

> 擦得好，
> 擦得好，
> 我们的玻璃擦呀擦亮了……

接着，江林和李相仁哇哩哇啦地吵嚷着走进教室。江林一面把书包往桌斗里放，一面还继续有声有色地、指手画脚地对李相仁说着：

“……杨志平叔叔呀，给我穿上志愿军的军服，教我开机关枪……后来不知怎么的，又碰上了张积慧叔叔，张积慧叔叔带我上了他的飞机，飞呀，飞呀，飞到云彩眼里去了……”

刘菊听着，回过身来，睁大惊奇的眼睛。梁惠明也停下扫帚，直起身来望着江林。可江林却像忽然停了的钟似的，静默不语了。江林到门后拿起一把扫帚就扫地，李相仁着急地问：

“后来呢？后来呢？”

“后来呀，”江林直起腰说，“后来飞机一个跟斗栽下去，唉呀呀，把我吓醒了，睁开眼一看，漆黑黑的，手一摸，还躺在床上……”

李相仁哈哈大笑，刘菊撇一下嘴说：

“瞎胡扯！”

梁惠明忍住笑说：

“快扫地吧，快扫地吧！”

大家紧张地做值日。扫完一排，再扫第二排时，江林忽然不扫了，他向梁惠明说道：

“这排留给杨永丽吧！要么就干脆全班讨论一下，决定她不做值日。”

“是呀，”李相仁跟着说，“她回回值日，回回迟到！”

梁惠明忙走过来扫，但也嘟起了嘴，边扫边说：

“快，快扫吧，马上摇铃了……不能因为杨永丽耽误大家上课呀。”

擦完了玻璃的刘菊和李相仁忙着往下放椅子，江林气呼呼地不说话，低头去撮土，值日做完了。

正在这时，杨永丽推门进来。大家一齐回身望着她。江林拿着撮土的簸箕一面往外走，一面说：

“远着点站，小姐，看脏了你的衣裳！”

杨永丽唰地红了脸。她左顾右盼，正想找点活儿应景，李相仁又走过来，嬉皮笑脸地冲她说：

“又是给你妈打酱油了吧？还是打醋？”

杨永丽气得噘起嘴，把书包往她的桌子上“啪”地一摔，一语不发地坐下来。

倒土回来的江林立刻接着说：

“要爱惜公物呵！你的书包不怕坏，桌子还怕坏呢。”

杨永丽气得脸都紫了。她紧闭着嘴，竭力忍住要掉下来的眼泪。

上课铃响了，同学们成群地拥进教室。

江林也入座，他和杨永丽是同桌。

杨永丽把江林伸过来的胳膊肘狠狠地推回去，拿起粉笔头在桌子中间画上一条“三八线”。

江林放下胳膊，毫不在乎地会意地一笑，低头去翻看他桌斗里的小人书。

冯老师挟着一垛作文本走进教室。大家无声息地敏捷迅速地起立又坐下。

冯老师把作文本放在讲桌上，从里边拿出一本，环顾一下大家说道：

“同学们，上次作文，梁惠明的最好。刘菊，你把第一段读给大家听听。”

全班同学钦慕的眼光立刻都向梁惠明投去，独有杨永丽大不以为然的样子，昂然地坐着不动。

梁惠明歉然地微红了脸，两眼盯视着桌上的铅笔盒。

刘菊是班上的朗诵专家。她不慌不忙地走向讲桌旁边，拿起作文本，用清晰的口齿读道：

“与志愿军叔叔的会见。”刘菊停顿一下：“这是我永久不能忘记的一天，在我们自己的快乐的节日里，会见了亲爱的杨志平叔叔。

“杨志平叔叔多么和蔼可亲呵！而他又是多么勇敢！他在一次战斗当中，把敌人扔过来的冒着烟的手榴弹又扔回去，他一个人打退了敌人十几次冲锋！

“杨志平叔叔还和我们一起跳了舞，临走时又讲了话。杨志平叔叔说：‘为着我们亲爱的祖国，一定要好好学习，而且要关心和帮助别人……'我听了心里真是惭愧,我是中队长,可对同学帮助得非常不够,今后,我一定按照杨志平叔叔的话行动起来!"

刘菊读到这里停住,教室里一片静默。

冯老师向大家说道:

"同学们,我为什么说梁惠明的作文好呢?这不仅因为她把杨志平叔叔的讲话写出来了,主要的还是她对杨志平叔叔的讲话有着深刻的理解,所以她联系到自己,并且下了行动的决心。"冯老师环顾一下大家望着她的注意谛听的脸面:"同学们,这就是说,从昨天和杨志平叔叔的会见里,梁惠明真正学到了东西。"

冯老师停住了话,大家再一次地向梁惠明望去。

冯老师又举起一本说道:

"这是杨永丽的,文字很流利,也很生动……"

大家又都向杨永丽望去,杨永丽的脸上立刻现出骄矜之色。

"但是,"冯老师接着说道,"只写些如何跳舞,所以就显得没有什么意义了。"

杨永丽唰地变了脸色,她两眼盯望着桌面,羞惭渐渐变成了不服气,她在心里一遍又一遍地对自己说:"偏心,偏心,冯老师偏心!"

冯老师发作文本,发过几本之后,喊到江林,冯老师把本子在讲桌上摊开,微微皱着眉头向江林说:

"江林!你这写的什么呀?"

江林站在讲桌前低下头。前边两排小个儿都站起来,探身看江林的作文本。嘴快的高桂云立刻喊道:

"哟!像大蚂蚁爬……"

一句话引得大家都拥向前边去看江林的作文本,冯老师摆手要大家坐好。

梁惠明关切地望着江林走回座位。江林低头坐下,用小刀狠狠地刻着桌沿。

杨永丽嘴角露出了得意的微笑,她夺下江林手中的小刀说:

"爱护公物呀!"

江林直起身子,傲然地看了杨永丽一眼。

冯老师的沉重的脸色立刻使教室里静寂无声。大家忽然又都同情起江林来,梁惠明频频地望着江林,那难过焦急的神色,就像是她自己犯了什么过错。

冯老师喊道:

"江林!"

江林站起来。

冯老师用充满着爱、责备与希望的目光望着江林,慈祥而又严厉地说道:

"江林,我相信你下次作文,一定会把字写好,对吗?"

江林有点难过地点点头。教室里静得好像能够听见彼此的呼吸。

冯老师摆手要江林坐下,又对大家说道:

"同学们,我们应当好好记住昨天杨志平叔叔讲的话——每个人不仅自己要学习得好,而且要关心和帮助别人。希望大家首先帮助江林,江林更应当对自己负起责任来。"

第三章　梁惠明和江林温功课

下午放学的时候。

操场上一片说笑声,孩子们你推我攘的,吵吵闹闹,正在排队回家。

校园里,树荫下,梁惠明和杨永丽站在喷水池边谈话。池子中央的假山石上,水泉犹如珍珠般喷洒下来,不时地溅落在她们的衣衫上。

梁惠明满脸带笑地说:

"杨永丽,冯老师不是要咱们帮助江林吗?我想来想去你帮助他最合适了,你们住一条胡同,又是同桌……"

"我还能帮助人?"杨永丽猛然接茬儿说,"我功课又不好……"

笑容从梁惠明脸上消失，梁惠明气得变了声调说：

“明明你功课好么，何必拿糖！”

杨永丽一手拉着挂在肩头的书包带子，得意地望着远处操场上正在集合放学的人群，冷冷地说：

“冯老师表扬谁，谁就去帮助吧……咱不配！”

梁惠明气得转身就走。走了几步，又回过身来，对愣在水池边的杨永丽说：

“瞧着吧，杨永丽，帮助江林的人有的是！”

梁惠明说着径自去了。

杨永丽向梁惠明的背影撇了一下嘴，自言自语地说：

“哼！谁不知道你是‘两道杠’①呀！……”

梁惠明飞快地走出校门，鼓鼓囊囊的书包在她背后微微颠动。

一个六七岁的小男孩紧跟着追出校门来。这男孩胖乎乎的脸上，长着一双带笑的和善的眼睛，很像梁惠明。他一边跑一边着急地喊道：

“姐！等我拿书包一块儿回家呀！”

梁惠明应声回转过身，扬着手向小男孩说：

“你自己回家吧，端午，我还有事呢……告诉爸，别等我吃饭呀。”

梁惠明又继续往前走，快到胡同口，梁惠明惊讶地站住，两个男孩子正滚在地上打架。

两个男孩子不相上下地你把我搬过来，我把你推过去，终于，一个把另一个按倒在地，骑在他的身上。

呀！那被按倒在地上的不正是四甲的刘小天，那骑在刘小天身上拭着汗的不正是江林吗？

梁惠明还没有叫出声，突然一辆汽车驶进胡同，向江林和刘小天开过来……

---

① 少先队中队长的标志是两道红色布条，“两道杠”在这里是指中队长。

“停住！”

梁惠明大叫一声，张开两臂向汽车跑去。

汽车猛地停住，司机探出头来，吓白了脸。

就在这当儿，刘小天乘江林回头看汽车的一时空子，翻身起来，狠狠地把江林摔到地上，拿起丢在墙根的书包，一溜烟跑出了胡同。

江林皱着眉头吃力地站起身，对着从胡同口回头探望的刘小天挥挥拳头，用蔑视的声调说：

“回见！”

汽车司机望着这情景苦笑一下，摇摇头，关上车窗，把车开走了。

又是吓，又是气，梁惠明一语不发，拾起丢在墙根散开了的书包和印着汽车轮胎的齿印儿的鸭舌帽递给江林。

江林这才发现了梁惠明，不好意思地接过书包，拍打着身上的尘土，微笑着戴上帽子，故作安然无事的模样。

两个人沉默地出了胡同，走在大街的人行道上。

江林望着思虑很重的梁惠明突然胆怯起来，他嬉皮笑脸地求告道：

“好队长，别告冯老师，饶我这一回，下回再不打了！”

梁惠明严肃而又认真地望着江林，一字一语地说：

“真不打还是假不打？”

“真不打！”江林斩钉截铁地说，两眼对直地望着梁惠明的眼睛。

“那我就一定不告诉。”

梁惠明慷慨地说，伸出她信任的手，江林紧紧握住，感激地摇了三下。

两个人愉快地往前走，梁惠明突然记起正事。

“江林，”梁惠明说，“上你家去，我们一块儿温功课好吗？”

江林一愣。

“好当然好……”江林为难地吞吞吐吐地说，“可就是我们家地方小……”

梁惠明信以为真，就说：

“那上我们家吧。”

江林摇摇头，叹口气：

“上你们家？我还得回家做饭呢！”

梁惠明恍然大悟，不禁失笑说：

“哦……你不愿意温功课就别找词啦。”

江林一本正经地、非常认真地说：

“哪能呢……我不过想自己一个人温好些。”

梁惠明笑着说：

“我可想两个人温，而且和你一块儿温！”

江林的家里。一间不大的屋子里放着两张床和一张桌子，墙壁上，一个积满尘土的老挂钟无力地嘀嘀嗒嗒地走着。

梁惠明看一下正指着四点的钟，在桌子前坐下来说：

“好吧，咱们开始温功课。”

江林也坐在桌前，硬着头皮打开书包。

他们温地理。梁惠明打开书本和笔记问江林道：

“你说说看，湖南省有一个什么湖？”

江林歪着头想了又想，最后不敢肯定地说：

“鄱阳湖？”

“哎呀！”梁惠明惊讶地叫道，“鄱阳湖在江西，湖南是洞庭湖呀。”

江林吐一下舌头，忙去翻书。忽然窗外响起敲叩声，江林侧耳细听，竭力遮掩着内心的焦急。

梁惠明完全没有觉察，她手按着书，热心地向江林说：

“本来，湖南省和江西省的地形很相像。湖南和江西都是南部多山北部是平原，长江从北边流过。湖南省有个洞庭湖，江西省有个鄱阳湖……”

江林心不在焉地听着，梁惠明话未说完，他就满脸恳求的神色说：

“我上厕所，梁惠明。”

梁惠明有点儿奇怪地望着江林走出去，又望一眼指着四点十分的钟，低头自己温功课。

梁惠明不时地向房门望望。墙壁上的钟，秒针一圈又一圈地走过去，江林却不回来。

钟针指着四点半，江林依然没有回来。

梁惠明走出房门，站在台阶上，向空无一人的院子喊：

“江林！江林！”

没有人答应。

梁惠明正纳闷，忽然一块土疙瘩从房檐上掉下，正落在她的衣领里，跟着，一只麻雀扑棱棱地从她头上飞过。

梁惠明仰脸一看，房顶上，李相仁拉着江林的腿，江林俯身在房檐上，正探手下来掏小雀呢。

梁惠明气得绷着脸，回屋拿了书包就走。走到大门口，她忽然停住脚步，呆呆地站一会儿，又坚决地转了回去。

江林和李相仁正从房顶跳到院墙上，又从墙头跳到靠墙放的一口盖盖的水缸上，然后轻快地蹦到地上来。

江林满脸喜色，双手捧着一只小雀跑进房去，李相仁嚷叫着跟在他的后边。他们好像没有看见又转回来的梁惠明。

梁惠明随着走进房里来，江林和李相仁正俯在桌子上看小雀呢。

小雀儿颤颤巍巍地站在桌子上，侧目望望江林，又望望李相仁。

梁惠明望着弱小的令人怜爱的小雀儿，望着它周身柔柔的绒毛和嫩黄的脚爪，不由得也欢喜起来。她从窗台上找来一个纸盒子，又从床上弄到一点棉花，小心地把小雀儿放在铺了棉花的纸盒里，然后双手护着纸盒对江林和李相仁说：

“让它好好待在这儿吧，回头我借个梯子，把它送回窝里去。”

“送回窝里？”江林和李相仁齐声惊讶地说。

“送回窝里！”梁惠明坚定地望着江林和李相仁，“要不，老麻雀可急死了呀！”

江林和李相仁哈哈大笑，显然是瞧不起梁惠明的慈悲心肠。

这时，钟当当地敲了五下，梁惠明猛然把书包往桌子上一放说：

“哎呀！五点了，咱们快温功课吧！”

梁惠明动手收拾桌子，江林向李相仁使了一个眼色说：

“咱们借梯子去……”

说着，李相仁跟在江林身后又跑出房去。

愣住了的梁惠明一个人站在屋里，咬紧嘴唇，忍住夺眶而出的眼泪。

第四章　一件衣裳

礼堂门前的黑板报上，有一行引人注目的美术字标题：“本校学期休业式游艺大会节目一览”，在五甲项下，写着“制造氧气”和“歌剧小蜜蜂”。

下午课后。

五甲教室里，一片欢乐的吵闹声，正在讨论节目的人选。

文娱干事高桂云站在讲桌前，挥着双手大声地喊：

“别说话啦！大家别说话啦！”

闹嚷的声音渐渐停下来。高桂云满脸带笑地说：

“这就决定了啊！氧气实验是梁惠明，大家同意吗？”

全教室一个声地喊：

“同意！”

高桂云又说：

“助手呢？”

满脸兴奋之色的江林突然站起身，拍一下胸脯说：

"助手我来!"

在一刻惊讶的静默之后,反对的话语夹杂着笑声乱说开来:

"自然月考得个大鸭蛋还做实验呀?"

"江林,你说说看,氧气是哪两个元素形成的?"

"助手不是好玩的,可不能在台子上出丑呀!"

"是呀,这关系全班的名誉!"

江林微红着脸,丧气地坐下,把帽子往脑后一推,自言自语地解嘲说:

"什么了不起呀……请我,我也不干了! ……"

高桂云着急地敲敲黑板说:

"别吵吵呀! 有意见正式举手提。"

刘菊举手说:

"助手由梁惠明自己找吧。"

"同意!"

大家又一个声地喊。

高桂云转身在黑板上写:"氧气实验:梁惠明。"又转身对大家说:

"现在选举《小蜜蜂》的演员。"

大家立刻交头接耳,兴奋地议论开来,教室里又乱哄哄地嚷成一片了。

高桂云高声地向大家说:

"现在选小妹。小妹是劳动英雄,是剧中的主角,大家好好考虑考虑啊。"

教室非常静寂,大家一下提不出名来。杨永丽晕红的脸上流露出紧张的神色,心里想,这主角自然应当是她呀。

果然有人举手说:

"杨永丽呗,唱得又好,跳得又棒。"

立刻嘁喳声起,有人附议说:

"杨永丽,就杨永丽吧。"

杨永丽心里一块石头落了地，一丝微笑浮上唇边。

突然，后排的姚金峰站起来说：

“我提议刘菊！”

教室唰地静下来，大家都回头望着姚金峰，姚金峰双手往裤袋里一插说：

“刘菊在咱们班年纪最小，可班上的工作哪样都做在前头！而且刘菊唱歌跳舞也挺好的，我看刘菊来演劳动英雄再合适不过了。”

“同意！”

“同意！”

“刘菊！刘菊！”

教室像开了锅似的，大家举着手一个劲地喊，还有人举起两只手来。

独有杨永丽呆了，她像泥塑木雕似的坐在那里一语不发，阴沉的脸色一阵比一阵难看。

刘菊回头看一眼杨永丽，心里忽然充满同情，她站起来大声喊道：

“我赞成杨永丽！我赞成杨永丽！”

教室里一片喧哗，谁也没有听见刘菊说的什么。

高桂云转身在黑板上写：“小妹：刘菊。”又转身对大家说道：

“静静！静静呀！现在选大姐吧。”

教室慢慢静下来，高桂云又补充说：

“大姐这个角色是不愿劳动，专爱收拾打扮，所以，百花仙子不许她参加树林里的宴会……”

高桂云还未说完，江林也不举手，就接茬儿道：

“杨永丽呗！”

杨永丽一惊，嫌恶地转过了身，把背对着江林。江林做个鬼脸，吐一下舌头。

有人随即附议说：

"杨永丽比刘菊个儿高一点，演大姐正好。"

大家立刻齐声喊道：

"同意杨永丽！同意杨永丽！"

江林高兴得鼓起掌，把手伸到杨永丽头上鼓，伸到杨永丽脸面前鼓。

杨永丽把江林的手臂猛力往回一推，忽地站起来，气得声音发颤地说道：

"我不同意！我不演！"

全教室都望着杨永丽愣住了，高桂云手中的粉笔掉落地上。

杨永丽打开桌板，拿出书包，一阵风似的走出教室去。

教室里乱了套，各种不满的话语像爆豆似的说开了：

"嗬！脾气可不小！"

"人家是千金小姐呗！"

"吓唬谁呀？咱五甲没她照样演戏！"

"这叫什么作风？"

"纯粹是臭官僚派头！"

"就凭这作风还能演劳动英雄？"

"……"

梁惠明望着吵嚷的人群不知如何是好，她忽然跑出教室，向林荫下的甬道上追去，她一面跑一面喊：

"杨永丽！杨永丽！"

杨永丽好像没有听见，头也不回，向通往校门的大路走去。

星期六下午放学的时候，大家吵吵嚷嚷，都在收拾书包。

高桂云抱着一堆花花绿绿的衣服进教室来。她一进来，就笑得闭不拢嘴地嚷：

"同学们，咱们的服装快齐了。"

高桂云把衣服往讲桌上一放，大家就全围上来，独有杨永丽挎着书包站在自己的位子上不动，远远地观望着。

大家东一件西一件地一边翻一边评论：

“这葱绿的裙子多好呀！”

“不！水红的好，我喜欢水红的……”

“呀！还有花冠呢……”

“五彩飘带多漂亮呀！”

江林一手抢过那拖着长长的五彩飘带的花冠，戴在自己头上，东扭西歪地跳起舞来，引得大家都笑了；刘菊笑得前仰后合，李小瑞笑得捂着肚子，梁惠明笑得俯在门框上。

高桂云生气地抢回花冠，双手护着衣服对大家说：

“现在就差小妹那件大红裙子没借到，大家想想，看谁有，要崭新漂亮的。”

大家小声议论开来。江林突然俯在高桂云耳朵边叽咕起来，一面向杨永丽那边使眼色。大家立刻都明白了。刘菊小声说：

“对啦，六一儿童节那天她穿来着……”

大家跟着高桂云来到杨永丽身边。

高桂云说：

“杨永丽，你的大红裙子能借借吗？”

杨永丽望着周围的人们，想起那天选角色的情景，对立的情绪油然而起，她脱口说道：

“我压根儿没有大红裙子！”

“没有？”高桂云收起了笑容，“六一儿童节那天你穿的什么呀？”

大家都紧张地注视着杨永丽，杨永丽毫不示弱地挑战似的回答道：

“六一儿童节那天穿的大红裙子，可准知道是我的吗？”

“不是你的又是谁的呀？”大家不约而同地齐声问道。

“不许是借的？”杨永丽得意地眨着眼睛，“借我表姐的！”她带着胜利的神气望着大家。

这时，一直在人群后边沉默不语地注视着杨永丽的梁惠明，分

开人群走到前边来。梁惠明再也抑制不住自己的愤怒,她正颜厉色地对杨永丽说道:

“杨永丽!你可是说谎话呀!”

杨永丽唰地变了脸色,一时应答不上。众人气愤而又鄙夷地走开去,高桂云边走边回头对杨永丽说:

“没你的裙子我们照样演戏!”

众人都围向高桂云,七嘴八舌地争抢着说:

“高桂云,我负责借!我们同院的兴许有。”

“我借!我借!高桂云,我找姐姐的同学去……”

江林挤到最前边,拉住高桂云的手臂说:

“明儿是星期天,我骑车子到西城舅母家……”

高桂云又转身大声向杨永丽说道:

“你就是借,我们也不要了,我们不稀罕!”

众人齐声附和说:

“对!借我们也不要!”

刘菊的响亮的嗓音喊道:

“穿你的衣裳,我们还嫌脏呢!”

这一阵鞭炮,简直把杨永丽气炸了!杨永丽破例地当着大家俯在桌上哭起来。

大家猛然一愣,立刻住了嘴。

梁惠明有点儿慌张和不安,连忙向杨永丽走过去,俯下身想说什么,还没有开口,杨永丽猛地站起来,拍着桌子,老羞成怒地冲梁惠明说:

“好!你中队长领头儿欺侮非队员呀!欺侮非队员呀!……”

像一桶冷水浇在梁惠明身上,梁惠明打一个冷战,转身走出教室。

梁惠明搐动着嘴唇,委屈的泪珠儿从长长的睫毛上滴落下来……

梁惠明向教员宿舍跑去,刘菊和高桂云跟在她的后边。

第五章　不干了

冯老师的房子里。陈设非常简单，靠墙摆着一张床，靠窗摆着一张桌子，桌子旁边摆着一个书架。

冯老师正俯在桌上批改作业，绿色的小台钟"嘀嗒""嘀嗒"地响着。

梁惠明推门进来，一边擦眼泪，一边取下左臂上的中队长符号往冯老师面前一放说：

"冯老师，我不干了！"

冯老师吃惊地抬起头来，放下笔，拉梁惠明坐在床上问道：

"怎么啦，梁惠明？"

梁惠明一语不发地坐在床沿上，竭力忍住眼睛里的泪水。

"好好说嘛！"

冯老师拉住梁惠明的手。梁惠明眼泪一对一双地往下掉，哽咽地答道：

"干不了！"

这时，刘菊和高桂云推门进来。

冯老师应声转过身去，问刘菊和高桂云道：

"怎么回事？"

刘菊和高桂云靠墙站着，胆怯地望着冯老师，紧张地答道：

"和杨永丽吵架了。"

"为什么？"

"她不借裙子，"高桂云说道，"大伙就和她吵起来了。"

"她就说梁惠明领头儿欺侮非队员。"刘菊补充说。

"哦……"

冯老师若有所思地答应着，拉凳子要刘菊和高桂云也坐下。

刘菊和高桂云神情缓和下来。刘菊同情地望一眼梁惠明说道：

"冯老师，这不怪梁惠明。杨永丽呀，全班谁惹得起她！"

"杨永丽呀，"高桂云跟着说，"大家没选她演主角，所以她就不借裙子……”

冯老师转动着手中的红铅笔,望着梁惠明说:

“你呢,梁惠明,你对杨永丽都有些什么意见?”

稍稍平静下来的梁惠明抬起头,慢吞吞地说:

“我和她就是合不来,性情不一样……”

高桂云又接茬儿说道:

“杨永丽总爱嫉妒。上星期冯老师不是表扬了梁惠明的作文吗?杨永丽就不乐意,下课对我说:‘看人家梁惠明多棒呀,全班第一!’”

“有一回我问她借自然笔记,”刘菊跟着说,“她明明怕耽误自己用,却说:‘我记得不好,你借梁惠明的吧。’”

“杨永丽呀,是个独生女,”高桂云又接着说,“她妈一天心肝宝贝的,娇得不行……”

这时冯老师把红铅笔往桌上一放说:

“好啦,咱们不要光谈杨永丽的缺点吧。她要是没有这些缺点,不早就入队了吗?”

梁惠明、刘菊、高桂云都稍稍一惊,聚精会神地望着冯老师。冯老师又说道:

“杨永丽的这些缺点是事实,可她也有一个很大的优点:学习好。你们说,她哪门功课下过九十分呀?”

三个人默然相视。冯老师继续说道:

“如果你们只看到杨永丽的缺点,只讨厌她,还大伙和她一个人吵,那又如何去团结她和帮助她呢?”

梁惠明微微低下了头,刘菊和高桂云脸上也稍稍现出了愧色。

“我看,这倒是我们中队在帮助非队员的工作上一个很大的缺点!”冯老师说着探身望着大家,又转向梁惠明,“你说是不是,梁惠明?”

梁惠明惭愧地望着冯老师答道:

“是……冯老师。吵架是我们不对,我们总是看不惯她,所以她和大伙就对立起来了。”

刘菊和高桂云跟着说：

“是，对立起来了。”

冯老师脸上现出微笑，坐直了身子说：

“是呀！首先你们就不应当和她对立。你们是队员，是队的干部，不是比她进步吗？那你们就应当和她真诚地要好，以自己的模范行为去影响她，感动她……再加上诚恳的批评，她慢慢就会自觉起来。一个人，只有当她自觉了，当她自己认识到自己的错误了，那才能改正错误。”

三个人默默地心悦诚服地听着冯老师的每一句话，每一个字。冯老师稍停一刻又说：

“我相信你们今后会以正确的态度对待杨永丽。”

冯老师望着大家，忽然又问道：

“江林呢？江林最近怎么样？”

梁惠明立刻又激动起来，她挥手说道：

“江林哪，还是没进步。上星期我去他家和他一块儿温功课，他爬到房顶上掏小雀……到了也没温成！”

“江林哪，”高桂云笑得闭不拢嘴说，“他一上李老师的课就逗乐子。上回上美术，李老师在黑板上画风景，他站在椅子上又伸胳膊又伸腿，学蛤蟆跳，引得大家笑得喘不过气，等李老师转过身，他早坐好了，弄得李老师莫名其妙。”

刘菊也圆睁着水灵灵的眼睛说道：

“江林一放学，不是打架就是遛大街。有一回我见他骑辆自行车在马路上乱闯，在东单拐弯那儿，差点和电车顶上牛！”

梁惠明带着同情和关切的神色又说：

“江林主要是没有学习习惯。他很早就死了父亲，妈在被服厂做工，整天不着家，像头野马没人管……”

冯老师点点头，自言自语似的说：

“对！江林主要是没有学习习惯。”

“这回氧气实验，”梁惠明接着说，“他想当助手，大家不同意。”

“哦……”冯老师注意地望着大家。

“因为他自然月考考得坏极了！”高桂云说。

“氧气是怎么形成的恐怕他也说不清楚。”刘菊补充说。

冯老师突然站起身，双手把着桌沿，意味深长地望着大家说道：

“我看……你们应当要江林做氧气实验的助手！”

大家惊讶地望着冯老师。冯老师又说道：

“他既然自然不好，正可趁此机会要他复习复习自然，引起他学习自然的兴趣呀！”

“是呀！”

三个人不约而同地喊着，高兴地跳起来。

三个人站在冯老师的面前，梁惠明红着脸说：

“唉！我们真笨……”

冯老师一手抚着梁惠明的肩膀，向三个人说道：

“你们好好去帮助江林吧。大家可以轮流地和他一块儿做功课……不过，可不要性急，坏习惯不是一天能够去掉，好习惯也不是一天能够养成的呀！记住了吗？”

“记住了！”

三个人答应着正要往外走，冯老师转眼看见放在桌上的中队长符号，她拿起符号笑着对梁惠明说道：

“梁惠明，遇到困难就向后转，羞不羞呀？”

梁惠明接过符号，一面往左臂上挂，一面羞涩地笑了。

刘菊和高桂云也跟着笑起来。

星期天清晨。

江林家中。江母正在院里洗衣服。这是一个利利落落的三十多岁的妇女，穿着一身干净的青布衣裤，脑后梳着一个旧式的发髻。她的过早憔悴的脸上满是皱纹，使人一望而知她走过的生活道路的艰辛。

江母正往绳上晾衣服，梁惠明和刘菊从大门口跑进来，一路跑一路喊：

“江林！江林！”

江母连忙迎上来，一面在衣襟上擦着手，一面笑着说：

“哎呀，快进屋来，你们是江林的同学吧？”

梁惠明和刘菊同声问道：

“江林呢？”

江母脸上现出无可奈何的表情，叹口气说：

“唉，星期天还能找见他的影儿呀？一大早就走了。”

“上哪儿啦？”梁惠明和刘菊着急地问。

“我见他拿根竹竿来着，”江母稍一沉吟，“准是出城钓鱼去了！”

刘菊扫兴地望着梁惠明，梁惠明毫不犹豫地向刘菊说道：

“走！找他去。”

两个人随即往外走。江母送出来，充满慈爱地说：

“多好的孩子啊！不进屋歇歇吗？”

两个人早跑出了门外，回头答应道：

“我们找江林有要紧事哩！”

城外。无边无际的绿色的海，禾苗的海。苞米扬花了，谷子也正在抽穗，被夜露润湿了的枝叶在朝阳里闪闪发光。

梁惠明和刘菊跑过钻天杨的枝叶哗啦啦地响着的大道，穿过田野里的小路，来到绒毡一样嫩绿的河岸上。橘黄的野菊花这里那里，星星般向她们眨着眼睛，金光闪烁的河面横在她们面前。

梁惠明和刘菊擦拭着额头的汗，东张西望地察看着河边上钓鱼的人们。

远处一株柳树下，江林正聚精会神地望着水面上的浮漂儿。他身边的草丛里，放着一个装鱼的小桶，柳树的枝丫上挂着他的破烂的鸭舌帽。

美丽的红白两色的小浮漂微微地微微地抖动着，在水面划起一圈又一圈的波纹。江林半蹲着身子，紧张得连呼吸都要停止了。

正在这时，梁惠明和刘菊由远而近地一路跑着喊过来：

“江林！江林！”

江林正要提鱼线，闻声转过了身。

梁惠明和刘菊来到跟前，高兴地笑着说：

“叫我们好找啊！……”

江林不解地望她们一眼，连忙去提鱼线。

出水的空钩在空中左右摆动。

江林懊丧地收回鱼线，一面往钩上挂着鱼食，一面生气地说：

“好！好！半晌午了，漂儿刚动，又叫你们把鱼给惊跑啦！”

像迎头泼了一桶冷水，梁惠明和刘菊愣愣地站住，满腔的热情烟消云散。

江林又把鱼钩甩进河里去，悠闲地望着水面上一丛丛黄色的细小的菱角花，和圆圆的鲜嫩的浮萍叶子，睬也不睬梁惠明和刘菊。

刘菊气得倒抽一口气，向梁惠明说道：

“走！梁惠明。”

梁惠明也气得绷起脸，但她愣愣地望着水面，站着不动。

水面上，红白两色的小浮漂忽然微微地抖动起来。

小浮漂微微地微微地抖动着，逗引着梁惠明和刘菊。

梁惠明和刘菊的阴沉的脸色又立刻转为惊讶和喜悦，两个人悄悄地蹲在江林身后，一起聚精会神地望着水面。

水面上，突然出现一个大鱼头！鱼头鼓起眼睛，望着江林，也望着梁惠明和刘菊。

江林向身后摆下手，屏住呼吸，小心地提起鱼线来——一条尺来长的大鲫鱼出了水，在半空中闪亮地左右摆动着尾巴。

三个人一齐快乐地喊道：

“好大的鱼呀！”

江林激动得红了脸，心里跳得像敲鼓一样。他把鱼从钩上取下来，又提起鱼桶打了水，把鱼放进桶里，然后站起身，眉开眼笑地向梁惠明和刘菊说道：

“嘿，今儿真是走后运！半天也没见个鱼花花，末了来个大鲫瓜。”

说着，三个人都笑起来。梁惠明忽然想起了正事，她凝神望着江林说道：

“呃，江林，我们来找你有事。”

“什么事？”江林眯起眼睛。

梁惠明望着江林恳切地说道：

“氧气实验我决定找你做助手！”

“找我？”江林唇边浮上一丝微笑，不信任地望着梁惠明。

“真的找你。”梁惠明严肃地又说。

“可有一个条件，”刘菊拉住江林的手臂，闪亮着她圆圆的眼睛说，“你得把自然从头到尾复习一遍，好好温熟啊！”

“不仅是自然，”梁惠明接着说，“希望你以后各门功课都用心学习，这样，我就找你做助手！”

“真的？”江林的眯细的眼睛里闪烁出喜悦的火花。

“我拿红领巾作证！”梁惠明指着胸前领巾的佩角庄重地说。

江林一把握住梁惠明的右手，用力地摇了三下。

站在旁边的刘菊高兴地跳起来。

黄昏的校园里。

梁惠明和江林坐在果实累累、压弯了枝条的海棠树下，书包丢在身边的草地上。

梁惠明把摊开在两人膝头上的书一合，问江林道：

“水有哪几种形态呀？”

江林把鸭舌帽推到脑后，抓抓头发，一字一语地答道：

“水呀，有三种形态，这就是固体的冰……液体的水……和气体的水蒸气。”

梁惠明满意地点点头，又接着问道：

“云和雾，还有露是怎样形成的呢？”

江林把帽子往地上一甩，笑着说道：

“这个谁不知道呀！”

“知道你就说嘛。”

“空气遇了冷，”江林仰望着天际，一边思索，一边说道，“它容纳水汽的分量就减少了……容纳不了的水汽，就结成了很小很小的小水滴。这小水滴呀，在高空看起来便是云，在地面呢，就是雾，粘在树木花草上呀，就是露了。”

“好！答得好，Очень хорошо！”梁惠明高兴得说了一句俄文。

梁惠明翻一下书，又接着问道：“你再说说，雨是怎样形成的呢？”

第六章　意外的病

音乐课。

音乐李老师站在黑板跟前，用教杆指点着写在黑板上的一首新歌子——一人为大家，大家为一人——领大家一起唱道：

一人为大家，大家为一人，
我们手拉着手，心连着心，
我们一块儿学习，一块儿玩耍，
一块儿长高又长大！
为全班，为同学贡献自己的力量，
谁遇到了困难，大家都去帮助他！
我们手拉着手，心连着心，
一人为大家，大家为一人。

李老师停止教歌，眼光停留在江林旁边的空位上，向大家问道：

“杨永丽怎么没来呀？”

“请病假!”大家齐声答道。

铃声由远而近地摇过来,大家起立,下课。

教室里顿时一片吵嚷声,大家都收拾书包,这是下午最后一节课。

江林挎起书包,纳闷地自言自语道:

“嘿,什么病呀?真奇怪!……”

大家都向江林围拢来,江林忽然拍一下胸脯向大家说道:

“准是上星期六和大伙吵架气病了,谁不知道杨永丽脾气大……”

大家都笑起来,独有梁惠明不安地横了江林一眼说:

“别胡扯吧!”

这时,不知何时溜出去的刘菊跑了回来,脸色紧张地向大家说:

“三年级的秦宝琴说——秦宝琴和杨永丽是同院——秦宝琴说杨永丽绊倒一壶开水,脚烫坏了!……”

“哟!”

女同学们齐声尖叫,都向刘菊围拢去。江林站着不动,摇摇头,不屑地说:

“大惊小怪!烫脚有什么了不起!……”

刘菊不满地望江林一眼,又连忙向大家说:

“两只脚全烫坏了呀!一步也不能动,去医院还是抬去的呢……”

女孩子们睁大眼睛望着刘菊,就像是刘菊亲眼看见了杨永丽烫脚的经过。梁惠明由惊讶转为忧虑,默默地站在人群后边不语。

“这可糟糕了!”高桂云说道,“三天两天也好不了呀……”

“眼看就要期考!”刘菊又说。

大家唰地静下来。

梁惠明踏上讲台,挥手向大家说道:

“同学们,我提议咱们去帮助杨永丽!咱们把每天讲的新课去告诉她,帮她抄好笔记,她脚一好,不就能来和大家一块期考了吗?”

“对!”刘菊也踏上讲台,附和着说,“咱们去帮助杨永丽。我同意梁惠明的意见。”

“帮助杨永丽?”江林冷笑一声,“咱配吗?”

大家的视线都转向江林。站在江林旁边的李相仁立刻跟着说:

“真是! 杨永丽还需要别人帮助?”

李小瑞自言自语似的也跟着说道:

“杨永丽从来也不帮助别人……”

“同学们,”梁惠明微微涨红了脸,激动地说,“不帮助人是杨永丽的缺点,咱们要学习她的缺点吗?”

大家又静下来,相视无语。

刘菊站在讲台上也激动地说:

“同学们,咱们刚刚唱的什么歌呀?”

刘菊话未落音,高桂云就在人群中接口说道:

“是呀,咱们刚还唱‘一人为大家,大家为一人’,唱‘谁遇到了困难,大家都去帮助他’呢,现在杨永丽不正是遇到了困难吗?”

“对呀!”

“对呀!”

“应当帮助杨永丽……”

大家交头接耳地小声地议论开来。

江林突然跳上凳子说:

“我愿意帮助杨永丽! 我明儿一定用心听讲……”

李相仁跟着跳上凳子说:

“我提议咱们轮流帮她补课!”

“赞成!”大家一个声地嚷。

刘菊接着说道:

“抄笔记最好也分分工!”

“同意!”大家又一个声地喊。

梁惠明又是高兴又是激动地说:

“咱们今儿先去看看病人吧！”

“好呀！”

不少人高兴得跳起来，大家又是笑又是嚷，倒像是什么大喜事似的。

这时，一直站在窗外，暗暗观察很久了的冯老师走进教室来，大家“啊！”的一声，立刻向冯老师拥去。

冯老师带着满意的微笑说道：

“孩子们，你们方才讨论得真好，你们做得很对！”冯老师环顾着大家注意谛听的脸面，“当自己的同学遇到困难的时候，是不能不管的呀！杨永丽现在正需要你们的帮助，你们快去看她吧！”

大家高兴地往外走，冯老师跟出教室来，又向着出了走廊的孩子们的背影喊道：

“替我问候杨永丽！就说我明天就去看她。”

杨永丽家里。宽敞的房门，玻璃窗上挂着漂亮的窗帘，桌柜家具明净发亮。屋子正中放着一张床，床头一个高脚的茶几，茶几上放着热水瓶和玻璃杯。

杨永丽半倚半靠地躺在床上，她撑起身，双手捶着床沿，正在向自个儿发脾气：

“倒霉，倒霉，倒八辈子的霉！”

她这么一捶，震动得脚又剧疼起来。她忙又躺了下去，“哎哟！哎哟！”地直叫唤。

杨永丽的妈妈应声从里间屋出来。这是一个四十来岁、身体微胖的妇人。她有着像杨永丽一样白净的肤色、漆黑的眉毛和浓密的头发。

妈妈坐在床沿上，望着心爱的独生女儿，拉好毛巾被说：

“好孩子，快别踢蹬了。晚上妈妈给你熬莲子粥吃！”

“不吃！”杨永丽生气地说，望也不望妈妈一眼。

妈妈显然不懂女儿的心事，又唠叨着：

“煮挂面好不好？”

“不好！不好！什么也不要。”

杨永丽连声地嚷，索性把脸转向墙壁，一滴泪水从眼角落下。

“还是三岁小孩呀？”妈妈也生气了，“你自个儿烫了脚，怪谁呢？”

杨永丽一巴掌接一巴掌地打起自己的脸颊来，一面狠狠地说：

“活该！活该！甭期考啦，干脆降班！……”

妈妈吓得连忙拉住杨永丽的手，又气又心疼地说：

“这脾气还得了！要上天啦！……”

这时，窗外突然传来了参差不齐的呼喊声：

“杨永丽！杨永丽！”

院子里一片熟悉的笑嚷声，杨永丽的妈妈连忙迎出门去。

杨永丽一惊，同学们已吵吵闹闹地接二连三地进屋来了。

杨永丽的妈妈拿了茶壶去沏茶。

寂寞难忍的杨永丽真是喜出望外，大家围拢在她的床周围，她竟然一句话也说不出来。

高桂云抢在前边，往茶几上放半挂香蕉说：

“希望你不要焦急！”

梁惠明拿出一把枣，放在茶几上说：

“希望你早日痊愈！”

江林从口袋掏出个梨往茶几上一放说：

“希望你立刻病好！”

刘菊又放上一个苹果说：

“希望你平安回校！”

后边的人笑着鼓起掌，杨永丽又感激又羞惭地望着大家，她想说声“谢谢”，却哽咽得说不出口。

大家关切地望着杨永丽，参差不齐地说：

“别难过，杨永丽，冯老师要你别着急，冯老师明天就来看你了……”

江林拍拍自己的书包说：

“杨永丽，明儿我来帮你补自然，我现在可喜欢自然啦。”

“我们大伙儿分了工，”梁惠明坐在床沿上，望着杨永丽说，“每天有人帮你补功课，帮你抄笔记。”

“我帮你抄历史！”高桂云抢着说。

“我帮你抄地理！”王淑珍说。

“我帮你抄国语！”刘菊说。

大家说着，杨永丽愈加低下了头，不停地拿手帕擦眼睛。

坐在床沿上的梁惠明，拉起杨永丽的手说：

“别难过，杨永丽，你功课底子好，在家补习也一样，过几天脚一好，就能来和大家一块期考了。”

“对，你一定能赶上期考，杨永丽。”

“你放心，杨永丽，咱们不能把你落下呀。”

大家七嘴八舌地安慰着杨永丽，杨永丽抬起带泪水的眼睛望着大家，笑着说：

“我不难过，不难过……”

第七章 期终的日子

杨永丽家里。杨永丽倚坐在床上，被上放着书本、铅笔等。

江林站在床边，眉飞色舞地说道：

“嘿，今儿刘老师讲的真带劲！”

杨永丽光彩焕发地望着江林，江林带着神秘的神情又说道：

“下雨的时候，杨永丽，你知道为什么先看见打闪，后听见打雷吗？”

杨永丽家里。杨永丽倚坐在床上。床上散放着书册。

刘菊坐在杨永丽身边，正拿着一块石板，在石板上写算术题。

杨永丽聚精会神地看着石板，刘菊在石板上写：

$$(\quad)\times 75=1800$$

杨永丽家里。杨永丽倚坐在床上,床上放着书。

梁惠明在床对面的隔扇墙上挂一张她自己画的云南省地图,用铅笔指着地图向杨永丽讲道:

“在云南省的西部,有一条最大的河流,叫作怒江……”

期考。

教室里,正在进行着最后一科考试。一片静默紧张的气氛,只听到冯老师轻轻走动的脚步声。

每个人都伏在桌上专心地答卷子。

梁惠明手托左腮,不慌不忙地想一会儿写一会儿。

杨永丽脸上充满得意之色,急速地急速地写着。

江林张皇失措地把铅笔盒打开又盖上,盖上又打开,急得额上直冒汗。原来他的铅笔断铅了,却又找不到小刀。

冯老师来到江林身边,江林说明缘由,冯老师听着直摇头。冯老师正要替江林借小刀,杨永丽打开自己的铅笔盒,取出两支削得很好的备用铅笔放在江林面前。

江林感激地望杨永丽一眼,连忙低头去答卷子。

杨永丽把答完的卷子匆匆看过一遍,抢先到讲桌那里交了第一卷。

杨永丽走出教室,跟着梁惠明也走出教室。二人站在窗外关切地望着江林。

陆续走出教室的男同学们向操场跑去,在操场上踢起足球,快乐地呼喊着。

江林一出教室,梁惠明和杨永丽便跑过去,拉着他一起往操场走。

梁惠明关切地问道:

“江林,第二道题从北京到南京你答的什么路呀?”

“京汉路。”

“哎呀！津浦路！”杨永丽叫道。

“是呀，你怎么答京汉路呢？”梁惠明也着急地说。

江林红了脸，推一下帽子，抓抓额前的头发说：

“我真恨死这个地理了！”

梁惠明不禁笑了，随即又安慰他说道：

“算了，你还是别恨它，暑假好好补习补习吧！”

“对！暑假我帮你补习！”杨永丽拉起江林的手说道。

假期的前夕。

五彩缤纷的礼堂在灯光下这样美丽，只是满座的人使得礼堂突然显得非常窄小，连窗台上都坐满了人。即将开始愉快的假期的同学们和老师们，以及尊贵的宾客——家长们，每个人的脸上都喜气洋溢，笑声不断，掌声时起。

台子上挂着学期休业式游艺会的横额，正在开始的节目，是五甲的“制造氧气”。

梁惠明和江林走到台前，向大家鞠个躬。梁惠明把手中端的一盘仪器往桌子上一放，江林随即鬼头鬼脑地神秘地向大家说道：

“现在，我们来给大家表演一个小小的魔术。”

前边的小同学们，立刻惊奇而又高兴地相互望着。

梁惠明不慌不忙地摆好酒精灯，在酒精灯的架子上放好烧瓶。

全礼堂没有一点声息，每个人都注视着台上。

梁惠明打开一包药粉往烧瓶里倒，江林便向大家说明道：

“这是氯酸钾。”

梁惠明又打开一包药粉往烧瓶里倒，江林又说明道：

“这是二氧化锰。”

梁惠明把橡皮管在烧瓶口上套好，另一端放进旁边的一盆水里。这盆水里矗立着一个大玻璃管，一方玻璃板盖在玻璃管口上。

梁惠明擦燃一根火柴，江林随即举起手向大家说道：

“注意！”

梁惠明打开玻璃板，把燃着的火柴往大玻璃管里一放，火柴呼地熄灭了。

观众们一惊，更加聚精会神地注视着台上的表演。

江林毫不以为奇地微笑着，梁惠明把玻璃板盖好，又擦一根火柴，点燃起酒精灯。

观众们继续注视着。

酒精灯的火舌舐着烧瓶，烧瓶里的氯酸钾和二氧化锰逐渐起着变化，产生了氧气。氧气通过橡皮管来到水盆里，水盆的水在不断地鼓着水泡。氧气轻，升进了矗立在水盆里的玻璃管内。

水盆里不停地鼓着泡，鼓着泡……

观众们焦急地注视着。

梁惠明和江林镇静地察看着。

梁惠明又抽出一根火柴，江林向大家大声叫道：

“注意！”

梁惠明打开玻璃板，把火柴往大玻璃管里一放，火柴呼地燃着了！

女同学们齐声“哟！”地惊叫起来，前边的小同学们不解地睁大着眼睛，傻愣了。

在热烈的掌声中，江林得意地跟在梁惠明身后，走进后台去了。

五甲教室里。歌剧《小蜜蜂》的演员们正在化妆。

几个演员围着高桂云画眉毛，她们一边画，一边瞧镜子，高桂云连连地说道：“待会儿瞧吧！待会儿瞧吧！”

几个手举蝴蝶结的演员一齐向梁惠明身边挤，一边争抢地嚷道：

“梁惠明，给我结！”

“梁惠明，给我结！”

满脸不高兴的刘菊翻着一件又一件的衣服，向梁惠明喊：

“我倒是穿哪件呀，梁惠明？”

教室的门突然打开，李小瑞飞奔进来报信说：

“快！快呀！现在正演五乙的话剧，接着就是咱们的《小蜜蜂》了。”

化妆的演员们立刻惊叫一声，慌成一团。高桂云的胳膊被人一撞，她正给王淑珍画着的眉毛的下半截斜飞到额头上去了。一个正在照镜子的演员被谁一挤，镜子摔落在地上了。

梁惠明也紧张起来，但她挥手向大家说道：

“别着忙！别着忙！”

梁惠明说着去看刘菊的衣裳。高桂云也跟了过来。

梁惠明挑出一件粉红的，在刘菊身上比着说：

“这件还新点。”

“粉红的不压色。”高桂云说。

梁惠明又挑出一件黄色的，高桂云说：

“和蜜蜂重色了。”

一件又一件地比着，哪一件也不合适，梁惠明可着了忙，高桂云急得直跺脚说：

“都是杨永丽！……都是杨永丽！……”

杨永丽家里。

杨永丽站在一只打开的箱子面前，翻找着她那件大红裙子。

杨永丽看一眼桌上的钟，焦急地翻找着，把衣服乱丢一床。

杨永丽的妈妈掀开门帘，从里屋怒气冲冲地走出来，一边夺下杨永丽手中那件大红裙子往箱子里一放，一边厉声说：

“小丫头你造反呀！我说不借就是不借！”

杨永丽手扶着箱沿噘起嘴，气呼呼地说：

“还叫我入队哩！大伙的事一点儿不帮忙！……”

妈妈愣住了，女儿的话有点听不懂。

杨永丽突然从箱子里拿起那件大红裙子，转身就往外跑。

妈妈追到大门口，向着飞跑而去的在夜色中逐渐模糊了的女儿的背影，自言自语地怨恨地说道：

“那裙子一水都没下过呀……”

教室里，刘菊穿起一件破旧的褪色的大红裙子，对梁惠明和高桂云着急地嚷：

“我就穿这出台了啊！”

杨永丽突然一阵风似的跑进了教室，她怀里抱着那件火红耀眼的裙子。

大家惊讶地望着杨永丽，杨永丽满头大汗，气喘不止。杨永丽一句话没说，忙帮着刘菊换上裙子。

刘菊高兴地双手扯起裙子打了一个转儿，大红软缎的裙子闪闪发亮，裙子边沿上的琉璃花边晶莹放光。

大家抬起杨永丽，欢呼着。

礼堂里。一声哨响，幕布拉开。

音乐声中，服饰美丽的刘菊领头登场。

她们唱着，舞着，沉醉在优美的旋律里。

台下掌声四起。

选自《中国电影剧本选集(二)》，中国电影出版社 1979 年版

◇杨沫

杨沫(1914—1995),原名杨成业,湖南湘阴人。1934年开始文学创作,发表处女作《热南山地居民生活素描》。抗战爆发后积极投身于共产党领导的游击战争,从事妇女、宣传工作,并先后任《黎明报》《晋察冀日报》编辑,在抗战期间撰写了许多鼓励群众坚持抗战的小说、散文和报道。1949年后,历任北京市妇联宣传部副部长,中央电影局剧本创作所、北京电影制片厂编剧,北京市文联副主席、主席,中国作协北京分会副主席。1958年出版长篇小说《青春之歌》,同名电影文学剧本发表于《电影创作》,并由北京电影制片厂拍摄成电影。主要作品另有长篇小说《东方欲晓》《芳菲之歌》《英华之歌》,中篇小说《苇塘纪事》及长篇报告文学《不是日记的日记》等。

青春之歌（节选）

二十三

过了半年多,已经是1934年的春天。

定县乡村,一条小河旁边的垂柳下,林道静领着十多个小学生在这里唱歌。

她在教唱:

高粱叶子青又青,
九月十八来了日本兵,
先占火药库,后占北大营……

树林外,有两个学生在放哨。孩子们天真地向原野里东瞧西看。

林道静的旁边站着一个年轻的男教员——赵毓青,他也跟在学生里面轻轻唱着。

道静对学生挥手:“歇会儿吧。你们先玩玩。”

孩子们欢跳着——有的跳到河里去捉泥鳅;有的攀上了大树;女孩子开始采撷野花。

林道静和赵毓青坐在河堤上。

林道静神情抑郁地望着春天的田野。

赵毓青——活泼热情的小伙子看着她说:“老林,你怎么常常愁眉不展的?”

道静停了一下:“你看,咱们就这么教孩子唱唱歌、讲讲苏联就算革命了么?”

赵毓青:“那怎么办?咱们能赤手空拳搞暴动?”

林道静轻轻叹气:“生活太平凡啦。连唱个抗日歌曲都要偷偷摸摸的。”

赵毓青兴奋地:“是啊。我们在保定二师闹学潮的时候,那真是轰轰烈烈。跟国民党军队对峙——肉搏——对打……虽然后来牺牲很大,可是,倒真痛快。”

林道静高兴地:“你参加过二师学潮?那真好,你看我……”她又摇头叹气,“没出息透啦。我多么盼望来个共产党……”

赵毓青打断她:“老林,你可真有点——太直率啦。”

林道静看看赵毓青说:“我太憋闷啦,一兴奋,我就克制不住自己。”

这时一个小学生跑了来:“老师,伍老师来啦。”

林道静和赵毓青同时一惊,站了起来。

大胖子伍雨田推着自行车走了过来。

伍雨田:“哈哈,二位在这儿啊,叫我好找!”他递给道静一封信,“林先生,您的信。我怕有急事,就给您送来啦。”

道静接过信,淡淡地:“星期天没事,我们领着一群调皮的学生出来玩玩,省得他们在家里淘气。伍先生,您也跟我们一起玩玩吧。”

伍雨田大笑:“不行,还有事,二位谈。”他嘻嘻笑着骑上车子走了。

赵毓青看着伍雨田的背影愤愤地:“这小子是个大地主,可不是好东西!”

林道静扯开信,看着看着眼睛亮了,她忍不住“啊”了一声。

“有喜事?”赵毓青笑着问。

道静笑道:“有个好朋友要来找我。”

"叫什么名字？男的还是女的？"赵毓青也怀着喜悦的心情问。

道静有些不好意思地："叫江华，男的。"

道静站在校外翘首盼望："啊！郑瑾介绍他来，这下子又可以和革命同志联系上啦……江华——他是什么样的人呢？"她极目望着绿油油的原野，仿佛江华会在那里跳出来似的。

二十四

道静刚刚走出课堂，老工友走来告诉她：

"林先生，外面有人找。"

道静三步并做两步走了出去。校门外站着一个高大的青年人，可是，这不是陌生的江华，而是认识的李孟瑜。他戴着鸭舌帽，穿着长衫，是一个整齐的大学生。

道静惊奇地看了他一眼，把他带到自己的小屋里。江华给她关好屋门。

道静耐不住自己的激动和惊奇："你就是江华？可是，你不是南下示威的总指挥李……"

江华急忙向她摆手，并向门外努努嘴："道静，许久不见，你的景况还好吧？"

道静羞红了脸，孩子似的轻轻擂了一下桌子："我挺好，我每天都盼着你来。你还没吃饭吧？我真想问问你老卢的消息，不，还是先去给你买点定县出名的熏鸡、火烧来吃，回头再问。"她兴奋得语无伦次，说罢就向外跑。

桌子上摆着满满一桌子吃的。江华大口吃着，道静站在旁边，一会儿替他倒水，一会儿把吃的送到他面前：

"老江，我对你说心里话，不管老卢是活着还是牺牲了，他永远是我最尊敬的老师和朋友……"

"是啊，对我也可以这样说。"江华沉默地说罢，显然有意转变了话题，“道静，在学校里除了教书，你还做点什么？”

道静：“除了教书我就看书，所以我常常着急……”

江华：“你在农村教书，应当多关心农民的生活，多看看中国的农村问题。过几天我还要来考你哩。”

道静高兴地：“我一定听你的话……”她见江华站起身要走，又失望地，“你不住在我们这儿么？”

江华和她握手：“不。过几天还会来找你。你不是说咱们是表兄妹吗？就这样对别人说，我是在安国县教书的。”

道静点头：“放心！老江，我一定准备迎接你的考试。”

午后，阳光灿烂。道静埋头在一大摞理论书籍中。她翻翻这本，又找找那本，脸上带着苦思的神情。忽然，她高兴起来，像得到宝贝般地跳起来自语：“啊，这儿是农民问题！”她又找到一段，“啊，这儿也有农民问题！”

她正凝神读着，赵毓青敲敲门进来了：“老林，你看什么书哪？”

道静高兴地对他笑道：“老赵，咱们在农村教书，应当多关心农民的生活，多看看中国的农村问题。所以我在看这方面的书。”

赵毓青想了想：“你说得对，可是，你来了这么多日子，怎么才想到这个？”

道静耐不住心里的喜悦，对赵毓青悄悄地说：“你知道那个江华——我的表哥，他告诉我的。”

赵毓青也笑了：“又是朋友，又是表哥。不管是什么吧，你只要替我介绍一下就行。”

道静：“行！不过，你可得保守秘密。”

赵毓青：“那当然。好，趁着星期天我也回去看看书，不打扰你了。”

赵毓青刚走，一个衣着褴褛的十一二岁的男孩子走了进来。孩子眼睛哭得红红的，站在桌旁看着道静不言不语地发着呆。

道静放下书本惊异地抚摸着孩子的脑袋：“王德瑞，你怎么啦?”

王德瑞:“老师,我不能上学啦! ……”

道静:“为什么? 你功课挺好啊。”

王德瑞:“家里揭不开锅,弟弟妹妹饿得老哭,爷爷急得要上吊……我,我想去当个小工……”

道静惘然地看着孩子,想了一下说:“你这么小,怎么能做工……我到你家去看看行么?”

王德瑞:“您要去? ……”

二十五

一间颓败的小茅屋。

王德瑞领着道静走了进来。

两个孩子,一男一女,小的只有四五岁,大的也不过六七岁,都挨在锅台上向空空的只有一锅清水的锅望着,哭着说:“爷爷,饿呀! 爷爷做饭吃吧……”

一个老汉——王老增,歪在炕上。看着两个孩子挨饿的样子,他眼里噙着泪花,嘴哆哆嗦嗦地刚想说什么,却突然在炕上面向窗外一跪,双手合十地长啸起来:“老天爷呀,你睁睁眼吧,你睁眼看看我王老增这老老小小过的是什么日子啊! ……”说着说着老汉竟哭起来了。

三个孩子全惊呆了。道静也看着老汉惊呆了。

道静悄悄问王德瑞:“你父亲母亲呢?”

王德瑞:“娘死啦。爹叫人抓了兵。我们就跟着爷爷过。娘死了,欠了伍家大地主的钱,我们把地去给他,麦苗也去给他,就,就没吃的啦。”

道静:“是伍雨田家?”

王德瑞:“嗯。”孩子一边说,一边抹眼泪。

两个小孩子这时蹿上炕去,一边一个抱着爷爷哭着说:“爷爷,别哭,俺们不饿啦!”

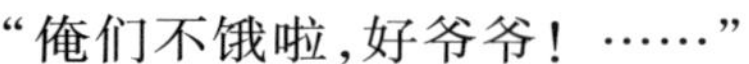

“俺们不饿啦，好爷爷！……”

老汉突然抬起红肿的眼睛紧紧地抱住两个孩子的脑袋，泪水泉涌般流下来。

道静的眼泪也直想向下掉。她二话没说，把身上所有的钱都掏出来塞到王德瑞手里，转身就走了。

二十六

在道静的小屋里，江华和她在谈话。

江华：“这半个多月，你接近了多少农民？你看他们当中都有些什么问题急需要解决？”

道静大吃一惊：“你叫我去接近农民？不是叫我去看农民问题的书啊？……那可糟了，我只好得零分。”

江华也笑了：“我可不许有得零分的学生，还是回答吧。”

道静歪头想了一阵：“农民的生活太悲惨了。他们受地主、高利贷者的剥削压迫，挨饿受冻，经常挣扎在死亡线上。”

江华：“这还不至于得零分。怎么，这些都是从书上得来的么？”

道静：“不。我亲眼看到一个学生的家庭情况就是这样。”

江华：“我说呢，看到了这种情况，你怎么办？能够袖手旁观么？”

道静有些不好意思地：“当然不会旁观，我，我就把一点钱给了他们。”

江华看着道静不言声了。沉了沉，他才严肃地说：“救济一两家贫农，可不能叫广大贫困的农民都有饭吃啊！道静，我们关心农民的最好办法，只有启发他们的阶级觉悟，发动他们自己起来斗争。救济——救济……”江华又摇头笑了。

道静静静地听着，连连点头：“老江，你说得对。卢嘉川也这样说过我。那么咱们就发动这一带的农民来个斗争好不好？”

江华看着她那天真热情的样子，忍不住笑了：“你们学校的伍雨田家就是全区最大的地主,你知道么?”

道静点头:“我那学生王德瑞家就是受他家的剥削和压迫。”

江华向窗外各处望望,然后放低声音:“快麦收了,这一带农民就要来一个反抗大地主剥削的麦收斗争。你多注意一点伍雨田的行动可以吧?”

道静喜形于色:“好,我一定注意。那,老江,也叫我去向农民做点工作行吗?”

江华站起身来:“行倒是行。不过第一不要把这件事情看得太容易;第二千万要守秘密。你们学校里还有可靠的进步的人吗?”

道静:“有一个参加过二师学潮的赵毓青,我正想告诉你。”

江华:“那你首先和他一起商量着办。如果有什么急事,你可以到……”他向道静耳边说了一个地址。又说,“你这后墙临街,万一晚上我来找你,敲四下墙,你就出去开门。”

道静紧握住江华的手:“老江,叫赵毓青帮助我去了解伍雨田可以吧?我就先去到我那学生王德瑞家。”

二十七

在王老增的小屋里,道静似乎已经和他谈了一会儿话了,只见王老增摇摆着手愁苦地说:“先生,您说的话,我……我听不懂。我,我还是听天由命吧!”

道静焦急地捏着拳头:“老先生,那些土豪劣绅、封建地主使农村破产,农民受尽剥削压迫,您、您该觉悟起来参加斗争……”

王老增拨动着灯花看看睡在炕上的三个孙儿,轻轻打断道静的话:“油快干啦,灯快灭啦,先生,您也该歇着去啦!”

道静失望地站起身来,向外走着说:“您受这么多的压迫,可是太……太没阶级觉悟啦!”

王老增又发出一声长叹:“老天爷不睁眼,姑娘,吃不上饭肚子饿啊!”噗一口,他吹灭了灯。

道静倚在王老增的门外,紧紧咬着嘴唇,满脸是委屈的神色。

想了想,狠狠心说:"他不行,再去找别人。"

道静坐在一家点着明亮的煤油灯的农民家里,和一对中年的农民夫妇在谈话。

道静热情的声音:"你们的生活一定很苦吧?"

农妇:"林老师,庄户主哪有不苦的!凑合着过呗。"

道静:"是啊!中国的农民都受封建地主的压迫,还受高利贷的剥削,除了起来斗争,我看是没法子过啦。"

农民听了道静的话,惊奇地站了起来,好像要找什么东西似的东瞧西看一阵以后说:"林老师,俺家王玉山他功课好吗?老师,要请您多费心啊。"

农妇也接着说:"快麦收啦,过了麦收,请老师到俺家吃碗白面饸饹好吧?"

道静扫兴地看看这夫妇俩,看出他们不愿和她说什么,她就站起身来。

傍晚,道静从一家农民门口走出来,满脸是失望和焦灼。

夜,道静又从一家农民门口走出来。把一条素白手绢使劲咬在嘴里。

刚走到学校门口,迎面碰见伍雨田。伍雨田带着讥讽的笑容:"林先生,又去访问家长啦?真是好老师啊!"

林道静瞪了伍雨田一眼,径直走进学校的门。

她刚刚走进自己的屋里,灯也不点,颓丧地一头倒在床上,赵毓青忽然推门走进来,他神色有些慌张地说:

"老林,告诉你点消息:刚才我看见伍雨田的父亲——大地主伍仁贵来找伍雨田,他们偷着说话,叫我听见了。"

道静从床上一跃而起:"听见他们说什么?"

赵毓青:"他们听见风声说附近农民要在麦收来一次大的斗争,他来叫儿子去动员区保卫团加紧防备。"

"啊!"道静扭头就向外跑。

二十八

在镇上的区公所里,伍仁贵、伍雨田,另外还有几个地主、绅士样的人,在和区保卫团长李洛贵等人开紧急会议。

伍仁贵:"李团长,没别的,到时你多辛苦吧。怎么也不能叫那些穷棒子们造反!"

伍雨田:"奇怪!我看准是有共产党在活动。咱们一定要加紧防备。"

李洛贵抚摸着手上的驳壳枪微微一笑:"老百姓的生活实在太苦啦,要造反也不奇怪……"

乡村的原野。熟了的麦穗随风荡漾在迷蒙的月光下。

道静急急地走在这寂静的原野上。她蹚过小河,走过坟地。有什么声音在响动,她惊愕四顾。没有什么,便又壮着胆子走下去。

道静走上一座大堤。河水和芦苇同时哗哗响着,她又胆怯地四处瞭望,生怕走错了路。

在大堤下面的村旁,望见了一间茅屋。她高兴地走了过去。

一个农民模样的人(区保卫团的)抱着大枪站在堤旁,见了道静问:"找谁?"

道静:"江华。"

农民笑笑,把她带到屋门口。道静走进屋来刚要讲话,江华向她摇手示意,她只好站在门边看着江华和一屋子农民在谈话。看着看着,她的眼睛越睁越大,也越亮……看,江华穿着农民服装,多么随便又多么亲切地在和农民商量事情。

江华蹲在炕上,说话又通俗又具体,可不像林道静那么文绉绉。

江华:"咱们庄稼人一颗汗珠摔八瓣,好容易打下的粮食,伍仁贵那老家伙肩不动膀不摇,手一伸就抓挠过去啦。可是他还'倒打一耙'说咱们农民吃的是他的!……"

“他放屁!”一个农民忍不住喊了一声,“咱庄户主饿得前心贴后心,把他养得肥贼大胖,怎么是他养活了咱?干吧!叫老家伙也知道点咱农民的厉害!”

江华连连点头:“对呀!种棉的没衣穿,种地的没饭吃,这就是国民党帮助地主老财压迫农民的结果。所以,咱农民只有抱在一起坚决斗争,才能杀出一条活路……你们就这样分头去发动群众……”

道静这时实在忍耐不住了,她跳上炕去,在江华的耳边说了几句话。江华笑了,看看坐在身边的李洛贵,笑着说:“你这个消息来得挺好。到时再看保卫团倒是保卫谁的吧?”

道静惊疑地看着江华,刚要说什么,江华又问她:“你发动农民的结果怎么样?”

道静惭愧地低下头来小声地:“看见你的方式,我当然要失败。”

江华:“我看,不完全是方式问题。你都找了些什么人家?贫农、雇农、中农,还是富农?”

道静:“我也闹不清是什么农。反正农民还不都是贫困受压迫的?”

小屋里突然爆发出一阵善意的笑声。

李洛贵对道静挤挤眼皮说:“姑娘,你这生长在城市的人,对农村可真是不熟悉啊!”

道静又惭愧又高兴。沉了沉,她对这些人一点也不陌生地笑道:“刚来的时候,我连韭菜、麦苗都分不清呢。”她又对江华说,“老江,真感谢你……可是,敌人都注意了咱们,咱们的斗争能成功吗?”

江华:“赶快回去吧。你和老赵还是多注意伍雨田的行动。这家伙很坏,他父亲都听他的。”

“你们什么时候动手要告诉我呀!”说罢,道静兴奋地跑出门去。

二十九

傍晚，道静在校园里走着，对赵毓青兴奋地说：

“老赵，暴风雨就要来啦。我第一次看见农民要求革命斗争是那么迫切……”

赵毓青笑笑：“垂头丧气，又变成兴高采烈啦？”

道静把头发一甩：“别开玩笑！麦收斗争不知是什么样儿，我真想赶快看见。”

赵毓青：“什么地方都有党的力量，我也真高兴……别闲扯啦，咱们去看看伍雨田又在干什么——不，还是我一个人去。”

伍雨田在校长办公室内打电话。他气愤地对听筒喊道：“风声越来越紧，麦子熟了，雇不上短工来割，你们要加紧防备！夜里在地里要放上武装哨……听见没有？听见没有？”

赵毓青轻轻地从校长室旁边的自己住屋内走了出来。

道静在昏黑的夜晚又走上堤坡。她健步如飞，浑身都充满力量似的消失在芦苇中。

夜。

林道静一个人心神不安地翻着桌上的作业本子，独自喃喃：“斗争怎么还不起来？……”

这时，赵毓青走了进来，他又惊又喜地悄声说：“老林，斗争起来啦！”

道静跳了起来：“啊？……”

赵毓青：“别太高兴！还有紧急的事呢！区保卫团倒向农民这边了。他们没有保卫地主的利益，反倒帮助农民抢收麦子，所以我听见伍雨田在电话里正在调县保卫团来救命……”

道静转身就飞似的向外跑。赵毓青也跟着跑了出去。

在灯笼火把照耀着的田野里，无数的农民，有女人，也有小孩，在紧张地收割麦子。这中间出现了王老增和他的孙子王德瑞。他们高兴地割着捆着。有许多人就飞似的推着小车、担着担子把麦子抢收到自己的家里去。

许多背着大枪的区保卫团员，也都是农民打扮。他们不但没有制止农民抢割地主的麦子，反倒在各处巡逻，在大路上警戒，还有的帮助农民割、捆。

李洛贵提着盒子对身边的农民打扮的江华低声说："想不到一下子发动了五个村子，这么多的农民。"

江华："人急造反——也是地主自己叫他们来的……不过，假如你们暴露了怎么办？"

李洛贵："有党在这儿，我们怕什么！"

林道静走上大堤，就看见了这动人的景象。她贪婪地看了一会儿，惦记着紧急任务，又飞似的朝堤坡下芦苇丛中跑去。

芦苇丛中的小屋空空的。道静返身就向回跑。

排山倒海的人流还在战斗着，抢割着。田野里的麦地，一片片露出了光秃的麦茬。

道静出现在抢麦者的当中。她顾不得再多看，就到处寻找江华。

她先看见了李洛贵，还认识他，就问："看见江华了么？"

道静和江华、李洛贵都站在大堤下，道静靠着堤身大口喘着气，累得脸色惨白。

江华严峻地思考一下说："老李，只有准备用战斗来保卫农民快收快藏了！你快去把队伍集中整顿一下。"他又对道静说，"你快回学校，只当什么事也没有。还有，叫赵毓青也隐蔽好，不要暴露。"

道静向学校走，她却忍不住停留在田野里，甚至忍不住帮助抢收的农民抢起麦子来。终于,她拿着一绺麦穗向学校走去。她正走着,远远地看见了赵毓青也从另一条道向学校走着。她一扭头,却见伍雨田躲在一棵大树后面狠狠地盯着她……

她刚刚疲惫地走回自己的小屋里,枪声猛地响了起来,她惊悸地侧耳倾听,喃喃道:“江华他们……”

江华和李洛贵领着一群保卫团员正伏在大堤上,狙击准备破坏抢麦的县保卫团。

枪声震耳。抢麦的群众正把最后捆好的麦捆紧张地推着、挑着,如飞地运走。

天色破晓,田野光秃,已空无一人。江华对李洛贵说:“你快领着弟兄撤退、隐蔽,我来掩护。”

李洛贵激动地:“不行! 老江,我是本地人,我来掩护!”

江华严厉地:“情况紧张,快走!”

三十

雄鸡高啼,道静还在黑暗中不安地坐在窗前。枪声渐渐稀疏下来。她突然听到后墙轻轻响了四下,怀着激跳的心,她迅急地轻轻跑到大门口去。

门开了,晨曦中并不见人影。她绕到后墙,在一棵树后,她看见了江华。

江华把她领到一片长着芦苇的洼地里,低声说:“道静,事情很紧急,你必须立刻逃走。也叫赵毓青逃走。”

道静被这意外的消息惊得呆住了。她有些不相信似的看着江华头上正在滚滚落下的汗珠小声说:“是真的? 我干吗要走?”

江华:“伍雨田已经注意了你们,快走吧。”

道静难过地:“老江,刚刚和你联系上,你一下子叫我知道了那么多事情,想不到又……可是,我到哪里去呢? 要不和你一样,我也在农民当中工作吧。”

“情况紧急,”江华果决地说,“你必须赶快离开这块地方!”

“那，我到哪儿去呢？我再也不愿意离开你们这些革命同志……”道静低头，声音哽塞了。

“到北平去怎么样？可以去找郑瑾。”江华的声音又低又慢。

道静抬起头来笑了：“那，你叫我去我就去吧，不过……”

“是不是因为胡梦安在那里——那倒也是个问题……”江华沉思起来了。

“不！不是。我才不怕他！”道静坚决地说，“老江，我是……想问你……”道静有些不好意思地低声问，“你，请你告诉我，你是个共产党员么？”

“为什么突然问这个？”江华望望寂无人声的四周说。

“我，我，你可以介绍我参加党么？”

江华亲切地：“道静，你会懂得考验这两个字的意思，勇敢地接受一切考验，党是会给你打开大门的。”

道静连连点头。忽然她看着江华的肩膀“啊”了一声：“啊，这是血？你怎么啦？……”

江华看看自己肩上涌流出的鲜血，笑笑：“没什么，刚才被县保卫团包围了，突围出来受了点伤。现在你快回去收拾一下，立刻奔火车站。”

道静点头迟疑地刚想走开，江华又叫住她，低声叮嘱：“前边不远，王老增等着送你上车站……到了北平找郑瑾要特别小心，先去向她的胡同口一个卖烟的老头问句话。还有，别忘了通知赵毓青叫他也快走。”

看着江华负了伤还那么殷勤关切的神情，道静感动得眼里含着泪。她说不出什么只是频频点头。看着江华回过身大步走了，她在迷蒙的月色下还在望着他的背影：“同志——平安，希望还能再见到你……”

选自《杨沫文集（第4卷）中短篇小说选》，

北京十月文艺出版社 1993 年版

◇乔雪竹

乔雪竹(1950—　),山东沂水人。1982年毕业于中央戏剧学院,毕业后入江苏省戏剧研究所任编剧,后在深圳市文联任专业作家。1983年,乔雪竹创作了反映当代知识青年和待业青年生活的电影剧本《十六号病房》,影片获1983年中国文化部优秀影片奖优秀故事片二等奖、第7届大众电影百花奖最佳故事片奖。此后,乔雪竹又创作了《北国红豆》《山林中头一个女人》《最后一个冬日》《女人·TAXI·女人》等优秀剧本。

十六号病房[1]

1. 西山结核病医院

六十三号病房的门上镶着四个卡片框，排列着如下三个病人的卡片：

常琳：女、三十岁、待业青年。

桑青青：女、二十七岁、待业青年。

田进军：女、三十岁、大学生。

第四张卡片框是空着的。

病室的门被推开了，护士小欧端着药盘走了进来。

四张病床空了两张。

其他两张病床上分别坐着桑青青和外号叫作“作家”的田进军。

进军的床上摊着一堆稿纸，但她显然是无心写作了。

青青的床上摊着一大片扑克。她正百无聊赖地用扑克算命。

护士小欧面无表情。她在青青和进军的桌上分别放下了一小玻璃皿的药，又把另一小玻璃皿的药放在了第三个病桌上。

第三个病桌上这样的玻璃皿已经摆着很多了，像一排整齐的士兵，里面的药纹丝没动，显然病人已经有几天不在了。

小欧数了数桌上的药，说了句：“当初就不该准她的假。”她叹了口气，走了出去。

---

① 本剧本改编以乔雪竹为主，由乔雪竹、姜思慎合作完成。

青青抬起头来，还存在着一丝幻想地问着进军："不会出事吧，进军？"

进军烦躁地："我怎么会知道？"

青青嘟囔着："你是'作家'嘛！"

进军："那也不如你能掐会算。"

青青继续摆布着扑克牌："凶？吉？……钩哩(J)，圈儿(Q)，四……圈儿——贵人保佑，四——四面八方……"

门再次被推开，一对摩登青年闯了进来。

青青和进军"嚯"地从床上跳了起来。

"你姐姐呢？"她俩几乎异口同声。

男青年常苇一边收拾着那一张摆着病员服的空床，一边说："走了。"

"走了？"青青、进军大吃一惊。

女青年明丽说："我们来替姐姐办出院手续。"

"到哪儿去了？没有信留给我们？"青青和进军追问不迭。

常苇回答不及，他光顾着在姐姐的床上翻找着什么："姐姐说，信，过不久她就会写的。现在，她有一本日记，忘在病床上了。"

青青一下子就从褥子底下翻出了一个本子。

病区主任徐医生和护士小欧也冲进了病房。

现在，大家面对着这本摆在病床上的日记。日记本上写着主人的名字：常琳。

大家犹豫着。

常苇说："姐姐说，这本日记没有什么可保密的了。"

进军立刻翻开了日记的扉页。

2. 页上印出了故事的片名

《姑娘的日记》。

编、导、演职员表。

3. 银幕暗了，不是全黑，而是呈现出一张 X 光胸片。慢慢可辨 X 光机旁的徐医生的轮廓

X 光机“咔嚓咔嚓”的响声。一明一灰的灯光。

徐医生注视着屏幕：“吸气、呼气、吸、呼……”

X 光机明了。

走下一个端庄文雅、透着文学气质的大家闺秀，这是进军。

看来徐医生对她的疗效还算满意。

徐医生：“等你的小说写得差不多了，你的病也就快好了。不过，我想不透那个古墓里到底有什么故事可写。……不可太费心思了，记住。”

X 光机暗了。

徐医生：“吸气、呼气、吸气、呼气……”他继续注视着屏幕。

X 光机明了。

一个十分漂亮、活泼，又有着善良的小市民气质的姑娘走了下来，她是青青。

青青凑到医生跟前：“怎么样？徐医生，快出院了吧？”

徐医生：“想结婚了吧？男朋友等急了？”

青青有点不好意思：“瞧您说的，工作还没有呢，结个什么婚啊！”

X 光机又暗了。

徐医生：“吸气、呼气、吸气、呼气、吸、呼、再吸……”

X 光机“咔嚓咔嚓”响着。

但这响声和徐医生的语调似乎比前两位要长一些。

青青和进军也凑到了屏幕前，小声问：“见好吗？”

徐医生摇摇头。

X 光机明了。

抑郁、忧愁、冷漠、沉闷，和前两个姑娘形成鲜明对照。第三个姑娘走下 X 光机，注视着医生，一言不发。X 光室顿时静了下来。

医生发愁地：“常琳，你要愉快起来，配合治疗。”

常琳仍注视着医生:“我到底是什么病?”

徐医生耐心地:“普通的浸润性肺结核。并不重,你就是太忧郁了。这样影响疗效。”徐医生拍了拍她的病历夹。

常琳的眼睛死死地盯着病历夹,继续问:“那我刚入院的时候为什么吐血呢?”

徐医生和气地做着解释:

“从理论上讲,吐不吐血并不意味着病情的轻重。只说明病灶的位置靠近血管……你们住院久了,也应该知道这些常识。”

常琳苦笑了一下,不说话了。她根本不相信这些话。她走出 X 光室,扬长而去。

青青和进军也随后追去。

X 光室只剩下了徐医生和护士小欧。

小欧一边收拾着病历一边问:“她为什么总忧郁呢?”

徐医生不便多讲:“因为她得的是这么个病。”

小欧:“她为什么得了这么个病呢?”

医生:“主要是她性格太忧郁了。”

小欧刨根问底:

“她为什么有这么个忧郁的性格呢?”

医生不耐烦了:“忧郁就容易生这个病,生了这个病就更忧郁……你应该加强学习了!”

他猛地摘下了黑眼镜。吓了小欧一跳。徐医生终于缓和下来口气:“你插过队没有?当过知识青年没有?”

小欧摇摇头。

徐医生拍拍她的肩膀,也走了出去。

4. 医院的栅栏高墙,挡不住外面的春光

栅栏外是广阔的田野。麦苗似浪,渠水哗哗。

三个姑娘扶着栅栏朝外看着。这田野勾起了她们对青春的回忆。

进军："我当知青的那个林场。一到这个时候，雪才化，林子里就没有多少活了，我们就满山遍野地采杜鹃，那杜鹃花一开呀……"

青青打断她："那有什么了不起。我们云南，一年四季都是花！大树开红花你可见过？香蕉、甘蔗、菠萝……你知道菠萝和波罗蜜的区别吗？一个是地里长的，一个是树上结的……"

进军问着常琳："你们草原上这会儿，羊羔……"

一扭头，发现常琳已独自朝有着一个小宝塔古墓的小山上走去了。

5. 进军和青青攀上小山。发现常琳又沿着下山的路走了

两个姑娘对视了一眼。无可奈何地努了努嘴，各自干起了自己的事情。

进军像牡蛎一样地贴在一块石崖上，那石崖上镌刻着"精神不死"四个大字。还有一些小字依稀可辨，进军一边记着，一边遐想着。

突然，青青高兴地大叫。打断了她的思路。

"明天他一准儿来，你看，K！"青青挥舞着一张扑克牌老K对进军说，"老K是男朋友！"

进军根本不睬她："青青，别打岔！"

进军又继续着她的遐想。她的眼睛里逐渐放出了光彩，嘴巴也开始张大，那是她即将捕捉灵感的预示。

"糟了！"青青又神经病似的叫了起来，"糟了！进军！我早就猜到了，不用算卦我也能猜出来……"

进军简直是在央求她了："你体谅体谅我好不好？人家在构思呢！"

青青："你有什么可体谅的。丈夫是研究生，爹又官复原职，自己又上了大学，以后是大作家。你倒是体谅体谅我，病退回城，没有工作，男朋友又要吹了！"

进军只好来哄她："你别瞎猜了。他挺喜欢你的，咱们青青这副脸蛋儿也长不出大米……"

"你看呀，你看呀……"青青着急地把自己的扑克卦摆给进军看。出现了一个"三"、一个"七"。

"三，是三心二意；七，是要有场气生。我早就猜到了，他好久不来看我了，也不来信……"说着已经带出了哭腔。

进军发现这"卦"中还有一个四，连忙问青青："四！这四是什么意思？"

青青一本正经地："四面八方。"

进军："四面八方意味着什么？"

青青一时回答不出来。全神贯注地开始思索着四面八方的含意。

进军暗自笑了。趁此脱身，又去考察古墓了。

古墓旁那高洁的白塔。白塔上的云。山下的医院。一派恬静，像一幅极为透明的水彩画。

6. 夜幕降临时。仍是这西山，仍是这医院，却显得肃穆、静谧、深邃，而又神秘。尤其是那西山吹来的风，加上走廊里的一两声咳嗽，和查房的护士的脚步声，使得不了解医院生活的人甚至会感到某种……恐怖！

随着画面响起了画外音：

"这结核病院的夜真静，静得像个墓园。今天，'作家'告诉我，这里从前还真是个墓园。要不，哪来的那座塔呢？她构思了一个故事，说那古墓里埋葬着冯玉祥的一个心爱的将领……她将那西山的风比作将军的英灵魂魄，说它们日夜吹送的，是那不死的精神。可惜，我听不出来。因为，我还活着，精神却差不多死了。"

六十三号病房里，进军和青青都睡了。进军的桌下飘落着几张写了半截的稿纸。

常琳床头的小灯又低又暗，她捧着日记，写不下去了。悲伤使她感到胸闷、气短。听到走廊里传来咳嗽声时,她不由得也咳嗽起来了。

走廊里传来的咳嗽是一个老年人的嘶裂的空瓮的声音。这声音传染着夜不能寝的常琳。她随之战栗,随之咳嗽。

她按了床头的红灯。

走廊里传来了急救的杂沓声音,不时趔趄着朝楼下走去了。

常琳继续按着红灯。

等护士小欧赶来时,常琳脸潮红,头发微散,眼角闪着泪花,不知是忧伤还是咳出的泪。

小欧:"对不起,抢救张老头呢!"

常琳:"不知怎的,他一咳嗽,我就也咳嗽。"

小欧悄悄地告诉她:"听徐医生说,张老头没有几天活头了。"

她意想不到这话触动了常琳的心事。常琳一把拉住她,问:"我还能活多长?"

小欧被她的眼睛吓了一跳。黝黑、深邃、绝望……

小欧:"别胡思乱想,吃了药睡吧。"

常琳:"睡不着。"

小欧给她喂水:"这里面加上安眠药了。"

小欧离去。

常琳伏在枕上,把日记本贴在脸上。

画外音:"夜太长了。在我的记忆里,只有童年的夜是短的,总也睡不够……"

她伸出手臂,看了看手表的指针。

7. 闪回

闹钟响了。一个小姑娘使劲地用被子蒙住头。闹钟仍在响。小姑娘穿着睡衣跳将起来,用小枕头把闹钟压盖住,自己又钻回被子。

被子被掀开了。年轻的妈妈嗔怪地看着自己的小女儿,桌上摆着一碗馄饨。

“妈妈——”小姑娘难为情地叫了一声。不情愿地穿衣服，吃早点，背起书包。

在她走出房门的那一刹那间，她倚在门上回头看了一眼妈妈和小屋。

妈妈正替她整理床铺，向女儿报以慈爱的微笑。

小屋里射进早晨的阳光，洋溢着幸福和温暖。

画外音：

“我的童年，我的幸福，都留在了这间美丽的小屋。在别人看来，也许还有点寒碜，但这是妈妈留给我的小屋。所以它是美丽的。”

8. 仍是这间单元小房。仍是常琳倚在门口，但她却是一个十七八岁的少女了

仍是屋里的那些摆设。仍是妈妈的笑脸，那笑脸却是一张凝滞的照片。四周镶着乌木的框子，挂在墙壁上。

常琳戴着红臂章，在整理行装。

走进来了父亲、继母，还有继母所生的小弟常苇。

小常琳意气风发地：“广阔天地，大有作为呀！”

继母用手帕捂住脸：“你积极、你光荣，可人家会怎么说我呀，人家说我这当后妈的容不得你……这几年，你不和我们一起住，硬是自己一个人住在这小单元里，邻居就说了我多少闲话，你这一走，我还怎么做人啊！……”继母愈发地号了起来。

小常苇忙去劝慰自己的妈妈。

常琳只管用小手帕擦着自己母亲的遗照。

父亲皱了皱眉头，制止住继母，对常琳说：“咱们丑话说在前头，到时候你吃不了苦，再想回来，我可没有办法。”

常琳“嚯”地转过身来：“回来？除非我一口气上不来，躺下了……”

9. 常琳躺在病床上，捧着日记

画外音：

“我没有违背誓言，我不折不扣地躺着回来了。”

她终于忍不住，翻转身去，把日记本压在身子底下，无声地饮泣着。

10. 清晨、病房、阳光

当护士小欧端着打针的托盘进来时，常琳带着隔夜的宿泪仍仄歪在床上，眼睛都不睁。而青青已经在那里一遍一遍地梳妆打扮了。

小欧：“打针了，别睡了！”

常琳懒洋洋地伸出一只胳膊来让护士注射，翻个身，接着又睡。

进军精神起床，对着镜子梳头时，从镜子中看见青青脱下了病员服，从床铺底下抽出一条裤线压得很直的裤子，然后，又在那里给皮鞋打油。

进军对着镜子抿着嘴笑了，然后用拇指和食指在青青耳边打了个响指说：“老K！”

青青却对着自己的皮鞋发愁。这皮鞋在今天显然不够理想。

“进军！”青青有点难为情地开口了，“这鞋和这裤子前面颜色不配。”

进军一时没弄清她的用意，只是替她着急地说：“那怎么办呢？”

青青朝进军的脚上瞥了一眼，进军方才明白，赶快脱下自己的皮鞋。这皮鞋显然要体面一些。青青眉开眼笑，立刻甩掉了自己的皮鞋。

进军又替她担忧地问：“不挤脚吗？”

青青咬着牙把自己的脚套进了进军的鞋子里，顽强地说：“凑合啦！”

常琳不屑一顾地任她俩忙活，自己简单地梳洗了一下，推门而出。

进军在后面叫她："别走啊，万一有人看你，到哪儿去找啊？"

"没人看我。"常琳冷冷地说了一句，就走了。

11. 常琳独自躲在了小宝塔山上，俯瞰着

络绎不绝的探视家属提着大包小包往病区走来。

常琳扭过头去，不看。

12. 二楼栏杆上，进军和打扮得漂漂亮亮的青青俯瞰着探视人员，等着自己的亲人

病员们分别迎来了自己的亲人。

二楼栏杆上的两个姑娘仍等待着。

进军索性捧起一本书来读。

青青叉着腰。在阳台上"嘎嘎"地走着，犹如在舞台上迈着轻盈的舞步，眼睛的余光仍然专注地扫视着来往的人们。

"瞧！四眼儿！"青青一眼发现了提着个沉甸甸的包的进军丈夫，包里无所不有，他一样一样地往外掏着。长椅的另一头成了杂货铺：点心、水果、衣服、书……甚至香脂和卫生纸。

他很为自己想得如此周到而自豪，打开一瓶香脂凑到进军的鼻子跟前："是要的这一种吧？"然后又掏出进军给他开的清单一一对照着，俨然一副严谨的学者派头。

"爸爸为什么没来？"进军问。

"忙呗！"丈夫答，"王妈妈和姜阿姨又回到了妇联，她们问你有什么困难，还说要来看你。"

"是吗？"

"这是她们让我给你带来的东西。"

当丈夫把另一样东西掏出来时，进军的脸色不那么愉快了，这是份稿子，一份退稿。

丈夫委婉地建议:“史料要是能考证得多一点,细节再……”

进军沮丧地接过稿子:“我到哪里去找细节去,好几辈子以前的事。考证了半天,也只能看清那么几个字,精神不死……这是第二稿,昨天我又重构思,也不顺……”

体贴的丈夫生怕妻子难过:“那么就放一放,先不忙着写,听听音乐怎么样?”他又开始从包里往外掏东西——一台小录音机和几盘磁带。

他把磁带往录音机里一放,立刻响起了钢琴的华彩乐段。

进军脸色开朗了。

13. **嘎、嘎、嘎……**

阳台栏杆上,青青一个人形单影只,一瘸一拐地踱着。她焦虑不安地张望着,已经有病员在送探视的家属了。

那双皮鞋显得夹脚了。她忍着、等着,终于忍耐不住了,一屁股坐到了病床上,甩掉了两只鞋。

“砰! 砰!”有人敲门。

青青激动地奔向病房门口,刚说了一声:“请进!”立刻意识到自己是赤足,马上把门又顶上,叫着,“等一下!”

她慌慌张张地换上鞋,忍着夹脚的疼痛,又重新照了一下镜子,然后拿起了编织的活计,亭亭玉立、仪态万方地打开了门:“请进!”

门一开,她傻眼了,一个负责分发报纸信件的老收发拣出一封厚信给她,并从眼镜片上窥视姑娘的神情。

“足有二两重啊,多少知心话啊!”

青青忐忑不安,手指抖着,竟没能一下子撕开信。

14. **山上,起风了。树木摇曳着,更显出常琳飘零的身影。她漫无目的地走着,拍拍这棵树干,摸摸那株野花,仿佛只有草木和她相亲似的。最后她累了,在一块汉白玉石座上坐下,捂住了脸**

“姐姐——”山下传来一个小伙子的呼喊。

常琳仍然捂住脸，没有听见。

“姐姐——”那喊声愈来愈近了，常琳听见了，却没有意识到是喊自己，她置若罔闻地朝山下看着——

一对摩登青年正费力地往山上爬着。那小伙子一手提着一网袋水果、罐头，一手还要去拉那摩登女郎，那摩登女郎已是气喘吁吁了。

“小苇！”常琳惊喜地叫着，但惊奇超于欢喜，“你来看我，你……妈知道吗？”

“是她叫我来的。你住院半年了，她一遭也没来过……她说实在是抽不出空，身体又不好……”这些话，常苇显然也觉得说不过去，怪绕嘴的。

“让她别为我费心。”常琳淡淡地。

“这个……”常苇想起了手里的网兜，连忙往姐姐怀里塞。

常琳感动了，一边推辞着一边说：“你花这份钱干什么？你那点工资还不攒起来，将来……”

常苇小声地说：“等不到将来了，就眼下的事。”他叫着姑娘的名字，“明丽——”

明丽正在整理着自己的头发，听见常苇叫，赶快过来。

“这是明丽。”常苇说。

常琳从上到下打量着这个摩登姑娘。

常苇得意地站在姐姐旁边欣赏着自己的未婚妻。

这明丽从外表看，又像洋娃娃，又像时装模特：喇叭裤、紧身衣，尤其是她的头发，精美之极，只有理发馆的橱窗照片里才能看到。

常琳小声地耳语：“你把教授的女儿给拐来了吧？”

常苇笑嘻嘻地：“哪能呢？”又颇有丈夫气概地对明丽说，“这是姐姐。”

“姐姐！”明丽甜甜地叫了一声。

常琳喜爱地把明丽挽在自己身旁。明丽又顺手替常琳把头发托了托。

“你们什么时候办事啊?”常琳问。

明丽做羞怯状,不语。

“快了!”常苇赶快说。

“都准备得差不多了吧?”

“差不多了,差不……”常苇欲言又止。

明丽偷偷地白了他一眼。

常琳翻口袋,掏出一张汇款单:“这是我姨妈这个月寄给我的生活费,十元,别嫌少,你们取出来用,算作我一点心意。”

“不,不,你从边疆病退回来,没有了工作,没有工资,又有病。我和妈妈又不能接济你……”

“就是嘛,有啥也别有病,没啥也别没钱。”明丽十分世故地说。

“拿去吧。”常琳平静地说,“我舅舅这个月还能给我寄十块二十块的。”

常苇:“他们拉家带口的,拿出这点钱也不容易。”

明丽:“钱我们倒是不缺,就是缺……”她踢了常苇一脚。

常苇:“缺……缺一间房子。”

常琳终于明白了。她瞪着弟弟沉默不语,气氛顿时紧张了。

“将来我出院住在哪儿?莫非我真的死在医院里了?”常琳的口气愈发悲愤了。

“我们只是借用,暂时,借用……”常苇愈发地感到理屈。

“别忙,等我咽了气,你们再要这房子也不晚。”说着,常琳泪水夺眶而出。

常苇无地自容,满脸羞愧,跌跌绊绊地往山下跑。明丽跟着跑了两步,发现网兜还在常苇手里提着,一把夺过来,又重新跑回山上。塞到常琳怀里,着三不着两地说:“姐,你消消气,我们再另找房子。你别哭了,你看你的头发,又乱了……姐,你以后要烫发什么的,就找我,我在理发馆。”说着,又跑下山追常苇去了。

常琳垂下了头,一头黑发遮住了眼睛。等她撩开头发时,那一对摩登青年的身影已变成了两个小点。

常琳默默自语:“从今天起,我连弟弟也失去了。”

15. 哭声,从六十三号病房里传来

常琳推门一看,青青趴在床上伤心地哭着。枕头边上一封撕成两半的信。

进军和护士小欧正劝着。

小欧小声地告诉常琳:“青青的男朋友和她吹了,嫌她是个待业青年。”

这句话被青青听见,哭得更厉害了:“待业!待业!业没待来,病倒待来了。”

进军愤慨地:“要不是这样,他的卑鄙还暴露不出来呢!”

青青边哭边说:“不怪他!全怪我!谁让我去插队的!我要不插队,工龄比他还长呢,也落不了这么一身病。”

小欧劝她:“别哭了,肺上的洞又要开了。”

青青抽抽咽咽地强忍住哭声。

常琳:“哭吧!哭吧!眼泪能排毒,《参考消息》上说的。”

于是青青大放悲声。

进军把常琳拉到一边:“你这人,太冷漠了。”

常琳反唇相讥道:“热乎又有什么用?谁又能是谁的救世主?”

进军委屈地问:“你这是说我吗?”

常琳望着她,一言不发。

进军:“我也是知青啊!”

常琳:“那是过去。”

进军:“我知道你的痛苦,我也有我的苦闷,我们大家不能沟通一下吗?”

常琳望着她,仍是一言不发,脸上的表情更冷漠了。

16. 常琳日记

画外音:“沟通?不能的。命运对我太吝啬了,我不能不变成

了一个守财奴，紧紧地守着我那一点悲欢，我在自己的周围筑着篱笆，连苦难都有了界限……在这个医院里，我有块自己的‘领地’……”

随着画外音，展现了医院生活的小景——

人们散步时，她独自走着一条小径。

人们三五成群地围着石桌，坐在长椅上下棋，聊天。

她独自来到医院的一片荒芜的角落里，有一条不宽的沟将这片荒草林和小径隔开了。她将一块木板从树丛中抽出来，搭在小沟上，走了过去，而当后面散步的人好奇地接踵而至的时候，她和木板都已没有了踪影，只有一条不宽却又难过去的小小的鸿沟。

这就是常琳所说的“领地”了：灌木和树林成为天然的屏障，环绕着一大片长满青草和野花的草坪。草坪上有一条歪了腿的长椅，半塌陷在荒草里，长椅后面的灌木仍有缝隙可以看见花园小径上散步的病友，于是常琳又去折树枝想在缝隙那里夹一道篱笆。

她跑到草坪的尽头，那儿挺立着一棵山川柳（柽柳）。常琳若有所思地看着这柳树。这柳树的叶子像羽毛一样，她把山川柳枝夹在长椅后面的灌木丛中，挡住缝隙，然后脱下宽大的睡袍，铺在草坪上。她坐在睡袍上，拿歪椅子做桌面，摊开了日记。在动笔之前，她又擎着那枝山川柳叶凝神地看着。她开始写了。

常琳日记。画外音：

“我这‘领地’上有一棵美丽的树，是医院里唯一的一棵。它的名字叫山川柳，这名字将我引向过去，引出医院，引回到我那失去的山川……”

那棵摇曳的山川柳的特写，在阳光下显得扑朔迷离。

常琳趴在睡袍上写，然后又翻转身，嘴里噙着那片叶子，双手枕在头底，荒草和野花淹没了她的柔美的身躯。她将目光扫视着周围，又投向蓝天。

画外音——“这儿像草原，天也像草原，云彩像羊群……哦，也像奔腾的骏马。”

她就这样仰卧在自己的“领地”上看着、写着、想着……只有在这片“领地”上，常琳才能将她郁闷的内心世界，她的思念和向往之怀略略敞开，她的面容才能舒展……

17. 走廊里脚步纷乱，吸痰器、氧气、心电图……各种仪器推向特别护理病房。那病房的上方有一盏红灯，一面写着“肃静”，一面写着“病危”

徐医生被许多医护人员簇拥着，疾步走来，神色严肃。

值班室里，小欧抱着病历慌慌张张地出来，和常琳撞一满怀。病历落地。

常琳的眼睛又死死地盯住病历夹中的几张纸。

小欧俯身捡着病历：“张老头病危。”

传来主治医生厉声的呼唤：“小欧！”

小欧抱着病历走了。值班室的门未关紧，而病历架上整齐的病历赫然在目。

常琳犹豫了一下，四周看了看，医生护士全集中在急救室里，她下了决心，闪进值班室，紧张地在病历架上查找着。

她已经找到进军的了，已经找到青青的了……

这时，徐医生推门而进，常琳闪在门后。

徐医生精神疲惫地在办公桌前坐了下来，在死亡通知书上签字后，对下属医生说：“通知家属，准备后事。”

下属医生走了出来。常琳正要溜，被徐医生看见。徐医生目光严厉地注视着她：“你这是违反院规的！”

“我……我想知道，”常琳起初害怕，后来索性一横心说，“我想知道什么时候轮到我……死。”

徐医生严肃地说：“对于你来说，根本不存在死的问题，而是活！”

常琳：“怎么活？”

徐医生：“你的人生道路还长得很。”

常琳:“怎么走?”

徐医生停顿了一下,思索了一下,口气温和而低沉了:“先把病养好。”

他拍拍常琳瘦削的肩膀,把她推出了值班室的门。

18. 阳台的栏杆,三个病友俯瞰着

一个平车将盖着白色尸布的张老头的遗体,推出了病房,向远处的太平间走去。

在死亡面前,三个姑娘都有所震动:青青掩饰不住恐惧,紧紧地靠在进军怀里;进军比较镇静,却也难免伤感;而常琳扶住栏杆,咬紧下唇,眼睛痛苦地越睁越大,又越眯越小……

进军提议大家进病房:“我爱人上次带来了好几盘磁带,咱们还没听呢!”

病房里响起了一首乐曲:钢琴和管弦乐队的协奏,犹如青春在和厄运搏斗着。钢琴是激越的,犹如不可战胜的青春。管弦乐队是磅礴的,犹如命运的壮阔。

青青问:“什么曲子?”

进军:“B 小调钢琴协奏曲。”

青青问:“谁作的?”

进军:“柴可夫斯基。”

青青一时绕嘴:“柴……老柴!”

乐曲在响着。

而这乐曲在常琳的耳朵里是遥远的。她抑制不住自己的冲动,拿起日记本,走到门口,却不知写什么。她仍不由自主地去窥望太平间。

太平间是一所远远地坐落在医院角落里的小房子,被树木遮掩着。

她眼前忽而是童年的小房,忽而是太平间的小房。

她猛地从日记里撕下一张纸,疾书着:(画外音)“小苇,我的那间单元房子就给你了,算作送给你的结婚礼物,你们不用管我,有另一所小房子在等着我……”

那所太平间的小房子像一只猛兽一样越扑越近,她躲之不及,大叫了一声,信纸和日记飘落在地。

“常琳! 常琳!”进军和青青扑了过来。

钢琴协奏曲。乐队以紧张的和弦奏出了尾声。

19.六十三号病房,又一个明朗的早晨

夏天。

青青在试一件夏衫。“作家”在看书。常琳侧着身子,仄歪在床上。

青青边试衣服边和进军闲聊:“‘作家’,你猜城里现在的连衣裙是长袖的时髦,还是短袖的时髦?”

进军顺口扯着:“没有袖的时髦。”她正注视着常琳。常琳背对着她们,在悄悄地点自己的钱和饭票。

青青意想不到“作家”在这些俗务上也有了见地:“对喽! 你也时髦起来了嘛!”但转而又泄气地,“什么都可能时髦,知青这个词儿是再也不时髦了。”她也注意到了常琳的举动。

进军从自己的抽屉里抓起一大把饭票:“你看我这饭票,剩了这么一大堆。”

青青也点出自己的几张饭票塞给常琳。

常琳受了侮辱一般,羞红了脸,往外推着饭票:“这是干什么?我成了要饭的吗?”

进军好言相劝:“我们吃不了也是浪费。”

青青叹了口气:“要紧的是医药费噢! 你呢,可以公费医疗。”她指的是进军,“我呢,全靠父母。”

常琳一听此话,更为凄楚。

青青继续念叨着她那点家常事:“我妈来信说,她想提前退休,让我接班……我妈是给服装仓库看大门的。”

“砰！砰！”敲门声响了一阵子了。

青青懒洋洋地披着衣服：“今天又不探视。”她嘟囔着把门打开，一个潇洒的青年干部出现在面前(后来我们知道他是秘书)。

青青叫了一声赶快把门关上了。她把夏衫穿好以后，带着一副矜持的外交面孔把门打开了：“请问，您有何贵干?”

秘书问：“常琳同志在吧?”

进军狡黠地拿起本子和录音机溜出门去，对青青说了声：“我出去听音乐，省得你们嫌吵。”却又悄声地对秘书说了声，“她在。”

秘书转身走开了。不一会儿，他和一个医院负责人扶上来两个服饰朴素、神态安详、气度不凡的老太太。

青青在门口诧异地迎接着她们。

其中一个老太太慈祥地说：“我们看看常琳这孩子的身体好些了吧?”

“常琳，客人来了！”青青喊了一声，见常琳不动，又加重了语气说，“你的客人！”说完，朝常琳挤了挤眼睛，又扭过头来对两个老太太娇憨地一笑。这一笑讨得了老太太们的欢喜。老太太之二：“多漂亮的女孩儿！你就是那个叫……你叫什么青来着?”

“我叫知青！”桑青青俏皮中透着哀伤，她知趣地离开了房间。

老太太们、秘书和医院负责人鱼贯进入房间，朝常琳的床位走去。

从敞开的门看进去，常琳白色的病床又深又远，常琳的身子又瘦又弱。她不解地看着这几个陌生人。

青青顺着交响乐的声音寻找着进军，却发现这音乐来自一辆锃亮的小汽车，她愣住了。

汽车里的司机百无聊赖，听而不闻地开着半导体，看到一个姑娘在他车前凝立，便搭讪着：“你喜欢听这样的音乐吗？我是听不懂这里有啥意思。”他又热情地把音乐开到最大音量。

青青装着内行地听着：“柴……老柴的曲子。”

于是他们开始攀谈起来了。

20. 两位老太太、秘书、医院负责人又鱼贯走出六十三号病房。常琳默默地送出来

一位老太太回过身,她是和蔼的:"别送了,记住,好好休息。"

另一位老太太却很有军人气度,仿佛是拍着她的部下般地:"喏,振作起来,早日出院,为四化做贡献!"

"请,院长室在东楼,请!"医院负责人恭敬地做着前导。

而常琳仍冷漠地回到了病房。她本来就倦于应酬,而刚才的谈话使她更疲倦了。她无精打采地歪在椅子上。

青青咋咋呼呼地推门进来:"喜从天降!喜从天降!我昨天的卦怎么样?Q!有贵人搭救!"

常琳爱搭不理地:"去你的,你昨天算的是四,四面楚歌!"

"四,四面八方!"青青坚持着自己的解释,"不管怎么说,反正你的医药费、伙食费全解决了,本市妇联全包下了!"

"市妇联?谁是市妇联?"常琳不解地问。

"刚才那两个老太太呀!她们就是专为你的事来的,有人写信向她们反映了你的情况。"

"我以为……她俩是街道居民委员会的家属主任。"

"家属主任?"青青嘴巴一撇,拉她到阳台上,往下指着,"家属主任坐得起轿车?那男的是秘书。那个是司机。"

一辆蓝色的汽车旁,秘书殷勤地打开了车门,自己坐到了司机座的旁边。

"她们怎么会知道我呢?是谁向她们反映的呢?而且情况掌握得那么清楚。"常琳大惑不解。

"而且知道我叫个什么青。"青青卖着关子,"猜猜看!"

当常琳俯瞰下去时,一切都恍然大悟了。

进军夹着书在医院门口朝汽车招手。汽车停住了。老太太打开车门,亲昵地拉住进军的手。

进军俯下身去:"谢谢阿姨了。"

老太太之一："这是我们的工作，有什么情况，还是直接找我们，和你妈妈在时一样。"

老太太之二："你的身体也要注意，别总写小说，养病第一。"

汽车开动了。进军在后面挥手致意。

阳台上，青青和常琳全明白了。

青青啧啧感叹地称赞着进军的为人："到底是'作家'！到底是和我们一样，当过知青！知青和知青，就是要有这点仗义！"

进军正若无其事地走上楼来，但她躲着常琳的目光。

"是你写了我的情况？"常琳目不转睛地问。

进军极力掩饰："怎么你想做我的主人公吗？……真的，那宝塔下面真挖掘不出来故事？"

"我做不了你的主人公，可你到底做了我的救世主。"常琳说完，潸然泪下，与其说是感激的眼泪，不如说是自尊心受到了损伤的眼泪。

青青忙去替她排解："攀上了市妇联，这下可好了！医药费不用发愁了，将来工作也用不着愁了，干不了别的，就给市妇联看大门！"青青一个劲儿地给常琳开心。

"都能找到！医药费能找到，工作也能找到，对象将来也能找到！"这句话无意中刺伤了青青，常琳也不管，径直说下去，"统统找得到！迟早找得到！可还有一样东西，到哪里找啊……"

常琳掉泪走了，奔向宝塔，奔向自己的"领地"。

青青气鼓鼓地说："太不知足了！"

进军为自己不理解常琳而痛苦着。她默默地："她到底想要什么？"

21. 常琳紧贴着宝塔："我的青春、我的理想，你们在哪里啊？"

只有"精神不死"的悬崖在回答着她："啊——在哪里啊——"

像一支交织着哀怨、求索的无词之歌。

"啊——在哪里啊——"

这不仅是常琳的歌，也是青青和进军的歌，是那一个时代的迷茫之歌。

它飘荡，消失在高处的宝塔，远处的田野和起风的“领地”。

22. X 光机，“咔嚓咔嚓”响着

仍是老一套：吸气、呼气、吸、呼……

暗红的小灯一明一灭。

青青上去了，下来了。进军上去了，下来了。常琳上去了，下来了……老一套。

医生的话也是老一套，因此青青索性就替医生对进军和常琳说了：“见好！快了！再巩固一个疗程。”

但徐医生根本不理睬她，连那个潜水员一般的大黑眼镜也不摘下来。

X 光机“咔嚓咔嚓”地响着。

吸气、呼气、吸、呼、吸、呼……

灯光亮了。

现在走上 X 光机的是一个与前三个截然不同的姑娘，叫她大嫂更确切些。她穿着那种农村妇女的家制紧身背心，有点像印度妇女那种半截身露腰部的小胸衣，半袒的胸部和她那毫不扭捏的系小背心的纽襻的动作，显示出她是一个母亲。

她亲切地看着青青她们：“瞧你们这性急劲儿，没听说吗？病来如山倒，病去如抽丝啊！”

青青她们已穿好衣服：“那您也来尝尝抽丝的滋味吧！”青青调皮地说。

大嫂：“我不比你们，我壮实，小病小灾的哪能就整倒我了。”

“说得对，小病小灾，”徐医生赞赏着说，不过他口气又转了一下，“小病小灾也得治，住院吧！”

大嫂叫了起来：“哟，我这不成了说嘴打嘴了吗？”

青青幸灾乐祸地挤了挤眼，和两个伙伴一同走出门去。

一出门，常琳差点绊了一跤，一个乡下汉子正在X光室旁站着。

“您干吗在这儿待着！”常琳不客气地说。

“给你们把大门呀！”乡下汉子乐呵呵地说。

常琳白了他一眼，走了。

青青追上常琳：“哟，我原说咱们去给妇联看大门，他老二哥倒抢了个先。”

进军不解地：“什么老二哥？”

青青解释着：“工人老大哥，农民老二哥。”说完还回头笑了笑。三人走上楼梯。

她们没有看见身后——

徐医生从X光室出来，走到那汉子旁边摘下了硕大的黑眼镜，双眼紧紧地闭了一下。凡是走出X光室的医生都是这个习惯动作，但他闭得太久了，久得让人怀疑他是不敢正视现实。

同时他悄悄地拉了一下汉子的手，这是个极不易察觉的动作——除非电影中的特定。

大嫂走了出来，拉住汉子的另一只手，也是极不易察觉的——除非是特定。

大嫂小声地说：“这得多少钱啊？耽误多少工夫啊？”

汉子的两只手分别拉在两个人的手里。

拉住医生的手是抖动的。

拉住妻子的手是温存的，轻轻地抚慰着的。汉子的两只手——特定！大特定！

23.六十三号病房

三个伙伴不约而同地在门口站住了。她们发现门上的姓名卡片栏里，又填上了一张新的卡片：

刘春桦：女，二十八岁，知青。

一推门，看见护士小欧正在整理那最后一张空着的病床。

小欧："今天又有三个入院的，一个农民、一个干部、一个知青。"

徐医生让护士长把刘春桦安排到六十三号，说是："办一个知青病房吧！"

"乌拉！知青病房！"青青首先欢呼起来，往小欧新铺好的床铺上一躺。

小欧着急地拉青青："瞧你把床又弄皱了。一会儿住院处就把刘春桦推来了。"

进军担心地："重吗？"

小欧轻描淡写地："不见得，吐过几口血，和常琳刚来时一样。"

青青帮小欧打开大门。小欧走了。

进军赶紧把新床又铺平："咱们得欢迎新病友。"

青青倚在半开的门上晃来晃去："怎么欢迎？"她一副戏剧性的腔调表演着，"知青哥儿们，六十三号病房的大门对您是敞开的……"突然，她止住了——

那乡下汉子挽着提篮在前，大嫂挎着个小包袱在后，正朝着这边数着门牌号码走来："六十，六十一，六十二……"

在六十三号门口，他正要迈腿进去，恰和三个姑娘打了个照面。

三个姑娘堵住门口。

汉子："不认识了？刚才我给你们把大门来着。他二哥！"

进军微笑着。常琳不语。青青打趣道："哟！他二哥，您是走亲戚呵，还是串门子？门牌号码没记错呵？"

汉子再一次看了一下门牌："没错，不是一家人，不进一个门。来……"他招呼着自己的妻子，向姑娘们介绍着，"这是你二嫂。"

大嫂笑着。进军笑着。青青已经笑得直不起腰了。

只有常琳严肃地："喂，这是知青病房。"

汉子豪爽地："嘿！越说越近了。有缘千里来相会，无缘对面不相识。"

笑声，六十三号病房前第一次传来笑声。这笑声惊动了医生、

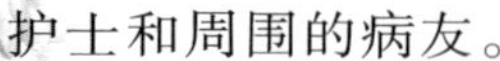

护士和周围的病友。

医生和护士拿着病历和医疗检查器械迅速地来了。

住院处的老护士推着空轮椅急忙跑来了。

住院处的老护士埋怨着大嫂:“你怎么能自己走来呢?你那肺上有病啊!”

大嫂:“我这两条腿不是没病吗?”

老护士又埋怨着汉子:“你也是,带着老婆一溜烟就没了,瞧,追得我这一头汗。”

汉子把老护士拉上轮椅:“这么着,我推您下去。”

老护士哭笑不得:“有这份心,多疼疼老婆。”

老护士推着轮椅走了。

“肃静!”护士长正色制止住,她扶着大嫂,“刘春桦,你进病房吧!”

大家吃一惊:“她也是知青呀!”

医护人员围在刘春桦的病床旁,护士长开始了她那千篇一律的入院须知:“刘春桦,请换上病员服……请上床躺好,从现在你算正式入院了,医院生活是这样的……”

徐医生在询问,在检查,听诊,叩诊,量血压、体温……

助理医生在记录,一行行地写着、一页一页地翻着。

护士出出进进,抽血、打针、发药……

春桦脱掉布衫,换上病员服,躺在病床上,神色安详。

青青和进军帮助安置东西。

春桦的丈夫屈膝跪在床前,替她脱下鞋子,并将自己的外衣一抖,塞到春桦腰后,却抖出许多泥土。

常琳凝神地看着她。画外音:

“这就是春桦。她就是这样地来了,带着泥土、带着笑声,带着和我们一样的历史,带着和我们一样的疾病,却带着许多和我们不同的东西……哼!首先是她带来的那个丈夫……”

24. **常琳冷眼看着(医护人员已经离去了)**

汉子摸摸台灯，打开小橱，拉拉落地窗帘，用两个拇指搓搓，估摸着这窗帘的质料，并围在自己身上比试着："可惜了，咱们两口子要是用它做衬衣么，剩下的还可以给牛妞做条裙子，唔，素净了点。"

春桦只是笑。

他又欣赏了青青的影集，又去触动另一个小桌上的本子。

"别动！"常琳叫了起来，把本子从桌上抢了过来，塞到了枕头底下，只是为了礼貌，她才克制住自己。

"那是她的日记，我们谁也不动的。"青青小声地向汉子解释，然后又喜形于色地说，"哎，你去看看'作家'的小说。"

"作家？"汉子问。

"我叫进军。"

进军热情地招呼着汉子坐在自己的床上。汉子猛地往床上一坐，像个狗熊一样地陷到柔软的弹簧床上，又被弹了起来。

进军和青青开心地笑了。

汉子掀开褥单，又用手在弹簧床上按了按："嗬！高级！"

"怎么样？这知青病房？"徐医生不知何时在病房门口出现了，问着汉子。

"您啥时再开设一个夫妻病房，好让我住进来，可比我和春桦在乡下的房子阔气多了。"

医生笑了，笑得很苦涩。

"呀！我们让给你，我们早就住烦了。"青青叫着。

"那你们得先把病也让给我……介绍一下，怎么样才能得上这种宝贵病？吃得好，住得好，不能累，不能气……"

青青、进军快活地叫着："让给你，全让给你……嘻嘻！"

医生向汉子使了眼色，指了指表，意即他应该离院了。

汉子拍拍屁股，拿起上衣，遗憾地准备离去："明儿见！"

青青和进军似乎比他更遗憾："这就走啦？"

春桦一直仄歪在床上,听着自己的丈夫和大家逗趣,带着安详的微笑。这时才留恋地拉住汉子的衣角,悄声地问着:"正格的,今天晚上,你睡哪儿呢?"

汉子:"睡澡堂子,便宜,一个晚上六毛钱。"

春桦:"别图省钱。"

汉子:"图个离你近便,那澡堂子不远,你要是咳嗽两声,我都能听见。"

春桦爱怜地说:"骗子!"

汉子的语调是满不在乎的。他的手却没有勇气把衣襟从妻子手里抽出来:"天一亮我就来看你。"他悄悄地对妻子说。

六十三号病房里可听到他大踏步下楼的足音。

进军和青青还跑到阳台上去和他招手。

常琳倚门斜眼看去:只能看见医院栅栏门和汉子的身影。夕阳把它们拉得长长的,只有细看这影子,才能看出那汉子的步履是蹒跚的,而且那汉子手似乎在不停地拭着眼睛。

进军和青青笑着走进来,又凑到了春桦跟前。

常琳内心独白(画外音):"从今天起,六十三号病房休想安宁了。"

25. 西山的夏夜是美好的

天上的星。病房的灯。还有如歌如诉的风。

群山勾勒在湛蓝的天穹上。

皎洁的明月,又圆又大,时有浮云飘来,蒙上几丝阴影……

还有一种阴影,却不是在我们仰望的夏夜的天穹上,而是在医生办公室的灯光屏幕所映照的 X 光片上,只有医生的眼睛才能辨出吉凶。

六十三号病房的窗幔飘拂着。

四个病友,姿势各异地在床上测着晚体温。青青趴着。进军半倚。

常琳侧躺。春桦平卧。皎洁的月光照进这雪白的病室里,姑娘们的身躯显得圣洁而柔软。

春桦用鼻子嗅着夜风:“闻到了没有,麦子……麦香……”

徐医生在灯光屏幕前,那X光片的阴影看起来没有什么大不了的,但他的脸比X光片更阴沉。

“你干吗叫他骗子?”青青的声音传来。

六十三号病房里,青青已经蹑着脚跳到了进军的床上,这样可以离春桦近一些。

“你们还不知道他叫什么名字吧?”春桦问。

“他二哥嘛!”青青仍顽皮。进军推了她一把,她突然有所心动:“叫什么?”

“陈仲男。”春桦静静地说。

“嗬!大名鼎鼎的知青模范,上山下乡的带头人嘛!”进军和青青惊呼起来,“怪不得看着有点面熟,过去他的照片登在报纸上,这么大个。”青青比画着。

“哼!”——常琳内心独白(画外音):“现在还有谁知道他?还有谁传颂他的故事?落得个比我们还不如的下场,还拖累着春桦。”

“谈谈恋爱经过,谈谈恋爱经过。”青青厚脸皮地愈发上瘾了,索性从进军的床上又跳到了春桦的床上。

“嘿,还不是让他骗去的……”春桦还是那种幸福的微笑。

而这时,门打开了,护士小欧走进来收体温计,青青才想起这码事:“表呢?我的表呢?”她到处寻着。

还是春桦从她的脊梁上翻开衬衣,像捉虱子一样地从青青的腰里把表摸了出来。

小欧临走时,一副医道尊严的样子宣布:“不许聊了,该熄灯了。”

可她却在门外悄悄地听着。春桦的故事显然也使这个小护士入迷。

“咱们小点声。”青青说。

“算了吧，”进军制止着，“春桦刚入院，折腾得够乏了，常琳又爱失眠，咱们明天再聊。”

“就是嘛，日子长着呢。”春桦安详地说。

大家各就各位。

门外的小欧听到此处，遗憾地走了。

天上一轮明月。明月中有着阴影，那是桂花树和捣药兔的阴影。

灯光屏上一张 X 光片，X 光片上有着阴影，那是病魔的不祥阴影。

六十三号病房的阳台下，徘徊着一个阴影，那又是谁的阴影？他揪心地听着六十三号病房里传来的轻微的咳嗽声。

六十三号病房的灯熄了。

26. 林荫道上

树木葱郁，早晨阳光透过枝隙，在地面上投下斑驳的光影。

进军、青青陪着春桦散步。

春桦笑着向散步的病友问候致意。

春桦向迎面走来的一个老病友：“大爷早啊！”

大爷：“新来的？”

春桦：“新来的。”

大爷：“病不要紧吧？”他指指肺。

春桦：“不要紧。”

大爷：“好生养着啊！”

春桦：“您老多保重。”

又一个分头梳得溜光，但仍很乡气的小伙子迎面走来。

进军小声向春桦介绍着：“这二顺子就是附近的农民，可你瞧他现在这股斯文劲！成天为找不着对象发愁。”

青青大声地说：“二顺子，你抹了多少雪花膏啊？香出十里地去,你们村的闺女们都让你给熏倒了。"

二顺子耷拉着脑袋:"得了这个病,再香也找不到媳妇啊!"

春桦安慰地:"别发愁,大兄弟,你们村找不着,到我们村找去。我们村净是好闺女,心眼儿好,人也俊,就是不如你白净,长得黑点……"

青青连忙接着说:"耳朵大点,腿短点,走起路来爱哼哼。"她学着老母猪的样子。

春桦给了青青一巴掌。

病友们颇为喜欢地从背后打量这个新来的姑娘,议论着:"也是知青。知青,好啊!"

而"作家"和青青也因为多了一个伙伴而增添了十分神气。

常琳独自漫步在另一条小径上。

"那不是常琳吗?"春桦问。

早晨的雾使得常琳的身影影影绰绰的。

"常琳——"春桦喊着。

常琳装作没有听见,一闪不见了。

"常琳——"春桦仍喊着,但气力不足,由不得咳嗽起来。

"别喊她了,她总是这样离群索居的。"进军说。

青青扶着春桦在一张长椅上坐下。

"她病不轻吧?"春桦担心地问。

"医生说不重,就是不见好。"进军说。

"为啥呢?"春桦问。

"苦闷。"进军说。

"怪僻!"青青一噘嘴,不同意进军的说法,"现在什么都解决了,有啥好苦闷的? 活着就是混日子呗! 我早就想通了。"

"她要是不想混呢?"春桦反问了一句。

这问题正问在点子上,进军和青青一时都怔住了,而隐在树丛后面的常琳也为之一震。

"谁要是不想混日子,谁就难免苦闷。"春桦说。

“你怎么知道呢?”进军虽然这样问着,但这话已经暗合了她的心事。

春桦:“而且苦闷的人,都因为自己有个追求,有个理想……”

“是的!”进军激动地说,她看着那远方的宝塔,那挖掘不出故事的空坟。

“这理想在生活中失败了,破灭了。”春桦说。

“没错。”青青咬着下嘴唇,快哭出来了,她想起了自己的失恋。

“但她不甘心,还想寻找。”春桦接着说。

隐没在树丛后面的常琳黯然泪下。“可是找不到了。”她无声地说。

“你真神了!”青青佩服地说,“比我的卦还神。”

“因为我也苦闷过,我也当过待业青年。啊,那时还没发明这个词儿……反正起初没轮上我上山下乡,让我留在城里等着分配工作,我一心想做个教师,那是我自小的理想。我爱这种工作,但这种工作轮不到我,别的工作一时也不是那么好找的……别提我心里多苦闷了。可巧他来了封信……”

青青:“谁?”

春桦:“仲男呗。他要我到他那儿去看看,玩玩,散散心,还寄来了路费……”

进军、青青入神地听着。

树墙后面的常琳也侧耳听着。

幸福的回忆使春桦容光焕发,渐渐地幻化出她少女时的容貌。那时的春桦可不是“大嫂”,而是十足城市派的洋学生。

27. **春桦画外音:**

“我就去了,其实也没有什么好玩的。你们也都下过乡,乡下的景致并不是什么大不了的美,有一个九河下敞的大淀,有一条千里柳堤,有一条水渠,水渠上有一个桥,过了桥就是村,村头有一座古庙……”

随着叙述,青青、进军、常琳进入了春桦的广阔天地:大淀、柳堤、水渠,河北农村的田野。

可在这田野上,又各自闪现出自己的田野……

叠印,或画面分割:(与画外音同步)

进军的“田野”——山林、雪原、伐木的青年的营帐。

青青的“田野”——云南的橡胶林,清晨的浓雾,乳浆般的胶液,割胶女青年头上的灯,远处的森林和茶花、竹楼。

常琳的“田野”——起风的草原,强悍的女骑手,牧民额吉的奶茶,还有作为牧区小学的蒙古包。

……

这是她们的田野,她们的青春。离去了的田野,离去了的青春,现在呼啦一下子又被春桦的声音带了回来。

春桦也发现了女伴们忘情的遐想:“喂,你们想啥呢?”

进军大梦初醒:“想……想你讲的。”

春桦也一时糊涂了:“哎,我讲到哪儿了?”

青青费了好大劲才帮她想起来:“古庙!进了村有座古庙!”

春桦接着叙述:“初来乍到的,我并不知道那是所乡间小学……”

28. 闪回

古庙改成的乡间小学,简陋却又很敞亮。它在村头的高岗上。春桦在仲男的陪同下,饶有兴趣地打量着古庙的对子、斑驳的碑文和推歪了的石龟。

在一棵老槐树上吊着一口古钟。仲男指指点点地让春桦看钟上的铸文。

阳光透过浓密的树叶照下来。春桦的眼睛迷乱了。她用手遮着眼睛,看不清楚,只看见那钟上垂下来的绳子。

“是口洪钟啊!”仲男吹嘘着,并把钟绳递到春桦手里,怂恿着她拉一拉钟绳。

仲男比画着拉钟绳的姿势。

春桦快活地学着。

“哐——”钟声响了，春桦压根就没想到钟果然能响，而且这样响，她为之一振。

“对！”仲男又比画着，鼓励她再来一下。

“哐——”春桦又敲响了洪钟。

仲男鼓励她再使劲，春桦不断地敲着，越敲越响，越敲越快活。

“哐——哐——哐——”

仿佛从地底下冒出来的一样，一群乡下孩子放下粪筐，推开弟妹，挥舞着土布做的书包，涌向古庙，涌向春桦。

“开学喽！上课喽！新老师来喽！”他们欢呼着。

春桦惊呆了。

孩子们仰起小脸，恭恭敬敬地、参差不齐地叫着：“刘老师好！”

春桦慌张不解地将脸转向仲男。

仲男狡黠地解释着：“是这么回事，唔……我们这个学校原先有一个教员，可巧就嫁给了外村……唔，一时半会的还找不到新老师，可巧你就来了，就替我们先代几天课。村长说的，就几天的事，长不了。”

春桦犹犹豫豫，不知所措。

“喂，你们的课讲到哪儿了？”仲男问着孩子们，并向其中一个丢着眼色。

一个露着小肚皮，像个胖弥勒一样的男孩站了出来，昂首挺胸，摇头晃脑，像和尚念经一样地用侉了八叽的乡土话开始背育铁人的诗。

刚开始孩子念得还很顺利，往下背就出了岔儿：

“石油工人一声孔（应该吼），

地球也要拱三拱（抖三抖），

石油工人干劲大，

天大的困难咧咱也不害怕。”

春桦急得要命:“唉呀,你这是怎么学的呀? 这是铁人的诗呀,你怎么能这样不认真呀?”

一个放猪的娃子,一手拿着小棍,一手拿着一张秫面饼。仲男夺过他手里的放猪棍,在地上划了一道算术题:“小狗子,你语文不错,算术咋样啊? 考考你,二分之一加上二分之一等于多少呀?”

那放猪娃小狗子低着头,嘟囔着:“等于四分之一。”

“天哪!”春桦简直气急了,她一把抢过那放猪娃的饼,一掰两半,“这半张……”她不知道这饼叫什么,赶忙回头看了一下仲男。仲男告诉她:“这叫秫面饼。”

春桦:“对,这半张秫面饼再加半张秫面饼等于几张秫面饼?”

放猪娃:“一张秫面饼。”

春桦:“那你怎么说二分之一加二分之一等于四分之一呢?”

放猪娃仍固执地:“二分之一加二分之一那是在黑板上算出来的,秫面饼是我娘在柴禾锅里烙出来的。”

一个显然是班长模样的女孩子,乖巧地说:“刘老师,那您就在黑板上给他算算清楚。”

“黑板在哪儿?”春桦问。

“教室里!”女孩赶忙一指。

春桦着急地催着孩子们:“快进教室。”

仲男漫不经心地从兜里掏出一张纸:“可巧这是他们的课表,差点让我做了卷烟纸。”

“哎呀!”春桦叹着气,被孩子们簇拥进教室里了。

那放猪娃一边啃着秫面饼,一边向仲男做着表功的样子。仲男夺过秫面饼,用放猪棍抽着他的屁股:“别装了,快去上课!”

仲男把钟敲得震天响。

简陋的教室里,春桦走上了讲台,拿起了教鞭。这钟声突如其来的鸣响,这理想突如其来的实现使她激动不已。

教室外边,仲男嚼着秫面饼,听着教室里的声音。

“南边飞来报春的大雁,

嘎嘎的呼唤传遍云天。

排成一字,说明它们一心一意,

排成人字,说明它们留恋人间……”

春桦念着,学生们听着。

教室外,仲男听着,像是听着一首最动听的歌。

现实:常琳、青青、进军入神地听着,像听着一首最美的歌。

29. 春桦画外音:

“就这样,我成了一名乡村女教师。可巧,学校旁边空着一所小院,新盖的两间北屋。屋里垫的土还是嫩黄的,乡亲们就张罗着让我住了进去。说实在的,一个人住这么所小独院还真有点‘森’得慌,有一天……”

闪回:

仲男扛着铺盖卷,推开了春桦的小屋。

春桦的小屋——既是书房,又是闺房,整洁明亮,清爽,雅致。春桦正专心致志地批改着作业,忽然感觉到什么,回头一看:

仲男已经将自己那单身汉的铺盖卷,紧挨着春桦雪白素雅的铺盖摊开了,把那油腻腻的枕头和春桦的绣花枕头并排摆在了一起。

春桦见状,又羞又恼。

春桦欲掀他的铺盖卷,仲男赶快把两个枕头抢在了怀里,犹如抱着一对娃娃,可怜巴巴地躲在炕角:“唉,村长说,我住的牲口棚快塌了,要翻修,我没地方住了,你这么大的房子,这么大的炕,多少也腾点地方,让我倒一倒。”

春桦跺着脚:“你怎么这么赖皮,我们算什么关系呀?”

仲男恬不知耻的样子:“夫妻嘛!”

春桦羞得捂着脸:“你有什么证据?”

门开了,一个人举着一张空白结婚证书走了进来:“二位登记结婚吗?可巧我今天从你们村路过,顺便就给你们办了。”

仲男向春桦介绍:“这是公社的文书,专管结婚登记的。”

公社文书装模作样、公事公办地摊开了结婚登记簿和印戳，一副官腔："怎么，是自由恋爱吗？是自主婚姻吗？不是父母包办吗？没有要彩礼吗？终身大事啊，签字为凭，一式两份啊！"

仲男拿起笔飞快地签下了自己的名字，然后庄重地把笔塞给了春桦。

春桦只是看着笔尖。

仲男感情地："签字吧，春桦！我不能担保你这辈子能得到荣华富贵，但我一定让你一辈子快快活活。"

春桦仔仔细细，慢慢悠悠，耷拉着眼皮剔着钢笔尖上的纸绒，然后慢慢悠悠，仔仔细细地看着结婚证书，在她堆满学生作业本的桌旁坐下了，背过身去，像是要批改一份学生作业。

文书和仲男都紧张地看着她，像是两个等着老师批示的学生。

等春桦转过身，文书立刻扑过去看春桦的签字，拿着戳子盖将下去。

而仲男只要看春桦的眼睛。

春桦终于抬起了眼皮，那眼睛里充满了信赖和幸福！

"恭喜！恭喜！"

门外"哗啦"涌进了大队支书和共青团支书、闺女、小子、乡亲们。

文书："瞧，党、团支书都来了，两位怎么都赶到一块儿串门子呀？"

党支书："可巧今天晚上大家都闲着，要不要我当个证婚人啊？"

团支书："可巧，团支部里还有不少鞭炮，这就放起来吧，啊？"

顿时，炮竹连天，妇联会的闺女媳妇们麻利地往墙上、门上、窗上贴着大红"喜"字和窗花。

仲男赶忙从自己的书包里掏出一朵红花，堂而皇之地先给自己戴上，走到春桦跟前："这是上次我去省里开会发的。"他指着红花下的缎带上的字说，"你看——知青模范。"

可缎带上分明写着两个字:“新郎”。

那胖弥勒学生举着另一朵红花挤到了春桦面前,嚷着:“可巧咧,我们要送刘老师一朵大红花,您看我这三个字是不是有长进?”

胖学生(就是背诗歌的那个)指着缎带上的两个字——新娘——郑重其事地念道:“好——老——师。”

一对新人就这样地被人簇拥到主席像前,正要举行仪式。

仲男突然想起,从口袋里变魔术一般抽出一条红纱巾:“可巧,供销社就进了这么一条……”

春桦一把夺过了红纱巾。

“可巧!可巧!哪里来的那么多的可巧?都是你的阴谋诡计,骗子!”

众人哈哈地大笑。仲男笑得最欢畅。

春桦羞得拿着红纱巾蒙住了脸。

30. 林荫路 长椅

春桦沉浸在回忆的幸福中。

这幸福不仅仅是一种儿女私情,它是“生活是美好的”这一信念的明证。它是强大而富感染力的,从青青和进军的脸色就可以看出,她们和春桦共享着这幸福。她们也像新娘一样地羞涩而甜蜜,仿佛这幸福也降临在她们头上一样。

常琳呢,起初,她被这幸福强烈地感染着,仿佛受到召唤一样不自觉地从自己隐匿的树丛中逐渐地向春桦她们靠拢,靠拢……不小心,被树枝绊了一下,她立刻回到现实中。现实中,这幸福没有她的份儿,她扭身就走。

“你?!——早上好。”她突然发现身后站着仲男,有礼貌地闪开了。

“啊哈!骗子!”青青和进军簇拥着春桦的长椅,同时发现了仲男。她们的呼唤是热切和真诚的,甚至有着嫉羡和崇敬。

青青和进军忙给仲男让座。

其实根本不用让，仲男大大咧咧地把青青扒开了，自己挨着春桦坐下。脱下外衣，往春桦腰后塞了塞（这动作看来很平常，只有后来人们才知道缘故），从口袋里掏出吃剩下的半个油饼，打趣地和青青、进军谦让了一番，自己独吞着。

“唉呀呀！”春桦不由得气恼地叫着，“你看看！你看看！”

仲男外衣上，头发上，包括那油饼上都沾满了草。

春桦：“你昨天晚上到底在哪儿睡的？”

仲男嚼着油饼，仍不改嘴：“澡堂子。”

青青：“牲口棚吧？”

仲男干脆顺着往下说：“动物园！草地上打了一个滚。”

进军还从他脖子里抽出一根羽毛一样的树枝：“你怎么还插着一根令箭呢？”

仲男：“你要写的那古墓里的人物就是脖子后面插令箭的，比我插得多！”

他撒开双手，学着戏台上的武将。

常琳留心地接过一枝树杈，她轻轻地摇了摇头。她认出了这是山川柳的枝杈。

春桦一边替自己的丈夫拍打着身上，一边以一种过来人的口气对青青他们说：“这男人们要是没有个女人，可就不像个人样了。”

仲男脸一沉，但立刻又梗起脖子装神气：“以前没有你，我怎么过的！”

“唉呀，那时候，你们还没有看到他是个什么样呢！”春桦都不屑一提了。

“那时候怎么样？光棍一条，无牵无挂。”仲男的阿Q劲头十足了。

青青抢白地：“那你就一辈子无牵无挂呗！干吗要把春桦接到乡下结婚？”

进军温和地揭露着他：“春桦是让他骗去的呢！”

仲男泄了气：“唉，还不是为了捞个队长当当。”

青青和进军没听明白，瞪大了眼睛："谁不让你当了？"

仲男认真地说："这你们就外行了。我们村里有一条不成文的规矩，光棍汉子不能当队长，农民信不过无牵无挂的人，觉得他们没有责任感，乡亲们说了，"他学着农民的乡土腔调，"仲男兄弟哎，你要是不赶紧把弟媳给俺们娶到乡下来，俺们可就掀你的乌纱帽了。"

青青："骗人！骗人！"

进军小声地问着春桦："又是瞎编的吧？"

春桦拍拍进军的手，不置可否地微笑着，让她接着听自己丈夫高谈阔论。

仲男愈发海阔天空了："不说我们村，咱们说美国，美利坚合众国！有那么一个州就有那么一条法律，独身主义者不能竞选州长！嘿，怎么样？别以为咱们中国农民是土老鳖，一点也不比洋人傻……"

青青饶有兴趣地问："那么，你这队长就保住了？"

"还升了呢！"

"真的？"青青为之兴奋。

护士小欧出现了，招呼着大家："治疗时间到了，到病房来！"

31. 六十三号房里

春桦在打点滴。仲男坐在一旁担忧地看着一滴一滴的液体顺着胶皮管子输入妻子的血脉。

护士小欧按照医嘱往输液瓶里加药。

春桦不由得问："都是些什么药啊？"

仲男："治病的药呗。"

小欧宽解着说："营养药。"

春桦不由得叹了口气："唉！"

仲男："又心疼钱了？"

春桦："这工夫也搭不起呀，放完麦假就该开学了，我再不回去，那群孩子的心就野了，就坐不住书桌板凳了。"

仲男："我看是你的心野了，连这么软和的钢丝床都坐不住了。"

春桦："还有牛妞呢！"

仲男："有咱干妈，你就放心吧！"

春桦："还有小狗子，他去县里作文比赛……"

仲男："准拿状元，你的高才生嘛。"

春桦："还有……"

仲男索性替她说了："还有那鸡，还有那鸭，还有那圈里的老母猪，三畦萝卜两畦蒜……老娘儿们牵挂的事儿就是多。"

小欧不平地："春桦才不是老娘儿们呢！"

青青提着裤子，哭丧着脸回来了："徐医生让我打一个疗程的气针。"

小欧解释："人工气腹能促进肺部的钙化。"

青青捧着肚子："肺部！肺部！你看我这肚子，连扣子都系不上了。"

春桦让仲男拿出自己的包袱来："把那条裤子，我怀牛妞时做的裤子给青青穿呗！"

仲男把裤子扔给青青。

青青比量着哭笑不得："这我不成了老娘儿们了吗？"

小欧看着医嘱说："'作家'这个疗程也换了方案，加上了气管喷雾，为的是让你们都好得快一点。"

一直捧着日记在一旁不开腔的常琳问："我呢，给我换了什么方案？"

小欧："徐医生让你吃吃中药试试……喏，这不是送来了。"

一个护理员把一杯刚煎好的中药送到了常琳的桌上。

常琳愁眉不展地看着，鼓起勇气强咽下两口，又喷了出来，咳嗽不止，满眼是泪。

春桦一下子从床上坐了起来，想下地，又发现自己吊着瓶子，急着推仲男："快给她拿痰盂。"

青青也忙给她拿毛巾。

常琳好不容易止住了咳嗽，却又勾起了满腹的幽怨，止不住呜咽起来："凭什么就该我吃这苦药汤子？"

小欧："因为这苦药汤子对你的病有好处。"

常琳进一步逼问："我这病到底有治没治？"

一向好脾气的小欧也不耐烦了，拍着病历夹说："医生不是早跟你说了吗！……反正我是遵守医嘱。"

常琳欲看病历："你给我看看！"

小欧坚决地："不行！绝对不行！"

常琳："不是说我的病不要紧么？"

小欧："不要紧也不行。"

她俩几乎吵起来了。

刚做完蒸汽吸入的进军连忙劝解："常琳，你应该相信医生的话。"

青青愤怒地说："你看，你把春桦急成什么样子了？"

春桦急得满头大汗，叫着常琳："坐过来，坐过来，有话和我好好说。"

常琳一下子俯在春桦的床上哭了："我谁也不信！我什么也不信！他们都骗我，都是骗子！"她"呜呜"地哭个不停。

青青和进军也不大愿意劝了，在一旁冷冷的。

春桦连忙捅捅仲男。

一直忧心忡忡的仲男受了妻子的暗示，强打哈哈，幽默地说："我招谁惹谁了？干吗啥事都赖我呀？骗子？！我永远不承认我是骗子。"

"从来没有承认过？"春桦故意"将"仲男的"军"，为的是给常琳开心。

"从来没有！"仲男完全领会妻子的意思，和妻子一唱一和。

"瞧你这股赖劲，你是不会承认的。"青青的注意力已被转移过来了。

进军还在生常琳的气，眉头皱着。

春桦又对进军使了使眼色，让她缓和下来，然后俯在常琳的耳朵旁，知心地娓娓谈来："可有一次啊，他承认他是骗子了……"

"哎——"仲男赶忙制止。

青青一把把仲男推出门外，迫不及待地对春桦："讲！他怎么承认的？"

进军心疼地扶着春桦躺下。

门外，仲男无力地倚在门上，垂下了头，悄悄地抹了一下眼睛。

32. 春桦的声音从门内传来，如喃喃絮语

春桦的声音："咱们不巧，赶上了那样一个年代，知青的命运更显得动荡曲折。四人大街统治的最后几年，他也算什么标兵模范了，我们那儿的知识青年托各种门子离开了农村……"

门外的仲男听着听着，抬起了头，痛苦使他变得苍老。他脸上的皱纹是那个痛苦的年代个人命运的注脚。

幻化成当年的仲男。

千里柳堤上，芦荻萧瑟，秋水荡荡。一个背着行李卷的飘零的身影——那个时代的青年，谁不是一个灵魂的漂泊者啊！

仲男跃上柳堤。他追上了那"漂泊者"——那是最后一个离开农村的知青。

仲男气喘不迭，离愁别绪，痛苦迷茫，在这个汉子的脸上已经掩饰不住了，但他仍做着最后的挽留："不走罢！……你回去不一定找得着对口的工作。"

那知青硬着心肠："我去卖冰棍，捡破烂……"

"在这当医生，不是挺好的吗？就是苦点，苦就苦点儿，大家伙儿在一块儿……"

"大家伙？"知青冷笑着，"我是最后一个。"

"还有春桦和我……将来会好的，我不骗你，你离开了以后，将来会想这儿的。”

知青铁着脸:“想? 我这辈子再也不想这个地方。”

仲男松开了手。

那知青突然有一种依恋之情,但他怕表露出来,扭过头去,头也不回地走了,走了,远了,远了……

天际传来“嘎嘎”的北去的雁鸣。

一个放猪娃,就是那个小狗子躺在柳堤下的草滩上,仰面朝天地念着一本课本:

“南边飞来报春的大雁,
嘎嘎的呼唤传遍云天,
排成一字说明它们一心一意,
排成人字因为它们留恋人间……”

那放猪娃恣肆地在田野下念着,轰着猪。

柳堤上的仲男像个孩子一样地随着他小声地吟诵着。

猪散了,放猪娃扔出一块石子,吆喝着。

“啰——啰——啰——”

33. 仍是闪回

仲男推开了自己的家门。

发现炕头上,春桦的行李卷也打起来了。

他发疯地屋前屋后地叫着春桦的名字。黄瓜架让他绊倒了,鸭子撵得“嘎嘎”飞,水缸盖都让他打开看了。好像春桦能躲在里面似的,水缸里汪着一缸清水。小仓房里,一小囤一小囤的粮食整齐地排列着……一个幸福美满充满田园诗意的竹篱茅舍,都没有了春桦的影子。

只是在仲男的枕头底下露出一点红色,仲男猛一抓,那结婚时送给春桦的红纱巾赫然在目。仲男把整个脸都扑在了红纱巾上,他承受不住春桦也要离他而去的打击了。

但他突然挺了起来,他觉察到了春桦进屋的声音。他把纱巾往口袋里一掖，装作卷烟，不理睬春桦。

春桦开口了："跟你说个事……"

仲男客套地："不用说了，我知道了，啥时走啊？"

春桦迟迟疑疑地："其实，明天一早也行，怕的是明天车不方便……"

"走吧！走吧！越早越好！越早越利索！"他一咬牙扛起春桦的铺盖卷就走到院子里。

"回来，你听我说——"春桦发狠地叫他，弄不清他葫芦里卖的啥药，"回来，'骗子'！"

仲男把铺盖卷往院里一放："不用多说了，有这两个字就够了，没错儿，我是骗子！骗没骗别人我知道。可你，确实是我骗来的！走吧，到离开我的时候了。"说完，他推开院门就走。

"干什么去？"春桦在后面喊着。

"让车把式套一辆车送你。"说完扬长而去。

"用不着！车把式这就来了。"春桦气急无奈地朝着他背后喊了这么一句。

"那我……我去挑桶水。"仲男没有勇气坚持到最后的分离，挑着水桶"当啷当啷"地朝井台跑去。

在高高的井台上，他果然看见一辆小骡车停在了自己的家门口。春桦在那儿犹豫了片刻，然后上了车。小骡车轻快地跑出了村子，留下了一串清脆的铃声。

井台上。仲男摇着辘轳，手一松，快提到了井口的水桶"咕噜咕噜"地落了下去。

辘轳把儿疾速地旋转着。

仲男飞快地追赶着。

34. 长堤　落日　芦花

"春桦——"

小骡车上的车把式听见喊声吆喝住了骡子。春桦回头，看见仲

男跃上柳堤呼叫着她："春桦——"

"黑蛋，别理他，走咱们的。"春桦抢过黑蛋的鞭子，往小骡子身上一抽，小骡车又往前走了。

"黑蛋！停车！"仲男在后面喊着车把式。

车把式黑蛋老实巴交地对春桦说："队长让停车。"

春桦："他说了不算，驾！"她又抽了一鞭子，颠得黑蛋一下子倒在了车帮上。

但车的缰绳却猛然被一只手牵住了——那是飞奔过来的仲男的手。仲男的手又扳住了车闸。

仲男的手又拉住了春桦："就一句话，春桦，就一句话！"

他不由分说地搂住春桦的腰，几乎是把妻子从车上抱了下来。

老实巴交的黑蛋不好意思看夫妻打架，闷着头赶着小骡车往前慢悠悠地走。

仲男气喘吁吁："这一句话长一点，听完你再走……这些年来，我是不是骗了别人，我说不清楚，可这块土地没有骗我，我撒下种子它就给我长了庄稼。这里的乡亲们没有骗我，街坊四邻常为丢扫帚少耙篱的事吵个架骂个街，可谁和咱们红过脸呢？连那些偷瓜掠枣的嘎小子都不拿咱们家的一把柴禾棍儿。老百姓是有天良的，是公道的——人心换人心，无论怎么样的风风雨雨，中国老百姓总是守着这个老理儿。我在这个年代掉下多少汗珠子，这块田里有数儿，这儿的乡亲们有数。"

春桦柔情地："我心里也有数，你也没骗我。结婚那天你对我说，你找了我，你不敢担保我荣华富贵，可你敢担保我一辈子快快活活……"

仲男抱住春桦的手："就这一点我对不起你，我总惹你发愁生气。"

春桦："发愁是发愁，生气是生气，可我很快活。"

仲男："真的吗？到现在你还笑得出来吗？"

春桦认真地："当然笑得出来。"

仲男:“那你笑给我看看。”

春桦扬起脸来笑了。

扬起脸儿的春桦笑得多甜、多美、多深情啊!

仲男张开双臂要去拥抱自己的妻子,可他看到了不远处的骡车,骡车上背着脸儿的黑蛋。

他跑过去扯下了春桦的行李卷。

春桦阻拦:“干吗?”

仲男:“那就别走了,陪我一辈子。”

春桦把背包抢过来:“你忘了?我今天是要到县教育局受训啊!”

仲男大梦方醒,欢喜若狂地畅怀大笑。

春桦轻轻地拨扳仲男的头:“瞧这满脑瓜子的汗啊,这次可是你自个儿骗了自个儿。”她替仲男揩着。

黑蛋在一旁,偷眼看看,自己都有点臊得慌,憨里憨气地问了一句:“队长嫂子,还走不?赶早不赶晚啊!”

春桦把行李卷往车上一扔,说了声:“走!”

黑蛋把鞭儿一甩,甩得芦花满天飞,甩得小骡车一溜烟儿。

突然身后又传来仲男的呼喊:“回来,还有一句。”

黑蛋嘟囔着:“一百句都不止了。”

春桦在车上立起来大声喊:“说吧,什么话——”仲男根本不管黑蛋在场不在场,用他奔放的激情热烈地喊着:“给我生个孩子——给我生个孩子——”他挥舞着红纱巾。

春桦只是瞬间的羞怯,但她的爱情也是遏制不住的。她从车上跳下来,狂热地朝着仲男跑来,犹如一阵旋风,卷起芦花似雪飞。

芦花,淹没了他俩,淹没了长堤,淹没了回忆。

35. 淡入雪白的六十三号病房,已是晚上了

青青:“后来呢?”

春桦躺在病床上,她显然是讲累了,轻轻地答道:“后来,就有了牛妞。”

进军:“牛妞?”

春桦喃喃地说:“我们的女儿。”

她渐入梦乡。

36. 已是深夜了

西山的夜风徐徐吹拂着病房的窗幔。

六十三号病房里一片沉寂,大家都睡了。

只有常琳,开着一盏小灯。捧着日记本在记着:

常琳日记。画外音——

“春桦夫妇就像殖民主义者一样,闯进了我空白、荒凉、寂寞的生活领域——哦,多么糟糕的比喻,但连日记都被他们占据了。瞧瞧,这几天光记他们的事了,她迷住了我们大家,但我说不清她迷住我的是什么……”

她轻轻地翻着这几页日记。她的笔悬在半空,仿佛想找一个什么恰当的词儿。

她轻轻地、轻轻地转动着床头上的小灯,将一束光悄悄地射向春桦——

熟睡的春桦,一条白被单很随便地搭在胸脯上,肩膀和腿舒展地裸露在外面。在灯光下,反射着象牙雕刻一般的乳白柔和的光泽。

常琳画外音——

“她美?是的。她幸福?是的。她没有白白地作为一个女人?是的。她有了丈夫和孩子,有了爱她的和她爱的人……”

随着画外音,展出继续写着日记的常琳。她抱膝坐在病床上,激动地写着。画外音越来越抑扬了:“她没有白白度过自己的青春?是的!她实现了她那小小的也是伟大的理想?做了一个教师,她没有白白地被摔打、被磨难?是的!当空中楼阁塌陷,我们一大批人都跌倒的时候,她却脚踏实地地落在了生长万物的大地上?

……是的！是的！她都是的！！！”

常琳抬起头来，望着前方，眼光迷惘而痴呆。

画外音——

“而我，什么也不是！”

笔从她手中掉了下来。

她捂住了脸，泪从手指缝里涌出来。

她咳嗽。

她想按红灯。

她怕惊醒春桦，自己跑到了走廊里。

走廊里异常空寂。常琳压抑着自己的咳嗽，重新感到了胸闷气短。

她倚在墙壁上想着。画外音——

“我真不如死了，我也许快死了，我什么时候死啊——”

她看见护士小欧拿着一张X光片敲开了徐医生的夜间休息室，而放病历的值班室里门没有关上。

小欧的声音传来：“徐医生，诊断不会错误吗？她肯定没救了吗？她现在看来不是挺好的吗？”

徐医生：“这是暂时的，随时都可能恶化。一旦恶化……要紧的是不能让她知道。”

这些轻微的话在夜间听来是清晰的。在常琳听来更是清晰的。在她听来，这正是敲响了自己的丧钟！

她紧紧地贴着墙壁，支撑着自己的身体，不让自己瘫倒下去。她绝望地吐着几个字：“我要知道！”

她的脚步开始挪动，向着那露出一条门缝的值班室挪动。

她推开值班室的门。小欧的桌上显眼地摆着一本书——《肺部肿瘤诊断学》。

她又向墙角看去。墙角显眼地摆着一个架子——病历夹的架子，我们在前面已经看见过了。

常琳熟练地抽出六十三号病房的一沓病历夹。

青青的被她摆在了一旁。进军的也被她摆在了一旁。第三本是她的。她飞快地打开，绝望的眼睛一行一行地扫着，愈看却愈发地有点纳闷了，她轻轻地念着："常琳。轻型浸润性肺结核。轻型？……忧郁。尚未成症。"她不敢相信自己的眼睛，"这么说，没事？没骗我？"

她难以置信地又翻了一下，长舒了一口气。

在她慌慌张张地把病历拢在一起准备往架子上放的时候，顺手又翻了最后一本病历。

眨眼间，她惊愕地睁大眼睛，喃喃地念道："刘春桦，肺癌晚期。无药可救……"

她似乎没明白自己念的是什么，又大声地念了一遍："刘春桦，肺癌晚期。"

"刘春桦，肺癌晚期！"现在回荡在常琳耳边的已是那死神的声音了，"肺癌！刘春桦！晚期！晚期！"

她恐怖地把病历往架子上一塞，这声音仍在头上响着。

她被这声音震撼着，压迫着，驱赶着。

她要哭，她要叫，但她知道自己不能哭，不能叫。她捂着嘴，跑出了值班室，跑下了楼梯，跑出了楼门，跑向那花园深处，有着一棵山川柳的"领地"。

37. 有着山川柳的常琳的"领地"

山川柳在夜间看来是缥缥缈缈的。

常琳扑到那歪塌的长椅跟前，这才松开了捂着嘴的手。

她快闭住气了。她瘫软在长椅上。

"哦——"她呻吟着，却哭不出声来了。

她突然又"嚯"地站了起来，借着月光，她看见长椅上斜歪着一个人，一个男人。那人被常琳惊动了，翻了一个身，睡眼迷瞪的样子。

"你？"常琳认出了这是仲男。

“我。”仲男合着眼睛点了点头，肯定了常琳没有把他认错。

“你怎么在这儿？”

“在这儿怎么？”仲男反问着，“这是你的领地？”仲男的口气越发地装傻充愣了。

常琳：“你，没去住澡堂子？你，天天在这儿过夜？”

仲男悠闲自得地闭着眼睛：“住澡堂子一夜要花六毛钱呢！这儿好啊，又省钱又凉快。”怒火从常琳心底冒起，她使劲地搡了他一下，冷笑着：“亏你睡得着，老婆在病着。”

仲男的面孔在黑夜里看来有点滑稽。

“你们不都有病吗？莫非你们的亲人就都不许睡觉了？”

常琳：“你知道我们是什么病？”

仲男不以为然地：“不就是肺结核吗？小毛病，好修。”

常琳：“那春桦是什么病？”

仲男隐痛地低声说：“和你们一样呗！”

“不一样！”常琳嚷了起来，“她是肺癌！晚期！她没几天活头了！”

常琳说完，又被自己的话吓住了。她捂住自己的嘴，步步后退着，恐惧地看着仲男。她感到仲男正步步朝她紧逼而来，她退到了那棵山川柳旁。

仲男用手把她往旁边一扒拉，从树棵里摸出一个酒瓶子，像是听完了一个漠不相关的感伤的故事，摇了摇头，叹了口气，又在长椅上趴下了。

常琳寒心地看着这个“薄情”的丈夫。

只见仲男打开瓶口，对着嘴就喝了起来。

常琳跃上去，抢过酒瓶，愤怒地望着他。

仲男可怜巴巴地向常琳伸出手讨酒瓶子，又小心翼翼地将手缩回来，指着自己的心口：“我这里烧得慌，堵得慌，这滋味不好受啊！”

常琳：“能比死还难受吗？”

仲男从长椅上跳起："死，到底是谁的不幸？是死者，还是死者的亲人？"他抑制自己，小声地说，"打我知道这件事的那一天起，"他指了指酒瓶子，"就全靠它！"

常琳下意识地看了看手里的酒瓶，又在自己的"领地"上发现了其他几个酒瓶和许多烟蒂。

仲男又抑制不住地："白天我在她面前笑着，笑着，为了不哭出来而笑着。夜里我在这露天地里躺着，等着，等着她的消息……还会有什么消息呢？"他绝望地低下了头，却又突然抱着幻想抬起头来望着常琳，"还会有别样的消息吗？"

常琳不敢正视他的目光，不敢正视他的问题，只是下意识地抚摸着酒瓶子，茫然失措地把酒瓶子递给仲男，代替了自己的回答。

仲男接了过来，对着瓶口看了看，扔在了一边，又像刚才一样摇了摇头，叹了口气，倒在长椅上，喃喃地说："不会有别的消息了……"

他仿佛睡了，一切寂然无声。

但常琳听到了一种瓮声瓮气的男人的呼吸，一种被窒息在肺腑中的男人的哭泣。

"你哭了？"常琳问。这时她看清了仲男脸上的泪，"你爱她，我知道。"

仲男爆发了："我离开她就不能活啊，可命运偏偏要把她夺走，然后再让我继续活下去，我怎么活下去?！没有她的日子，怎么活？……你懂吗？"仲男痛不欲生地哭着，倾诉着，却又不信任地摇着头，轻轻地说，"你不懂，你一个无牵无挂的人，你一个只牵挂自己的人……"

常琳呆呆地站立着，听任仲男的发作。

泪顺着常琳的面颊流下来，但她一言不发。

等仲男发作完了，她轻轻地点了点头。

"我懂，我懂了。"

她扭头就跑。

"你干什么去?"仲男问。

"我得赶快回去,免得春桦她们惦记我。"常琳说完又走。

"你,"仲男又叫着她,"你把眼泪擦干了。"

常琳毅然抹去眼泪。

仲男吃惊地看着常琳。这面容与以往截然不同了,泪痕擦干了,悲戚消失了,变得沉毅而刚强了。

"还有你,"常琳把酒瓶子踢到椅子底下,"少抽点烟,少喝点酒,少让春桦为你操点心……让她高高兴兴的,从始至终。"

常琳大踏步地走出自己的"领地"。在"领地"的小沟旁,她犹豫了一下,然后大步地跨,不,是跳越了过去。

常琳内心独白:"现在该我为他们操心了。我要牵挂起两头,一头是那痛不欲生的丈夫,一头是那生命垂危的妻子……"

她最后看了一眼"领地"上的仲男,疾速地消失了。

38. **白天　医院　走廊**

进军用手帕围起下颔,像小孩围上围嘴一样地去准备蒸汽吸入。她一边走一边低头打量着这个围嘴。

青青去打气针。她一边走一边提着春桦送给她穿的肥大裤子,怕别人笑话她,她自己先嘟囔着:"以后这条裤子大家轮流穿穿才好。"

老护理员话中有话地说:"别忙,你们姐妹会有那时候。"

春桦笑了。她正坐在轮椅上,老护理员推着她朝治疗室走去。

三个姑娘在各自走进自己的治疗室之前,又在春桦的轮椅前,商量着她们的秘密。

青青问:"给常琳弟弟的那封信,一会儿就发了吧?"

春桦:"别忙,等治疗完了,咱们再合计合计。"她对进军说,"得好好措措辞。"

进军点点头。

39. 六十三号病房里

护士给常琳又端来了中药。

等护士退出，常琳对坐在春桦床上的仲男说："让牛妞来趟吧！"

仲男痛苦地抱着头："我怎么骗都行，可骗不了孩子啊。"

常琳："我来想办法。"

仲男仍抱着头："你先把药喝下去，凉了。"

40. 医生办公室里　正在讨论病房

各种化验单，各种X光片、病历、护理日志……

助理医生建议："刘春桦应该从六十三号搬出来了，住特别护理病房。"

徐医生提醒他："那特别护理病房的门上有一盏灯，红灯上写着'病危'。"

助理医生不解地："难道事实不是这样吗？这也是医院的惯例啊！"

徐医生："这个惯例对刘春桦不适应。不到最后一刻，不要让她离开六十三号。"

助理医生坚持着："六十三号人多、事多，既然我们不能挽救她的生命，我们也应该给她创造一个最优越的护理条件，让她安安静静度过最后的日子。"

从来没有看见医生发过这样大的脾气（不过徐医生的脾气一向是厉害的）："让她安安静静地……去死！一个人躺在病危病房里安安静静地。她才多大呀，二十八岁，年纪轻轻呀！"徐医生拍着病历给大家看，也逐渐使自己冷静下来，"这个病人，需要的不是安静，她需要和人们在一起，要让她多活两天，就要让她和人们多待两天，她和那几个姑娘撒不开手，和生活撒不开手……我了解。"

无权发言，只负责抱病历的护士小欧也胆怯地说了一句："我也了解。"

徐医生斩钉截铁地口述了自己的医嘱:“刘春桦,不到生命垂危,暂不住特别护理病房,特别护理工作要以特别的方式进行。请诸位执行我这一条……特别医嘱。”

助理医生准确地记下了徐医生的特别医嘱。

41. 又是一个探视的日子

医院的大门口,青青在等候着。

那对摩登青年提着装水果的网篮来了,正是常苇和明丽。青青迎了上去,引着他俩朝那古墓下走去。

最惹青青注意的是明丽的新发式:“哟,现在城里又时兴这个头啦?”

常苇有点尴尬地说:“我们收到信就来了。姐姐呢?”

青青刻薄地:“现在想姐姐啦?”

常苇:“不管怎么说,她就我这么一个弟弟,我就她这么一个姐姐。”

青青:“谁说的?”她指指自己,又指指前方。

春桦热情地说:“我叫春桦! 多俊的妹子,哟,还香喷喷的呢!”

只有常苇摆出一副准备受审的样子。

进军问:“新房布置好了吗?”

常苇:“布置好了。”

春桦赞叹着:“瞧瞧,小伙子多能干! 啥时办事啊?”

“下个星期,旅行结婚。”常苇仍是那副拘谨而尴尬的样子。

“您们信上批评得对,我们太自私了,我们只想自己……”

进军思考着,反省着:“我们也难免,有的人是因为幸福而变得自私了,有的人是因为生病而变得自私了……”

明丽难为情地问:“我们呢?”

“你们呀,你们是因为什么都没有尝到。”春桦爽快地说。

这时常琳卷着自己的睡衣从自己的“领地”上遥遥走来。

春桦接着说:“一个孤独的人在人世上走容易迷路。大家牵着手走，就是迷了路也能再踩出一条路来。这是我和仲男在乡下这么多年悟出的一个理儿。你姐姐从小就失去了妈妈，你们将来也会失去妈妈……现在我自己也是个妈妈，万一哪一天我死了，我家牛妞不也没妈妈了？天哪，我心里就受不了……”

青青吃惊地：“你干吗想到这儿？你也和常琳一样多愁善感了。”

春桦平静下来：“她成天抱本日记，记啊记啊，她是有没了却的心愿啊！她不像我说啊说的，可‘作家’你是怎么回事，你怎么倒不写了？”

青青幸灾乐祸地：“这古墓现在考证出来了，是个衣冠冢，空的，连骨头都没有，她写什么呀？”

春桦：“让常苇和明丽听听咱们知识青年的事儿，一颗草粒落在地上还要长出两片叶呢，莫非咱们知识青年白把青春扔在广阔天地里了？”

明丽一扭身，“姐姐——”

春桦、进军、青青这才发现了常琳，还有正朝她们走来的仲男。

春桦对常琳：“瞧你兄弟和弟媳妇看你来了。”

常苇结结巴巴地：“姐姐，我们来给你……”他想说句道歉的话。

春桦一下子接过来说：“他们要结婚了！”

聪明的明丽赶紧往外掏糖：“姐姐，姐姐，还有这位……”她不知道该称呼仲男什么。

仲男自我介绍：“大姐夫。”明丽一阵风似的把糖往大家手里塞。

常琳也摆出个大姐姐的样子对春桦介绍说：“这姑娘是热心肠。”

春桦首肯：“心肠就是要热。太阳要是冷了，它就不发光了，人心要是冷了，人就死了。”

常琳怀着崇敬的心情看着春桦，但眼泪又止不住流下来。她把常苇叫到了一旁:“你们去旅行结婚,我告诉你们去什么地方好……”

42. **暴雨的季节到了,风雨欲来近黄昏**

六十三号病房里,常琳用窗帘掩住半个身子,看着黑得像锅底的天。

常琳担心着“领地”上的仲男,神情不安。

春桦叹了口气:“要下雨他来不了了,就在澡堂子里泡着吧!”

青青没精打采地在床上甩着扑克:“没有他可真不热闹。”

进军:“有了他可就太热闹了,一会儿撕了袖口,一会儿掉了扣子,要不就打了暖壶。”

青青:“就像大象进了瓷器店,嘻嘻!”

春桦又唠叨开了:“我们牛妞也没让我操这么大的心。说起来我也是个操心的命,要是不操心,静下来,我就开始琢磨我的病……”

进军关切地说:“你觉得哪儿有什么不好吗?”

春桦淡淡地:“也不怎么个儿,只是不见好,我心里急得慌。”

进军:“你这阵子瘦得厉害,硬是急出毛病来了。”

春桦:“一大摊子事儿等着我呢,家里的,学校里的……都离不开我啊。”

常琳忍不住流着眼泪,用窗帘掩住面孔。

但这个动作仍被大家注意到了,大家诧异地看着她。

一个闪电!

常琳急转身。

一个焦雷炸响,青青吓得躲到春桦的怀里。

常琳慌慌张张地掀起床单,又抱起睡衣,最后把这些东西扔了,对青青说:“把你的雨衣递给我。”

进军一把拉住常琳:“要下雨了!”

常琳撕扯着:“放我去!别管我!我心里发闷,我要去透透气!

我去去就来呵！"她夺门而出。

春桦思忖着："也许是我刚才那几句话又勾起她的心事来了，她的病也总不见好。"

青青："她总是那样伤心，谁也不清楚她的病为什么总不见好。"

进军："医生说得很清楚，她的病不重，就是心事重。"

青青不满地："我还有心事呢，也没像她呀。也许……"青青神秘地说，"也许她真有什么病。"

进军："你怎么会知道的？"

青青小声地："常琳几天前的夜里跑出去了，我看见了，我估计她去偷看病历了，她回来就蒙着被子偷偷地哭……只有我知道。"

大家对视着，觉得事情严重了。

春桦不相信地："莫非医生没讲实话？"

青青："没准。"

春桦仍不相信："瞧医生护士们待咱们多好，他们绝不会骗人。"

青青反驳地："仲男人也不错嘛，还不照样是'骗子'！"

一句话启发了春桦，她不说话了。

外面又是一个响雷，春桦猛地叫起来了："哎呀，先把人找回来吧，这常琳又跑到哪儿去了啊？进军、青青，你们可别到院子里去啊，就让小欧去就行了，别淋着啊，可别滑着啊……"她还在那里婆婆妈妈地嘱咐着，进军和青青早就跑出去了。

接着走廊里响起了小欧的脚步声。

春桦留心听着这三个人的脚步下楼去了。

春桦不放心地又追出了门外。

楼下传来小欧气呼呼的嘟囔："这常琳太不像话了，她和人家春桦比比，她至少要为春桦想想……"

"春桦怎么了？"进军和青青突然惊恐地问了起来。

寂然无声。不仅没有小欧的回答，甚至连脚步声也没有了。寂静，楼上楼下一片寂静。

春桦不由得感到奇怪，继而她开始疑惑，但她突然捂住自己的胸口，惊醒过来，向楼梯口扑了过去。

“春桦到底怎么了?!”青青和进军的质问不仅是惊恐，而且是悲痛的了。虽然这质问是极为低沉，唯其低沉，才显得更可怕。

但小欧缄口不言。这走廊里的寂静更可怕。

春桦作为一个不治之症的病人的预感，现在证实了。

她一下子俯在了楼梯上，像被割倒了的麦穗，软软的，低低地垂下了头。

她的眼发黑了。

顷刻间，整个银幕全黑了。

43. 慢慢地，银幕上出现了光亮

光亮中闪现出了暴风雨夜的走廊。

长长的走廊，数十个窗户一开一合，灯光暗淡。

在走廊的两头，分别是两个楼梯口。

在这头的楼梯口，出现了一个女人的身影。她扶着墙壁，艰难地走着，怀着难以言喻的极度的痛苦，一步一步地顽强地朝病房走来。在楼梯的另一头出现了另一个女人的身影，常琳的身影。她急匆匆地朝六十三号走来。

但她们彼此发现了对方，于是两个人都站住了，默默相望，凝视良久。

先是春桦笑了一下，然后是常琳回报了一笑。这笑里包含着巨大的苦痛，也包含着巨大的真诚，对对方的巨大的爱。

她们俩同时向对方伸出了双手。

常琳紧跑两步扶住了春桦。

春桦先发制人地问：“你干什么去了？让我们好找。”

常琳反攻为守：“你到哪儿找去了，不在病房里待着?”

春桦：“你猜不出来我。”

常琳:“你也猜不出来我。”

这时走廊里急急忙忙地跑来了小欧她们。她们看见常琳和春桦站在一起,都大吃一惊。她们的惊恐中,那悲痛已经压抑不住了。

春桦已经衰竭到了极点,但她却安详地招呼着大家:“咱们睡觉去,明天明天……明天还有许多事。”

大家扶着春桦走向病床。

六十三号病房的门关上了。

44. 特别护理病房的门打开了

门口亮着一盏红灯,上面写着:病危。

医生和护士在往里面安置各种抢救仪器。

一张单独的病床,铺得整整齐齐,虚席以待。

老护士长问着正检查设备的徐医生:“刘春桦今天就搬进来吧?”

徐医生:“再等一天。她的女儿就要来了。”

助理医生:“她还能坚持住吗?”

徐医生敬佩地说:“她一直在坚持。”

45. 已是秋天了,金风送爽,菊黄枫红,阳光和煦

然而春桦已病势沉重,大家围在她的旁边。春桦忍受着痛苦,安详地看着大家。她从丈夫身上又发现了一片山川柳的叶子。

“‘骗子’!”她用微弱的声音说,又抬起头来看着常琳,微笑着说,“你也是。”

大家都沉默不语。

春桦仍以微弱的声音安详地对常琳说:“你有一个秘密的‘领地’,是不是?”

常琳紧张的心情稍微松弛了一下,赶忙说:“是,你想看看吗?那‘领地’上还有别的秘密呢!”

春桦拿着那片叶子:“有一棵美丽的山川柳。”

常琳:“还有更美丽的。”

春桦看着大家:“咱们去看看好不好?”

大家看看医生。

徐医生点头。

护士长推来了轮椅。仲男抱起春桦时,春桦俯在丈夫的耳边,柔声地诉说着:“我想牛妞。”

仲男使劲点了点头,咽下了眼泪。

46. 轮椅在常琳的“领地”的小沟旁边停住了

常琳赶忙从草丛里找出那块跳板。

仲男抱着春桦走入了常琳的“领地”,大家随着走来。

仲男用自己的上衣垫在春桦的腰里。

春桦向大家解释:“坐月子时落下的腰疼病,干妈说再生个就好了。”

仲男强忍着眼泪。

一阵微风,吹拂着荒草。

春桦顿时感到心旷神怡:“像咱们乡下。”

常琳指给她看那棵山川柳。

春桦:“噢,我们那儿,管它叫作柽柳。小孩发疹子,用它煮水来喝,疹子就发得好了,咱们牛妞那会儿……”

突然,她停住了,从山川柳的后面跃出一个小女孩,穿着紫碎花的小裤褂,梳着两个牛犄角一样的小辫子,朝着春桦跑来。

春桦惊喜万分:“牛妞——”

牛妞跑着:“妈妈——”

春桦喊着:“牛妞——”

牛妞扑过来:“妈妈——”

母女俩紧紧地抱在一起。

仲男又把这母女全都抱在了自己的怀里。

所有的人见状都垂泪了。

只有牛妞像一条活蹦乱跳的鱼，在爸爸妈妈的怀抱里蹿着，笑着，喊着："爸爸！妈妈！"

仲男、春桦："牛妞！牛妞！"

护士长把孩子拉开一段距离。

春桦这时才想起来："牛妞，你是怎么来的？"牛妞往身后一指："小叔、小婶接我来的，干姥姥收拾东西，过两天就到。"

这时春桦才发现是常苇和明丽这一对新婚夫妇。他俩提着牛妞的小包袱微笑地站在山川柳旁边。

常琳佯作不知："旅行结婚回来了？都到哪儿去了？"

常苇对仲男："在北京住惯了，别的城市看起来也就不新鲜了，到你们那儿转了转，也算我们上山下乡了。"

明丽说："见习知青。"

大家都笑了。

春桦赶紧问："我们那儿怎么样？"

明丽说："你们住的多宽敞啊，房子也多，院子也大，娶儿媳妇都够了。"

春桦又问："别的呢？"她显然想知道乡下更多情况。

牛妞赶紧向妈妈告状："它们呀，满世界跑，满世界跑，不沾窝，就是下蛋的时候才回家。"

春桦问："牛妞，你说的这是谁呀？"

牛妞："鸡们呀，你问的是谁呀？"

春桦："学生们呢？"

牛妞："他们呀，也是满世界跑，满世界跑，不沾窝，就是吃饭的时候才回家。"

春桦又急上来了："看。糟了。"她对常琳她们说，"乡下老师少，孩子多，管不过来。"

春桦着急地问牛妞："也没人训训他们？"

牛妞："训啦！他们不听，他们说，你管得着吗？小屁丫头。"

青青:“他们骂谁呀?”

牛妞:“骂我呗! 我说,现在我管不了你们,过一阵子我还管不了你们吗? 等着吧!”

进军:“等到哪阵子啊?”

牛妞:“等到我当老师那阵子。”

常琳:“你也想当老师啊?”

牛妞小大人般地:“嗨,你不知道我们村缺老师么?”

“这话又是跟妈妈学的,就会八哥儿似的学大人话。”仲男说,“还爱告状。”仲男点着牛妞的脑瓜。

春桦一直犯愁,她又问道:“牛妞,那小狗子从县里比赛回来了没有?”

牛妞:“号丧着回来啦! 状元让别的村拿去了,他不服气,他要等您回去评评理。”

春桦:“我回去?”她摇摇头,忧伤地。

仲男忙把女儿拉过来:“好牛妞,不说小狗子了,再说就捅了妈妈的心尖了。”

牛妞撒娇地:“我才是妈妈心尖子呢,他小狗子算啥呀!”

仲男不忍看妻子的愁容,亲着牛妞说:“牛妞是心尖子,是命根子……他小狗子只算个小狗子。”

牛妞笑了。

春桦灵机一动,对仲男说:“让小狗子把作文寄来,要快! 要快快的! 咱们大家都评一评。咱们这儿还有‘作家’呢!”

春桦唯恐大家误解她,说:“不是我护犊子、偏心眼儿,这小狗子是不一般,好好培养一下,没准将来也是个作家呢! 他就是文法上不注意,可好的文法家可不一定就是文学家,是吧,进军?”

进军点点头。

春桦:“大概我教不了他了……”几乎要落泪了。

但一看众人悲伤的神情,她立刻又改了口气:“我是说,那孩子太聪明了,我怕没能力教他。”

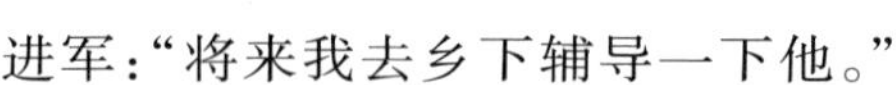

进军：“将来我去乡下辅导一下他。”

春桦拍着进军的手：“有你这两句话就够了，哪能让你这个大作家去乡下当教员，看他们自己的出息了。你要是有心，将来给这孩子寄几本书去，这事就算我拜托了。”

进军点头。

常琳一直听着，眼里闪着泪花，也闪着一种信念。

春桦歇了歇又说：“还有我们牛妞呢！就爱呱啦呱地说别人的事，和我一样。牛妞，你的功课没落下吧？”

“小狗子每天教我两个字。他去县里比赛，我就落下了。”牛妞不好意思地说。

春桦着急地：“我估摸着就得先给你补课。”仲男忙劝春桦：“有我呢，将来我全给她补。”

春桦倔强地：“你补的是你补的，我要补的你替不了。牛妞，过来！”

春桦的气息越来越弱了：“你记住，从今以后，这也是你的一门课了。”她掰着手指头告诉牛妞，“听我说，你知道咱们家的四季衣服放在哪儿吗？棉的，放在大板柜里；单的，放在帆布箱里；你爸的烟叶子晾在小板棚里，有点好米放在小坛里。要是来了远道的客，就用这米做饭吃。你爸要是犯愁，你就给他唱歌；他要喝酒，你就和他翻脸；你的头发要一个礼拜洗一次……”

仲男一把抱住了妻子，用双臂托着她，满眼是泪，又怕孩子看见：“春桦，春桦，好春桦，这课不用补了！……牛妞好牛妞，快对妈妈说，说你全记住了！”

仲男抱着自己的妻子走出“领地”，大家拥簇着春桦的轮椅。

牛妞跟在后面，掰着小手指：“棉的，放在大板柜里；单的，放在帆布箱里；爸爸的烟叶……远道的客……一个礼拜洗头发……”

47. 夕照中的一棵白桦。落日像挂在树梢的一块红纱巾

这白桦倒下了，天地旋转，一阵悲歌。

像一棵白桦倒下了，春桦死了。医生为她盖上了白色的殓布。

仲男一把掀开殓布，把红纱巾围在春桦的脖颈上。

春桦躺在停尸床上，被推到太平间去。

后面，是六十三号病房的三个姑娘和仲男，还有从乡下赶来的干妈。只是没有牛妞。

沿途的病员和医护人员全停下了脚步，看着这送葬的行列。一个大爷摘下了帽子，所有的人一齐摘下了帽子。

徐医生戴着那潜水员一般的大眼镜，当他背转身去时，他揉了一下眼睛。

48. 太平间的管理员正要关门时，仲男突然又闯了进去。他进去后，就把门关上了

常琳倚着门，听着里面的动静，眼睛看着天。

管理员不耐烦地说："他在里面干什么？"

常琳忙拦住他："别吵，他和春桦说话呢，说了很多很多的话。"

对死亡司空见惯的管理员也软了心肠，站到了一边，垂下了头。

仲男出来了，他不知道往哪儿迈步，往东走了两步，又往西走了两步，然后站住，只听大门"咣啷"一声锁住了。

管理员把他的上衣递给他："这个，你忘在了太平间里。"仲男嚷了起来："这是我垫在她身子底下的。她腰疼，你知道不知道？那房子阴，你知道不知道？"

管理员一句话没说，拿着钥匙重新开了门。把上衣铺好，走出来时，拍拍仲男的胸膛："这里，"他充满感情地安慰着，"要宽绰点。"

干妈在草地哭得死去活来。她掏出一把纸钱，边哭边烧："闺女，我没带牛妞来看你，那孩子只当是你又出远门了。她不能给你磕头了。这是他爹的主意，我拗不过他，就依着他啦！"

仲男来拉她的时候,干妈老泪纵横地说:“这烧纸钱你得依着我,春桦是我们那儿的人,我们那儿是这个规矩啊!凡是那块土地上生养的人,都是这个规矩啊!”

仲男单腿跪了下去。

青青、进军、常琳也都跪了下去——她们都是那土地上生养的人。

火光映红了这一群知识青年的脸。

随着火光,他们胸中升起一支悲壮的歌儿,向青春告别、向过去告别的歌儿。

49. 在医院的长椅上

仲男和常琳坐着,还有常苇坐着。

另一头,是青青和明丽拉着牛妞在玩。

青青正把一件尚未完工的小毛衣往牛妞头上套。

“这是阿尔巴尼亚针?”明丽鉴赏着。

“不,保加利亚针。”青青炫耀着说。

“憋死了,憋死了,阿姨——”牛妞的小脑袋套在毛衣里扭动着。

等牛妞的头套出来以后,我们发现,牛妞的发式整个变了,变成了洋娃娃,还束着一条蓝缎带,这显然又是明丽的功绩。

常苇问:“‘作家’姐姐呢?”

常琳:“一会儿就来,她又重新开始写作了。干妈走了?”她问仲男。

仲男:“后事一完,她就先回去了。徐医生让我和牛妞晚走两天,给我们做了一下全面检查,今天结果出来了,大人孩子都没问题。”

常琳欣慰地点点头。

仲男:“手续也结清了,我和牛妞三两天就该走了。这一阵子折腾得你们大家够呛……”

"不行!"青青和明丽都叫了起来,"再住两天。"

明丽:"牛妞好几个公园还没逛呢,再说,你们也该上王府井买点东西回去。"

仲男:"不买了。还拉着饥荒呢,春桦的住院费还欠着四百,得赶快回去干活挣钱。"

常琳:"徐医生不是说医院可以考虑免了?"

青青:"要不,再让'作家'给妇联写封信,救济一下?"

仲男:"什么?妇联?我是男人,男子汉,我壮实,我有力气。"他捋起自己的袖子,"我年轻,我干吗要赊着欠着什么的?我干吗要救济?!靠救济的日子好过吗?"

这话正说在常琳的心上。连常苇都佩服不已,羡慕地看着仲男的粗臂和豪气。

青青斩钉截铁地:"那也不能就走,这毛衣还差个领子呢,这领子我非得琢磨出个新花样……明丽,城里现在什么针最时髦?"

明丽:"罗马尼亚针。"

"罗马尼亚针?"青青弄不清楚这是一种什么织法,她烦恼地叫着,"城里是怎么回事?学开地理了?"

常苇一副深明政局的样子:"主要和外交形势有关。"

"常琳——青青——哎——"

进军一边呼叫着一边从宝塔山上跑下来。

进军激动地:"到那古墓去!到那古墓去!"

青青惊异地:"你真发掘出故事来了?"

进军不说话,召唤着大家快走,大家受她情绪感染,最后几乎跑了起来。

50. 徐医生和小欧被惊动了,他们从阳台上探出头来

小欧着急地告状:"你看,她们跑起来了,连常琳也跑起来了,她们忘了她们是病号了。"

徐医生深情地:"她们要是跑起来了,就说明她们的病快

好了。”

那戴眼镜的老收发又来送信了。

“刘春桦,这人还在吗?”

小欧不说话。

徐医生说:“在! 当然在!”

他接过了一个邮来的纸袋,对小欧说:“你去送给仲男吧!”

51.“精神不死”的石崖下的小宝塔

“看。”进军指着——

一个小小的,用医院里的野花扎成的花环摆在那里,绷带做成的挽联,上书:

大地不朽,青春不朽——献给把青春献给大地的知青。

仲男激动地擎起了这个小小的花环。

“作家”、青青、常琳一下子簇拥着这个小小的花环,她们紧紧地拥抱着。这是对春桦的历史评价,对一代知青的历史评价。他们的青春得到了最高报偿。

牛妞稚嫩的声音问:“给谁的?”

仲男:“我们。”

牛妞:“谁给的?”

仲男:“人们。”

他们往下望去,这西山脚下的医院整个沐浴在秋日的阳光下。那散步的病员,那紧张工作着的医务人员都向他们投来善意的亲切的目光。那和春桦搭过话的大爷和二顺子还朝他们扬了扬手。

牛妞挥舞着花环回答他们。

小欧跑了上来,她把那邮袋递给了仲男。

大家脸色又略略沉了一下。

邮袋的包装和字体显示出是一个乡下孩子寄来的,上面还有大字注明“作文”,并打上了三个感叹号。

仲男低声地说:“小狗子把作文寄来了。”

牛妞叹了口气："可妈妈又出远门了。"她给爸爸出着主意，"那就给妈妈去封信吧！"

仲男抱住牛妞："妈妈去的地方太远，信是寄不到的。"

他一时语塞，说不下去了。

常琳接过了邮包，毅然拆封，抽出了小狗子的作文。

她向进军要笔："笔……红笔。"

进军把圆珠笔拧了一下给她。

她接过笔来，专心致志地批改起来，一字一字，一行一行……

牛妞俯在她的膝上，托着下巴，看着常琳一页一页地翻着。

52. **幻化成一页一页地翻动着的日记。日记翻到了最后一页**

最后一面夹着挽联：青春不朽，大地不朽——献给把青春献给大地的知青。

六十三号病房。

青青："完了？"

进军合上了日记："完了。"

"就这样走了？"青青又转向常苇和明丽。

"就这样走了。"常苇说。

53. **火车站台**

火车即将开动。

车厢门口露出牛妞和仲男，他们向大家挥手告别。

站台上站着送行的人：常琳、常苇和明丽。

仲男对常琳说："你先回去吧，医生就准你半天假啊！"

常琳点头不语。

在火车开动的最后一刻，仲男在车厢口。

常琳伏在牛妞的耳朵边说着什么。牛妞笑了。

在火车开动的一刹那，牛妞突然搂住了常琳的脖子。

仲男着急："牛妞松手！火车要开了！"

牛妞紧紧搂着常琳。常琳紧紧抱着牛妞。

不明真相的列车员在身后给她们助了一把劲儿。

火车上仲男惊愕的面容。

火车下明丽和常苇惊愕的面容。他们追着火车。

常琳搂着牛妞从车窗里探出头来。

车轮的滚动声。

常琳的话语被车轮盖住了:"……病床上的日记……"

牛妞舞动着小小的花环向大家告别。

54. 叠印成一页一页写着的稿纸

六十三号病房里。

青青一页一页地翻着。

"后来怎么样呢?"

"作家"奋笔疾书,头也不抬。

"你自己看吧。"

稿纸一页一页地翻动着:

幻化出——

村头的古庙。

庙前的古槐。

古槐上的钟。

牛妞在一旁比画着敲钟的姿势。

常琳敲响了钟。

"哐——"

仲男、干妈、乡亲们含泪看着她。

学生们朝她涌来。

牛妞仍在一旁使劲地比画着。

常琳奋力地拉着钟绳。

"哐——哐——哐——"

选自《最后一个冬日》,中国文联出版社 2004 年版

◇陆小雅

陆小雅(1941—),湖南人,电影导演、编剧、演员。1950年被选为儿童演员,在故事片《刘胡兰》中饰演童年刘胡兰。1958年考入长春电影制片厂演员训练班,毕业后留长影厂做演员及电影配音工作。1975年调入峨眉电影制片厂任场记、副导演。1976至1978年在北京电影学院学习,后回到峨影厂任导演,兼任编剧。代表作有《红衣少女》《红与白》《热恋》等,其中,《红衣少女》获第5届中国电影金鸡奖最佳故事片奖、第8届大众电影百花奖最佳故事片奖。

穿红衬衫的少女

根据铁凝小说《没有纽扣的红衬衫》改编

序幕

1. 农村公路

荒芜的田野,北风呼啸。长长的公路远处,一个身影踽踽走来。

"五·七"战士打扮的妈妈提着简单的行装,背着四五岁的小安然艰难地走着。

妈妈想拦住一辆大卡车,大卡车未停下,飞驰而过。妈妈累了,把小安然放在地上。

小安然问妈妈:"汽车为什么跑得那么快?"妈妈笑笑,没有回答。小安然迈开小腿,蹒跚地奔跑着。

小安然奔跑的背影。

伴着北风的呼啸声,画外出现了和安然同龄的许多男女孩子的问话声:

"汽车为什么跑得这么快?"

"蚂蚁为什么那么小?"

"飞机也是一种鸟吗?"

"坏人和好人长得一样吗?"

"红枣为什么是红的?"

……

2. 长长的小巷

妈妈背着小安然远远走来。

小安然在妈妈的背上大口啃着一个窝窝头，她问妈妈："人为什么要吃饭？"

妈妈："不吃饭就要饿死。"

小安然："为什么会饿死？"

妈妈："为什么……长大就知道了。"

妈妈推开一扇院门。

3. 外婆家破旧的房内

妈妈正忙着收拾屋子。

小安然模仿着"样板戏"的演唱："我家的表叔数不清，没有大事不登门……"

多病的外婆躺在床上欣赏着小外孙女的演唱。

十二三岁的姐姐安静熟练地捅完炉灶，端了一盆热水喊着妹妹："然然，洗头。"

姐姐替妹妹洗头发。

4. 安然家旧居屋内

已长到十六七岁的安静给八九岁的小安然擦干刚洗过的湿发。

小安然："好安静，快点！"说着自己拿过毛巾。她边擦头发边看着爸爸。

爸爸拿着一串小白纸花默默地走出去。

小安然赶紧戴上一顶旧毛线帽也跟了出去。

5. 安然家旧居外的街道

爸爸把那串小白纸花挂在一株树上。无情的风吹动洁白的花朵。

整条街道的树枝几乎都挂满了白色的纸花。

小安然眨眨眼睛望着爸爸，她见爸爸的眼里涌出泪水，忙掏出一块手绢递给爸爸。爸爸接过手绢，赶紧走开。

小安然站在肃穆的街道上，她捡起一朵掉在地上的小白纸花，望着它发愣。白色溢满银幕。

6. 安然的小学校园

红色划过银幕。

一条红领巾披在小安然的肩上，一位辅导员在给小安然戴红领巾。

入队仪式庄严而隆重。

一张张稚气而激动的脸。

伴着少先队的鼓声，画外响彻小安然和同学们的心声，声音交织，汇成一股声浪：

“我会飞到另一个星球。”

“我会种出最大的西瓜！”

“我会盖一座最漂亮的大楼。”

“我会写一本最好看的书！”

“我会做一个最好的老师！”

“我要参军，要成为英雄！”

……

渐强的鼓声淹没了少先队员们的心声，音乐旋律渐起。

两条大绳在空中摆动。

一群孩子在集体跳绳，穿白衬衫戴红领巾的小安然兴高采烈地跳在中间。

7. 安然家的院里

安然穿着一件带拉链的红衬衫单独在跳绳，她已长成十六岁的少女了。

红色溢满银幕，叠出白色片名：

《穿红衬衫的少女》

在以下的画面中出现演职员表：

安然在听课。

安然在踢足球。

安然在往窗户上贴浸湿的邮票。

安然和米晓玲各穿一件肥大的衬衫在地上滚打，练习女子柔道。

演职员表完，音乐止。

第一天

8. 知青食品小店

两个女青年满头大汗地炸着油饼。

等着买油饼的顾客排了一长队，安然也排在中间。

安然一边排队，一边复习着英语单词。

安然的同学米晓玲跑过来也准备买油饼，她拍了一下安然："哎，好学生，真会抓紧时间啊！"

安然："你呀，喏，站这儿吧！"

米晓玲站到安然的前面。安然继续念英语单词。

米晓玲转身对安然："你记得吗，上个星期咱们学校看的那部电影？"

安然："记得。"

米晓玲："演女主角的那个演员，她把自己的丈夫杀了！"

安然："你又在瞎说。"

米晓玲："这消息绝对可靠，信不信由你。"她忽然发现前面一个女人的裙子十分漂亮，她围绕着这女人来回走动，打量着她的衣裙。

安然拉拉米晓玲："要考试了，您啊，还是抓紧点时间吧！"

米晓玲："还抓紧时间呢！买个油饼排这么半天，都几点了！"她故意亮出手腕上的表看着。

安然:“怎么,戴手表了?”

米晓玲:“这是我妈的,她休班,我戴着过过瘾……别看旧点,可还是名牌呢……”

安然突然发现前面走来她们上初中时的夏老师,她大声喊着:“夏老师!”拉着米晓玲一起跑过去。

夏老师惊喜地迎向两个女学生:“哎呀,长高了,也长胖了!……学习怎么样?”

安然:“还可以……”

米晓玲:“她可以,我不行……夏老师,您怎么瘦了?”

夏老师:“瘦了吗?……要考试了吧?抓紧复习功课,高中一年级可是基础。”

安然点点头。

米晓玲:“星期日您还上班?”

夏老师:“去家访。你们有时间到我家来玩,还是老地方,记得吗?”

米晓玲、安然:“记得。”

夏老师:“好,我走了。”

米晓玲、安然:“夏老师,再见!”她俩望着夏老师走去的身影。

安然:“干吗把她调走啊!”

米晓玲:“需要。”

安然:“那我们不需要?我特喜欢她,你呢?”

米晓玲:“一样……比现在这韦老师强多了!”

9. 宿舍里楼梯

一个小姑娘跑下楼梯碰见了安然,她拉着安然:“安然姐姐,你再借一本书给我看。”

安然:“好吧,再借一本安徒生的童话给你看,一会儿来取吧!”

安然的男同学刘冬虎一个人坐在楼梯上,呆呆地用手指头在墙上划着。

安然手里拿着油饼跑上楼梯,她发现了刘冬虎:“你怎么一个人坐在这儿?”

刘冬虎不作声。

安然:“你怎么了?”

刘冬虎仍不回答。

楼上传来吵闹声。

安然:“是不是你的二老又吵起来了?”

安然跑上一层楼。刘冬虎家门口围了许多邻居在往里看。里面传出摔东西的声音和刘冬虎妈妈的哭喊声。

安然又跑回刘冬虎身边:“你还没吃饭吧?”

刘冬虎难过地低着头。

安然把两个油饼塞到刘冬虎手里。

10. 姐姐的房间

安静在替安然洗头发:“哼,这么大了,还要我伺候……看看,小黄毛的头发现在变得又黑又密。”

安然从脸盆里抬起头来,冲着姐姐调皮地:“这是你的功劳,你是好安静!”

安静替她擦头发。

安然:“姐,你可不能结婚,你结婚了谁给我洗头发啊!”

安静:“那当然。”

安然突然在桌上发现了一封安静的信,拿起来看着:“啊!这邮票是纪念科赫发现结核菌一百周年的,这种邮票就出了一张,我正找呢!你怎么不告诉我?”说着看看信的封面:秦皇岛3232信箱。“哎,这是谁给你写的信?……”

安静忙把信抢过去:“好了,这邮票我现在就给你剪下来。”说着拿出剪刀来。

妈妈拿着菜篮走进来。安静赶紧把那封信放到抽屉里。

妈妈:“然然,我听说从高一到高三要是连续评上三好生,考大学有照顾。你这次好好复习,一定要争取当个三好生。”

安静:“我看,然然有希望。”

安然光梳头没有回答。

妈妈:“我去买点好吃的,给你营养营养。”

安然:“还营养?人家都说我又胖了。”

妈妈:“别听他们瞎说。”说着走出去。

安静又从抽屉里取出那封信。

安然观察着姐姐。

安然:“姐姐,我们今天照常逛大街啊!”

安静:“你不是要总复习吗?还有心思!”

安然:“让大脑神经彻底休息、松弛之后,才能促成大脑皮层的高度活跃,注意力才能高度集中。对吧?”

安静笑了:“对……喏,给你。”她把从信封上剪下的邮票递给安然。

11. 客室兼饭厅的一个角落(一个用书架隔开的小画室)

爸爸在一幅未完成的油画前作画。

安然走到爸爸身边,端详着这幅画:“爸爸,您画的这田野还不够开阔……这绿色么……”

爸爸:“你懂什么?”

安静端来一杯热茶放到小桌上:“爸,给您放这儿了。”

爸爸摸摸安然的头:“好好跟你姐姐学学。”

安然:“个性不同,对吧,姐姐!”

安静:“快走吧,别跟爸爸捣乱。”

爸爸欣慰地端起茶杯,深情地望着两个女儿离去的背影。

12. 平易市较繁华的街道

一个青年农民推着一辆飞鸽牌加重的自行车。车上放着两筐粉白两色相间的膨香酥(一种玉米面做成的长条状食品)在叫卖。

安然拉着姐姐穿过汽车行驶的马路，她看看农民筐里的膨香酥，又回头问姐姐："姐姐，我买一根呵？"

安静："你多大了？"

安然恳求地望望安静。

安静故意不理她，独自向商店附近走去。

安然还是买了膨香酥，她跑到姐姐身边，向姐姐嘻嘻笑着。

安静看看她拿着的那个拐棍式的膨香酥："还嘻嘻呢！好意思吗！"

安然一刻也不老实，她又用膨香酥敲着电线杆。

路旁站着一个满脸皱纹的卖冰棍的老大娘，安然指着她对姐姐说："看，多精彩的木刻！"

又走过一个戴太阳镜的胖女孩，安然又用膨香酥指着女孩的背影说："欢欢——熊猫！"

安静抢过妹妹手中的膨香酥，急匆匆地走到果皮箱旁把它扔了进去。安然转眼又看见了什么……

13. 一家服装店门口

橱窗里摆着两个穿厚呢大衣，蓬头垢面，脸色焦黄，目光呆滞的模特儿。

安然走近橱窗，望着模特儿："怪可怜的……这么热的天，连衣服也不给换。"

安静笑了。

安然："这位女士好像有黄疸性肝炎……不，防冷涂的蜡。"说完哈哈地笑起来。

祝文娟从旁边走过，她发现了安然，犹豫了一下，没打招呼又往前走去。

安静对妹妹："小声点，人家都在看你。"

安然转过身向前走去，她发现了祝文娟的背影。热情地招呼："祝文娟！"

祝文娟站住，朝安然走来。

安然向她介绍："祝文娟，这是我姐姐。"

祝文娟："啊，安姐姐，你好。"

安静："星期天出来走走？"

祝文娟："不……我是有事，到我妈妈的一个朋友家里去……啊，我走了，再见！"

安静："好，再见！"

祝文娟急匆匆地走了。

安然对姐姐："她是去找人辅导英语去，她不愿意跟别人说。她妈妈对她的学习抓得可紧了！"

安静："嗯，她很有礼貌。"

安然："那我还有礼貌呢！……不过，她学习是好，特别是古文和历史。讲起《三国演义》来一套一套的。"

14. 家具店内外

家具店门口摆着一些要运走的家具，一对男女青年在旁边焦急地等着车辆。

安静走进家具店，安然也跟了进去。

安静抚摸着一张单人席梦思床，又看看标价，写着 220 元。

安然警惕地看着姐姐，走近她："怎么，姐姐，你……要结婚？"

安静："……这，这不是单人床吗？"

安然："那，就为你自己？"

安静："啊。"

安然："不明白。"

安静解释："结了婚就不要单人床了？比方说两人吵了嘴，就可以到单人床上睡。"

安然："结婚就意味着吵嘴吗？"

安静："不能那么说，可世界上没有不吵嘴的夫妻。"

安然："比如刘冬虎的爸爸妈妈，还有咱们家的'二老'！"

15. 桥上

姐妹俩在桥上走着。谈话还在继续。

安然："……你说，为什么在咱们家'二老'身上看不见……就是人们常说的那个爱情？"

安静："没有爱情，怎么会有你和我。"

安然："不懂，实在不懂。"然后又问，"你说妈怎么会爱上爸的？妈那么漂亮，爸那么不漂亮。"

安静："这我可没想过，什么叫漂亮？"

安然不以为然地："佐罗就漂亮。特别……特别是他的下巴。我顶喜欢佐罗的下巴。"

16. 林荫路

行人稀少，姐妹俩静静地走着。

安然："姐，你怎么不说话了，还在想那张床？"

安静："哪儿啊，我在想今天是个星期天。"

安然："是个沉闷的星期天。"

安静："是个快乐的星期天。"

安然："是个让人害怕的星期天。"她突然停下来不走了。

安静："怎么了？"

安然眼睛望着远处："明天进行复习，一星期后就要期末考试了。"

安静："当学生总要考试，你可不是个害怕考试的人。你是怕……"

安然不等姐姐说完又朝前走了。

安静追上去："然然，你不愿意听，我也要说，你是怕考试完了评选'三好'。"

安然望望姐姐："我不稀罕。"

安静："可我希望你评上……韦老师对你的印象怎么样？"

安然:“我摸不透。她不是你的小学同学吗?你应该比我了解她。”

安静:“我们也好多年没见面了。我倒是应该去看看她。”

17. 韦婉家的房间

韦婉的照片挂在墙上。房间里布置得十分花哨。韦婉穿一件领口开得很低的连衣裙,坐在沙发上,安静坐在她旁边。

安静:“听说你后来离开农村去上大学了?”

韦婉习惯地用手一扒拉脑门上的“刘海”:“那几年的大学好上……不过现在可讲究文凭了!”

安静若有所思地:“是呵!”

韦婉:“你现在也不错,我看过你写的小说。”

安静:“只能算习作……安然在班里怎么样?”

韦婉:“怎么说呢?本来我想去你们家里和你谈谈她的。”她的语气转为郑重了,“她很聪明,也很用功。就是……用形容成人的话来说,就是群众关系不怎么好。”

安静:“她怎么了?”

韦婉:“怎么跟你说呢!……反正咱们都是老同学,有啥说啥。不知为什么,安然喜欢和一个叫米晓玲的女同学接触,这个同学学习又不好。安然还跟她唱过一首歌,那种歌词,我……我不便重复……还比如……”

安静注意地听着。

韦婉:“……她总和一个叫刘冬虎的男生在一起。”

安静:“哦,这个男生我好像认识,也住我们一个楼。是这样!……”

韦婉:“……还有,过去她挺朴素,现在也打扮起来了。上星期好像穿了一件大红衬衫。对了,没有扣子的,好像背后还带一条拉链。”

安静:“那是……新买的。”

韦婉:“对,问题就在这儿,这是一种迹象,我们可得引起注意呵!”

安静:“嗯……”

韦婉:“消防知识里不是有句话叫‘防患于未燃’吗!你也别太往心里去,孩子嘛!……对了,我还想问你,最近你收到了我的信吗?”

安静:“没有。”

韦婉:“里面有我写的一篇稿子。”

安静:“哦!”

韦婉:“我瞎写的,自己教语文,也想练练笔,你多帮助啊!”

18. 姐妹的房间

小型收音机播放着轻快的音乐,安然一边吃着苹果,一边做物理作业。她身上穿着那件带拉链的红衬衫。

安静从外边回来了。

安然:“姐姐,你到哪儿去了?”

安静:“啊,我……我找一个业余作者去了!……做功课又听音乐,把收音机关掉。”

安然娇嗔地:“那你再帮我洗个苹果!”

安静:“好。”说着走到妹妹背后,把她衬衫背后的拉链拉开,“这件衣服脏了,也该换换了。”

安然:“我再穿一天。”

安静:“……我一会儿洗衣服,随带着就给你洗了。”

安然:“那太好了,我现在就换。”说着站起来给姐姐鞠躬,“谢谢安静同志……”

安静笑了,若有所思地看着妹妹。

第二天

19.《彩虹》杂志编辑部

瘦瘦的老编辑老马戴着深度近视眼镜，把头埋在稿件当中，细细的手腕上戴了一只手表，宽松的表带不时滑下来，他用手不停地往上撸着，最后只得把手表撸到胳膊上面。

坐在他侧面的安静在一摞一摞的稿件及信件中翻找着，抽出其中的一个牛皮纸信封。

信封上写着："《彩虹》杂志编辑部安静同志收，本市二中韦寄。"

安静拆开信封，取出里面的稿子看。

认真工作着的老马突然惊喜地："了不起，真了不起！……"

安静惊异地望着老马。

老马对安静："……才二十岁，就写出这样的好诗……多么清新……"

老马注视着安静："安静，记得艾青在《诗论》里是怎么阐述'清新'这个词的吗？"

安静思考着："……好像他是这样说的，'清新是在感觉完全清醒的场合的对于世界的一种明晰的反射'。对吗？"

老马兴奋地："对，完全准确，可以给满分，哈哈……"

安静拿着韦婉的诗稿继续看着，看到后几行时，画外出现韦婉的声音：

……

我攀着民族灵魂的火箭，
我执着光丽的赤诚，
用自己的红心，
遥望那满宇宙的红旗，
啊，甩开膀子，

大干快上啊，

大干快上！

安静皱起了眉头，赶紧把诗稿放到桌上。她的旁白："……天哪，这也叫诗！"

20. 平易二中校门口

高一（一）班的男女同学们，在一位中年男教师的带领下，排着队走进校门。他们戴着草帽，背着水壶，显然是校外活动刚回来。

安然和一些同班同学，正好放学走出校门。

安然和同学们羡慕地望着高一（一）班的同学们。

安然："高一（一）班又去'彩湖'野游了！"

祝文娟："是啊。"

安然："你是班长，能不能向老师反映一下，春游没去成，就是因为韦老师要考验我们大家。现在都考验到夏天了，我们还是哪儿也没去成。我觉得我们班各方面都不比（一）班差。"

祝文娟："快考试了！我想，这些……恐怕老师都会有想法的……"

21. 安然家客室

黑白电视机屏幕上播映的中日女子排球比赛已近尾声。宋世雄的解说生动响亮。

爸爸、安静和安然都在看电视。

妈妈从平台上拿着几件衣服走进来："喏，谁洗的衣服也不收……"

安静："我洗的。"

安然："你们别说话了！"

妈妈："别傻了，看个球赛那么认真。"

播映的球赛结束了，宋世雄最后在播讲："中国队以 3 比 0 战胜

日本队……”

安然和安静拥抱、欢呼着。爸爸也激动了，回到他的画布前端详着，似乎从球赛中感染到青春的活力。

安然吹着口哨，拿起一挂鞭炮，跑到阳台上放起了鞭炮。

22. 宿舍院内

院子里以及许多阳台上，都响起了鞭炮声……

小小的火花升上了天空。

23. 客室内

妈妈责怪着爸爸：“哎呀，你今天不是去大学讲课吗？怎么就穿这条裤子去，这像个什么样子呀！喏，小静，你们都过来看看……人家还把你爸爸当成什么美术家呢！”

爸爸：“这有什么，学生来听我讲课，又不是看……”

妈妈：“别人背后会议论你的。”

爸爸：“谁爱怎么说就怎么说，我不怕。”

安然赶紧把收音机打开，里面传出两个男演员说相声的声音。她想用放大了的广播声掩盖爸爸、妈妈的争吵声。

妈妈：“我怕……人家该以为我虐待你了。”

安静赶紧把窗户关上，回过头说：“我求你们，别吵了，天这么热。”

妈妈：“天热怎么了？”说着把收音机关掉，“天热就不存在真理了？你们还有没有是非观念！”

安然：“我有看法。”

爸爸、妈妈愣住了。

安然：“妈妈，你应该为一些大的事情激动。而你总爱管这些鸡毛蒜皮的小事，这对你的身体也没好处！”

妈妈被激怒了：“……这个家里，大小事都是我在管！”

安然：“我的事你就没管过。”

妈妈:“你这没心肝的东西,你的什么事我没管过?抱你去干校,抱你去外婆家,抱你……就因为你们,因为这个家,我才那么积极,我才……弄到现在当个画院的办事员……”说着说着,忍不住满腹的冤屈哭了起来。

安然:“那也不能吃老本……”

爸爸:“然然,不要再说了!”

安静:“然然,你进屋去!”

安然往屋里走着,嘴里不停地嘟囔:“那人家昨天问你,上帝保佑我们!God bless us!为什么在这儿,第三人称不加上‘es’呢?你都答不上来。还说……”

24.爸妈的房间

爸爸那双粗大的手,十分灵巧地用树枝做着一个优美的人体造型。

妈妈难过地:“谁理解我啊!……”

爸爸:“我理解你……别生孩子的气,然然心直口快,还不是像你年轻的时候。”

妈妈:“可别再像我了!……一个劲地傻干,专业都丢了,党也没入上,真倒霉啊!……那些年太傻了。”

爸爸:“……说真的,包括我在内,那些年都太容易随波逐流了!不善于思索自己的职责,努力干的目的,只不过是想获得领导的信任……”

妈妈:“我是想给孩子们创造点政治条件!……现在么,只能给她们创造点物质条件了。”

爸爸:“那可不行,她们大了,懂得的多了,要求的东西也就多了。”

妈妈:“还要求什么,反正家里的经济情况就是这样。”

爸爸:“我看你是真变傻了!”

妈妈:“你才傻呢,然然就像你。”

25. 客室

安然坐在沙发上思索地："姐，我是不是不太了解妈妈？"

安静："反正大人的烦恼比你多！"

姐妹俩静静地坐着。安静突然想起了什么，她从爸爸的书架里找到一个报纸包，打开一看，是一本五十年代出版的苏联画册，她从里面翻出一张照片："然然，你来看。"

安然跑过来，拿起照片看着。

这是爸爸妈妈年轻时的一张照片，他们潇洒地站在海岸上，风吹着妈妈的短发，健美而又有朝气。

安然感叹着："哦哟，真年轻啊！"

安静翻过照片，背面写着几行诗。

> 蓝天，白云，大海，
> 我为什么这样热爱你们？
> 因为你们就是祖国，
> 就是我的母亲。
> 玲玲于55年夏天。

安然："是妈妈写的。妈妈还会写诗，我怎么不知道？"

安静："你不知道的事还多着呢！你看我有点文学气质，爱写点东西，这也许还是妈妈的遗传基因在起作用呢！"

安然看着照片："你说我像爸爸还是像妈妈？"

安静思索着："你有的地方像爸爸，有的地方又像妈妈，不过，好像又不太像……"

安然轻松地："大概，我谁也不像，我就像我。嘻嘻……"

第三天

26. 宿舍院内及门口街道

进行早晨锻炼的老年人，几乎占领了各个角落。

安然在跳绳，连跳“双摇”。她在许多老年人中，更显得轻盈优美，焕发出少女特有的活力。

27. 姐妹的房间

窗帘拉开，安静边梳头边从窗户往楼下看去。

28. 宿舍院内

安然停止了跳绳，在教刘冬虎念外语，安然纠正他的发音。

刘冬虎发音不准，安然顿时大笑。

29. 姐妹房间

安静听见院子里的声音，放下梳子，若有所思。安静走出房间。

30. 宿舍院内

安静走过来：“这不是刘冬虎吗？你忘了，上次你还帮我拿东西了。”

刘冬虎不好意思地笑笑。

安然诧异地看看姐姐。

刘冬虎不自然地：“嗯，没忘……啊，我走了……”说着看了看安然，对安静，“再见！”

安静：“他怎么走了？你应该把他叫住。”

安然：“叫他干吗！发音……简直没治！”

安静：“同学向你请教，你应该耐心。”

安然：“谁让我耐心我都耐心啊！你没听见吧，硬把 cough（咳嗽）念成 calf（小牛），还 calf 呢！”

安静："我觉得他挺虚心的。"

安然："一个男生光虚心也没用，你看他那样……不过，他也怪可怜的，你看，他爸和他妈老打架，谁也不大理他。"

安静："是啊……"

安然："帮他复习英语是我约他来的，我觉得和男生一块讨论功课比和女生一块讨论好，废话少……"

安静释然地："可不，这没什么。快上来吃饭吧！"说完走开。

安然继续跳绳。

31. 客室

爸爸在他那幅未完成的油画旁涂刮着。

安静和妈妈在准备早饭。

妈妈："我在画院听一些人说，在你爸爸的画里看不到时代脉搏的跳动……你看，他又在画那些树林子，还有那么多落叶，让他画上几台拖拉机、几根高压线都不干，能被选上吗？"

安静端着稀饭走到爸爸身边，一边吃着："爸爸，你不能画一点说明性强的东西？"

爸爸不说话。

安静："您是画院的专业画家，总得……"

爸爸："总得什么？"他并没有抬头。

安静："我是说……"

安然凑了过来。

爸爸："你喜欢吃糖吗？"

安然抢着说："我们俩都喜欢，妈说，安静小时候还拔过一颗虫牙呢！"

爸爸："你满心欢喜地吃一块糖，转脸就声明，这糖是苦的，对不对？"这时他扬起眉毛，直视着大女儿。

安静："我还不是为您，我当然爱您的画，可是……"

爸爸："孩子，我想告诉你，假如一个人整天可是、可是地过日子，日子就没法过。更不用说去追求什么了。”

安然拿起一支画笔说：“我，作为一个画家，一辈子要用自己的眼睛，自己的。契诃夫说过：‘有大狗，有小狗。但小狗无须因大狗的存在而惶惑，所有的狗都叫。但都按上帝给予它的声音去叫。’对吗？”

爸爸忍不住笑了。

妈妈：“哼，就会跟你爸学舌，快上学去吧！”

爸爸：“对。”转对安静，“小静，法国雕塑家罗丹有句名言，拙劣的艺术家永远戴别人的眼镜。”

安然扔下画笔：“爸，我把这句话抄到我的格言本上。”转身进里屋。

稍顷，安然拿来一本淡黄色塑料皮的笔记本，在上面写着刚才爸爸说的格言。

爸爸：“给我看看，里面都写了什么？”

安然：“这可不能给您看，这是秘密。”

安静：“这个本子是然然的宝贝，每天都锁到她的抽屉里。”

安然调皮地瞪了姐姐一眼。

32.《彩虹》编辑部

安静在看稿，她心神不定。

安静的旁白：“罗丹还说过一句话：‘艺术又是一门学会真诚的功课。’可我学会了什么呢！学会了不想笑的时候也要笑，不想哭的时候也要哭……”

老马在看一份诗稿，他气愤地把稿子摔在桌上：“这还能叫诗！……哎，你还记得前几天我外甥寄来的那首诗吗？什么‘姑娘的笑靥里’还‘升起了’什么‘绚丽多彩醉人的晚霞’。狗屁不通，还写诗！……那稿子我叫你退了，退了吗？”

安静笑了：“退了。也许你外甥……他追求的是含蓄呢！”

老马激动起来：“什么？含蓄？什么是含蓄！也是那位诗人讲

的，‘不能把混沌与朦胧指为含蓄；含蓄是一种饱满的蕴藏，是子弹在枪膛里的沉默’。”说着“哼”了几声，又继续看稿。

安静从抽屉里拿出装着韦婉诗稿的牛皮纸信封，取出其中的诗稿看着。

韦婉的朗诵声：“遥望那满宇宙的红旗……”

安静的旁白：“……我的心怎么分成了两半！这一半心说，这不能叫诗，它只能使我们回想起那个损耗了亿万人热情的年代。可另一半心却在说，这是一首好诗，比那些‘朦胧派’不是要明快壮丽得多吗！……”

安静在诗稿上写上“同意发稿”几个字。

老马一边批改稿件，一边仍继续激动地：“哼，在没有激情的时候要写诗，总喜欢卖弄华丽的辞藻，正像人在说谎的时候，总喜欢加大嗓门。是吧，安静。”

安静惶惑地：“是这样……”

33. 安然的教室里

同学们在自习。

米晓玲从前几排悄悄地走到安然课桌旁，翻看安然书桌上的作业本。

安然：“找什么？”

米晓玲拿起一本作业：“没啥，找物理作业……”

安然轻声地：“你应该自己独立思考！”

米晓玲把一个小纸包放到安然的课桌上，然后凑近安然说：“咱姐们儿，没说的！”然后无所谓地走回自己的座位。

安然打开小纸包一看，是几张纪念邮票。

安然果断地拿起邮票，走到米晓玲座位旁，把邮票放到她的课桌上。

34. 游泳池

安然和同学们在练习游泳。

一个高个子男同学在跳板上准备跳水,向水池望着。

米晓玲拉起安然指着跳板上的那个男同学:“安然,你快注意,这个家伙又在看我,顶不正派了!”

安然:“我怎么没有看出来啊!”

那个男同学“扑腾”一声跳进水中。

安然:“人家在跳水呢!”

米晓玲:“你在这方面太迟钝。咱们班里有好几个这样的人,哼,我才不愿意理他们呢!哎呀,我的腿抽筋了……”

安然:“要不要我给你针灸?”

米晓玲:“行了,你那点技术,我领教过了。”

35. 游泳池女更衣室门口

米晓玲和安然穿好衣服从更衣室走出来。

米晓玲:“我刚才跟你讲这件事,可是千真万确,那家伙老看着我,顶不要脸了!”

安然笑笑就唱起来:

你不要以为你真美丽。
你不要以为我对你一见钟情。
不要太多心,
不要假正经,
我看你是因为你,
太滑稽呀,太滑稽。

米晓玲瞪了安然一眼,生气地走了。安然咯咯地笑起来。

36. 姐妹的房间

安静整理书报,准备睡觉了。

安然走进来叠着衣服,拿起红衬衫走到镜子前比量着:“我穿这件衣服就是好看!”说着,挺起她那正在悄悄发育着的胸脯。

安静打量着妹妹,感慨地:“你真快长成大人样了!”

安然:“本来么,我早就看出来了,你们都把我当男孩看待,老让我穿夹克衫。其实,我是个女的,女的!别忘了。”她冲着姐姐有点撒娇了。

安静笑着:“放心吧,我忘不了,你是个女孩,一个地地道道的、挺不错的女孩!”

两人都开始整理床铺。

安静显得很随便地:“哎,最近米晓玲怎么不来玩了?”

安然:“我没找她。她最近老跟我讲些乱七八糟的事儿。”

安静:“韦老师喜欢她吗?”

安然:“韦老师连看都不看她。”

安静:“不和她来往也好,省得受她的影响。”

安然:“她又不是流氓。再说,她为什么非影响我不可?我就不能影响影响她?”

安静:“影响她的办法就是跟她一起唱那种歌词的歌?”

安然惊奇地:“咦,姐姐,你怎么知道?”

安静:“我有顺风耳。你说你到底喜欢她什么?”

安然:“她办事说到就能做到,关键时刻讲真话,还爱打抱不平。确实够‘姐们儿’。”躺在床上。

安静一边整理床铺,一边思考着什么:“你呀,现在跟她疏远了,在关键时刻,评选时,你又少了一票!”

安然没有回答。

安静转身看妹妹。

安然已经睡着了。睡得香甜极了,她呼吸酣畅,节奏均匀。

安静坐到桌前开始写作。

妈妈悄悄地走进来，看看安然，又走到大女儿身边：“小静，写什么呢？散文还是小说？”

安静：“一个短篇小说，妈，别跟我说话。”

妈妈：“早点睡。饿了，小柜里有点心。”

安静点点头继续书写。

妈妈又走到安然的床边，替安然拉拉毛巾被。然后又温柔地亲了亲小女儿的额头。当她抬头时，发现安然又在墙上贴了两条格言。

妈妈仔细地看着这两句格言，并轻轻地念出声来：

> 壮志和毅力是事业的双翼。
>
> ——歌德
>
> 科学赐予人类的最大礼物是什么呢？是使人们相信真理的力量。
>
> ——康普顿

妈妈悄悄地走出房间。

37. 爸妈房间

爸爸在看书。

妈妈走进来拿起毛线活织着，她问爸爸：“康普顿是哪国人？”

爸爸想了想：“你问这干吗？好像是美国的一位科学家。”

妈妈站起身：“我来查查《辞海》。”说着找出爸爸书桌上放着的《辞海》认真地翻阅起来。

第四天

38. 平易市二中

校园里静极了。

初中一年级的小同学在教室里进行考试。

已成长为青年的高中三年级同学也在进行考试。

39. 安然的教室

全班同学正在进行作文考试。

教室里一阵“唰唰”的书写声。

黑板上写着作文题目《记你熟悉的一个同学》。

安然一边思考着，一边往纸上写着……

画外安然念自己作文的声音：“……我们应该怎样评价一个人呢？用‘他很好’或‘他很坏’就能全面精确地概括一个人吗？这显然太简单了。就拿我们的班长祝文娟同学来讲……”

安然向祝文娟望去，祝文娟正低头认真书写。

画外安然的声音继续：“……有人说她团结同学，从不和人吵架；有人说她尊敬老师……”

安然思索着。

画外安然的声音继续：“仅此就能概括一个同学吗？我看未必。有一天在放学的路上……”

40.（安然的倒叙）窄小街道的杂货店前

安然和祝文娟都在买铅笔。突然画外响起的声音惊动了她们。

街上，王红卫和几个校外男生在打刘冬虎，安然跑过去制止王红卫，几个校外男生跑走了。

安然：“王红卫，你们干吗打人？！”

41.（安然的倒叙）韦婉的办公室里

韦婉严厉地：“到底是怎么一回事，你们说说。”

王红卫强硬地：“我没打。”

刘冬虎气愤地看看王红卫：“撒谎！”

安然：“我和祝文娟一起看见王红卫打了刘冬虎，还有几个外校的男生。”

王红卫冷冷地盯着安然和祝文娟。

韦婉:“祝文娟,你看见了吗?”

祝文娟:“那天我是和安然一起买文具,可买完以后,我就走了,以后的事我就不知道了!”

安然诧异地看着祝文娟。

画外又出现安然念作文的声音:“这是怎么回事!平时班长有勇气把同学们小小的缺点都捅到老师那儿去,连谁在上课讲话……”

42. 安然家客室

爸爸、妈妈、安静刚吃过晚饭,都在听安然念自己考试时写的作文。

安然继续念着:“……谁在走廊上吹口哨,谁叫了女生的外号,她都不放过。但到了这样关键的时刻,因为她怕王红卫报复,所以就讲了假话。我以为,青年很重要的品质是正义感和诚实。在我很小的时候,爸爸就告诉我对人要诚实……”

爸爸低头赞许地:“嗯,嗯……”

妈妈:“你这是写的什么呀!你怎么想起写班长了?老师可是挺喜欢她的……”

爸爸:“班长又不是什么女皇、大臣,有什么不可以写的。”

安然:“就是。”说着和姐姐把桌上的碗筷收了起来。

43. 厨房里

水龙头的水哗哗地流着,安然在洗碗,安静擦碗,收拾东西。

安静:“就凭你这作文,韦老师还能喜欢你?”

安然:“那是她的事。”

安静:“咳,你什么时候才能学得聪明一点呢?”

安然:“我写的都是真的。姐姐,你今天怎么了?”

安静:“反正这阵儿,我希望你注意点!”

安然:"我又怎么了?"

安静看看她:"你最好先别穿这件红衬衫。"

安然:"哎,这倒怪了,这不是你给我买的吗?不是大家都说我穿这件衣服漂亮吗?我还舍不得穿呢!可你这么一说,我非连穿三天不可。考完了,庆贺一下。"

安静:"学校有反映。"

安然:"怪,就这么件衣服也有反映!那些人把注意力都放到哪儿了?"

安静:"你们哪天评选?"

安然:"哪天评选我哪天穿!"

安静:"别穿,太红。"

安然故意唱起了那首歌:"不要太多心,不要假正经……"

安静:"别觉得考得不错就放肆。想想你还用这种歌去讽刺米晓玲……"

44. 爸妈的房间

妈妈:"你别老迁就然然,她干吗写这种作文!"

爸爸:"我看她的文章挺好,讲的是她心里想的,是真话。"

妈妈:"现在有几个人愿意听真话!"

爸爸:"我就愿意。"

妈妈:"有几个人像你那样傻!应该让她懂点人情世故,心眼别太实!"

爸爸:"实点好。"

妈妈:"好什么?像我们以前那样要吃亏的……孩子们的事情真让人操心。现在哪家大人的注意力不在孩子身上……哎,安静那封信呢?"

爸爸:"你不是放在抽屉里吗?"

妈妈拿出那封信给爸爸看:"你看,又是那个秦皇岛3232信箱。"

爸爸:“来,我给她送去。”

妈妈:“你把她叫来。”

爸爸走到门口喊着:“小静,安静——”

45. 姐妹的房间

安静正在稿纸上写着什么,听见爸爸叫她的声音:“安静——”她走出房间。

46. 客室

安然正在看电视,电视里播放着女子柔道表演。她听见爸爸叫安静的声音,又看见姐姐由客室走出去。

一会儿,她关了电视,也走出客室。

47. 走廊

安然走到爸妈房间门口,里面传出了谈话的声音……

爸爸像是开玩笑:“怎么组稿组到化工工程师头上了?”

安然注意地听着。

48. 爸妈的房间

安静在回答父母的询问:“上次在‘省青联’会上,我采访了他。”

妈妈:“他形象怎么样?”

安静看看爸爸,又看看妈妈,没有回答。

妈妈:“他多高个子? ……你到他眼睛,还是到他鼻子?”

安静:“他一米七八,我到他鼻子下面。”

49. 走廊

安然惊异地听着。

妈妈的声音:“他工资多少?”

安然听到姐姐有了男朋友,有一种若有所失的感觉。她噘着嘴慢慢走开。

50. 姐妹的房间

安然望着姐姐的照片,心情有些惆怅……她下意识地摸了摸自己的头发,想了想,走出房间。

51. 厨房

安然把水龙头打开,用冷水冲头。

爸爸走进来拿暖水瓶:"然然,你这是干什么?"

安然:"从今天开始,锻炼自己洗头发!"

爸爸愕然。

第五天

52. 学校运动场

安然身着运动服,和一群女同学在练习踢足球。她踢得满头大汗。

小胖子男生跑来:"安然,你的信!"

安然一惊:"我的信?"她接过信打开,认真地看着。

画外出现夏老师亲切的声音:"安然同学,因为工作太忙,不能去找你。最近我在街上遇见了米晓玲……"

53. (夏老师的倒叙)街道

夏老师和米晓玲亲切地交谈着,米晓玲委屈地诉说着什么……

夏老师的旁白继续:"……她说你们之间的关系疏远了,她为此很难过。我想你一定是对她有了看法,才这样做的。因为我毕竟对你们都还是了解的……"

54. 学校运动场外

安然认真地看着信，有个女同学来叫她，她不理。

夏老师的旁白继续："……但是我觉得，人们在困难的时候最需要真诚的关心和体谅。我总也忘不了一件事，那就是……"

55.（夏老师的倒叙）安然上初中时的课堂

夏老师在给全班上语文课。

同学们专注的神情。

安然和同学们同情而严肃的目光。

夏老师手臂上戴着黑纱。

夏老师认真地讲课。

男同学们格外认真地听课。

有一位男同学不小心，"咣当"一声，把自己的文具盒碰掉在地上。大家向他投来谴责的目光……

夏老师的旁白继续："……当我爱人病逝后不久，我重新走上你们的课堂时，全班同学都比平时更认真地听讲，连那几个最淘气的男同学也都变得那样守纪律。你们都那样体谅老师，理解我内心的悲伤……"

下课了，全班起立，夏老师走下讲台，教室里静极了，同学们都关切地望着夏老师，夏老师走出教室。

56. 运动场外

安然坐在树下，继续看信。

夏老师的旁白："后来当我工作遇到困难时，我常常回忆起你们全班同学，回想起那天的情景……人在困难时，是多么需要这种心灵上的安慰啊！米晓玲也正在困难当中，她要离开学校了……"

安然惊异、不安的神情。

57. 安然的教室

米晓玲一个人待在教室里，她心情十分沉重地望着教室里的一切。这里给她留下了多少美好的记忆啊！这里曾有过她的欢声笑语，曾有过少年时天真的幻梦……

墙报上有她的稿子。刊头上写着："青少年要有爱国之情，报国之志，建国之才，效国之行。"

墙上挂着的一幅幅宣传画是那样的生动。

她从书桌里拿出书包，整理着自己的东西。

安然急匆匆走进来。

米晓玲抬头看看她。

安然："怎么，你一个人？"

米晓玲："我值日……"

安然："米晓玲，你要离开学校了吗？"

米晓玲点点头，拿起书包，走到黑板前。

黑板的一角写着：值日生 米晓玲。

米晓玲拿起黑板擦，把自己的名字擦掉。

安然："你怎么能离开……"

米晓玲："我要工作了，接我妈妈的班。"

安然："你妈妈不是还年轻吗？"

米晓玲："反正我也考不上大学，念也没劲。早晚都是要工作的。再说我两个妹妹念书要比我好，我妈妈已经帮我办了手续，这个机会放过了，怕以后找不到工作……"

安然心里一阵难过，把头低下去……

米晓玲走近她，从衣袋里拿出一个小塑料口袋，里面装着几张纪念邮票："这是最近给你攒的邮票，你留着做个纪念吧！"

两个人默默地站了一会儿，米晓玲走到窗口，向操场望去："真热闹啊！"

运动场上生气勃勃。

安然也走到窗口。

米晓玲:“安然,你看,那棵树是咱俩一起栽的。记得吗?”

安然向窗外望去。

运动场外一排整齐的白杨。

安然:“记得。从左数第五棵。”

她俩栽的那棵白杨树挺拔秀丽。

安然和米晓玲从窗口深情地望着那棵小树,也望着活跃在运动场上的人们……

58.姐妹的房间

安然把米晓玲给她的邮票一张张地插到集邮本中。她从来没有这样沉默过。她悄悄地抹着眼泪。

姐姐倒在床上看书,发现安然心情不好:“然然,同学们最后总是要分开的,你别……”

安然:“姐,我想起过去的事,总觉得对不起她。我想请她到家里来玩。”

安静:“那好呵!”

安然:“我还想请她来吃饭。”

安静:“那倒没必要。”

安然:“你怎么这样说?你不是总批评我,说我对她不好吗!”

安静:“那也不一定用吃饭的方式表示对她友好啊……你可以送她一件礼物。”

安然:“不,就请她吃饭。你的同学、同事能来,为什么我的同学不能来?”

安静:“你们还小。”

安然:“我们还小?十五岁以上就是青年。”

安静:“那好吧!”

安然转过身来搂住姐姐,高兴地:“你真是好安静!姐姐万岁!”

妈妈走进来："又瞎胡闹！干什么呢！"

安然："妈妈，我要请米晓玲吃饭。"

妈妈："这又是什么新花样？"

安然："米晓玲要工作了，要离开学校了！"

妈妈："离开学校又不是见不着面了！"

安然："我要表示一下我的心情……"

妈妈："我看没有这个必要，别自找麻烦！你看妈妈，跟谁也不远，跟谁也不近。我看透了，什么朋友啊，友谊啊，那都是瞎扯。别太轻信人，搞好自己的业务，才是真的。你妈都五十来岁了，才明白这个道理，可惜晚了！"

安然："我要请。"

妈妈："要请你自己请，我不管……考得怎么样？"

安然："挺好。"

妈妈："成绩单呢？"

安然从书包里拿出成绩单交给妈妈。

妈妈看着成绩单，微露悦色："平均分数94分！"

第六天

59. 安然学校的自行车棚外

祝文娟背着书包从校门口出来，向自行车棚这边望着。

几个同学推着自行车从车棚走出来，其中刘冬虎正和安然叽叽咕咕地一边商讨什么事情，一边推着自行车走出校门。

祝文娟注意地观察他们，然后不以为然地从他们身边走过。只听见他们议论着：

"哎，就定了，去彩湖风景区。"

"谁也别迟到啊。"

……

第七天

60. 郊区公路

安然骑着自行车在郊外大路上行驶，一路同行的还有刘冬虎、大个子男生、小个子男生、小胖子男生。

他们一路嬉笑、唱歌，还有什么人能比考完期末考试的中学生们更轻松呢！

一会儿大个子男生骑在前边。

一会儿安然又追过他们。

一会儿小个子男生表演着不知从哪儿学来的车技，大家鼓掌。

他们不时唱着那首《少年行》。

61. 大树下

一个老农民在路旁卖梨。

刘冬虎停下来买梨。三个男生凑过去。

安然在前边等他们，向他们那边望着。

刘冬虎买完梨，和老头嘻嘻哈哈说着什么，然后和三个男生上车飞快骑走。他们一边骑一边笑。

刘冬虎扔给安然一个梨："给，吃吧！"

安然骑着车和大家一起飞驶。

安然问小个子男生："你们笑什么？"

几个男生又笑起来。

小个子男生："老头算不过账来，刘冬虎少给了他伍角钱。他还直对我们笑，好傻！"说着几个人又笑了。

安然望着他们，面有愠色："讨厌！"自己骑车跑到前边去了。

62. 彩湖风景区

安然和同学们被这迷人的自然景色惊呆了。他们忘记了说话，忘记了嬉笑。

安然惊呆的神情。

同学们惊呆的目光。

他们站在五光十色的湖水中。湖水顺着自然形成的梯田似的湖岸层层流淌。

他们在石阶上攀登,行走在云雾之中。

他们在树林中仰望,树叶金光灿灿。

山和树在云雾中熠熠闪烁。

安然和同学们纯真而清澈的目光。

瀑布直泻和湖水汩汩的声响,形成了奇妙的交响乐。

安然和同学们融入这自然景色之中。

63. 郊区路上

夕阳西下,安然和同学们骑车行驶在归途上。

大家默默不语,陷入了大自然带给他们的沉思之中。

夕阳的余晖映出他们骑车的身影。

64. 大树下

那位卖梨的老头蹲在路边,正在收摊。

安然在老头跟前停下车,几个男生已经跑到前边去了。

安然向老头解释着什么,把伍角钱递给他,又骑车追上了同学们。

刘冬虎:“安然,你干吗?”

安然:“刘冬虎,我今天发现你有一种特殊的天赋。”

刘冬虎和同学都不解地:“怎么?”

安然:“揣了不义之财,脸不发烧心不跳!”说着骑车急驶到前边去了。

男同学们听明白了安然的讽刺,大家都哈哈大笑起来。

刘冬虎也不好意思地笑了。

大家蹬车追上了安然。他们沿着笔直的郊区公路飞驶。

第八天

65. 安静家厨房

爸爸忙碌着。

画外安然的声音:“爸爸,米晓玲来了!”

爸爸放下手中的东西走出去。

66. 走廊

安然领着米晓玲进来了。

爸爸解下围裙:“米晓玲,你好啊!”

米晓玲有些紧张:“您好,安……大叔。”

安然:“进屋吧!”

67. 客室

安然:“米晓玲坐吧。”

安静给米晓玲端来一杯橘子水:“你马上就上班吗?”

米晓玲有些拘谨:“呵,就在我妈妈那家商店。”

安静:“那个店不小,货挺足,有时候好像还有天津咖啡糖。”

米晓玲:“那当然了! 全市第三大店,新修的门面,都换成钢窗了,听我们经理说,还要装霓虹灯呢。”

安然:“到时候我一定去看你。”

米晓玲:“咱们姐们儿……”看了安静一眼,又改口说,“咱们老同学没说的,我们那儿处理水果罐头特多,杏酱才伍角钱一斤,听安然讲大姐喜欢吃水果。”

安静:“是呵。”

安然:“太棒了,我买它十瓶。”

米晓玲:“来什么新鲜货,我就给你打电话。”

米晓玲完全松弛下来了,她站起来,看到安然爸爸画的那幅油画:“这是一张画? 真大!”

安然:“你知道它叫什么名字吗?”

米晓玲仔细地看着:“光有树和树叶,还没有画上人呢。画上人我就知道这画叫什么名儿了。”

安然:“这幅画永远也不会有人。不过它已经有名字了,我把它叫作……”

米晓玲紧接着:“叫落叶,对吧!”

安然:“叫《吻》。”

米晓玲惊疑地:“叫什么?”

安然:“《吻》。就是一个口加一个勿字。”

米晓玲:“你可真行!安然,只有你能说出这个字来!”

安然:“这有什么,你看,大地养育了挺拔俊秀的白杨,大地就是它的母亲。夏天的白杨树像儿子一样把阴凉献给大地——它的母亲。到秋天,白杨的叶子用金子一样的颜色打扮自己。它们穿着盛装飘向大地,飘向它们的母亲,去亲吻母亲的胸膛,你看,母亲也敞开胸膛欢迎儿子的归来。这就是儿子献给母亲最好的礼物——一个庄重、深情的吻。”

爸爸在一旁听着女儿的解说,也不禁激动了……

安静偷偷看看爸爸。爸爸克制着自己的感情。

安然也发现爸爸眼里含着泪水。

爸爸:“怎么不说了?”

安然:“不说了,没词了!米晓玲,你喜欢我爸爸的这幅画吗?”

米晓玲坐在小沙发上,沉默不语。

安然走近她:“怎么了,米晓玲?”

米晓玲真诚地:“我……看你多好,懂那么多,说得我都……其实我并不想上班。你不知道现在我多后悔,为什么当初不好好学习……”

安然:“这也不能全怪你。你的家务活确实太多了……”

米晓玲:“你知道,我多怕同学们到商店里来呀!我站在柜台里,看你们一个个都背着书包来买这买那的,多神气……”说着说着哭起来了。

安然安慰她:“别哭了……米晓玲,以后我去看你的时候,保证不背书包。”

安静递给米晓玲一块毛巾:“晓玲,别难过,人在哪儿都能干出成绩来。”说着又小声对爸爸,“爸爸,我再去买点水果。”

爸爸:“对,再买一瓶葡萄酒,买只烧鸡,米晓玲已经工作了,是大人了,可以喝点酒,对吧? 晓玲!”

安然唱起了大家熟悉的《祝酒歌》中的几句:“……朋友呵,请你干一杯,请你干一杯……”

米晓玲擦着眼泪,又忍不住笑了。

爸爸的油画《吻》伫立着,它展示着大自然那深沉而博大的爱。

68. 姐妹的房间

安静一边思索着,一边往笔记本上写着什么。

69. 客室

爸爸激动地站在那幅油画前,时而出神发呆,时而在上面涂抹几笔。

安然缩在沙发上看一本厚厚的小说,一边看一边擦着眼泪。

爸爸仍在专注地修改油画。

安静端着一杯冲好的麦乳精递给爸爸,又塞给妹妹一个洗好的苹果。

安然仍在激动地看小说。这时任何声音也干扰不了她。

妈妈气喘吁吁地从外边回来。她提着许多副食品:“怎么,屋里人呢! 快来接东西。”

安静出来把副食品拿走,放到厨房去。

爸爸问妈妈:“今天的奔走进展如何?”

妈妈:“研究所明确表态,他们要大学毕业的青年来补充。他们提议我去中专当英语教师。”

爸爸:“你怎么考虑?”

妈妈:“那也要考核! 我这个岁数了,还去赶那个时髦!”

爸爸:“我看就算了吧……你的心情……”

妈妈:“算了,算了,这辈子也就这么算了! 我真倒霉啊!”说着走出去。

70. 厨房

妈妈揭开锅盖:“怎么没做晚饭?”

安静:“给你留了饭菜。今天米晓玲来了,午饭吃得晚,我们也都有点累了!”

妈妈:“我早说过,没这个必要,那是你们自找的。”

安静小声地:“你还是妈妈呢!”

妈妈:“你滚! 妈妈怎么啦? 妈妈就一定得是家庭妇女? 我还没有当够哇,一当就是十年,满脑子油盐酱醋,还得跟着喊,举着红旗喊,举着语录喊。喊得什么都忘了,都丢了!”

安静:“你扯到哪儿啦,谁让你跟着喊啦?”

妈妈:“谁? 你!”

安静:“我?”

妈妈:“就是你!”

安然已经站在厨房门口了:“妈妈说得对,为了使你、我不变修。”

妈妈一看是安然:“你别觉得考得不错就……就不知天高地厚。我还有话跟你谈! 你来。”

71. 爸妈房间

妈妈把安然带到自己房间,安静也跟过来了。

妈妈的眼睛盯着安然:“你说呀!”

安然坐在床沿上悠打着双腿:“不是你说吗? 我听着还不行。”

妈妈:“我说,可以……别悠打腿,没家教的样子!”

安然不悠打腿了。

妈妈:“考完体育那天,你到哪儿去了?”

安然:“我反对你这样审问我。”

妈妈:“反对?反对也得问。别当我什么都不知道。”

安静小声地:“妈,你既然什么都知道,干吗还拿人一把?”

妈妈:“我就知道你得站到她那一边,你是当姐姐的!”然后转向安然,“考完体育,不抓紧复习,去逛什么‘彩湖’!”

安然:“考完了,累了,不能玩玩吗?”

妈妈:“为什么偏要跟男生玩?就你一个女生。”

安然:“男生怎么了?”

妈妈不放松地:“那也应该跟我打个招呼,何必那么偷偷摸摸的!”

爸爸站在门口对妈妈:“别说了!”

安然:“好啊,原来你们这样看我,告诉你,妈妈,我从来就不会偷偷摸摸,我恨死偷偷摸摸的了。我……”她嘴唇哆嗦着,眼里蒙上了一层泪花。“妈妈,我看不起你!”说完,头也不回地跑了出去。

房间里的人都沉默了。

只听见“砰”地关大门的声音,安然气呼呼地跑出去了。

安静:“妈妈,你不对!”

妈妈:“怎么不对?”

爸爸:“你不懂得尊重人!”

妈妈:“专找男生玩,你考虑过影响没有?”

爸爸:“什么专找,我看你像是上个世纪过来的人。”

安静:“有个男生我认识,就是咱们楼里的!”

妈妈:“你们了解现在的孩子吗?复杂着哪!”

爸爸想说什么,又犹豫了一下,对安静:“小静,你去把然然找回来。”

安静慢慢地走出去。

72. 走廊

安静刚走出房间，就听见爸爸的声音："什么复杂不复杂，记得那年安静不也是……"

73.（安静的回忆）安静家旧居昏暗的走廊

小安静和一个男生在说话，爸爸从走廊的一头气冲冲地走过来："安静，你的思想变复杂了？"

小安静看见了爸爸那张冰冷的脸。

74.（安静的回忆）安静在中学的校园一角

小安静和那个男生站在校园里。那个男生从书包里拿出一个文具盒，双手捧着送给小安静。

小安静刚想接，忽然想到什么……

画外出现了爸爸的声音："小静，你的思想变复杂了。"

小安静把手缩回去，文具盒掉到草地上。

安静的旁白："我只感到生活是如此神秘而使人恐惧……"

75. 宿舍大院

安静走出宿舍大院。

安静的旁白继续："看来用一个复杂的字眼来堵塞那朦胧而幼稚的感情，多么可笑啊！"

76. 冷饮店门前

安然一边吃着冰糕，一边在给卖冰糕的老大爷提意见："……香精放多了就发苦！真的，你们应当去北京取取经。"

卖冰糕的老大爷："是啊，有机会应该去学习学习。活到老学到老嘛！嘻嘻，对不，小同志？"

安然也忍不住笑起来。

安静走过来："还在这笑，快回家吧！"

77. 林荫路

姐妹俩并肩走着。

安然:“爸爸对我和男生去玩的事怎么看?”

安静:“你觉得呢?”

安然:“我猜不透。大人的心,猜不透。”

安静:“你这是不信任爸爸,也不信任你自己,干吗这么无精打采!”

姐妹俩的身影渐渐远去。

78. 姐妹的房间

姐妹俩坐在床上聊天。

安然:“其实谁也不理解我……姐,我给你念一段我的日记。”说着从床上跳下来,打开抽屉的锁,从抽屉里拿出那个淡黄色皮面的笔记本,翻到一页念着:“今天到彩湖去游玩,使我想到了许多,大自然多么慷慨无私啊。它把如此丰富而深沉的美献给了人们。可为什么有的人却这样自私呢?”她抬头对姐姐说,“这我是指刘冬虎,他买梨,少给了农民钱。”接着她又念日记,“‘今天我是用自己的眼睛观察着大自然,我也要学会用自己的分析能力认识同学,识别朋友。’你明白我的意思了吗?”

安静:“明白。”

安然把日记本放到抽屉里:“你相信我吗?”

安静:“相信。”

安然:“可是妈妈和韦老师都不相信我……”

安静:“你有不尊重老师的地方吗?”

安然想了一想:“也有吧,有一次韦老师上课的时候……”

79.(安然的倒叙)安然的教室里

韦婉在讲课。她领着大家读《吕氏春秋·察今》中的词句,把

“莫邪”的邪读成邪(xié)。

安然捅捅坐在她前面的祝文娟:“老师读错了。”

祝文娟正拿着字典:“是读错了。”

安然举手。

韦婉:“安然,你要说什么?”

安然:“韦老师,应该读‘莫邪(yé)’不读邪(xié),您读错了。”

韦婉迟疑了一会:“你说的也不一定对,先按我的念,下课查查字典再说。”

同学们的议论声。

韦婉发言:“那好吧,谁有字典请拿出来。”

安然捅捅祝文娟:“哎,祝文娟,你不是有字典吗?”

祝文娟:“没有,我没有字典。”

同学们的眼光都注视着安然。

韦婉:“安然,你先坐下。”

安然不动,又对祝文娟:“不,你有,刚才我看见你放在桌上的。”

祝文娟:“你可能看错了,那是英语小辞典。”

同学们的议论声。

韦婉:“安然,坐下。”

安然捏着桌上的文具盒,忍着眼泪。

全班同学都注视着她。

80. 姐妹的房间

姐妹俩都光着脚坐在自己的床上。

安然委屈地:“姐姐,那是一种什么滋味你尝过吗?后来韦老师又对全班讲,有的同学学习目的不明确,专爱表现自己什么的,可我后来查了字典,老师确实念错了。”

安静:“以后她找过你吗?”

安然:“她再也没提这件事。可是以后班级出墙报她再也不找我了。过去这些事都是让我干的,这大概算是不尊重……”

安静气愤地:“这不叫不尊重,这叫……然然,你没错,我全明白了……睡吧!”

安静把电灯关了。

安然:“姐姐,我有时候特别想念初中的夏老师,她最喜欢我们讲真话。”

两个人都躺在床上,想着心事。

安静:“然然,你对这次评选有把握吗?”

安然:“没把握。算了,不当了!”

安静:“凭什么不当,就得争一下,哪天开始评选?”

安然:“明天。”

安然打开灯,从衣柜里拿出那件红衬衫,放到床头:“姐姐,明天,我就穿这件衣服,好吗?”

安静:“……穿吧!”说着又把灯关了。

黑暗中的沉默。

81.客室

爸爸、妈妈走进客室,走到姐妹房间的门口,妈妈轻轻推开房门向里看看,又轻轻关上房门,对爸爸:“睡了。”

爸爸:“还是个孩子! 没心没肺。”

妈妈“唉”地叹了口气,两人都悄悄地离开了客室。

82.姐妹的房间

黑暗里,姐妹俩躺在床上,谁也睡不着。

安然起来,坐到姐姐的床边:“姐,我睡不着,给我半片‘利眠宁’吃吧,就吃半片。”

安静打开台灯:“不许吃那种药,对脑子不好。”

安然的脸上布着一层愁云。

安静安慰地:“快去睡吧,数着‘数’睡。”

安然："我选不上倒没什么，可有的同学会说我由于和男生一起玩，影响不好，所以没选上……"

安静："别想那么多，别人爱怎么说就怎么说。你忘了？"说着撩开安然耳边的头发，耳朵旁边长着的上下两颗黑痣在灯下十分清晰，"你这儿长着个冒号，就是为了多听别人的议论的。"

姐妹俩都笑了，安然捋捋耳边的头发，回到自己床上。

安静关上了台灯，又是一阵沉默。

在黑暗中，听见安然在数数："1、2、3、4、5……"

第九天

83.《彩虹》杂志编辑部

老马走进房间，递给安静一张电影票："这是局里组织的电影观摩票，一人一张。我的那张给你，我可不主张什么'独身主义'。"说完又走出去给别人发票去了。

安静拿着电影票思考着。她犹豫地站起来走到电话机旁，想想又回到自己的座位。她不停地看着手里的电影票，下决心又走到电话机旁，拿起话筒，又犹豫地放下，最后才下决心拨电话号码。

84.平易二中韦婉的教研室

韦婉在接电话："是什么电影？"

85.《彩虹》杂志编辑部

安静在打电话："……是新译制的热门片，每人就一张……我以前看过了……对。"

86.平易二中教研室

韦婉在接电话："……那太好了……不用了，我中午到你那儿去取。"

87. 安然的教室里

午休时的教室里，同学们散漫而轻松。有些同学端着饭盒在吃午饭，有几个女同学在聊天，安然和几个同学分别坐在自己的座位上看小说，并一起哼着那首《少年行》：

我在春天的原野里奔跑，
总要看看每棵小树；
虽然是匆匆而过，
可总愿发现一枝绿芽刚刚吐出，
它将是新的希望新的梦。

我在神秘的夜空下漫步，
总要数一数天上的繁星；
虽然数也数不清，
可总愿试一试再试一试，
探索就从这里开始。

我在人群中行走，
总要遇到生疏的脸面；
虽然是路途遥遥，
总会找到火热的心和真诚的笑容，
这就是金子是珍贵的财富。

我在大海边停留，
总要练一练自己的歌喉；
虽然我的声音太微弱，
但它伴随大海的呼啸，
可总会传到四面八方，
也会飘进你的心头。

几个男同学在讲着什么故事，不时发出阵阵笑声。

刘冬虎在座位上吃午饭，他想起什么，赶紧从书包里拿出一个纸包走到安然身边，把它放到她的课桌上，然后悄悄地走开。

安然诧异地看着刘冬虎，把小纸包打开。

一张白纸包着一张伍角钱的钞票。

安然想了一下，把白纸展开，拿起笔在上面写着什么，写好以后又用这张纸把那伍角钱包上，送回到刘冬虎的课桌上。

刘冬虎打开纸包，把纸展开，上面写着一行字："你应吸取的教训≠伍角钱。"

刘冬虎思索着向安然望去……

安然放大嗓门，附和着同学们的歌声。

教室里的歌声更加嘹亮。

88.《彩虹》杂志编辑部

韦婉坐在安静办公桌的旁边和她聊天。

韦婉："你们这间房子够小了，热吧？"

安静："还好……楼下有卖西瓜的。太热了，我们几个人就买西瓜吃。"

两个人笑了，但都很"含蓄"。

韦婉："今年西瓜不甜，不过还挺便宜的……"

安静："就是……你们快放假了？"

韦婉："可不，学生考完，评选完三好……你们这个房子是朝北朝南？"

安静："朝西，所以下午特别热……"

韦婉："哦。"

安静把桌上的清样往书包里装。

韦婉的眼睛盯着这些清样。

安静："忙不过来，只好拿回家去校对，里面还有你那首诗呢！"

韦婉："是吗？"

安静笑笑没有答话，她从玻璃板下拿出那张粉红色的电影票交给韦婉："这可是观摩票，挺难弄的，别转给别人啊！"

韦婉："看你说的，哪能呢！谢谢你了，还想着我这个老同学。嘻嘻……"

89. 安然的教室

黑板上写着三好生候选人的名字，其中有祝文娟和安然。

同学甲（女）在发言，她细声细气地："祝文娟同学确实表现突出。她从不挑剔别人，总是和和气气的。她特别尊敬老师，老师布置的工作能认真完成。"

安然思考着什么想举手，她犹豫着。

韦婉："刚才许多同学都讲了祝文娟的优点，群众的眼睛是雪亮的。如果再没有别的什么意见就表决，同意评她为'三好'生的请举手。"

许多同学举手。

王红卫举手时捅了捅身旁的一个男同学，那个男同学马上也举起了手。

祝文娟悄悄观察着两旁，当她把眼睛扫到一边时，那边坐的几个女同学赶紧举起了手。

只有安然和另外几位同学没有举手。

韦老师："只有六个同学不同意，全班出席49人，共43票，祝文娟当选。"

大家鼓掌。

韦老师："现在我们再谈谈安然同学的情况，看大家有什么意见。"

沉默了一下。

安然稍觉紧张。

同学乙（女）举手发言："怎么说呢。安然学习成绩是不错，可是总感到她有些自以为了不起。那次上语文课,她居然还要指导老师,嗯……就这些。"

同学丙(男):"我感觉,那次上语文课的事,她完全是一种自我表现……我认为安然应该记住韦老师对你的批评,要端正学习目的。"

小胖子男生:"对人的看法不要凭感觉,要看事实。安然指出老师的错……那就要看指得对不对。"

同学甲(女)细声细气地:"那样的话,我们还是不是学生了?光去挑老师的错!她可能有点骄傲。"

同学丁(女):"那天韦老师念了她考试写的那篇作文,她写的是祝文娟。看得出来,她对祝文娟不服气,有意贬低班干部,证明自己正确。"

安然有些坐不住了。

大个子男生:"那就要看人家写的是不是事实。如果祝文娟真的对那次打架事件讲了假话呢?"

同学戊(女):"我相信祝文娟不会那样做的……安然对她有成见。"

刘冬虎旁边的女生悄声地:"吃人家嘴短!"

刘冬虎等几个同学悄声地笑了。

韦老师:"大家严肃点!"

祝文娟端坐着,显出一种少年人难得的矜持。

小个子男生对女同学乙:"你怎么这么相信祝文娟,就不相信安然呢?"

同学乙(女)十分诚恳地:"安然用功,热情,愿意帮助同学,她还给我讲解过数学难题。不过她不知怎么有股味道和别人不一样,我说不好……比如她身上那件红衬衫……"

同学们不约而同地把视线转到安然的身上。

安然有些茫然。

同学乙(女)继续:"干吗要独出心裁。你看她的衬衫和我们就不一样，干吗还来条拉链呢！”

大家在下面嘀嘀咕咕，显然态度不一。

韦婉：“同学们肃静一下……好了，从以上发言中看出，同学们对安然是很关心的，提了许多好的意见……安然以后要注意克服骄傲情绪，要注意团结同学，尊敬老师……”

安然心情沉重。

韦婉继续：“当然，安然同学也有很多优点，她学习好、有毅力、热情积极。我认为安然还是够三好条件的。”

安然诧异的眼光。

同学们对老师今天突变的态度露出不解之色，互相交流着目光。

韦婉：“好，现在表决，同意安然为三好生的举手。”

同学们陆续举手。

安然赶紧低头，不去看别人的态度。

韦婉：“1、2、3、4、5……”

有两个同桌的同学互相小声争论着，其中一个举起了手。

韦婉：“张小英，你同意吧？！”

张小英正在用手搔头发，受到老师的提示，赶紧地：“啊，是，我这就举手。”

一阵哄笑。

安然心情更加沉重。

韦婉：“25，全班出席 49 人，超过半数。安然同学当选。”

一阵鼓掌声。

安然呆呆地坐在那里。

90. 学校操场

安然背着书包，独自在操场边的树荫下徘徊。

91. 平易市繁华的街道

街道上行人如流，一片嘈杂喧嚣。

安然慢慢地走着，回想着评选的情景。

韦婉的画外音："1、2，3、4、5、6、7……张小英你同意吧？"

张小英的画外音："啊，是的，我这就举手。"

笑声。

韦婉的画外音："……25，全班出席49人，超过半数，安然同学当选。"

安然默默地走着，她走到一个拐弯处，犹豫了一下，决然向另一条小街走去。

92. 水果店门前的街道

安然刚要进水果店，忽然想到什么，又走到旁边一个小香烟摊贩前："大婶，求您给我寄放一下书包，我一会儿就来拿。"她取下书包交给卖香烟的大婶，然后走进水果店去。

93. 水果店内

安然走进来，看到米晓玲正在热情接待顾客。

米晓玲向一位老大爷："广柑一会才进货，是公司里刚从南方收购的。您要多少，说个数，我给您留下，您下班前来取。"

老大爷："那可就麻烦你了，我要五斤。"然后向旁边的顾客，"看，这姑娘服务多周到。"

一位女顾客："这小家伙是新来的。"

安然顺手拿过墙上挂的意见簿翻看着。

顾客陆续走开。米晓玲发现了安然："安然！……你什么时候来的？我这两天真想你啊！……考完了？"

安然点点头。

米晓玲："当上三好生了！"

安然："我求你别提三好不三好了，行吗？"

米晓玲:“班上出什么事了?”

安然:“没有。”

米晓玲:“你心直口快容易得罪人,以后改改。”

安然:“我不想改。”

米晓玲:“不改就不改,也没啥。”

安然拿着意见簿:“你干得不错,这上面都是表扬你的。这回我该羡慕你了。你多好,有这么多的人理解你,相信你。”

米晓玲:“不能跟你比,未来的大学生!不过,人嘛,总是想要个好。跟你一样,不会溜须拍马。咱姐们儿,全得靠自己努力!”

安然:“又姐们儿、姐们儿的。”

米晓玲:“改不了了!”

一位中年女顾客过来:“我买苹果。”

米晓玲赶紧迎上去:“要哪种?”

女顾客犹豫……

米晓玲:“您要是想放几天,就买这种,要现吃,可以买这种,有点压伤,每斤便宜一毛四分钱。”

女顾客指指便宜的:“那就要这种,称两斤。”

安然把意见簿挂到墙上。

米晓玲待顾客走后,又走近安然:“你找我是不是有什么事情?”

安然:“没事儿。米晓玲,你说,我也挺努力,为什么总有人不理解我,好像也不太喜欢我……”

米晓玲:“一个人哪能让所有的人都喜欢,别管他!不过像你这样学习拔尖的人,又不会来事儿,以后麻烦还多呢!不像我,在学校学习不好,没人注意,韦老师连看都不看我。”说着从柜台里拿出一张地方报纸,“你看,今天报上登的,咱们初中的夏老师当上市里的优秀教师了。那几年还不是有人反对她。可是我们,还有许多人都喜欢她,想着她。”

安然想着什么。

94.（安然的回想）初中的教室

一双双小手正把一条条红领巾叠好，装到统一发的小塑料口袋中。

教室里在举行庄严的退队活动，同学们分坐在两边。

夏老师激动地："希望你们珍藏起自己的红领巾，看到它，会使你想到人生中最美好的童年生活，会使你回忆起少先队里受到的培养教育……"

初中时的安然和同学们严肃而认真地听着，神情激动。

夏老师继续："现在你们超龄退队了。这意味着你们进入了人生中一个新的时期。希望你们快快成长，早日成为一名共青团员。为理想而奋斗，就要准备每天去迎接新的挫折，去克服新的困难……"

95.姐妹的房间

装着红领巾的那个小塑料口袋放在桌上。安然在往笔记本上写着什么，她抬头凝思。

爸爸坐在一边笑眯眯地望着安然，妈妈也走近门口，高兴地看着安然……

安然忽然觉察到爸爸的视线："爸，您坐在这儿干吗？"

爸爸笑着没回答。

妈妈："他高兴，你评上三好了，他的那幅画也被选上了，要送到北京去。"

安然惊喜地："是那幅《吻》，对吧？"

爸爸点点头。

安然搂着爸爸的脖子："太好了，爸爸。"

爸爸："这有什么。"

安然："爸，你别说假话，我知道你一直在等着这一天，你的画能被别人理解，被人家承认……"

爸爸有些激动了……

安然："爸爸，你等了多长时间？"

爸爸："十年，不，不止十年……"

安然有所感地："太长了……"

一阵沉默，爸爸妈妈走出房间。

安然把红领巾和笔记本都锁到抽屉里，随手翻了翻姐姐带回来的刊物，偶然看到夹在里面的那份清样。她拿起来看了看，像是发现了什么，气愤地走出房间。

96. 客室

安静在桌边摆碗筷。

安然急促地："姐姐，这是怎么回事？看看，这是什么诗？还驾着时代的火箭！……你这位大编辑是怎么发现这个大诗人的！"

安静愣了一下："……然然，你别急。你不懂这是怎么回事。这……"

安然激动了："我懂，我不是小孩了，我现在才明白，为什么韦老师要大家选我，这种恩赐就是从这儿来的！"她把清样扔在地上。

爸爸闻声过来，从地上捡起那份清样翻看着。

安然更加激动了："你们都不了解我，我要当三好生，不是为了你们高兴，你们满意。我是为了……我渴望得到一种理解和信任！我今天没得到，什么也没得到！你们知道吗？我……"说着说着难过得痛哭起来，转身冲出客厅。

好半天，爸爸缓缓地："小静，你怎么……"

安静很痛苦，深深地低下头。

妈妈端着菜走来，问："然然到哪儿去了？我烧了条鱼，是为她庆贺的！"

安静掩饰地："然然她……她到同学家去玩一会儿，她说她晚点吃。"

爸爸坐在一边没吭声。

妈妈："把鱼给留着。"

97. 宿舍院内

空寂的大院，安然坐在台阶上伏膝啜泣……

刘冬虎从外面回来，看见安然："安然，你怎么了？"

安然停住啜泣。

刘冬虎："今天选三好，我举你的手了。"

安然又哭起来……

刘冬虎不知所措，他掏出一把瓜子："喏，你吃点瓜子。"

安然推开他的胳膊。

刘冬虎转而难过地："安然，我正要告诉你一件事，我要搬走了……"

安然慢慢停住了啜泣。

刘冬虎："你知道吗？我爸和我妈分开过了，法院把我判给我妈了……"

安然抬起满是泪痕的脸，同情地望着刘冬虎："那你……"

刘冬虎："我要搬到姥姥家住了，下星期就转学了……"

安然："那你就常到你爸爸这边来玩吧……"

刘冬虎摇摇头。

安然："你搬走的那天，我去送你……"

刘冬虎点点头。又问："你刚才哭什么？"

安然没有回答，又把头低下去。"这么晚了，你快回家吧！"

刘冬虎慢慢地走上楼去。

安然坐在台阶上，想着自己的心事。

空寂的院子里，只留下安然小小的身影。

第十天

98. 安然的教室

同学们在进行大扫除。

安然和祝文娟在擦窗户玻璃。

安然认真地擦着。

祝文娟犹犹豫豫地对安然:“……安然,我想和你谈谈心……”

安然想了一下,诚恳地:“谈心可以,可别走形式,要谈实质问题。”

祝文娟:“……那,你看什么时候合适?”

安然:“我希望等到你能正视那件事的时候。”

祝文娟:“……哪件事?……”

安然:“就是我在作文里提到的那件事。”

祝文娟没有回答,回避开安然的视线。

安然继续擦着玻璃,她无意中注意到黑板上写着的三好生名单,其中有她的名字。她想了想,跳下窗台,走到黑板前,用黑板擦擦掉了自己的名字,然后写上“安然明年再争取”几个字。

同学们开始注意到安然的举动。

小个子男生:“这才是好样的呢!”

同学们议论纷纷。

小胖子男生:“今天我班通讯社将向全国各大报纸发表特大新闻:不受名利之诱惑,一位高一女同学自罢三好生!”

许多同学笑了。

王红卫:“她是咱班的大能人么!”

同学丁(女):“哼,独出心裁,又在自我表现!”

在同学的议论中,安然走出了教室。

祝文娟显然受到了震动,她呆呆地站在那里,似乎感到不安和困惑。

99.学校走廊

安然远远走来,她神情严肃,像是要去做一件重大的事情。

100. 韦婉的教研室

敲门声。

韦婉："进来。"

安然走进："韦老师，我把我的名字擦掉了，我明年再争取。"

韦婉："怎么回事，争取什么？"

安然："三好生。"

在韦婉对面坐着的一位年轻女教师和一位中年男教师注视着安然。

韦婉："怎么，你觉得你不够条件吗？"

安然："不，我认为我够条件。这学期我一直是按自己所理解的三好条件来做的。"

韦婉："那你为什么还要这样做？这是大家给你的荣誉！"

安然："韦老师，您认为大家真的愿意给我这个荣誉吗？"

韦婉："那当然，你的选票超过了半数。"

安然："许多同学并不评选我，他们不愿意举我的手……可您动员大家，我知道这并不是因为您喜欢我，而是因为……"

那两位教师也在注意地听着。

韦婉忙打断安然："你想得太多了。安然，你一向是很单纯的，可不能把事情看得太复杂了。你先回去吧。"

安然没动："韦老师，您不理解我。我也不希望事情这么复杂啊，我希望一切都真实而明确，对这件严肃的事情，更不应该掺假。"

韦婉想说什么，她看到了安然真诚而坦荡的目光……

安然："韦老师，我走了。"她走出去。

旁边的那两位教师议论起来。

中年男教师："就凭她这股认真劲儿也够三好了！"

年轻女教师："我喜欢这种坦率的学生。我教过她，上课最爱提问题……"

韦婉："个性太强了。"

两位教师不再说什么了。

101. 学校的操场

同学们在进行体育锻炼，充满了生机和活力。

安然像卸下了沉重的思想包袱，她格外轻松愉快，她和一群穿运动衫的女同学在练习一种特殊的跑步。她身上挎着一条绳子，绳子上拴着一个铁饼拖在地上，她带着铁饼来回地跑着。

102. 宿舍楼梯

安然哼着《少年行》，连蹦带跳地跑上楼梯。

那个向安然借书的小姑娘拿着一本书等在那里："安然姐姐，还你书。"

安然："看完了？"

小姑娘："安徒生真是个好人，他编的书多好看啊！"

安然："你喜欢，我再借给你几本。"

小姑娘："你姓安，他也姓安，他是你亲戚吗？"

安然："他是外国人，他已经死了好久了。"

小姑娘："人为什么要死呢？"

安然："嗯……你长大就知道了。"

103. 客室及姐妹房间

安然回到家里，见姐姐紧张地往一个旅行袋里装自己的衣物。

爸爸、妈妈不安地坐在一旁。

爸爸："小静，你先别慌，他信里到底怎么说的？"

安静："他遇到了困难，希望我去帮助他。"

爸爸："什么困难？"

安然悄悄地拿起桌上的一封信，信封上写着"安静收，寄自秦皇岛3232信箱"。

安静："他让我到他那儿去一趟，他的孩子病了。"

妈妈:“你说什么? 什么孩子,谁的孩子?”

安静:“他的孩子,他和他妻子的孩子。”

爸爸:“他妻子?”

安静:“死了。”

一阵沉默。

妈妈:“孩子多大?”

安静:“四岁。”

“哐啷”一声,爸爸碰倒了他的油画箱,各种颜色的锡管、画笔掉了一地。

安静想过去帮着捡。

爸爸大吼一声:“你别动,我有手。”

安静赶紧缩回去,低下头。

安然被惊呆了。

安静:“爸爸,这件事早该告诉你们。可现在,等我回来再说不行吗?”她提起旅行袋,显得又可怜,又威武。

安然看看姐姐,又看看爸爸。

妈妈难过地走了出去。

爸爸暴跳如雷地:“我需要的是你立即把东西放下,放下!”说完气冲冲地走出去。

安然同情地望着姐姐。

安静表现出少有的沉稳和坚定,她放下旅行袋,走出去。

104. 走廊

安静缓缓地:“爸爸,妈妈,我还是要走,我一会儿就去请假。”

105. 厨房

妈妈一边忙着家务,一边擦着眼泪:“小静,不能太任性了,要学得实际点。”

106. 爸妈的房间

爸爸仍在生气。

107. 走廊

安然站在门口,看着这僵持的局面。

安静:“爸爸,您一直主张按自己的意愿走自己的路……这条路有多难走,您最有体会……我没想到,今天发火的是您……”

108. 厨房

妈妈停住了手里的活儿,她思索着,注意听外面的谈话。

109. 走廊

爸爸沉思着,半天才开口:“你走吧,只是先去一趟。你自己要冷静,我们的话还没谈完。”

安静还想说什么,她终于克制住自己,只说了句:“那好吧。”

110. 姐妹的房间

安静呆呆地坐在自己的床上。

安然观察着姐姐。

安静看到了墙上挂着的那件红衬衫。她思索着。

响起安然的画外音:“……可你们都不明白,我要当三好生不是为了你们高兴,你们满意。我是为了……我渴望得到一种理解和信任!我今天没得到,什么也没得到……”

安静深沉地望着妹妹:“然然,还生我的气吗?”

安然低下头没有回答。

安静:“爸爸不理解我,我也不理解你……”

安然思索着什么,然后问:“你什么时候走?”

安静:“明天。”

安然:“决定了?”

安静:“决定了。”

安然慢慢地走近姐姐,坐到她的身边:“姐姐,我去送你。”

安静再也控制不住自己,一下子搂着妹妹痛哭起来。

安然也悄悄地流着眼泪。她像大人一样劝慰姐姐:“姐,别哭了。你不知道,我愿意你结婚,愿意你得到幸福……只是再没有人给我洗头发了……”

第十一天

111.彩湖的景色笼罩在清晨的迷雾中。

112.清晨,长长的繁华街道空寂无人。

113.安然的教室里窗明几净。

114.安然家里,姐妹的房间里没有人,整洁、清新。

115.平易市的火车站检票口附近

老马把一份稿子递给安静:“你放心去吧,你的这篇东西,等回来再谈。”

安然替姐姐拿着旅行袋站在一边听他们谈话。

安静:“我知道,我退步了……”

老马:“艺术需要赤子之心……有一句老诗我送给你:

谁要是快乐就能笑,
谁要是做就能成功,
谁要是寻找就能得到。”

116.火车站内月台上

一列长长的列车。

姐姐坐在车厢里和窗外的妹妹告别。

安然:“姐,你说我长大了吗?”

安静:“当然,十五岁以上就是青年。”

安然:“那你为什么有事瞒着我? 不够朋友。”

安静:“瞒着你?”

安然:“一米七八,秦皇岛 3232 信箱。”

安静笑了。

列车启动。

安静和妹妹告别。

安然在这几天里似乎长大了许多。

安静望着妹妹,眼睛里充满了信任,充满了爱。

安然跟着列车跑动。

画外出现姐妹的对话:

“姐姐,你说我像爸爸还是像妈妈?”

“你有的地方像爸爸,有的地方像妈妈……好像又都不太像。”

“我谁也不像,我就像我。嘻嘻……”

穿着红衬衫的安然向我们奔来……

火车行驶声及音乐声渐强。

选自《红衣少女——从小说到电影》,中国电影出版社 1987 年版

◇韩兰芳

韩兰芳(1941—),山东人,电影编剧、导演。1963年毕业于山东师范学院外文系,先后曾在中学任教,在京剧团做演员、编剧。电影文学剧本代表作有《春桃》《狂》《徐霞客》等,电影《春桃》曾获第12届大众电影百花奖最佳故事片奖。

春桃(节选)

（据许地山小说改编）

50. **什刹海　日**

亭亭玉立的荷花在万绿丛中摇曳着,碧水托着翠叶使荷花更加袅娜、清丽。

热闹的什刹海,说书的书棚,卖货的商棚,卖小吃的,玩杂耍的,一堆挨一堆,占满了这条沿河的街道,震天响的敲锣声连问个价也难听得清。汗流浃背的人们忙着,叫着,简直是个炸了窝的青蛙塘。

春桃拿着一根剁纸的竹竿,拣着摊前地上的烂纸,甩进背着的篓子里。

51. **西不压桥　日**

春桃沉重地走着,喧闹声渐减。

纸篓像山一样在春桃背上晃着。

拴在篓边的盛取灯儿、肥子儿的小布袋摇摆着。

春桃挥汗如雨。

春桃沉重地走着,忽然听见有人叫:“春桃!”她不由一愣,停下了脚步,接着又是一声“春桃!”她回头看去。

路边坐着一个叫花子,那乞怜的声音从他长满了胡子的嘴发出来。他已没有腿了，身上穿的一件灰色的破军衣，白铁纽扣都生了锈，肩膀从肩章的破缝露出，不伦不类的军帽斜戴在头上，帽章已不见了。

春桃惊异地望着他。

那叫花子眼泪已带着尘土透入蓬乱的胡子里："春桃，我是李茂呀！"

春桃心跳得慌，半晌说不出话来，她向前走了两步才说："茂哥，你的腿怎么没了？"

李茂："哎，说来话长。"他急于知道春桃的情况："你从多咱起，在这里了？"

春桃忙忙地卸下身上的背篓。

李茂又问："你卖的是什么？"

春桃："卖什么，我拾烂纸呢！"她知道这里不是说话的地方，便向路口张望着说："这不是说话的地方，你等着……给我看着这篓子。"

春桃说着走了。

李茂望着盛着烂纸的大篓子哭出了声。

春桃跑到街口，叫了辆洋车："跟我走，去拉个残废！"

洋车夫跟着春桃，在人群来往的货摊当中喊着："靠边！留神碰着！"向前走着。

春桃领洋车夫到李茂跟前："上车吧！"车夫帮春桃把李茂抬上车，她的纸篓子也放在车上，她在车后推着走，洋车夫不住喊着："靠边，留神，劳驾让让路……！"

52. **大街上　日**

李茂坐在车上，应该放脚的地方，放着春桃的那一篓烂纸，他不断往后看着。

春桃只顾低头在后面推着车。

李茂:“春桃……”又想问什么。

春桃抬起满是汗水的脸,挥了挥手,意思是“到家再说吧”,接着又埋下头去。

洋车夫在春桃的帮助下走上坡道,拉着李茂顺街而去。

53. 胡同口　日

车摊旁的老吴头和正喝酸梅汤的人以好奇的目光看去。

春桃跟着拉李茂和烂纸篓的洋车向这边走来。

老吴头敲着小冰盏,瞧着车上的李茂问:“刘大姑,今儿回来得早哇?”

春桃回答着他目光中的询问:“来了亲戚了!”

54. 春桃家院门外　日

傻子迎了过来,愣愣地看着车上的李茂。

车夫从春桃手里接过车钱:“找您一毛!”

春桃摸钥匙开院门,边说:“甭找了,大热天的,不容易!”

车夫:“行了,我收着!”揣起钱就把车上的大篓子搬了下来。

傻子亲亲热热地管李茂叫了一声:“大姑!”李茂像只小狗熊似的,两手撑着车帮向车下爬去,春桃急忙过来搀扶他,边纠正傻子的称谓:“叫大哥!”

洋车夫将车往旁边挪了挪。

李茂两手按在地上,一下下往门口挪着,春桃无能为力地跟着,傻子弯身看着李茂的脸“大哥、大哥”地叫着,车夫过来蹲在李茂前面:“来背进去吧!”李茂把手搭在了车夫的双肩上。

车夫把李茂背进门去。

春桃跟着完全失去下肢的李茂,抬起手擦着眼泪。

傻子也跟了进来,春桃:“傻子,回去吧!”傻子听话地走了出去。

“送屋里吧！”春桃打开屋门说。

55. 春桃屋内　日

车夫进门停了一下，不知应把他放在哪里，春桃走到前面：“来来来，屋里吧！”车夫背李茂走进屋去。

56. 北京饭店的楼道内　日

穿着长衫的刘向高正拿一张“表章”追在旅客身后不住地说着：“您仔细看看，端明殿的御玺，不易多见。是宫里的东西，一点不含糊……”

买主认真端详着，边走边问：“多少钱？”

向高赶紧跟着走：“我急用钱，得了，您给一个整数，十块吧！”

买主故意卖关子，正好走到房间门口，转身进屋了。

向高呆立在那里。

57. 春桃家里外屋　日

阳光仍旧火辣辣地煎熬着世人，然而，它的影子却显得有点胆怯、气馁，驻足门槛，总不敢一下子闯进门来。

里间，李茂已脱了衣裳坐在炕边自己擦洗，看样已快洗完了，水盆就搁在炕边凳上，李茂边擦边四下里瞧着。

屋里虽然简陋，但还算整齐、干净。

里外间交接处添挂了一块破布单子。

春桃正在外间洗脸，连脖子带手臂地洗着，只听李茂说：“春桃，你这屋收拾得挺干净。”

里间，李茂边擦边又看向炕边，问：“一个人住么？”

外间，春桃不迟疑地回答他：“还有一个伙计。”

里间,李茂:“做起买卖来了?”

外间,春桃:“不告诉你,就是拣烂纸么?”她把水泼掉,只听李茂说:“拣烂纸能拣出多少钱?”春桃走回里屋时说:“先别盘问我,洗完没有?”

里间,李茂确已洗完,听春桃问他,赶忙去抓自己换下来的那身破烂:“完了!”只听春桃说:“穿上我给你放在炕上的那身衣裳。”

李茂疑惑地望着炕上摆着的那身男人裤褂。

这时外屋好像看到了似的说着:“穿上吧!”

外间,春桃梳了头,忙忙地收拾屋子。

里间,李茂一动不动地呆坐着。

外间,春桃估计李茂已穿好了,问道:“行了吧?我进来了!”

里间,尚未穿衣裳的李茂一听春桃要进来,慌了:“先别!”胡乱拉起那件男子的裤子。

58. 北京饭店客房外　日

向高心神不定地在走廊里走来走去。

正在扫地毯的茶房扫到近处,便催赶向高:“得了,走吧!”

向高不死心,上去敲那人的门,那人一露头,向高便说:“您给个价!”

买主:“三块!”

向高:“行了!”

59. **春桃家外屋　日**

日影已进屋来了,暗了一下又亮了,看样子是过云彩,遮了一下太阳。

隔开里外间的布单子已经拿开了。春桃坐在外间小凳上洗李茂换下来的那堆破衣服。

李茂坐在炕沿上,穿着向高的对襟褂子,整整齐齐,只是显得瘦了点,看着挺捆得慌,但越发勒出了他结实的胸脯、彪悍的体态。可能想说句难以启齿的话,半晌没敢开口,不知是怕惊着别人,还是怕吓着自己。

春桃埋头洗衣服。

李茂咽了一口水算是给自己打了气,他开口了:"那么,你已经嫁给他了!"

春桃倒干脆:"不,同住就是。"

李茂:"那么……"他要问一个更加严峻的问题了:"你现在,还算是我的媳妇?"

春桃:"不,谁的媳妇我都不是!"

李茂的夫权意识被激动了,他两眼注视着地上,当然他不为着什么,只为有点不敢望着他的媳妇。

春桃举着扭出来的衣裳站起来,向院中走去。

李茂呆坐着,听到春桃晾衣服的声音就在耳后,他不由转头看去。

春桃就在靠炕的窗外晾衣裳。

李茂有了窗棂的卫护,胆子壮了一点,他说:"那我算怎么回事呢? 咱们到底还是两口子!"

窗棂外的春桃听了这话有点翻脸了,但她的态度还算和平:"两口子不两口子的也是四五年前的事了,我想你也想不到在这里遇上我,我一个人在这里,得活命! ……"她觉察到自己激动了,声音也高了便不说下去了,晾好衣裳转到屋子里来。

李茂虽不敢看她，但知道她进屋了，身子也周正了过来。

春桃像突然虚脱了一样，慢慢跌坐在板凳上，继续说："要不是遇上了刘向高，我还不知会怎么着呢？"

李茂望着她，仍想争回自己的权力："常言道，一夜夫妻百日恩……"

春桃对这话很反感，她正身转向李茂截住了他的话："今天我领你回来，是因为我们还是乡亲，你若认我做媳妇，我不认你，打起官司，也未必是你赢！"说得激动，一时眼泪也流下来了。

李茂掏掏他的裤袋，好像要拿什么东西出来，但他的手忽然停住，眼睛望望春桃，最终把手缩回去撑着席子。

春桃默默地流着眼泪。

李茂呆呆地坐着，像尊泥胎。

60. 胡同口　日

向高向胡同口走来，老吴头招呼他："今天回来晚点。"

向高："忙活了一天，就成了两档子小买卖，还可以。"

61. 春桃家外屋　日

日影似乎也想探个究竟，在不声不响中又移进了三四分。

李茂看看春桃说："我已经是残废了，就是你愿意跟我，我也养不活你。"

春桃也说出了心里话："我不能因为你残废就不要你，不过，我也不能丢了他。大家住着，谁也别想是谁养活谁，好不好？"

李茂伸手去够桌上的水碗。

春桃急忙站起来，给他弄水，边说："你准是饿了，弄饭吧，你吃什么？"

李茂："有什么吃什么，从昨天到现在还没吃，只喝水。"

春桃拿起一块屉布，就往外走："买的快，我买去！"

62. **春桃家院内　日**

春桃边叠着那块屉布,边忙忙地走着,竟一下子与向高撞了个满怀:“干什么呢,你?”

向高抑制不住喜悦:“今天做了一批好买卖!”

63. **春桃家屋内　日**

李茂听到向高的声音,浑身像上了发条一样,一下子紧张了起来,不由得向外望去,看不见,又两手撑席向窗边挪着,只听向高兴高采烈的声音:“昨天你背回来的那一篓里有一包是明朝高丽王上的表章,里头还有两张盖着端明殿御玺的纸……”

从窗棂子看出去,向高正兴致勃勃地和春桃说着:“行家说是宋家的,一给价,就是六十块……”

李茂又往窗前挪了挪,他们的一举一动都在他的眼中。

向高后悔不迭地:“可惜让我卖漏了一份!”

春桃关切地:“卖了多少?”

向高:“咳!三块!幸亏我多留个心眼,没一下子出手!”他一面抖落手上的蓝布包,一边拉着春桃往屋子的方向走:“哎哎,给我的媳妇开开眼!”

李茂像被谁打了一拳,浑身一颤,只听向高笑说:“我说,媳妇……”春桃反对地说:“告诉你,别管我叫媳妇!”

窗棂外,春桃跟着欢天喜地的向高走了回来,向高边走边说:“反正今天开了光,吃了饭咱们上什刹海逛逛,消消暑去,好不好?”走出了李茂的视线。

李茂赶紧撑着席子往炕边挪着,听春桃说:“不成,今儿来人了!”李茂向外望去。

春桃出现在里间门口,回头示意向高:“你进去!”向高跟了进来。

春桃："这是我原先的男人！"

像听到天塌地裂的巨响，向高一下被蒙住了。春桃还在说话，好像是在介绍他是什么人，又说了什么，把他拉到炕边坐下。

在地震般的轰响中，两个男人对望着。

春桃说着什么，给了向高一个笑脸，便自己出去了，丢下了两个男人。

外间，春桃到桌边拿起簸箕走出屋去。

64. 春桃家院内　日

春桃走出大门。

65. 春桃家里屋　日

彪悍的李茂局促地沉默着。

向高没话找话地问："贵姓？"

李茂："免贵，姓李。"说着又去够桌上的水碗，向高急忙站起："我来。"去给李茂弄水。

66. 胡同口　日

春桃走过老吴头的酸梅汤车子，老吴头看着她心事重重走了过去，彼此都没打招呼。

67. 烧饼铺　日

烤炉上的饼铛被挪开，一个个嫩黄的烧饼从炉里夹了出来。

叫小四的小掌柜边夹烧饼边问："几个？"

春桃往自己的簸箕里拣着，说："这一炉都要了！"

小四："家里来客人了？"

春桃笑了一下，没说话，炉火映红了她沉思的眼睛。

68. 傻子家院内　日

傻子蹲在秀子的洗衣盆边，步步近前大声地吼着："吃饭！吃饭！"好像秀子就是饭，扑上去就能吃。

可心把一只小脏指头放在嘴里嘬着，看着父亲闹饭吃，秀子满脸虚汗，拼命地搓着手中的脏袜子。

69. 春桃家院内　黄昏

春桃收拾着烂纸和纸垛旁的向高、坐在瓜棚下的李茂说着话："近来我们常想着多找一个人来帮忙，可巧茂哥来了！"

李茂："别说笑了，我能干得了什么？"

春桃："看看家，拣拣纸，这就替出向高来了。他跑外，我拣货，咱们三人开公司。"她把心里的打算就这么公布出来了。

向高走来走去地倒着纸垛，闷闷地说："两个男人，一个女人，开公司？"

李茂看着这两个有腿的健康人。

春桃埋怨地看了向高一眼："你不愿意？"弯身要提刚捆扎好的纸捆，向高抢先一步提了起来向纸垛走去。

李茂看着。

向高快步走着的双腿。

李茂看着。

向高利落地走上纸垛。

李茂的思绪跑去很远了，他想起当初自己的腿，自己的手。

70. 校练场上　日

穿着国民党士兵兵服的李茂，圆脸上没有胡子，加上军容军纪，显得挺精神。他正兴奋地站在队列中看别人打枪，听靶子前的土坑里报环："九环两中！"队伍中发出嘲弄的泄气声，李茂跃跃欲试地等待喊到他的名字。

检阅台上，军官们陪着团长观看着。

靶心上又增了一个枪眼，四个枪眼中了，但不在红心内，成绩报道："九环四中。"

李茂兴奋地等待着，听到一声"李茂！"他那一声"到！"真是又响亮又神气，随着一声"出列！"李茂跑出队列。

士兵们看着。

团长漫不经心地看着。

李茂洒脱地举枪就打，连出三响。

靶子上，三枪全在红心中，连着又有两枪中红心上。

检阅台上，团长注意往下看了。

李茂右手打一枪，又交到左手打一枪，连着又踢起一腿，枪从腿下发出一响。

全场一片欢呼。

李茂兴奋得忘形了，他是想大大地露上一手，竟背身对靶，弯下腰，脑袋向地，枪从裤裆放了出去。

队列中，士兵们第一次这么开眼，气氛十分活跃，报出的成绩是"九环九中！"

李茂兴奋得满脸通红，真是快活极了。

检阅台上，团长一声："把他的枪下了！"像一声狮吼一样震撼了整个操场。

班长过来接过了他的枪，李茂莫名其妙地看向检阅台，接着又是一声狮吼："给我捆了！"李茂惊呆了。

团长："不是土匪上哪儿去能练出这样准的枪法？……"

李茂已被捆了，拉出操练场去。

71. 军营操场一角　黄昏

李茂被禁闭在操场上一间小独房里，门前站着岗。

李茂扒窗子对岗哨说："我得跑，不跑，没命了！"

岗兵："等晚上换岗哨的时候，我把锁给你打开，再虚扣上，下

班岗是赵发子接。”

李茂:“你一点也别漏给他,我有办法。”

72. 河边　夜

李茂跑来,一个猛子扎到水里。

73. 小车站　日

一列待发的煤车喷着白气卧在铁轨上,巡哨的日本兵沿车走了过去。

李茂趁机扒上车去。

74. 山区义勇军营地　日

熙熙攘攘的招兵站。

李茂领到一身旧日军军装和一支日本的大盖枪。

75. 公路上　日

一小队日军在公路上行进。

埋伏在山上的义勇军向日兵开火。

李茂射击。

山下日军散开,架起机枪向山上还击。

李茂中弹倒下。

76. 战场　夜

李茂爬行在死人堆中。

风声飒飒,冷月森森,无垠的天地间,空无一人。

77. 田间小道　黄昏

李茂拖着血迹斑斑的两腿爬行着。

78. **野外　夜**

李茂趴在草中喝洼地里的积水，他已“马瘦毛长”，憔悴不堪。

79. **道旁　日**

李茂在雨中爬行。

裤子已磨烂，两腿血肉模糊地裸露在外面，任沙土磨砺。

80. **大道旁　日**

昏迷不醒的李茂被抬上印有红十字的军用汽车。

81. **春桃家院内　夜**

春桃和向高陪李茂坐在瓜棚下的小桌旁，看样是刚听完李茂的叙述，心情都很沉重。

李茂：“我的命还是不孬，没了腿还能再遇上你们！”

春桃默默擦拭着泪水。

向高低头无语。

听到院门“吱”的一声开了，三人回望。

门口出现了傻子六岁的儿子小可心，他手里端着一只空碗：“刘大姑，借棒子面！”

春桃一下子站了起来，心疼地：“怎么熬到这时候才来？”

小可心：“爹爹饿！”好像他永远都不会饿似的。

春桃过来抱起了他，边对向高说：“你拿去！”

李茂仰脸看春桃。

春桃问小可心：“一天没吃饭？”

小可心腼腆地：“昨儿晚上就没吃！”

春桃紧紧抱着小可心，转身刚要进屋，向高先送出一块烧饼来：“可心，吃了！”转身又去取棒子面。

李茂看着春桃。

春桃用脸贴贴小可心：“吃啊。”

小可心紧紧抱着放在空碗里的那块烧饼，一点吃的意思也没有。

向高端了满满一小盆棒子面过来，问小可心："怎么不吃？"

小可心："留给我爹！"

李茂在暗处默默流下了眼泪。

春桃接过向高手中的盆说："天不早了，你和茂哥进屋睡吧！"然后一手抱着可心，一手擎着面盆向外走去。

82. **春桃家院门外　夜**

春桃抱着可心，出了院门向傻子家走去。

83. **春桃家里屋　夜**

向高帮助李茂上了炕："李大哥，你歇吧，我去把那点没归置的纸归置了。"说着他走了出去。

84. **春桃家院内　夜**

向高把院子的纸往屋里挪，一趟又一趟。他本来是个利落的人，这会儿抱着纸却像是个没有力气的人，两眼发直，看得出是心里有事。

85. **春桃家里屋　夜**

李茂把枕头往边上挪了挪，看看还是不合适，挪挪，再挪挪，最后把枕头挪到了墙根边，听到院门响，他急忙向墙根处躺去。

86. **春桃家院内　夜**

向高听到声音也没有动一下，只听春桃说："这哪儿还看得见？明儿再说了！"说着从他背后走了过去，向高想说什么，叫了声"媳妇"，两字一出唇吓了自己一跳，立即改口："春桃。"

提着空盆的春桃停在屋门口，两个称呼她都听见了，她懂得向高,所以脸上并无诧异的神情,转脸向向高看去。

87. 春桃家里屋　夜

已贴墙躺下的李茂,睁着眼睛听向高的下文。

88. 春桃家院内　夜

向高满腹话语却不知从何说起。

春桃见他没说话,向他走去。

向高反而慌乱起来,他苦笑了一下,胡乱对出一句:“不早了,睡吧!”

春桃笑了,拍了他一下:“快睡去吧!”

向高迟疑了一下,听话地向里屋走去。

89. 胡同口　夜

老吴头的老伴帮他收摊,他老伴举着玻璃灯,老吴头推起车子,两口子都悄悄往家走。

90. 春桃家外屋　夜

春桃一个人抱臂蹲坐在门口石阶上。

91. 春桃家院门外　夜

老吴头两口子推车过春桃门口,指着关着的门。

老伴:“睡了?”

老吴头:“早睡了!”

老伴:“怎么睡呀?”

老吴头:“多事,你管哪!”

92. 春桃家里屋　夜

春桃向里屋走来。

里屋炕上只有半截身子的李茂靠着贴有“八仙麻雀”的谐画那边墙躺着，刘向高在贴着“还是他好”的墙边躺着，两个人都面朝墙壁，一动不动，给中间留出好大一块地方。

春桃顺乎自然地上了炕，把偏向李茂那边的枕头往外拉了拉，放在了不偏不倚的地方，他们三个人都没有脱衣服。

春桃歪头看了看李茂，又转头看看向高。

向高头下只枕着一件团起来的衣服。

春桃伸手拉出了向高头下的衣团，把自己的枕头推到他头下，向高并没回头，也没作声，只从头下伸出一只手顶住了枕头，春桃拗不过他，便拖过了包袱，向向高头下推去。

向高摸出是包袱也就接受了，但始终没回头，也没出声。

春桃这才仰面躺了下去。

月光深深地探进屋来，当然也是想窥探个中的隐秘。

炕上。

春桃望着棚顶出神，油灯好像没油了，灯蕊不住地跳动，颤动的光在她脸上闪着。翻了个身转向了李茂。

李茂躺着的后背：一方结实的肉墩子，下身什么也没有。

春桃不忍卒睹地闭上了眼睛，往事缕缕涌上心头。

93. **李茂家喜堂内　夜**

在跳动的烛光照映下，粗憨强壮的李茂激动得满脸红光，他正披红戴花地和头罩红盖头的新娘春桃并肩站着，在“一拜天地，二拜高堂”的司仪声中机械地行着大礼。

当“夫妻同拜”他转向新媳妇时，尽管春桃蒙着盖头，但他仍十分紧张，情不自禁地偷偷瞟了她一眼。

在“搀入洞房”的喊声中，看热闹的乡亲一齐簇拥着新人走向东厢房的洞房。

94. **李茂家新房内　夜**

春桃蒙着红盖头一动不动地坐在炕边。

李茂拘束且欣喜地看着春桃，走到红烛高烧的桌旁，看到了放在神龛中的龙凤帖子，他十分郑重地捧起来，刚要打开看，一串小鞭忽然炸起，吓一跳，向窗子看去。

从窗上布帘外又伸进一串鞭炮，李茂冲过来吼了一声："干什么呢?"又觉得情绪不对，在外面孩子们笑闹着跳下看台的声浪中，他回头看着新娘，羞涩地笑了。

门底下青烟涌了进来。

李茂猛地打了个喷嚏。

新娘在盖头下咳嗽起来。

李茂走向冒烟的门，一下子推了开去，门外的一群年轻人笑着跑开了。李茂从地下的干草上提起了一串冒着烟的干辣椒，这一提烟冒得更大了。

新娘已咳得坐不住了。

李茂扔了辣椒，走向新娘，一把拉下了她的红盖头替她挡在了嘴上，春桃羞涩地看了李茂一眼，两人已咳作一团。

突然间，炸起了山崩海裂般的声浪，李茂惊得一下子瞪大了眼睛，春桃下意识地偎紧了李茂，听到一声："老抢下来了，快逃吧!"李茂拉着春桃就往门外冲去。

95. **山村　夜**

"老抢"像饿虎扑食一般向山野村庄冲卷而来，慌于奔命的村民们的呼儿唤女声、惊叫催逃声震撼天地。

李茂拉着春桃随村民奔逃着。

李茂突然停了下来："哎呀，咱们的龙凤帖子!"

春桃："不行了，快走吧!"

李茂："你等着，我拿了就来!"说完就往回跑了。

春桃被逃命的村民推挤着，推挤着，她焦急地不时回望。

李茂拿着龙凤帖回来不见了春桃，他边喊边找，随着人群跑。“春桃……！春桃……！”李茂声嘶力竭的喊叫声回荡着，回荡着……

96. 春桃家里屋　夜

春桃在忽闪不定的灯光中翻了个身。

向高对墙躺着的背影。

春桃望着向高，往事又上心头。

97. 春桃家院门外　日

春桃叫门，门开了，向高出现在门里。

春桃：“是您这儿房子出租么？”边说边打量向高。

向高：“这是街口吴大哥的房子，是出租的。”

春桃认出了向高，高兴地：“哎呀，是你呀！”

向高莫名其妙地望春桃。

春桃把草帽往上推了推：“你忘了？逃难的时候……”

向高认出来了：“噢！”顿时显出了他乡遇故知的欣喜。

98. 春桃家里屋　夜

炕上，春桃躺在两个男人中间，思绪纷繁。她从枕下抽出一件褂子拿在手上，向油灯扇去，扇了两下没扇灭，爬起来对着灯猛吹一口，灯灭了。

99. 东城一条街　日

春桃背着空篓子在大宅门门前喊叫着：“换洋取灯儿……！”

100. **前门　日**

早晨的前门城楼。

101. **春桃家院内　日**

背阴处，李茂坐在一个放倒的凳子上，身上搭着当门帘子的那块布，等着向高给他剃头，边说："……春桃他爹是我们那儿的财主，有一顷地，他把女儿许给我，也是因为这个年头找个保家护院的。"

向高蹭着剃刀用心地听着："这些事她都没提过！"

102. **傻子家门外　日**

可心满头大汗地在地上用墙泥块画着跳方的格子，傻子也一脸脏汗在格子里单腿跳着，可心边画边说："先别跳，还没画好呢！"

103. **春桃家院内　日**

向高弯着身子给剃了头的李茂修面，边说："……你们夫妻团圆，我自然得走开。"

李茂因为剃刀正在脸上，不能立即说话，剃刀一停，他说："你们同住这些年，何必拆？我可以到残废院去，听说有人情可以进去。"

这话使向高诧异，没想到一个大兵竟这样有侠气。他从心里虽乐意，但嘴上还得推让："这怎么行？教我冒个霸占人家妻子的罪名，我又不愿意，为你想，你也不愿意自己的媳妇给别人。"

李茂脸上的剃刀停了，分明是在等他的再表态，但李茂没有说话，拱手把媳妇送给别人，他当然不甘心。

选自《徐霞客——韩兰芳电影剧作选》，漓江出版社 1991 年版

◇杜丽鹃

杜丽鹃(1948—),吉林通化人。1960 年毕业于锦州艺术学校,毕业后做过化妆师、编辑,后成为长春电影制片厂专业编剧,电影文学剧本代表作有《白雾街凶杀案》《橄榄绿屋顶》《西门家族》《紫痕》《九香》等。

九香

1 片头字幕

遥远的地平线,覆盖着白雪,一个女人的身影向我们走来,身影越来越大,虽然看不清面孔,但不久就会知道她是九香。

一条山村小路……

一棵老榆树……

一条蹲在村口的黑狗……

一盏小油灯……

一座覆盖着白雪的泥草房……

在以上画面的映衬下,出现两个女人对话的声音。

月桂:九香,咋的? 你的病真的不能治了?

九香:不能治了,也别治了……

月桂:让孩子们陪你到城里再验验?

九香:不,别让孩子们知道。

月桂:真舍不得离开你,九香……

九香:人哪,早晚都得死,这是命里注定的事,谁也没办法……我爹是个乡下医生,我一出生,他就给我取了个中药名儿——九香。我娘不识字,是个缠小脚的女人。小时候,我要念书,娘说女人念书没用。在我出嫁的时候,娘带我去照相馆照了张快相,说是留个纪念……转眼,我也像娘一样的年纪了……

月桂:九香,你为了孩子们能出息,自个儿苦了一辈子,你就不后悔?

九香:那是自个儿的血脉,后悔啥?这辈子我啥都寻思了,就没寻思死,死却来找我了……在入土之前,能把我要办的事办完,我的心就安了……

出现片名:九香

2 一张颗粒粗糙的黑白照片

画面呈现一片朦胧的红色。

红光下,显影盘里逐渐显现出一张年代久远、放大了的女人照片。这是九香十九岁时的照片。

录音机里传出的现代音乐……

3 大河镇照相馆　柜台前

已经五十六岁的九香黝黑的脸上布满皱纹,衣着朴素而整洁。她从一个姑娘手中接过冲好的照片,一张张看了看,眼睛里闪着光。然后从棉袄的内兜里掏出钱数了数递给姑娘,揣好了照片向门口走去。

人来人往的乡民在置办年货。快到春节了,集市上非常热闹,照相馆对面的墙上挂满了年画。

4 泥草房　屋里

九香默默地收拾屋里的东西,她把孩子们读书用过的小箱叠摞起来,然后又从自己那油漆斑驳的梳妆匣里掏出一个红布包,红布包旁边是一堆丝绣得相当精致的各种动物图案的吉祥物。红布包里,装着码放整齐的钱……

九香往大旅行袋里装着准备外出的东西……

5 村口

九香告别了月桂,从老榆树旁边走上通往大河镇方向的土路……

6 小站站台

列车靠站了，许多旅客从车上走下。九香拎着大旅行袋，随着拥挤的旅客吃力地踏上列车。

7 列车　车厢门口的过道

九香抱着旅行袋气喘吁吁，汗流满面地寻找自己的座位。站台售货员叫卖食品的声音此起彼落。九香终于在靠近车窗的地方坐下来。

开车的铃声响了，列车在人声嘈杂中缓缓移动。九香第一次坐火车，有些惴惴不安，她那双使人感到温和的眼睛望着窗外飞速掠过的景物。

冬天的原野，显得空旷辽阔……

车厢过道里站满了人，送水的服务员艰难地在过道穿行。靠近车门的地方站着几个打扮时髦的姑娘，好像议论什么，说着悄悄话，时而发出一阵笑声。

谁也不注意坐在窗边儿的九香，九香一动不动地望着窗外——

窗玻璃上掠过的小树林……

车厢猛烈地震动了一下，紧接着一声汽笛的响声！靠门一边的姑娘们随着车体的震动，身体失去了重心向过道倾斜过来；水，从服务员的水壶里溅了出来；苹果，从小餐桌上向地下滚去；九香的身体微微一震。

九香的脸随着列车的汽笛声渐渐扩大，占满了整个画面。

8 大河镇煤矿

煤矿的汽笛声响起——

矿井轰然塌陷，巨大的烟尘冲天而起！

9 泥草房的屋顶

泥草房积满厚雪的屋顶掀起一股夹杂着尘土的雪雾！屋顶缓缓下沉……

10 大雪覆盖的山坡

一根粗硕的老树枝子嘎嘎作响。二十九岁的九香背着柴禾，身子猛然一颤……

老树枝子猛然断裂！九香拾起柴刀，向家的方向跑去，她的头发被凛冽的小风吹散……

11 泥草房

泥草房屋顶一角轰然塌陷，腾起一片雪雾！轰然一响之后，大地沉寂了。

九香疯了般地跑起来。

12 泥草房屋里

炕上、桌上落满了泥块、白雪。桌子下面躲着正在发抖的四个男孩儿。最小的女孩儿被大儿子天宝护在怀里，紧紧搂着。

九香不顾一切，狠命地把压在桌上的那截房梁推开，然后把桌子上边的泥坯、泥块儿搬开，又把桌子周围的泥土扒开。

她把四个儿子拽了出来猛地搂在怀里，悚悚地抖个不停。

几个孩子眼睁睁地看着面前的母亲。

九香的两只手，鲜血淋淋。

13 村口

骑着自行车的几个男人簇拥着一辆牛车，牛车上躺着一个男人的尸体。

14 泥草房院子里

院子里传来撕人心肺的哭声。

矿工们把担架放在九香面前，担架上的男人面色惨白，双目紧闭。

九香趴在丈夫身上哭声凄凉，她身后站着四个流着鼻涕、咧着嘴啼哭不止的儿子。

九香抬起泪水迷蒙的双眼，看着矿工关振良，他头顶缠着带血的纱布。

九香强忍悲痛地：……咋回事儿？

关振良：今天早上是我们的班儿，当时只觉得地层猛地晃动了一下，煤尘就爆炸了，老俞没跑出来……

尤屠夫：老俞呀，你咋这么倒霉呢！

月桂推开尤屠夫凑到九香跟前……

九香：他爸呀，睁睁眼吧，撇下我们可咋活呀！

月桂拽起九香……

关振良含着泪水，望着泪流满面的九香……

15 雪地

九香倾斜着身体拉着大爬犁，艰难地在雪地里走着，九岁的天宝、八岁的天石、六岁的天阳在后面推着爬犁。爬犁上坐着四岁的天星、三岁的天雪，还有一堆破烂家什。

九香：等等，我再拿点东西！

她的话尚未说完便向泥草房跑去……

16 塌陷的泥草房　屋里

九香的两手在雪泥堆里翻动着，终于找到了那个油漆斑驳的梳妆匣，从抽匣里掏出几个年代已久，类似荷包那样用丝线绣成的吉祥物。

九香把这几个吉祥物重又塞进抽匣，抱起梳妆匣跨出房门……

17 雪地

九香风风火火地把梳妆匣放在爬犁上,重又上路了。远处,传来鞭炮声。

天宝:妈,过年了吧?

九香:嗯,过年了。

天石:妈,过年就能包饺子了吧?

九香应付地:对,到了新家就包饺子。

天宝:别糊弄我们了,搁啥包饺子!

天雪冻哭了,天星赶紧把刚从抽匣里掏出的五颜六色的吉祥物塞给妹妹,懂事地哄着她。九香回头看看,笑了。

天雪:我不要这个长虫!

九香:那不是长虫,是黄鳝!

天星:黄鳝是什么?

九香:是鱼。

天星:能吃吗?

九香:谁能忍心吃黄鳝哪,你看那黄鳝不是弓着身子吗?

天雪感兴趣了:咋的?

九香:这个黄鳝哪,当遇到开水烧滚油炸的时候,就立刻弓起肚子,使劲儿把肚子撑得高高的,不让肚子落到开水和滚油里,最后脑袋和尾巴都被开水和油锅炸烂了,可肚子还是高高挺在那里,这是为了保护它肚子里的小崽儿……

孩子们好像听进去了,都眼睁睁地望着九香。

九香喘着气:这些吉祥物是你们姥姥留下的,说是有了吉祥物,咱们就不愁吃不愁喝了……

孩子们没有人吱声了,雪地上只响着唰唰的脚步声……

天雪手捧着那个绣着黄鳝的荷包。

18 **仓房**

低矮破旧的仓房里，只有一盘火炕和几只破旧不堪的板凳。九香突然发现，板凳上放着一个筐！走近一看，筐里装着一小盆白面，一小块猪肉，两根大葱，一棵大白菜，一张小纸条儿……

天宝：妈，咱们真有吃有喝了！

他惊喜地望着九香……

九香从筐里拿出那张小纸条，随手交给天宝。

九香：儿子，看看写的啥？

天宝接过纸条凑近油灯。

天宝轻轻念着：东西不多，过个年吧，我是老俞的知心朋友，一块儿参军，一块儿在矿上干活儿。你可能忘了，是我给你们主持的婚礼。你和孩子们一定好好活，我会想法帮你们修好房子……

九香向窗外看去，雪地上有一排脚印朝着大河镇煤矿方向延伸……

九香的眼里蓄着泪水……

19 **大河镇**

九香抱着烟叶向集市走去。集市上人来人往，猪行牛市、瓜果蔬菜卖什么的都有。税务员一出现，人群立刻四散。

以前供唱大戏搭的秫秸楼那边，响起了震天的锣鼓声，密麻的人群在围观高跷队的表演。踩高跷的人脸上抹着红脸蛋儿，身上穿着五颜六色的戏装，放肆地舞动着……

九香紧紧抱着烟叶向秫秸楼那边张望着，当关振良来到她跟前时，竟把她吓了一跳。

九香：你怎么扮了个女妆？

关振良：这不过年了嘛。

他们走到秫秸楼前。

关振良：想学踩高跷吗？我教你。

九香：我可不行，我那些孩子准以为他娘疯了。

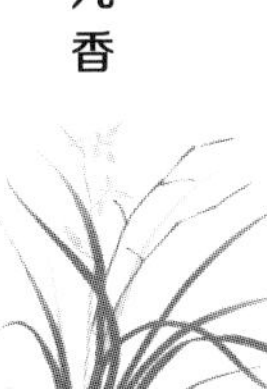

关振良:你看,矿上的女工不是跳得挺欢吗?

九香:那我试试?

关振良:来,我给你绑上。

九香:……拉倒吧,我还是不行。

关振良:怕啥?

九香:我那些孩子……

关振良:我说九香,你是为孩子活着呀。

九香把怀里的那捆黄澄澄的烤烟递到关振良手里。

九香:你一直帮着我们,这点儿烟拿去抽吧。

关振良:那哪行,我知道你是用它到镇上换苞米面儿的,我不能要。

九香把那捆烟放到关振良手里,转身走了。

关振良捧着烟默默地看着九香渐渐远去的身影。

20 已经修好的泥草房　屋里

关振良背着天星,九香抱着天雪走进来。

当关振良把天星放在炕上时,他手上的伤痕被九香看见。

九香:你的手咋的了?

关振良:没啥,木桩戳的。

九香急忙放下天雪,抓起一条毛巾在盐水里蘸了一下,用毛巾轻轻擦拭着关振良手上的血迹。

关振良目不转睛地看着九香……

九香俊秀的脸庞……

关振良故意夸张地张大嘴巴,装出极为疼痛的样子。

九香被逗得咯咯地笑了起来。

关振良:这就对了嘛,别总愁眉苦脸的,看你,都愁出皱纹了。

九香被关振良的话触动,她下意识地用手摸了摸眼角。

关振良像马一样在炕上爬着。背上驮着天星和天雪,他们发出咯咯的笑声。

天宝和天石放学回来,一进门就叫了起来!

天宝:妈,我饿了!

天石:我也饿了!

九香这才想起还没有做饭。

九香:你们快去写作业,妈去做饭。

关振良:我该回去了。

九香:矿上有活儿?

关振良:今天的活干完了。

九香:那就吃了饭再走……连把衣裳换换,都是泥了。

关振良高兴地:那我就不客气了,我来帮你烧火。

21 锅台前

关振良往灶坑里添柴禾,他不时地看着九香。

火光映照,蒸汽升腾,九香用勺子搅着锅里的土豆汤。九香的脸被热气熏得微红,更显出了少妇特有的妩媚。

关振良欣赏着九香……

天宝看着关振良,露出一丝不悦的表情。他翻身下地,插在关振良和九香之间,拿本书随便翻弄着。关振良的头向右偏了一下,天宝的身影向右移去。关振良的头向左偏来,天宝的身影向左移去。九香的视线也被天宝挡住了!她莫名其妙。

九香:天宝,你干啥哪?

天宝回头看看关振良,关振良不动了,他也不动了。

22 里屋炕上

九香把没有几片土豆的汤端到炕上的小桌上,孩子们早已饿得饥肠辘辘,围在小桌旁。

孩子们狼吞虎咽地喝着汤,啃着玉米面大饼子。

关振良看着桌上少得可怜的食物,同情地注视着疲惫忧郁的九香。

碗边儿上面的一对眼睛,注视着关振良……

关振良一口也吃不下,他站了起来。

九香:你咋不吃?

关振良:我都忘了,矿上还有点儿事,我回去吃吧。

23 泥草房院子里

九香把关振良送到门口。

月光下,九香的眼睛里浮现着感激之情……

关振良的心情难以平静,他呼吸急促,犹如诉说着他对九香的恋慕之情,他抑制着自己的情绪转身走去。

九香:关大哥!

关振良回头望着九香。

九香:谢谢你……帮我修好了房子。

关振良笑笑,他魁伟的身影消失在夜幕中。

24 屋里锅台

九香把孩子们都安排睡觉了。然后站在锅台边用舌头舔着碗边儿,舔着孩子们喝粥剩下的残食,她太饿了,灶台上的几个碗她逐个舔着。

炕沿处,一排五个小脑袋酣睡着。

九香端过油灯,坐在炕角给孩子补衣裳,不时地看看酣睡的孩子们。九香做针线活的手慢慢垂了下来,她竟然坐在那里睡着了……

25 泥草房院子里

九香正在院子里干活儿,从低矮的土墙那边传来尤屠夫夫妇的吵闹声。

月桂:我乐意总生丫头吗?你这么急赤火燎的,生不出儿子是你家风水不好,怪不得我!

两人扭打在一起，月桂的叫声使人感到心悸！

九香急切地：别打了，看打坏了！

尤屠夫和月桂发现矮墙这边的九香，两人顿时松开手同时看着九香。

尤屠夫悻悻地：九香，让你见笑啦！

九香：不……

尤屠夫：其实我就说了句你看人家九香的儿子多招人稀罕，就这么一句话，她就疯了……

九香：别……

月桂：其实我们两口子这叫交换意见，你用不着在这疙瘩撑大屁股！

九香愣怔站在那里，半天说不出话来。

说完，月桂捋了捋被抓乱的头发，跑到猪圈后面就地撒了一泡尿，又朝九香龇牙笑了笑。

九香自觉没趣，讪讪地转过身。她发现四个儿子正伸着脖子朝矮墙那边看着热闹。

九香：天宝、天石你们该上学去了！

26 山坡

九香在山坡搂着柴禾。她只顾低头捡柴，关振良来到她身边。

关振良：九香！

九香转过身，把耷拉在脸上的头发拢到脑后。

关振良：九香你先坐下歇歇。

九香坐在关振良对面的树墩上。

关振良看着九香，九香望着关振良。

关振良：我给你……带了一样东西。

他鼓足勇气把九香的手拉过来，在她手心里放了一个精致漂亮的紫红色发夹子。

九香：……

关振良：戴上这个发夹子，头发就不会掉下来了。

九香凝神望着关振良……

关振良：来，我给你戴上。

九香犹豫了一下然后顺从地转过身。

关振良用发夹子把九香散落下来的头发捋好夹住。

冬天的太阳。

紫红色的发夹子在阳光下熠熠闪光！

九香的脸上露出笑容。

关振良：九香，跟我一起过吧……

九香：那哪行？

关振良：你嫌我离过婚？那不怪我。人家是城里人，嫌我出身不好，又是个煤黑子。

九香：过的是日子，煤黑子咋了？煤黑子……

关振良：一个人一个活法，你说是不是？咋的，你也嫌我？

九香：……不，是我不行。

关振良：咋不行？

九香：我有一帮孩子……

关振良：我稀罕你的孩子。

九香：那也不行。

关振良：为啥？

九香：孩子他爸才死了两年多，让人说闲话。

关振良：我想和你一块儿把孩子养大，你一个人是不能养活五个孩子的，别人说闲话能咋的。

九香：……

九香深受感动地看着关振良。两人的眼睛相互凝视。

关振良的双手放在九香肩上。九香抬起头，盯着关振良。

关振良：九香……

九香：……

他们的感情越来越炽热，已经到了一触即发的程度，两人的眼睛里散发着灼热的光芒……

关振良一下子把九香拥入怀里。九香静静地偎依在关振良魁梧健硕的身上感到幸福之极。

冬天的太阳。

突然,九香猛地闪开了,脸上现出慌乱的神情。关振良顺着九香的视线回头望——

山坡那边,冷冷地站着九香的儿子天宝和天石。天宝和天石的衣服沾满了泥雪,袖子撕破处露出棉花。

九香神情黯淡地向泥猴般的儿子走去……

冬天的太阳。

27 车厢里

人们照样在车厢过道里拥挤。送水的服务员在给乘客倒水。几个姑娘仍在那里说笑。

九香的视线从窗外的太阳移到窗内,向对面看看。对面的乘客在九香朦胧的视线中睡着了。

九香悄悄用手拭了拭眼角。

车厢里的人都有自己的活动内容,没有人注意九香……

28 城市车站站台

列车徐徐地驶进站台。旅客们拎着大包小裹陆续走下车。

九香抱着旅行袋缓缓地走下火车。一阵寒风,九香用一只手抓紧了棉袄领子。

九香步履匆匆地跟着前面的旅客,似乎怕找不到车站出口。九香跟着人群走得太急,她一阵心跳,险些晕倒,便放慢了脚步。

29 车站前面

九香随着人群从检票口走出来,她站在灯火辉煌的车站前茫然地四下看着。

传来一个男人喊妈的声音。九香回头望去,俞天宝穿着羽绒服仪表堂堂地站在面前。

九香惊喜地看着大儿子。

眼前的俞天宝幻化成一个面黄肌瘦、流着鼻涕、穿着破棉袄,小时候的天宝。

九香的思绪被一个小女孩清脆的声音打断,大儿媳妇孟兰领着女儿莹莹笑着跑来。

孟兰:妈,我和莹莹到那边的出站口等你去了,莹莹快叫奶奶!

莹莹生疏地:奶奶……

九香高兴地:莹莹都这么大了,上回你们回村儿看我的时候,她才1岁多。

俞天宝接过旅行袋,扶着九香和妻子、女儿走进一辆出租车。

30 出租车内

莹莹偎在孟兰的怀里,九香拉着她的小手亲了几下,莹莹把手抽回去。

九香亲昵地:来,让奶奶抱抱!

莹莹娇嗔地:不嘛,你身上有难闻的味儿!

俞天宝申斥地:是睡火炕的味儿,咋说难闻呢! 胡说。

孟兰虽然也闻到九香身上发出的睡火炕的乡下人常有的气味儿,可她还是轻轻打了莹莹两下。

莹莹撇着嘴要哭,俞天宝用眼睛瞪着她。莹莹把眼泪憋了回去。

九香像是没理会地看着窗外——

五颜六色的霓虹灯;街道两旁的巨型广告牌;琳琅满目的商店橱窗;灯红酒绿的歌厅餐馆;熙熙攘攘的人群;穿梭而过的车辆……

都市的繁华景象,使九香眼花缭乱,目不暇接。

31 俞天宝的家

这是一幢公寓楼的三居室住宅。

九香站在宽敞的客厅里。

九香:这屋可真大。

孟兰:这房子是天宝他们研究所特批给他的,你儿子有项发明在世界上得了奖,算是所里有贡献的人才呢!

孟兰边说边把俞天宝的获奖证书和奖牌都拿出来摆在九香面前的茶几上。

九香高兴地摆弄着那些奖牌……

俞天宝在厨房叫着。

俞天宝:孟兰快来炒菜。

孟兰应了一声跑向厨房。

32 卧室

俞天宝把九香领到一间卧室。

房间布置得干净典雅。铺着席梦思的睡床又大又软,上边蒙着淡黄色的缎子床罩。九香看着纤尘不染的房间,摸着光滑的缎子床罩,不知该坐哪儿合适。

九香忽然想起什么,她拉开旅行袋。

九香:莹莹,看,奶奶给你带来这么多好吃的。

九香把旅行袋里的玉米花、榛子、松子,一包一包地拿出来放在桌子上。

莹莹机械地:谢谢奶奶。

莹莹不再看那些玉米花、榛子、松子之类的东西,她只是聚精会神地看电视,屏幕上正映着春节文艺晚会的节目。俞天宝为了让九香高兴,抓了一把玉米花塞在嘴里,大口嚼着。

俞天宝:妈,这苞米花真香啊!

九香笑了。

九香看着柜子上面摆着的照片。这是一幅镶在金边镜框里的俞天宝和妻子女儿的彩色照片。

九香:你们都过来。

俞天宝喊来了孟兰,两人走近九香。

九香极其珍视地从棉袄的内兜里掏出一张自己十九岁时照的黑白照片。

九香:这是我的相片,长这么大就照这么一回,你们要是喜欢,就留下一张。

孟兰:赶明儿,咱给妈拍张彩色的。

九香苦笑了一下,顺手把那张黑白照片插在镜框旁边。

从厨房那里传来了油在锅里爆跳的声音。

九香把玉米花推向莹莹。

九香:咋不吃?

莹莹:妈妈不让我吃苞米花,说有细菌!

九香:奶奶炒的苞米花没细菌,吃吧。

莹莹抓了一把塞到嘴里。

莹莹:好香!

九香高兴地笑了。

莹莹也笑了。

33 小餐厅

桌上摆满了丰盛的菜肴。

俞天宝给九香倒了一杯葡萄酒,又给妻子和自己各倒一杯,莹莹把自己的小碗也递过来,俞天宝笑着也给她倒了一点儿。

俞天宝举起酒杯:妈,今天是大年三十,我敬您一杯! 在发奖大会上我讲了一句话,我说没有我娘九香就没有儿子天宝,结果在座的全笑了,他们全然没理解我这句话的含意……

孟兰:大概你说得不尽全面。

俞天宝:咋不全面? 难道还得说也有孟兰的支持?

孟兰:我还能算数吗? 你可不是娶了媳妇忘了娘的人。

九香：喝酒吧。

她自豪地喝了一口酒。

孟兰不时地往九香碗里夹着海参和香菇。

孟兰：妈，听天宝说你总爱头晕是贫血的原因，多吃点儿海参和香菇，这都是补血的。

九香从没吃过这么丰美的佳肴，她呆呆地握着筷子不知夹什么好。

俞天宝往九香碗里夹着一只油焖大虾。孟兰又往九香碗里夹了一块海参。

窗外响起了鞭炮声。

电视机里传来春节晚会的欢笑声。

34 卧室

九香脱衣准备睡觉的时候，发现那张黑白照片不在镶金边镜框的彩照上面了。她翻弄着柜面上的书刊，最后，在一叠报纸下面找到了那张只属于自己的黑白照片。九香收好照片，躺在床上翻来覆去的，她不习惯这种软床。

传来俞天宝和妻子说话的声音……

35 另一间卧室

莹莹在自己的小床上睡着了。

俞天宝和孟兰边脱衣服边钻进被窝。

孟兰：我是说，大家笑你的原因没有恶意，是认为你说的话言过其实。

俞天宝：怎么言过其实？没有娘就没有我，这不是真理？

孟兰：哦，不为自己？

俞天宝：得了，咱俩别说了。

孟兰：别生气嘛，说真的，我看到了你娘就想到了我娘，都说女儿是娘的贴身小棉袄，我生了莹莹之后，突然发现我对娘的关心就不如我对女儿的关心，你说，一个母亲为了儿女把自己的一生都搭进去，值得吗？不残酷吗？

36 卧室

九香清楚地听见了另一间卧室的对话，脸上呈现出迷茫、困惑的神情。

37 另一间卧室

孟兰听见了九香的咳嗽声。用手指示意了一下俞天宝。

俞天宝：妈，没睡呀？

他翻身下地。

38 卧室

俞天宝端着一杯牛奶走进来。

俞天宝：妈，喝杯牛奶吧，喝牛奶睡得香。

九香没有回答，和衣躺在那里，闭着眼睛像是睡着了。

俞天宝把牛奶放在桌上，然后把被子盖在九香的身上，他伫立床前深情地望着母亲……

39 山乡小路

放学了，小时的天宝和天石在路上走着，月桂的女儿凤子和蓉子跑跑颠颠地在后面跟着。一群男孩子在他们后面大声喊着野崽子，哄笑不止。

天宝停下脚步，怒目而视。

天宝：铁蛋儿，你骂谁？

铁蛋儿：骂你呀，咋的？

天宝：为啥骂我？

铁蛋儿：你妈招野汉子，你就成野崽子了！

天宝：我有爸，不是野崽子。

孩子们一阵哄笑！

凤子生气地：天宝也没惹你们，干啥欺侮人？

铁蛋儿：嗬，护上了。天天围着天宝转，也不怕人家笑掉牙！

虎子：想给野崽子当媳妇吧！

说完又引起了一阵哄笑。

天宝冷不防猛地扑向虎子，两人在雪地里翻滚着，厮打不休！

铁蛋儿大叫：野崽子打人啦！快上呀！

铁蛋儿和一群男孩儿冲上去把天宝打得够呛，虎子和铁蛋儿把天宝压在身子下面，天宝已无力反抗……

天石见哥哥吃了亏，他捡起一根树枝，疯也似的横扫。树枝子猛地抽打在铁蛋儿和虎子身上！

天宝翻身跃起，掀起一团雪雾，捡起一块石头向铁蛋砸去。

孩子们被天宝的气势吓跑了。

天宝抱着那块石头就追，凤子吓得一把拉住了他。

铁蛋儿：小野崽子，我找你妈去！

虎子：你妈招野汉子，小野崽子打人啦。

他们边跑边喊着。

天宝忌讳地甩开凤子的手，一屁股坐在雪地上，眼里含着屈辱的泪。

40 泥草房院子里

铁蛋儿妈拽着铁蛋儿阴着脸跨进院子。

九香：哦，他二娘来了！

铁蛋儿妈哼了一声，把被撕破棉袄领子的铁蛋儿往九香面前一推！

铁蛋儿妈：这是你儿子干的好事。

九香吃惊地：铁蛋儿，谁干的？天宝还是天石？

铁蛋儿未及答话，天宝忽地从屋里蹿了出来。

天宝：铁蛋儿，我就打你了，咋的？

九香申斥地:天宝,你咋能打人?

天宝:谁让他和虎子骂我!

铁蛋儿妈故意地:他都骂你啥了,你敢说吗?

九香劝解地:不管咋的,你也不兴打人,快给铁蛋儿道个过儿!

天宝委屈地:他骂的话可难听了……

九香:……啥话?

天宝嗔怪地:妈,他们骂你招野汉子,还说我和天石都是野崽子……

九香心里一悸,脸唰地白了,她生气地看着铁蛋儿。

九香:铁蛋儿,你咋能说这话呢,多难听。

铁蛋儿也觉得理亏,没有吱声。

铁蛋儿妈不甘示弱地:咋能说这话?九香,你访听访听,村里人都咋议论你,都说你死了爷们儿才两年多就守不住了?都一帮孩子了还扯这个,这心野得都不顾孩子了,往下的我就不说了!

九香:……

铁蛋儿妈:好了,看你们娘儿们过得不易,铁蛋儿这棉袄领子不用你赔了,铁蛋儿,走,回家!

铁蛋儿母子刚出院门,矮墙那边传来月桂的叫声。

月桂:铁蛋儿他妈,你听着,以后谁再敢欺负九香,我们全家出动,我们家老尤可是杀猪的!

铁蛋儿母子没敢应声,遁去。

九香茫然地站着,脑子里一片空白。

天雪走过来,月桂的小女儿枝子跟着她。

天雪:妈,我饿了……

九香这才回过神来。

41 泥草房屋里

油灯昏黄的光映照着小屋。九香靠墙坐在炕上,手里缝着天宝刮破的棉袄。她的发髻上戴着那个紫红色发夹。

天宝和三个弟弟分别趴在桌上和炕上写作业。天石、天阳、天星写得很专注，只有天宝一个字也写不下去，显得心神不安。

天宝的眼睛盯着九香头上的紫红色发夹，咬着嘴唇，一脸的不高兴。

关振良走进来，背着面袋子。九香心情复杂地望着他。关振良没觉出九香有什么异常，他把一袋苞米面放在地上。

关振良：这是我在镇上磨的苞米面，够孩子们吃一阵子了！

九香看着关振良，心里涌动着一股暖流。

关振良风尘仆仆的样子。

九香：还没吃饭吧，我去做。

关振良：不用，我在矿上吃了。

天宝一直冰冷地瞪着关振良。

天阳、天星、天雪却对关振良极为喜欢，他们拉着关振良的大手，一个劲儿地缠着他讲故事。

关振良哄着孩子们：今天，我给你们带来了新故事，我现在就变给你们看！你们蒙上眼睛……

说完，关振良很快地从包里掏出两本新买的小人书。

关振良：好了，你们看！

孩子们睁开眼睛，看见了小人书。天阳一把抢了过来，天星、天雪凑近他。

天雪：三哥，啥名儿？

天阳小声念着：这本儿是《红灯记》，这本儿是《智取威虎山》。

天雪：给我看一本儿！

天星：给。

天雪：关叔，你给我讲。

关振良讲得起劲，把孩子们全吸引过来，就连天宝也听进去了，关振良一会儿学杨子荣，一会儿学土匪。

天宝看到九香也听进去了，才想起了生气。

天宝突然大叫：别吵吵了！这屋子乱哄哄的咋写作业！

天宝猛地把作业本子往地上一扔！九香吃了一惊！关振良的手势停在半空……

孩子们都眼睁睁地看着哥哥……

关振良放下停在半空中的双手，弯腰把地上的作业本子捡了起来放在天宝面前，他拍了拍天宝的肩膀。天宝一甩搭，扭过头不理他。

九香生气地：天宝，你干啥？

天宝闷声不响地把身子转过去不看九香。

关振良不想让九香为难，他站起身来。

关振良：天不早了我回去了。

天雪叫着：不，我不让你走，还没讲完呢。

九香哄着天雪：别闹，天太黑了路就不好走了。

天雪：那就让他住这儿呗。

九香苦笑着没说话，她看了看天宝，天宝的眼里满含敌意。

九香送关振良走出屋子。天宝把天阳、天石、天星、天雪拽过来。

天宝：以后，你们别理他，不兴要他的东西！

说完，他把天星、天雪手里的小人书抢下来，撕破扔在火盆里！天雪大叫一声从火盆里拽出已经烧着了的小人书，她的手被火苗灼痛，放声大哭！

九香跑回屋里，见天石用课本拍着仍旧冒烟的小人书。九香用抹布扑灭了炕席和书上的火苗。

九香把烧得残破不全的小人书捡起来，掸掉上面烧煳的黑灰然后放在桌上。

天雪嘤嘤哭着：妈，我手疼……

九香哄着天雪，回头看着儿子们。

九香：是谁干的？

孩子们谁也没吱声。天雪哭着用手指了指天宝。

九香：天宝，你是故意烧的？

天宝:妈,别让他来了。

九香:你关叔是给咱送苞米面儿来的呀。

天宝:妈,咱不要他的东西!我可以挣钱养活妈。

九香生气地:行了,别说了!

42 院里

九香蹲在茅房解溲,听见了矮墙那边的响动。

九香抬头望去——

尤屠夫端着火盆,月桂抱着棉被从家门溜出,向旁边的小板棚走去。

九香莫名其妙。

传来小板棚里边的声音。

尤屠夫:丫崽子们真的睡着了?

月桂:睡得死死的,放心吧。

尤屠夫:总这么躲着,非落下毛病不可。

月桂:总不能让丫崽子们参观她爹妈扯这个呀。

传来一阵脱衣服的声音和月桂咯咯的嬉笑声……

尤屠夫:哎呀妈呀,这板子冰凉!

月桂:这有被子。

之后是床板的吱嘎声和月桂的喘息声……

九香心慌意乱地从茅房向家门跑去!九香刚欲跨过门槛,从板棚那边传来床板倒塌的声音!九香心里一跳,向板棚方向望去。

板棚里传来尤屠夫的咒骂声和月桂的嬉笑声……

43 镜子前

油灯下,九香呆呆地坐在镜子前面摸了摸脸颊。镜子里映出九香依然秀丽俊俏的脸。

九香把紫红色发夹从头上取下来,她凝神望着发夹,然后,用一块红布将发夹包在里面,十分珍惜地把它放在油漆斑驳的梳妆匣里。这一切,被躺在炕上并未睡着的天宝看在眼里。

44 泥草房院子里

九香拿起扁担、水桶走出院子。

45 泥草房屋里

天宝从窗户看见九香去井台挑水,急忙下炕,蹑手蹑脚地溜到镜子前找到了梳妆匣。打开了梳妆匣,红布包还在里面,他把红布打开,把紫红色发夹拿出来,又轻轻关上梳妆匣,一转身,天宝看见天石坐在炕上愣怔地看着他。

天宝:你不许告诉妈,要不,我揍你!

天石迷迷糊糊地点点头……

46 上学的路上

天宝看着走在前面的天阳、天星,又回头看看在路边撒尿的天石,然后,他掏出那个紫红色发夹。

紫红色发夹放在树墩上。

天宝抬起脚往发夹上一踩!嘎巴一声脆响,发夹断成两截儿!

天阳叫着天宝。天宝应了一声向天阳跑去。

撒完尿的天石看见树墩上断成两截的发夹……

天宝回头看着天石,天石向天宝跑去。

47 卧室

九香看着坐在她床边的俞天宝。

俞天宝:妈。

九香心疼地拍拍他的背。

九香:看你都瘦了,快去睡吧,有啥话明天再说。

俞天宝:妈,咱家大黑狗咋样了?

九香:它挺好,给咱看家呢,你月桂婶儿喂它。

俞天宝:大黑跟咱多少年了,我真想它……

48 **泥草房院子里**

孩子们放学了,天阳抱回来一只小黑狗。

九香:哪儿弄来的狗?

天阳:我在沟底下捡的。

九香:咱家可不养这玩意儿。

天阳:我不!

九香:什么不?养人都紧巴,还养狗?

天阳:妈,我少吃点儿还不行吗?

天雪:我也少吃点儿。

九香没再理他们,继续在院子里干活儿。

49 **泥草房屋里**

孩子们挤在炕上做功课。传来小狗的叫声。

天阳噌地下了炕,跑到屋外。

九香缝着衣服,抬眼看了看心神不安的孩子们。

50 **泥草房院子里**

静静的夜晚。

九香披着棉袄瑟缩着身子,点燃了马灯向狗窝走去。

九香一把抓住小黑狗,揣在怀里走出院子。

51 **雪地**

九香提着马灯,用棉袄裹着小狗向山坡方向走去。

52 **山沟**

九香摸到一个小洞穴,她将小黑狗放进去,又用树枝挡住洞口。

九香自言自语地:别怪我,我得养我的孩子。

小黑狗凄厉地叫着！

53 泥草房子院子里

天阳领着天雪兴冲冲地跑到狗窝前看去。

狗窝空了，小黑狗不见了！

天阳伤心地呜呜哭了。

九香看着天阳、天雪伤心的模样，心里一阵歉疚。

天阳喃喃地：小狗多可怜，它会饿死的。

九香：别哭了，快喝点粥上学去！

天阳执拗地：不还我小狗我不上学！

九香：吃饭！

天阳一口粥也没喝，他拎起书包头也不回地走出门外。

天宝、天石、天星也极不高兴地拎着书包走出去。

九香愣怔地站在那里。

54 雪地

九香艰难地在雪地里奔跑……

55 山沟里

藏着小狗的洞穴里空空如也，小狗不见了。九香焦急地四下看着。

远处传来微弱的狗叫声。九香顺着声音跑去，不料，脚下一滑，摔倒了！

九香顺着山坡翻滚下来。雪花翻飞，天地倒转，九香摔到坡下。她的手被尖硬的树枝划破，血顺着指缝向外流淌。

九香又向坡下爬去，终于在一块石头旁边找到了那只小黑狗。

56 山野

广袤的大地，白皑皑的雪原。

九香蹒跚的身影向家的方向飘去……

57 泥草房屋里

九香精疲力尽，慢慢将怀里的小黑狗拿出来放在炕上。

孩子们高兴地欢叫起来！

天阳猛地一下子扑在九香的怀里！

天阳：妈，你手咋流这些血？

九香：没啥，树枝子刮的。

外边传来尤屠夫和月桂的说话声。

九香向窗外月桂的板棚子方向望去。

58 木板棚子

在木板棚子里传来钉床板子的声音！

他们的喘息声如同那天晚上的声音……

59 泥草房屋里

九香走到镜子前，把散乱的头发梳了梳，然后，打开了梳妆匣。

紫红色发夹不见了！

九香慢慢转过身子，看着面前写作业的孩子们……她在猜测是谁拿走了发夹。

九香：你们谁拿走了我的发夹子？

天宝、天石、天阳、天星、天雪直勾勾地瞪着小眼珠看着九香，谁也没吱声……

九香生气地：你们不说是谁干的，今儿晚上都别吃饭！

孩子们看到九香真的生气了，个个面面相觑！

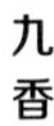

天石默默地走到九香身边，从兜里掏出那个断了两截的紫红色发夹。

九香接过折断的发夹。

九香心疼地：咋弄坏的！

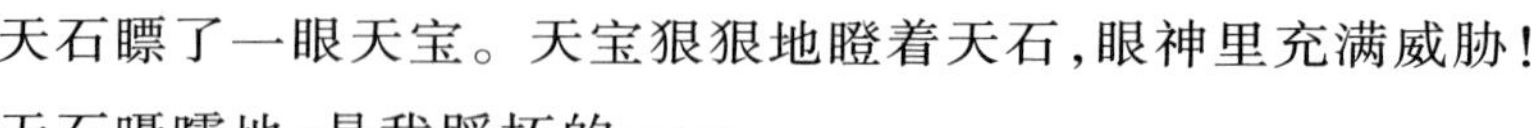

天石瞟了一眼天宝。天宝狠狠地瞪着天石,眼神里充满威胁!

天石嗫嚅地:是我踩坏的……

九香呆愣地看着天石,气得半天没说出话来。

九香伤心地:咋能这么干呢?

天石坚定地:是我踩坏的!

九香从未这样生气过,她抡起胳膊照天石的脸就扇了过去!

一声脆响在天石的脸上响起,天石的小手捂住了鼻子。一注鲜血从天石的手指缝间溢了出来。

60 卧室

九香:我从未打过你们,这辈子就打了天石一巴掌,直到现在我还心疼。

俞天宝:妈,其实,你的发夹子是我踩坏的,不是天石,这件事我一直感到内疚,挺对不起关叔的……妈,我要是能重活一次,就不会那么干了。

九香笑了:傻孩子,这都多少年的事儿了,别总寻思了,其实,妈早就知道是你干的。

俞天宝惭愧地看着九香,眼睛湿润了……

九香:孩子,天都快亮了,去睡会儿吧,趁过节好好歇歇。

俞天宝:没事儿,这不是过年吗?妈,你来一趟不容易,多住些日子,我陪你好好玩玩儿。

九香:那可不行,我还得去看看你弟弟妹妹。

俞天宝:天阳、天星在国外不能回来,我给天石、天雪打个长途电话让他们来我这看您不是更热闹吗?

九香:不用了,你忙,他们也忙,别来回折腾了。可惜天阳、天星都在外国不能回来过节……

61 客厅

俞天宝往九香的旅行袋里装着面包、水果和几包方便面。孟兰从衣柜里拽出几件自己穿过的衣服。

孟兰:妈,这衣服你试试,看能不能穿?

这是一件旧的,银灰色呢子外套。孟兰不容分说把呢子外套给九香套在棉袄外面。

九香系上扣儿感到紧绷得挺难受,就又把扣儿解开了,她觉得舒坦些了。

孟兰:你别系扣儿还是挺合身的,妈,这是五百元钱,你带着。

九香:不,我不要,我有钱,不能花你们的,再说我不需要钱。

孟兰真挚地硬往九香怀里塞钱。九香还是把钱拿了出来!

孟兰:妈,看病也需要钱。

九香:孟兰,这钱给莹莹用吧,她是你贴身的小棉袄,这小棉袄可不能想穿就穿想脱就脱呀,她是你的血脉,用钱的地方多着哪。

62 火车站站台

穿着旧呢子外套的九香,在俞天宝、孟兰和小莹莹的簇拥下,踏上了开往另一城市的列车。

63 车厢里

九香坐在靠窗的座位向窗外的儿子、儿媳、小孙女招手!

俞天宝扒在窗玻璃上看着九香……

俞天宝:妈,到那儿以后让天石给我打电话,你老要注意身体!

九香笑着点点头。

透过玻璃窗,一句话没说的孟兰竟哭了。

列车缓缓启动了。

九香的思绪又回到那遥远的年代……

64 矮墙边的木板棚

月桂和尤屠夫把钉好的木床搬到棚里。九香向外泼水的时候,月桂叫住了她。

月桂:九香,过来把这些松木片子收去吧,引火用比什么都好。

九香答应了一声,赶紧拿起扫帚和簸箕跑了过来,弯腰收拾着木屑残片。

当她往回走的时候,看见关振良站在门口。九香跑了过去。

65 屋里

九香把簸箕放在锅台边,然后和关振良双双走进屋里。九香把关振良让到炕上,帮他脱鞋,然后把鞋放在炕沿上,顺势端过来火盆。

孩子们挤在墙角写着作业,唯有天宝心神不定。

九香把烟叶和一包洗干净的衣服放在关振良手里。

九香:还有啥要缝要洗的都拿来吧。

关振良掏出钱,塞在九香手里。

关振良:别为我操心了,这点儿钱给孩子用吧。

九香:我不能要你的钱,你自个儿用吧。

九香不容分说地把钱又塞到关振良手里。

天宝不知什么时候跑到外屋,捡起一枚小钉子钉在一块小木片上,然后弓身蹿进屋,又在炕沿下边鼓捣了一阵,蹿上炕去。

九香:天宝,干啥呢?

天宝:我把鞋放在灶坑烤烤。

他狠狠地瞪了关振良一眼!关振良接触到了天宝的眼神,显得颇不自在。

关振良:走,咱们到外边说说话。

九香显得挺幸福地点了点头。

关振良把脚伸进鞋里,站起身。一阵钻心的疼痛,使他的眉头皱了一下!之后,关振良若无其事似的大步跨出了房间……

九香围上了头巾跟了出去。

66 雪地

走到雪地时，关振良一屁股坐在雪地上，脱下那只鞋，从脚上拔下那连着小木片的钉子！

九香：呀，出血了！

关振良：不要紧。

九香看了看木片：谁干的？

关振良把连着钉子的木片向远处抛去！

九香：又是天宝！

她回头就要返家找天宝算账，被关振良拉住了。

关振良：算了，孩子嘛，不懂事。

九香：你怎么在家里不说，还装作没事儿的样子？

关振良：我不能在孩崽子面前显得太窝囊了。

九香望着关振良，脸上现出无奈的神情。

关振良笑了，他抱着九香的肩膀，一拐一瘸地向雪原走去……

67 仓房

他们不觉走到了仓房。

九香：看，就在这儿，你让我们全家吃上了饺子。

关振良：我还想让你们全家吃饺子。可那帮兔崽子不让。

九香眼神灼热地望着关振良。关振良一把抱住了九香，喘着粗气凝视着她。

关振良：九香……

九香脸上一下子现出难以抑制的激动。关振良紧紧抱着九香，靠在草堆上。

九香：那孩子咋办？

关振良：你是跟我过还是跟孩子过！

九香：反正不能丢下孩子！

关振良：孩子，孩子能跟你白头到老哇！

九香起身：那孩子就不要了？

关振良:谁说不要了!

九香:其实,我和孩子们唠过了,他们不是反对你,是反对我再给他们找个后爹,孩子们忘不了亲爹,我也觉得挺对不起老俞的……

关振良:老俞不是死了吗?

九香:死了就不是亲爹了?

关振良:谁说不是亲爹了!我是说,你九香不活着吗?

九香:我活着咋了?

关振良:谁说咋了,我是说,活着就应该替活着的人想想。

九香:一想到老俞死得那么惨,我就啥心思也没有了。

关振良:九香,你真可怜。

九香生气地瞪着关振良。

九香:谁可怜?我不用你可怜!

她向家的方向跑去。

关振良:九香——

九香头也不回地跑到雪地上……

68 泥草房的院子里

尤屠夫手舞足蹈,绘声绘色地给九香的儿子们讲述着杀猪的故事。

尤屠夫:杀猪的时候,左手把猪嘴按住,把猪脑袋往上扳,让它的脖子露出来,再举起右手,手里握刀,这刀足有一尺长,猛地一下子直插进喉口,这工夫得使劲不能二唬,刀插进去猪就没命地叫唤,不管它咋叫唤也别心软,你就把刀口朝下割开两寸多长的口子,最后把刀抽回,那血呀就咕嘟咕嘟冒出来了……

天宝、天石、天阳、天星眼睛瞪得溜圆。月桂的小女儿枝子吓得攥紧了天雪的小手。

九香已经听了半天了,她啥也没听进去。

尤屠夫:九香,你这群小子挺招人稀罕,我给他们讲讲杀猪的技术，嗨，瞎白话呗。

九香：哦。

尤屠夫：月桂让我给你们端盆猪血，做点儿血豆腐给小子们吃吧！

九香看见锅台上放着一盆猩红的猪血，心里一阵感激。这时，矮墙那边传来月桂打孩子的叫骂声和喊老尤的声音。

尤屠夫：看看，这不又叫我了，屁大个工夫不在家就乱了套了，我得回去了。

走了两步又返了回来。

尤屠夫：九香，找个伴儿吧，老关不错，我在矿上了解了，他人挺好，要不你这日子可咋过呀。

说完，尤屠夫向家跑去。

九香神情黯淡的样子，像是大病了一场，她浑身发软地靠在墙上心里有说不出的滋味。

69 泥草房屋里

九香把孩子们的棉鞋放在灶坑边上烤干雪水。

油灯下，九香拿着一沓苞米叶子凑近灯光一针一针缝着。

九香把缝好的苞米叶子垫在棉鞋里。

九香看着炕上睡着了的孩子们。

九香给天宝、天石准备上中学所需的衣服。

70 锅台前

九香掀开锅盖，锅里只贴了五个苞米面大饼子。九香把大饼子铲下来，用五块洗干净的布分别包好，代替饭盒。

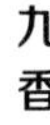

五个孩子已经喝完苞米面糊糊，背着书包准备上学……九香把一个个包着苞米面大饼子的布包分给他们。

九香叮嘱地：不到晌午谁也不兴吃。

孩子们点点头陆续走出门外。

71 山乡小路

天宝和天石汇同凤子和蓉子向镇中学走去。

天阳、天星和天雪汇同枝子向村小学方向走去。

突然天阳想起了什么,他停下翻弄着书包。

天阳:天星,你带天雪和枝子先走,我的书落家了。

72 锅台前

天阳刚一跨进门槛,就被眼前的景象惊呆了。

九香正用舌头舔着碗边,她舔食着孩子们喝粥剩下的残糊……

灶台上的两个碗全舔干净了。

天阳:妈!

九香回头,放下碗,用手抹着嘴……

天阳哭了,眼泪流在脸上。

天阳:……妈……

天阳边哭边掏出书包里那个用布包着的苞米面大饼子,递给九香。

天阳哽咽地:妈,你吃。

九香:妈吃饱了。

天阳抽泣地:骗人,你啥也没吃。

九香:妈这是怕浪费。

天阳的小手紧紧攥着九香破旧、褪了色的衣襟,忍不住呜呜哭出声来。

九香哄着他:快上学去,别迟到了。

天阳执拗地:你吃! 你不吃,我就不上学。

九香苦笑地:傻儿子,这是你的晌午饭,念一天书不吃干的咋行?

天阳:妈,我看着你吃,你吃了我就上学去。

九香无奈地看着天阳。

天阳用小手掰着大饼子,一块儿,一块儿地塞到九香嘴里……

九香慢慢嚼着,慢慢咽着,眼泪顺着脸颊缓缓流下来……

73 泥草房

蓝色的夜……

泥草房昏暗的灯光……

74 屋里

孩子们排成一列,酣睡了。

九香坐在镜子前面,她拉开油漆斑驳的梳妆匣。

里边的丝绣吉祥物。

九香自语地:带上它,就有吃有喝……

有人轻轻敲着窗子的声音。

九香回头。窗外出现了关振良的身影。九香一阵惊喜,揉了揉眼睛。九香轻轻地溜出了房门。

75 院里

九香轻声地:你咋来了?

关振良站在九香面前,眼神灼热。

关振良气喘吁吁:想你,咋也睡不着……

九香:小点儿声!

关振良轻声地:外边不冷,咱俩走走。

九香顾虑重重地望着关振良,犹豫不定。

矮墙那边,月桂家的门轻轻响了,从门里走出月桂两口子,尤屠夫仍端着个火盆,月桂仍抱着棉被……

九香看着月桂两口子钻进了木板棚,笑了,她默默地推了关振良一把,拉起关振良的手把他带出了院子……

76 **仓房**

九香用火柴点燃了油灯，关振良在灶坑里燃着了柴禾，火焰在炉膛里熊熊燃烧。顿时，小仓房里暖和了。

关振良一把将九香揽在怀里。九香的头偎依在关振良的臂弯里，感受着男人体温的燥热。

九香喃喃地：咱不是说好了不再见面了吗？

关振良用下巴轻轻擦着九香的脸颊，充满爱意地盯着她的眼睛。

关振良：我就想见你，管不住自己的腿了……

九香：我知道，你是好人，我知道……

关振良：我一定会好好待你和孩子们，你的儿子就是我的儿子，你的女儿就是我的女儿……

九香笑了，笑得非常好看。她慢慢地解开胸襟的纽扣，一颗一颗……就在这时，旷野出现了孩子们喊妈的声音，这声音在寒冷的夜空中显得异常凄厉。九香身体一颤，急忙掩上胸襟，毫不犹豫地跑了出去！

关振良坐在那里，呆若木鸡。

77 **旷野**

山坳上，天宝、天石、天阳、天星、天雪的身影在雪光中飘动，叫妈的声音既遥远又贴近，一声接着一声……

九香拼命地向孩子们跑去！

九香：妈来了，妈来了！

孩子们向九香围拢过来……

当走到一起的时候，都突然停住了，相互审视着。

九香：妈来了……

孩子们大叫着扑向了九香！

78 **泥草房院里**

当九香领着孩子们回家的时候，下意识地向矮墙那边的木板棚望了一眼。

木板棚里，又出现了木床倒塌的声音。九香吓了一跳，赶紧把孩子们带进屋里。

79 **木板棚**

尤屠夫和月桂在板棚子里的咒骂声。

80 **泥草房屋里**

孩子们躺在那里，都瞪圆了眼睛瞅着九香。九香脱衣躺在孩子们中间。

九香：都快睡吧，妈不走了。

外面板棚里尤屠夫和月桂折腾木床的残破声。

81 **大河镇**

小饭馆门口，九香用烤烟和饭馆掌柜的换点儿苞米面。

掌柜的送着九香。

掌柜的：九香，你嫂子挺稀罕你家天星的，没事儿就让他过来玩儿，我这疙瘩有吃有喝……

九香心不在焉地：哎。

秫秸楼戏台后面，九香常和关振良见面的地方，她来到这里，碰见了月桂的大女儿凤子。

凤子刚要说话，嗓子眼儿一阵干噎，吐了几口清水。

九香：凤子，你咋了？

凤子：我一看杀猪就吐，肠子都吐疼了。

九香：那就别看了。

凤子：我妈让我和蓉子学杀猪，说比下地干活挣工分强，我爸一定要把我们培养成中国第一批女杀猪手。

九香咯咯乐了，笑得眼泪都涌出来了。

凤子：九婶，天雪找你呢。

九香：她在哪儿？

凤子：在我爸猪灶那里。

82 猪灶

猪灶周围站着许多看热闹的男女老少，天雪和小枝子正在往灶里添柴。由于围观的人多，尤屠夫来精神了。

九香：天雪。

天雪回头冲九香笑了笑。

九香：咋跑镇上来了？

天雪：我找你来了，咱回家吧。

九香：你哥呢？

天雪：上学了。

尤屠夫左手握着猪嘴，把猪头往上一扳，右手将一尺多长的尖刀切入猪的喉口，那猪尖声惨叫！

尤屠夫身子一晃，把抽出的刀子在空中耍了个旋儿，刀就又落入尤屠夫手中……

猪血喷将出来，顷刻，便接了猩红的一桶……

人们鼓起掌来。尤屠夫咧嘴笑了。

九香在人群里，张着嘴观看这个血腥的壮观场面。

尤屠夫：我要培养中国第一批女屠夫！

人群哄笑。

凤子、蓉子、枝子管灶、烧火……

砖砌的大灶，柴火不断，灶上架着大铁锅，沸腾的水不断翻滚……

月桂用水瓢往锅里加凉水……

尤屠夫号召女孩儿们一拥而上，将猪的尸体推到水井边，月桂用井里打上来的水冲刷猪身。

天雪跑过去随同凤子、蓉子、枝子、月桂把猪推到大铁锅里。

大小女子开始了给猪褪毛……

围观的人们欢喜雀跃就像观看了一场好戏。

九香发现了秫秸楼后面的关振良。

83 秫秸楼　小布店

九香向关振良跑去。

关振良向九香跑来。

乡民惊奇地看着他们!

九香随着关振良走进了一家小布店。

关振良:五冬六夏的你也不换件新衣裳。

九香幸福地笑着,随着关振良挑选着花布,他们全然没看见后面乡民瞅着他们的眼神儿和指手画脚的悄悄议论声。

关振良把一块蓝底碎花的布料披在九香的身上,端详着。

关振良付钱。

九香从未这样愉快过,像城里人一样挽着关振良的胳膊走出布店,依依不舍地和关振良分手。

关振良向九香摆摆手,就跑步到矿上去了。

九香在乡民惊奇的眼光中叠起了那块蓝底碎花布料。

84 小街道

从猪灶方向跑来了惊慌失措的凤子和蓉子。九香预感到了什么。

凤子:快,天雪……

蓉子:天雪让猪挤死了!

九香只觉得脑袋嗡的一声膨胀了,腿一软,差点儿瘫在地上。

她张大了嘴巴,愣怔着。凤子、蓉子大叫着。

凤子:九婶!

九香踉踉跄跄地向猪灶方向跑去……

85 猪灶

蒸汽缭绕之中的纷乱人影。

九香冲进混乱的人群，疯了般地扑向天雪！

地上躺着瘦小枯干的天雪，她脸色惨白，双眼紧闭，鼻子里流着鲜血。

九香：天雪，睁睁眼，妈来了！

那块蓝底碎花的布料掉在地上。

凤子：我们逮猪的时候，这群猪就疯了，天雪就是在栏杆和石墙的夹缝里让那群猪给挤死的！

九香哇的一声哭了，哭声凄惨！

九香：你醒醒，妈跟你说话呢。

九香动了动天雪的嘴唇，嘴角涌出一股鲜血。

凤子、蓉子、枝子都流下了眼泪。

尤屠夫抱着一堆馒头，送到九香面前。

尤屠夫：九香，快上医院吧，把这个带着，都还没吃饭呢。

九香怨尤地：谁要你的馒头！

九香抱起天雪，向矿上医院跑去……

尤屠夫抬起头，泪眼蒙蒙，狠命地扇了自己一个嘴巴。月桂、凤子、蓉子吓得拉住了尤屠夫的手。

86 矿上医院

九香在空荡荡的走廊里屏息静气地等待着医生急救的消息，像候审的罪犯一样心里发紧地坐在那里。

九香自语地：唉！我带她回家就好了……

九香失魂落魄，惶然地望着急诊室，从急诊室里走出了医生和护士。九香扑了上去，拉住医生。

九香：大夫，求求你救活我的孩子！

医生：肋骨折断，胸部塌陷挤压内脏引起体内出血，得马上手术,可我们血库里已经没有血了。

九香:把我的血给她!

87 **采血室**

九香躺在白色的床上,将胳膊裸露在床外,搭在小桌上。护士给九香测定血压;酒精消毒;碘酒消毒。

护士的手拿起与取血器相连的静脉穿刺针。

布帘处,九香儿子们的脑袋。

九香把手一挥,孩子们的脑袋消失在布帘的后面。

九香:抽吧,需要多少就抽多少。

88 **病房**

储血瓶里的血液通过滤滴管,徐徐滴入天雪的静脉……天雪睁开了眼睛,幽幽的黑眼珠黯淡无光。

天雪微弱地:妈!

守在天雪床边的九香,面容憔悴地望着女儿。

九香:妈在这儿……

布帘后面,探出了九香四个儿子的脑袋,他们看到妹妹死而复生,都咧嘴笑了。

89 **小山坡**

九香和关振良站在山坡下已经谈了半天了。

关振良:你怎么好像突然变了个人?!

九香看着关振良火热的眼光,心里痛楚万分,她强忍住眼泪。

九香:我不能不管这帮孩子,这帮孩子姓俞,将来再生两个姓关的孩子,这日子怎么过?

关振良:孩子们有孩子们的日子,咱俩有咱俩的日子,你把命都搭在孩子身上,合适吗?我知道,我不该难为你,可是九香,我真的像离不开你了……这听起来不像老爷们儿说的话,我也不知道咋

的了……

九香:我和你兴许没这个缘分?

关振良:九香!

九香:我们别再见面了……你走吧。

九香像是惧怕再次陷入感情的旋涡,她拒绝了关振良的亲热,向后退了一步。

九香:你走吧。

关振良忧郁地看着心神不安的九香,叹了口气没再说话,他转身走了。

九香也慢慢地转身朝关振良相反的方向走去,九香的态度似乎异常坚定。

关振良回过头来,望着九香。九香没有回头。关振良咬紧了嘴唇,神情木然,大步转身向矿上走去。

这时九香转过身来。她望着远去的关振良,像是要把这身影烙印在自己的脑海里似的凝视着那个渐渐远去的关振良。

九香的头发被风吹乱了,她久久地站在凛冽的寒风中……

雪地上,关振良走去的脚印……

90 雪地

雪地上的脚印,九香背着天雪踏着白雪往家里走去。天雪在九香的后背上趴着睡着了。

九香:睡吧,这回妈再也不离开你了……

九香反复叨咕着这句话,走在山间小路上。

91 泥草房屋里

九香靠墙坐着,手里摆弄着被天宝弄坏的那两本小人书,心里一阵凄凉,她慢慢地用面糊糊粘贴撕坏的小人书。

天宝一边写作业,一边愧疚地看着九香。

九香的面前放着五个小木箱,每个小木箱上放着一盏油灯,小木箱上趴着五个正在写作业的小脑袋,煤油灯的烟雾把他们的小脸儿熏得漆黑。

九香粘好了小人书,用手轻轻抚摸着被烧坏,留着焦痕的书页。九香把小人书放在油漆斑驳的梳妆匣里。

梳妆匣里还放着丝绣黄鳝图案的吉祥物……

92 车厢里

广播员通知到站的声音。九香站起身去拿行李架上的旅行袋,突然,她感到一阵头晕险些摔倒,便又坐了下来喘息着。一个姑娘帮九香把旅行袋取下来。

九香:谢谢你了姑娘。

列车缓缓地在终点站停下,九香在那个姑娘的搀扶下向车站大厅走去。

93 通往检票口的大厅

旅客陆陆续续地走光了,一个男青年把扶着九香的那个姑娘接走了。

因为是大年初二,旅客不多,九香抱着旅行袋走在大厅里。空荡荡的大厅里,只有九香的脚步声。

九香感到一阵孤寂!她慢慢地向厅外走去。

94 车站前

九香突然看见站在喷水池旁边的二儿子俞天石。天石正焦急地东张西望。

九香:老二!

没人回应,九香顿悟地重又喊着。

九香:俞天石!

俞天石转过身,由于眼睛近视,他扶着眼镜慢慢走来。

俞天石看清楚了:哎呀,妈,你穿这身衣服我都认不出来了。

九香笑着打量着身体微瘦,戴着眼镜,穿着粗呢大衣的俞天石。

九香:妈可一眼就认出你了。你自个儿来的?

俞天石:哦,车来了,妈上车吧。

95 俞天石的家

两居室的房间里,布置得颇具浪漫情调。房间有些热,九香把身上的那件银灰色旧呢子外套脱了下来放在沙发上。俞天石的妻子艳芳走过来,顺手将沙发上的旧呢子外套拿起来挂在衣架上。

俞天石给九香削着苹果。

艳芳拿拖布把九香棉鞋上带的泥土雪水擦干净,地板上泛出光泽,她一连擦了好几遍。艳芳走到窗前,拉开窗帘,推开了小窗,然后向九香笑了笑,走进厨房。九香有点不大自在。

俞天石解释地:妈,艳芳总是这么爱干净,上海人嘛!

艳芳给九香端来一杯茶。

艳芳:当然喽,上海人就是比你们东北人爱干净的,啥人像你呀,改不掉的农民气。

俞天石:农民咋的?

他瞪了妻子一眼。

九香接过俞天石削好的苹果。

俞天石:妈,村里咋样?你还能干动活吗?

九香:你们都走了,也没啥活儿了,总是空落落的。

俞天石:我还真想咱那山沟子,月桂婶儿一家咋样了?

九香:胖多了,你尤大叔也挺好的,他在镇上承包了个肉食加工厂,他是经理,还真培养了一批女杀猪的,凤子、蓉子还是打头儿的。啥时候回去看看他们?

俞天石笑了。

艳芳:哎哟,妈,你可不要让他回去,他身上的土劲儿顽固得很,算是改不掉了,人家搞科学研究的,好多人都下海了!

九香:下海?

艳芳：就是经商，喏，做生意！只有你儿子还是傻瓜一样地啃学问，搞什么试验发明，不晓得捞点儿钞票，你看他都傻到哪里去啦！

俞天石：你别在这儿唠叨没用的了，能不能谈点儿别的？

艳芳：谈啥？谈你挣的那一点点工资？谈猛涨的物价？这些你俞天石爱听吗？

俞天石：够吃够喝就行了，挣多少钱就定多少钱的生活标准，我看是没饿着你。

艳芳：什么话呀！

九香劝解地：好了好了，别叽咕了，你们俩是闲的，将来有了孩子就不吵了。

艳芳：哦，我的天！这种生活水平还能要孩子？现在买瓶高级洗发水都一百来块，更别说那些高级化妆品了，我总是买便宜的洗发水，头发都粘在一起了，梳都梳不开了，我经常要接待外宾，连件高档衣服都没有，像什么样子？他念这么多书有啥用？不顶钱花。

俞天石：行了行了别说了。

九香：天阳、天星的情况咋样了？我挺惦念他们。

俞天石：噢，上星期他们都寄了几张照片给我。

俞天石从抽屉里取出照片。九香喜悦地抚摸着天阳、天星在法国和美国的照片。

俞天石：这是天阳在美国哈佛大学照的，这张是天星在法国里昂大学照的，看这两个小子多神气！

九香感到挺自豪的。

艳芳凑过来：天石先生，你什么时候也能带我出国转转就好啦！

九香突然想起什么，她从棉袄兜里取出来自己的那张黑白照片。

艳芳：呀，妈年轻时候蛮漂亮嘛！

俞天石：当然，我妈要赶上现在这好时候能演电影！

艳芳：诶呦，这张照片很有些年头的啦，你那时挺秀气的嘛，你长这么漂亮咋守那么多年寡呢？要是当年再嫁个男人现在也不能这么孤单了。

九香的脸上掠过一丝阴影。

艳芳继续看照片:有些像阮玲玉嘛!

九香:阮玲玉是谁?

俞天石:是她妈!

然后小声对九香耳语。

俞天石:她是追星族!

九香仍不得要领。

艳芳咯咯笑起来:你的儿子很会开玩笑的嘛!

艳芳顺手将九香的照片放在桌上。俞天石和艳芳也没再理会那张黑白照片。九香默默地把照片揣进衣兜……

96 矮墙一边

尤屠夫领着饭馆掌柜的找到九香。

尤屠夫:你和天星说了吗?

九香:张不开嘴。

尤屠夫:有啥张不开嘴的,我这是替你办件好事儿,人家掌柜的这辈子没儿没女,他老婆想领养个儿子,她挺稀罕你家天星,到了镇里那孩子可享老福了,不就是改个姓吗? 比饿死强。

掌柜的走了过来。

掌柜的:你放心,我会像待亲儿子一样供他上学。

尤屠夫:看,人家把粮食都拉来了!

那棵老榆树下,停着一辆牛车,车上装着粮食袋子。

97 泥草房屋里

九香:天星,你过来。

天星翻着小人书:干啥?

九香搂着儿子:妈给你找个能吃白馒头的地方好不好?

天星:好哇。

九香:那好。

九香把天星的小木箱搬来,挎在天星的脖子上,然后把一个苞米面饼子塞进了小木箱。

九香哭了:儿子,以后你就在镇上的饭馆儿里写作业,妈想你的时候就到镇上看你去,只是,你千万别往家里跑……你要管掌柜的叫爸,他就给你好吃的……

天星觉得不对劲儿,他看到了门外站着的尤屠夫和那个饭馆掌柜的。

天星:妈,他不是我爸!

九香:天星,咱家你最瘦小,整天吃不饱咋行呢?妈怕你饿着,到他那里能吃饱,你吃饱了就能长得又高又大。

天星:妈,你也去吗?

九香:妈不去。

天星:我哥和我妹也去吗?

九香:不去。

天星明白了:那我也不去!妈,我不饿了,再也不说饿了……

天星哭了,哭得九香撕心裂肺。

九香:别哭了,快上路吧,尤叔送你去。

天星抱着妈妈的身体摇晃着,说啥也不松手,九香一把推开天星。

九香:天星,听妈话,快去吧,你还能给哥哥妹妹换来许多粮食,要不,他们都得饿死,你愿意他们饿死吗?你愿意妈饿死吗?

天星:不愿意,妈……

九香又把天星抱进怀里,替儿子擦着眼泪,擦着鼻涕。

九香:儿子,听妈话,啊。

天星懂事地流着泪点点头,瘦小的肩膀因抽泣不停地抖动,他的眼睛一眨不眨地看着面前的母亲。

九香哽咽地:他尤大叔,带天星上路吧……

98 村口

尤屠夫把天星抱上了牛车,饭馆掌柜的又给了九香一些钱。尤屠夫扬鞭,牛车上路了……

天星大声叫着:妈,我想你咋办哪?

九香只是哭着,啥也说不出来了,她强忍着泪水,望着她最小的儿子,不停地摆着手,直到牛车的影子在她眼前模糊了,才蹲在老榆树下,放声痛哭起来!

99 泥草房屋里

油灯下。九香像是做错了什么事,直呆呆地坐在炕角,眼睛发直。天宝、天石、天阳、天雪站在炕前,背对着母亲望着天星留在桌面上的那本残破的小人书……

100 大河镇

九香神情木然,步履蹒跚地向小饭馆走去。

101 小饭馆

窗外,向屋里窥视的九香,她的身体瑟瑟抖动着。

窗里,天星瘦小的身躯围着一条脏兮兮的围腰布,他在地上洗着比他的脸盘还大的饭碗,不时地用围腰布擦着流淌的鼻涕,他的小手冻得又红又肿。几双大脚在天星的面前晃来晃去,向大盆里扔着饭碗……

窗外,九香忍不住地眼泪纵横,无声地抽动着身体。从饭馆走出几个酒足饭饱的男人,他们莫名其妙地看了看九香。

窗里,天星像是预感到了什么,他起身向门口走去,推开了门,向外张望着。

天星:妈……

掌柜的声音:天星,碗还没洗完哪,不许玩儿!

街外,九香的身影消失了。

102 小胡同

拐角处。九香向饭馆的方向看着，她的嘴半张着，用手拼命地拭着眼睛，生怕泪水模糊了天星的身影。

103 小饭馆

小饭馆掌柜的走出来，他像拎小鸡儿似的拽回了天星。

天星张望着：妈——

104 猪灶

九香一把鼻涕一把泪地哀求着尤屠夫。

九香：他叔，求求你，快把天星弄回来吧，我实在受不了啦，天星不在，那些孩子也不吃东西，也不理我，这么下去，我就折磨死了！

尤屠夫：也真是的，小小子干点儿活儿有啥心疼的？我天天给掌柜的杀猪，我知道掌柜的心眼儿挺好的，换个人儿谁买你那瘦小子。

九香：不卖了，我把粮食、钱全还给人家，你就再费费心把我的天星换回来吧！

尤屠夫：哪有拉屎往回坐的道理，看你这事儿整的，我没法跟人家说！

九香不管周围人怎么看，她竟扑通一声跪在尤屠夫跟前！

九香：他叔，我求你了！救救天星吧……

尤屠夫：人家害天星了？这话是咋说的！

尤屠夫不满意地扶起了九香，生气地瞪了她一眼。

九香：他叔……

尤屠夫：你呀九香，总钻牛角尖儿，跟我那月桂一样，一条道儿跑到黑！

尤屠夫没好气儿地扯下油腻腻的围腰布，头也不回地向小饭馆走去。

105 **泥草房屋里**

尤屠夫把浑身脏乎乎的天星送回来了。天星的小脸儿上闪动着亮亮的小眼珠，他的脖子上仍旧挂着那个小木箱。

天星：妈！

九香一下子把天星搂在怀里。天宝、天石、天阳、天雪全都露出笑容围了过来。

尤屠夫：明天我得把粮食和钱还给人家。

尽管无人回答，尤屠夫也显得挺高兴，这情景让他感动，他转身向外走去。

天星像是有了一番经历似的一屁股坐在炕上，他把自己那个小木箱向炕上一翻。从小木箱里滚出十几个白面馒头，其中，还有一个风干了的苞米面饼子。

九香拿起那个苞米面饼子，一把搂住天星，流出了眼泪。

106 **大河镇**

镇上很热闹，秫秸楼前挤满了人，都在看穿着新衣，绑着高跷，抹着红脸蛋儿的矿工和乡民。

广播大喇叭的声音洪亮。

人们从大路、小路赶来，云集贸易。九香卖掉了烟叶和大鹅，在秫秸楼那里碰见了杨老师。

杨老师：你们俞天宝、俞天石上高中如果有困难，我可以帮你向县高中申请免费。

九香：我不想让孩子有一点不如别人的感觉。

杨老师：县高中的学生需要住校，得花不少钱的，你同意他们住校吗？

九香：同意，我想法儿供他们。

杨老师看着九香日益憔悴的脸，心里一阵感慨。

107 泥草房屋里

九香把攒的钱从油漆斑驳的梳妆匣里拿出来。她把分成两份的钱分别放在天宝、天石的木箱里。

九香又抱出来一包积攒的鹅毛做褥子，飘散的鹅绒挂在她的脸上，头发上。

有人敲着窗户，把九香吓了一跳。是月桂，她张着大嘴跑了进来。

月桂：九香，我跟你说个事儿。

九香：啥事儿？

月桂神秘地：镇上小饭馆掌柜的老婆死了，这是个机会。

九香：啥机会。

月桂：你不觉得老关不合适吗？掌柜的对你可是合适的，他家底可厚实了，他又稀罕你们家的小子……这是掌柜的意思。

九香明白了：……不是合适不合适的事儿，孩子们不同意我给他们找后爹，唉！我就守着孩子们过吧。

月桂：那……你就守一辈子？

九香：以后再说吧。

月桂：以后是啥时候？

九香：等孩子们成人之后，我再寻思自个儿的事儿吧。

月桂：那不黄花菜都凉了，你呀，九香，怎么跟我那老尤一样，一条道儿跑到黑。

108 大河镇

九香蹲在集市上卖烟叶。

一辆公共汽车在小镇上停了下来，天石跳下汽车，朝回家的方向走去。突然，天石看见了秫秸楼前卖烟叶的九香。

九香黝黑瘦削的脸上沾着尘土。

九香看到跑来的天石兴奋至极，露出牙齿，笑着。

天石：妈！

九香：回来了？

天石：回来了，妈！

九香：哟，声儿都变粗了，你长大了，儿子！

天石：妈，你咋还卖烟叶呢？来回累得够呛才卖两三元钱，干啥呀？妈！

九香：你哥咋没回来？

天石：他要整理一些课外材料，过两天回来。

九香：好，咱回家！

九香站起来，眼前一阵发黑，她一把扶住树干。

天石：妈，你咋的了？咋老迷糊呢？

九香脸上沁出一层冷汗，她摇摇手，意思是没事儿。

天石心疼地：妈，我背你走。

说着，天石蹲下身子。

九香轻声地：快起来，我能走……别让人笑话咱。

天石不顾周围的人们好奇的目光，执意要背母亲，他看着母亲瘦骨嶙峋的身躯，不禁鼻子发酸，眼泪竟涌了出来。

109 山乡小路

天石背着母亲向村子走去。

九香：老二，你咋瘦了呢？吃得咋样？

天石：挺好，总吃猪肉炖粉条子。

九香：别糊弄妈了，杨老师跟我说了，你们哥儿俩一天三顿饭都是五分钱一碟儿的咸菜。

天石嘿嘿笑了：那也比家吃得强。

九香埋怨地：妈给你的钱咋不花呢？

天石：我带回来了，给家里用吧。

九香：怎么？把学费钱带回来了？

天石：杨老师没跟你说吗？学费关叔给交了。

九香黑瘦的脸上贴着一绺发丝，她望着儿子瘦瘦的肩膀在她眼前一晃一晃的,心里很是难过。

九香:你刚才说,是谁替你们交的学费?

天石:关振良,关叔。妈,你哭了?

九香:妈眯眼睛了。

一股山风刮来,九香的发丝随风飘拂……

110 泥草房屋里

天宝大步跨进屋来,大声叫着妈,全家人欢快地团聚在一起。连黑狗也摇头摆尾地活跃起来。

天宝:妈,你看!

天宝从包里掏出一包鲜肉和一包面粉。天石、天阳、天星、天雪围着天宝欢叫着。

天雪:哦,可以包饺子啦!

天星:长这么大我就吃过一次饺子!

天星刚说完,九香的脸色就顿时黯淡了,她默默地看着那块鲜肉和面粉陷入了沉思。

天宝知道母亲为啥难过,他尽力岔开话题。他突然发现九香的丝绣着各种动物图案的吉祥物挂满了屋子。

天宝:妈把吉祥物挂出来了,咱家就有吃有喝啦!

九香的思绪被家里欢乐的气氛调节了。

九香欢快地张罗着分工包饺子。

九香:妈来和面擀皮儿,天石把桌子搬来,天阳、天星烧火,天雪洗菜……

111 矮墙左右

月桂披头散发,坐在那里号啕大哭……

几头猪喘着粗气一点儿食也不吃,懒懒地趴在圈里。

在这边起猪圈的九香,听到哭声,放下铁锹走到矮墙边。

九香:月桂,哭啥?

月桂:我家瘟猪了!你说我咋这么倒霉呢?

九香一下怔住了!她赶紧跑回自己的猪圈,看见三头猪好好的,眼睁睁地望着她要食呢。

九香麻利地急忙盛猪食喂猪。

112 猪圈

九香双手合十,虔诚地跪在马灯前祈祷。

九香喃喃地:老天爷,保佑保佑我的三头猪吧,千万别让我的猪死了,我的孩子们靠这些猪活着啊!

113 锅台前

九香向盆里倒水,用手搅和着盆里的苞米面。天阳跑进来,紧张地拽着九香的衣襟。

天阳:妈,我到村里看过了。

九香急切地:村里的猪都咋样了?

天阳:家家的猪都死了,连村长都哭了!

九香心慌地:咱家的猪呢?

天阳:……

九香慌乱地扔下苞米面团,直奔猪圈!

114 猪圈

九香跑到猪圈一看,三头猪躺在猪圈里一动不动。

九香吓坏了,嗓子眼儿一阵发紧,她极力镇定自己,连叫猪的声音都嘶哑了。

九香:罗罗罗罗……

三头猪忽然同时跃起!瞪着小眼睛向九香笨拙地扑来!九香高兴得差点儿晕倒,她眼里闪着泪花。

九香:它们还活着,咱家的猪活着!

115 **泥草房屋里**

孩子们挤在炕上睡着了,九香坐在炕梢上一针一针地给天石缝着衣服。

窗外微明,九香吹灭了油灯。

天石坐起来:妈,你一宿没睡?

九香:你和你哥考上了大学,妈高兴睡不着。

天宝也醒了,他看到炕角堆放着两个整整齐齐的行李。

九香突然感到眼睛发花,有些模糊,她吃力地缝补衣服。

天石:妈,有个事儿我一直没跟你说。

九香:啥事儿?

天石:咱村瘟猪的前几天,我关大叔来过。

九香:是吗?他说啥了?

天石:他给咱家的猪,喂了预防猪病的药,就走了。

九香:……

天石突然发现母亲的眼神异常,他把手伸到母亲跟前。

天石:妈,你看这儿!

九香:让我看啥?

天宝也把自己的脸靠近母亲。

九香的眼前一片漆黑!

天宝:妈,是我,你看不见我么?

九香向前边张开手,已经看不清自己的手指,她不由得僵坐在炕上,脑子一片空白像是失去了知觉。

天阳、天星、天雪也坐了起来,围着面前的母亲。

九香:你们别急,天亮了就好了,妈怕是得雀朦眼了。

天雪:啥叫雀蒙眼?

天宝:就是夜盲症,妈,去卫生院看看吧!

九香:不用,晚上看东西不行,白天好人一样,过两天就会好的。

天亮了,九香的眼睛随着光亮的增强便看见东西了。

九香指着天雪、天阳。

九香:你是天雪,你是天阳,对吧? 你看我说没事儿嘛。

孩子们重又现出欢笑……

116 村头

九香站在一棵老榆树下,黑狗长大了,贴在她的身边,山坳的风吹乱了她的头发,她的两鬓已出现了白发。她目送天宝、天石两个儿子走下山坡。

天宝、天石背着行李卷,眼含泪水走远了。

天石回过头:妈,看看眼睛去吧!

九香的眼里涌动着泪花,无言地向孩子们摆摆手。

天宝、天石走得很远,他们回头望去,九香仍旧站在老榆树下。

117 泥草房屋里

九香疲惫地坐在炕上,月桂拎着一大块羊肝走进屋。

月桂:九香,听说你得雀蒙眼了,吃羊肝儿兴许管点用。

九香激动地看着月桂,不知说什么才好。

月桂哈哈笑了。

月桂:这羊肝儿是矿上老关在镇上买的,他托我家老尤给你捎回来,他还这么惦记着你呀!

九香心里一热,脸上泛出红晕。

118 俞天石的家

第二天早晨。九香坐在靠近窗户的地方向外望去,听到窗外俞天雪的喊声。

艳芳:哟,这不是天雪的声音吗? 这么快就来接你了?

九香急忙站起身,向窗外看去。

119 窗外的马路上

马路对面的俞天雪高兴地向九香摆着手。

俞天雪横穿马路向窗户这边跑来。

(幻化)小时候的天雪在跑动着……

120 楼梯口

站在楼梯口的九香看着女儿。俞天雪向母亲扑来。

121 厨房

天石:艳芳,你再嫌弃我妈是乡下人,我可对你不客气!

艳芳:什么话?我就说了一句你和你妈一样土里土气就受不了啦?这不是开玩笑嘛!你不客气又怎么样?

天石:离婚!

艳芳:嗬,为了你妈,连漂亮媳妇都可以不要了?

天石:说对了,母亲不能选择,媳妇是可以选择的!

艳芳:又在开玩笑!

天石:这不是玩笑,是真话。

122 街道

繁华的市街,车水马龙,人声嘈杂。

123 出租汽车里

俞天雪指着车窗外边,向九香喋喋不休地介绍这个城市。

124 俞天雪的家

俞天雪打开房门,将九香拥进屋里。屋子不大,布置得井然有序。

俞天雪:妈,我可盼着你来呢,我的那位出国一年多了,虽说挺寂寞的,可我又不愿像三嫂四嫂那样去国外当陪读夫人,再说,学校挺忙的,我也走不开。

九香:你还教书哪?

俞天雪:对呀,我喜欢教师的工作。妈,你多待两天,别急,到时候我送你回村。

九香:我在山沟带来不少山货,给你大哥二哥留了点儿,剩下的这点儿你留下吧。

俞天雪:呀,拿这么多榛子松子儿我也吃不了哇!

九香:你吃不了就给学生们吃吧。

九香现出很疲倦的样子。

俞天雪:妈,这几天把你累坏了,快到床上睡一会儿,我去市场买点鲜鱼。

九香坐在床上,靠墙闭上了眼睛。

天雪知道母亲坐着睡觉的习惯,给她披上了毛毯。

九香突然睁开眼睛看着俞天雪。

俞天雪:妈,有事儿吗?

九香:天雪,黄河街在哪儿?离这儿远不远?

俞天雪:不远,过了门前那条马路往左拐,有个服装厂,过了服装厂就是黄河街了,妈,你问这个干啥?

九香:没啥,随便问问。

俞天雪:你要想去溜达,我陪你去。

九香:哦,不用。

俞天雪:那你先睡觉,我去市场,给你多买点儿好吃的!

俞天雪走出房间。

(幻化)门又开了,小时候的天雪探头望着母亲。

天雪:妈,我饿了……

九香笑了笑,微弱地闭上眼睛……

125 **大河镇**

九香来到学校,找到杨老师。

九香:我是给天雪办休学手续来了,她严重贫血,一天两天好不了,让学校除名了咋办?

杨老师:不用办什么手续,天雪啥时候好啥时候上学,学校的大门永远为你的孩子敞开。

九香感激万分,不知说什么好。

杨老师:哦,对了,你的天阳、天星高考的分数挺高,上大学不成问题。

九香高兴地笑了。

杨老师:我还要告诉你一件重要的事情,关振良在城里有个老母亲,领导考虑他年纪大了,又孤身一人,就准备把他调到城里工作了。

九香:你见到老关了?

杨老师:嗯,他常问起你。

126 泥草房屋里

九香把给关振良做好的棉裤和一捆旱烟、一沓钱用布包好。

127 大河镇煤矿

矿工们陆陆续续地都下班了,没有关振良的影子。

九香夹着布包向收发室走去。

九香:打听一下,关振良在吗?

收发室老头:你是九香吧?

九香:是。

收发室老头:他到杨柳村找你去了,都走老半天了。

九香急忙转身往家的方向走去……

128 泥草房院子里

月桂:哎呀,你咋才回来?矿上老关来过了,等了你半天,他给你留了个纸条儿,上边写着他在城里的地址。

九香:他人呢?

月桂:他老妈病得挺重,他要赶火车,就走了。

九香:走多半天了?

月桂:估摸有半个钟头儿了,是从坡下的小道走的。

九香沮丧至极。

129 小路

九香抱着布包在山间小路上跑着……

130 小站

九香抱着布包汗流满面地跑到小站,挤过人群,来到站台上。一列火车缓缓启动了,九香看见车窗边闷坐着的关振良!

九香焦急地向关振良摆着手,大声叫着他的名字,然而,人声嘈杂,关振良一点儿也听不到九香的喊叫声,他始终没有看见站台上肝肠寸断的九香。

列车鸣着汽笛,喷着蒸汽向远方驶去。站台上,孤零零的九香,呆呆地望着渐渐消失的列车。

九香木然地靠在一根石柱上,身子一软顺着柱子滑到地上,她哭了,哭声被嘈杂的喧闹声淹没了。

131 俞天雪的家

俞天雪双手拎着好几个食品袋开门进屋。她走向厨房。

俞天雪站在水池前洗着鱼……

132 教室

简陋的乡村教室。学生们正在吃着各自带的饭食。天雪盯着穿花棉袄的女同学饭盒里的肉丸子,穿花棉袄的女同学嚼着丸子冲天雪笑了笑。

穿花棉袄的女同学:想吃?

天雪:好吃吗?

穿花棉袄的女同学:给你尝一个,你得帮我做作业。

天雪：帮你做作业就给一个丸子？

穿花棉袄的女同学：要不，咱俩换吧，你带的啥？

天雪举着半个苞米面大饼子在空中一晃！

穿花棉袄的女同学：半个大饼子，我可以换给你十个丸子，你挺合适的。

天雪高兴地递给她半个大饼子，她数出十个丸子递给天雪。

穿花棉袄的女同学：我就想吃点儿粗粮。

天雪：我就想吃点儿细粮。

天雪用布包好肉丸子跑出教室。

133 **乡间小路**

天雪和四哥天星走在回家的路上。他们忍不住打开了布包，用双手捧到鼻子底下相互闻了闻。

天星：好香啊！

天星禁不住丸子的诱惑，往嘴里填了一个。

天雪：这是我给妈换的，你咋吃了呢？

天星：我就吃一个。

天雪：好吃吗？

天星：可香了，不信你尝一个。

天雪往嘴里塞了一个。

兄妹俩又走了一段路。

天雪：哥，刚才我没等嚼就咽肚里了……

天星：看，你咋不嚼呢？可香了！再给你一个，我也吃一个，给妈剩六个就行。

于是，天星、天雪又一人吃了一个丸子。

走了一段路，兄妹俩又停下脚步，两人又各吃了一个丸子。天星、天雪快到家之前，又忍不住各自吃了一个。

134 锅台前

当天雪把布包递到九香手里的时候，只剩下两个丸子了。

九香：哪儿来的丸子？

天雪：我用半个大饼子换的。

九香：就换两个丸子？

天星、天雪互相看了看，两人的嘴角还残留着丸子渣。

九香笑了，天雪哭了。九香哄着天雪，然后，把两个丸子剁碎，撒在锅里的菜汤里……

135 厨房

俞天雪搅着盆里的肉馅儿咯咯笑了。

俞天雪：妈！

屋里没有回音。

俞天雪自语地：睡着了……

136 村头

还是那棵老榆树下，天雪像哥哥们一样背上了行李卷，随着九香向村口走去，老黑狗紧贴着九香一步不离。

九香看见月桂夫妇正忙着张罗三女儿枝子出嫁的事。她看着兴高采烈的枝子，不由得停下脚步。

九香：枝子，这么快就要走么？

枝子：我爸说，男方挺有钱的，是倒腾水果的，我妈怕人家变卦，让我先住到镇上去！

这时，月桂顶着一脑袋用染发水刚染过的乌黑的头发兴致勃勃地走近九香。

月桂：九香呀，看这日子多快，一晃三个丫头都出嫁了，你还记得不，车上那梳妆台是我娘给我的嫁妆，枝子稀罕我就给她了。

月桂嘿嘿笑着，在大牛车旁张罗着。

枝子笑着和天雪拉拉手，然后麻利地蹿到牛车上。赶车的人就是他的父亲尤屠夫。

月桂车前车后忙乎，根本没把天雪考上大学当回事儿。

137 **老榆树下**

九香拉着天雪来到老榆树下。

枝子坐的大牛车从她们面前呼啸而过，向远处奔去……

天雪背着行李卷向远处走去，她不时地回头望着母亲。

九香望着渐渐远去的女儿……

138 **卧室**

俞天雪怕惊醒母亲，她轻轻地推开房门，房间里空空如也，九香不见了。俞天雪向厕所走去。

俞天雪：妈，你在吗？

没有应声。

俞天雪打开厕所门，里面没有人。俞天雪双手抱着肩，琢磨着母亲会到哪儿去。停了一会儿，她越发感到不放心，便穿上外衣跑出门去。

139 **十字路口**

俞天雪焦急地看着来往的行人。

140 **百货商场**

俞天雪在琳琅满目、灯光灿灿的商场里寻找着九香。

141 **路上**

俞天雪走着走着，突然停下脚步，像是想起了什么便朝黄河街方向跑去。

142 黄河街

行人络绎不绝，大小商店里星罗棋布，商贩的叫卖声、车铃声、喧闹声此起彼伏……

俞天雪站在路边看着来往的行人，她脸上现出不安的神情。

143 楼梯

俞天雪快速踏上楼梯，她看见九香神情恍惚地靠在门前。

俞天雪：妈，你上哪儿去了？急死我了！

俞天雪掏出钥匙开了门，把浑身无力的九香扶进屋里。

144 俞天雪家

九香脸色黯淡，额头沁出一层细汗，像支撑不住身体似的坐在椅子上，不停地喘息。俞天雪只顾给九香倒水，没注意她异常的状态，她不停地埋怨。

俞天雪：妈，你怎么能随便乱走呢？这地方这么大走丢了怎么办？都把我急坏了，到处找你误了不少时间，要不，现在都烧好鱼了，妈，我看你应该……

突然传来玻璃茶杯落地的声音！俞天雪猛地回头看去，九香晕倒在地上，手里的茶杯已经摔成了碎片。

俞天雪惊愕地：妈！

145 医院急诊室

九香脸色苍白地躺在那里。

146 医院走廊

医生：你是这位老人的女儿？

俞天雪：是的，她怎么样了？

医生：你母亲严重贫血。

俞天雪：贫血？哦，对，我小时候妈妈给我输过几次血。

医生:输出的血量太大,现在年纪大了就找上来了,她几乎丧失了血液再生的能力。

俞天雪:我给妈妈输血!

医生:没用了,她的癌细胞已经向全身淋巴扩散,治得太晚了,体质这样弱的人怎么能输血?她能活到今天算是奇迹了。

俞天雪涌出眼泪,她恳求着医生。

俞天雪:医生,求求你救救我妈妈,她太苦了,她刚赶上好时候就得这种病,医生,请你想想办法治好她。

医生:我理解你的心情,我母亲就是患了这种病死的,她死了几年了,内疚的心情一直缠着我,因为我是学医的,可我这个医生儿子却救不了自己的母亲……

俞天雪绝望了,她满脸眼泪,抖动着嘴唇,怔怔地望着面前的医生。医生被俞天雪那绝望的神情所感染,他眼镜后面的眼睛潮湿了……

147 病房

俞天阳、俞天星从国外赶来,他们随着俞天宝、俞天石、俞天雪走进母亲的病房。

九香看着围在床前的儿女脸上露出笑容。

九香微弱地:天阳、天星回来了!太好了……快坐下呀!

孩子们表情肃穆,谁也没有动,凄哀地望着母亲。

九香:我……我还能活多久?

俞天雪:妈,医生说,你的病是累的,让你多吃点儿有营养的东西,养一养就会好的……

九香苦笑着:不要骗妈了,你们都来了,就连天阳、天星都从外国回来了,妈就明白了,这病是不能治了……天星,过来让妈看看。

俞天星来到母亲跟前把头埋在母亲怀里,忍不住落下泪来。九香拍拍他的肩膀,摸摸他的脸,替他拭去眼泪。

九香:哭啥?和小时候一样。

俞天星：妈，我想你。

九香：妈也想你啊，我还寻思着春节见不到你们了呢。

俞天阳、俞天石、俞天宝眼泪汪汪地看着母亲，俞天雪伤心地转过身去。孩子们都涌出了眼泪。

九香：别哭，都别哭了，你们一块儿来了我真高兴，让老妈最后看你们一眼心也安了……

九香眼里噙着泪花，抖索地从枕头底下拿出那五张一直揣在身上的黑白照片。

九香：这相片我一直想给你们，可你们以为这旧相片不值得留着，总想给妈照个带色儿的，妈不稀罕什么带色儿的，就稀罕这张……来，你们一人一张，算是妈给你们留下的纪念吧……

孩子们分别拿了一张九香年轻时的黑白照片，极其珍惜地揣进衣兜。这时，天宝突然看见了九香发髻上的发夹。紫红色发夹，发夹上有粘贴过的痕迹。俞天宝心里一悸，他哭出声音，像小孩子那样一把鼻涕一把泪。

俞天宝：妈，儿子对不起你……你为我们把自己一辈子都搭进去了，妈什么也没有，我们哥几个一定把关振良大叔给你找回来，无论如何让妈见到他。

俞天宝呜呜哭着，说不下去了。

九香的眼泪也从眼角流向脸颊，她掏出了手帕替伏在床头的俞天宝擦着鼻涕。

九香：别找了，妈前几天到黄河街找过他了，关振良不在了，六年前就死了……

听他邻居说他死前还总叨叨要到乡下看看咱家……我来得太晚了，本寻思等你们一个个都离开家之后，我再去找他，没想到太晚了……来得太晚了……

九香叨咕着从枕头底下又掏出一个红布包。

九香：这些钱本打算还给你关叔的，没想到他走得这么早……

九香已泣不成声，孩子们围过来哄着年老的母亲。

九香：……妈离死也差不了几步了，明天，你们把我送回乡下去，我还想看看咱家的泥草房，还有整天跟着我的黑狗，它也老了，我一死，黑狗可咋活呢？

孩子们都哭了……

148 小站附近

天空中回荡着咚咚的响声！这声音逐渐强烈，逐渐扩大，一种天地之间的空灵感。俞天宝、俞天石、俞天阳、俞天星在钉制一个简易的大爬犁。

俞天雪扶着九香坐在路灯旁的长椅上，母亲憔悴枯槁的形态令她心碎。

天空透出一缕阳光，几条崭新的被褥铺在爬犁上。像是一种庄严的仪式，孩子们把九香扶到爬犁上，替她把被子轻轻盖在身上……九香倚靠在爬犁粗糙的木架上，神情安详地坐在那里，脸上现出平静的满足。

俞天雪故作兴奋：妈，下雪了，你看哪！

俞天宝有意大叫：妈，就快到家了！

九香微笑地看着茫茫雪原，从衣兜里掏出那个绣着黄鳝图案的吉祥物……九香颤抖着手臂，把吉祥物挂在身旁的木架上，像是要最后看一眼吉祥物。吉祥物在风中摇摆着……

九香声音微弱地：……前边那是学校吧？

孩子们向远方眺望，没看见学校。

九香神志不清地：……我看见了，那就是你们小时候念书的学校……

俞天宝：妈，那不是，我们那个小学校离这儿还挺远哪。

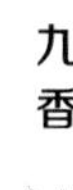

九香艰难地：……我怕是见不到你们的杨老师了……

九香把准备还给关振良的那些钱拿了出来。

九香：……你们把这些钱给杨老师吧……

俞天雪：妈，现在杨老师日子好过了，人家哪能要你的钱哪。

九香断断续续地:……妈要走了,要这钱也没用……我想让杨老师把这钱给那些上学有难处的孩子……

九香说完之后,一片沉寂。

天空飘着雪花,地面一片银白……

俞天宝拉着爬犁,眼泪止不住地流了下来。

俞天石忧伤地摘下眼镜揉着眼睛。

俞天阳、俞天星陷入沉思……

俞天雪捂住嘴哭了……

九香一动不动,安详地闭上了眼睛。

俞天雪惊愕地叫着:妈!妈——

俞天宝哽咽地:……别喊了——妈太累了,她睡着了……让她睡吧……

俞天宝、俞天石、俞天阳、俞天星、俞天雪围着母亲,流着泪,无声地哭泣着他们即将离去的母亲……

九香的幻觉:似乎又是正月十五的元宵灯节,各式各样的花灯,朦朦胧胧,由远而近地出现在眼前,越来越清晰,越来越灿烂,整个银幕一片辉煌……

149 片尾字幕

在天地相接的地方,有一轮硕大的太阳……

爬犁缓缓地在雪地里行进,如同大海里的一只小船……

孩子们簇拥着九香向着太阳的方向走去,越走越远……

童谣声渐渐响起:

老玉米呀金黄黄,
养活了爹呀养活了娘,
养活了一群小儿郎。
过了一条河,
过了一条江,

我捧着玉米上山岗，
站在山岗回头望，
地里站着的是我娘……

选自《电影文学》，1995 年第 6 期

◇苏小卫

苏小卫(1960—),1982年毕业于首都师范大学中文系,1985年考入北京师范大学中文系现代文学专业,1988年获得文学硕士学位。1995年开始电影文学剧本创作,担任编剧的主要作品有《赢家》《生活秀》《那山那人那狗》《暖》《沂蒙六姐妹》《唐山大地震》等。其中,《赢家》获第2届中国电影华表奖优秀故事片奖、最佳编剧奖,《生活秀》获第22届中国电影金鸡奖最佳编剧奖,《暖》获第23届中国电影金鸡奖最佳故事片奖、最佳编剧奖,《沂蒙六姐妹》获第13届中国电影华表奖优秀故事片奖、优秀编剧奖,《唐山大地震》获第31届大众电影百花奖最佳编剧奖。出版过《电影赢家》《苏小卫剧本选》《闪回》《字里行间的电影》等。

那山那人那狗

1. 日外　清晨的田野间

镜头随意地在晨曦之间穿过，轻轻地触摸到一些藏在雾中的清晰的线条，有树的枝叶，有大大的屋檐，还有镜子一样的田畴。就在这浓淡之间，虚实之间，渐渐有了一片村庄和屋宇的轮廓。

2. 日外　村头

因为早，还很静。

偶尔有孩子的哭声和断断续续的鸡鸣。

镜头穿过曲折的村间小路，捕捉到一扇亮着灯的窗。

【画外音】

儿子：我的乡邮员生活是从一个非常普通的早晨开始的。

3. 日内　屋内

南方有特色的水乡民居，既保留了传统的风格样式，又带有改革开放以后，农民生活富裕起来的一些痕迹。

屋子的中央是一张桌子，桌子上方是一盏电灯，把桌子周围照得很亮。

桌子的中央摆着一个大邮包，父亲正在非常熟练地把邮件、报纸、杂志很有序、很科学地往邮包里放，这工作虽然没有什么难度，但他的得心应手和有条不紊能让人看得入神。

高高大大的儿子站在一边，嘴里的早饭还没有嚼完，眼却一直没有离开父亲的手。

【画外音】

儿子：我一睁眼，就发现我爸把我装好的邮件又都掏了出来，别说他对我不放心，第一次走这么远的山路，我自己心里也没有底，不过我也没想太多，一回生，两回熟。

4. 日外　屋门外

狗在屋门外的空地上来回走着，这是一条浑身发亮，让人望而生畏的黑狗，它精干的身体和缎子一样的皮毛充分显示着它的高贵和不羁。

充满了智慧和警觉的狗的眼睛。

5. 日内　屋内

父亲在系邮包的搭扣了。

从厨房传来母亲清脆的洗碗的声音。

儿子伏在桌上，看父亲为他画的一张草图。

父亲：来回一趟，二百二十三里，要占三天，中间歇两个晚上。

儿子：我知道，你来了回了的，我还不知道？

父亲：（没理会儿子，继续说自己的）第一天，就是今天，你要走八十里上山路，翻过天车岭，到望风坑，九半垄，住下。明天一早起身，要赶到寒婆坳，再过摇掌山，葛藤坪，然后到大月岭，住下，这又是八十里，第三天起早一口气下山，还是八十里。

儿子：我第一天要是能多走点儿，没准两天就能赶回来。

父亲：干上了，就不是一天两天，三趟五趟……

儿子：（打断）我知道。

儿子折好图装在身上。

父亲敏感地意识到儿子不爱听，便立刻停了下来。

6. 日外　门外

狗仍在来回走动，它有些烦。

7. 日内　屋内

父亲理着绳子。

父亲：我嘛，早晚是要退休的，班也是你自己愿意接的，可这是个苦差事，说不定你干不了多久就要后悔。

儿子在照镜子，没太把父亲的话当回事。

镜子里出现了母亲的身影，手里在收拾东西。

母亲：现在吃穿不愁了，当农民也没有什么不好，你爸回来了，你要想当工人，就进城去当嘛。

儿子：妈，你不懂，乡邮员是国家干部，我接班和进城打工可不一样，过几年我也是国家干部，咱们家一定得有国家干部，妈你说是不是？

父亲：我算什么干部，我们支局长才是个股级。

儿子：当个支局长也不错，他原来不就是个乡邮员？

母亲：山路难走，妈比你知道。

母亲也照了一下镜子，脸上有一点忧郁，又有许多向往。

父亲拿了绳子去捆邮包。

父亲使足了劲要把邮包捆得紧些。

儿子弯下腰，从父亲手中接过绳子，轻轻松松地把绳子勒得很紧。

8. 日外　院内

东边越来越亮，曙光穿透了晨雾，把院墙、屋檐涂抹得明晃晃的。

狗的身姿也愈发地清晰了。

听见响动，狗一回身。它看到儿子从屋里出来，肩上背着大邮包。狗愣了一下,它走到跟在儿子后面的父亲身边,目光里充满了疑问。

父亲拍了拍它的头。

狗还是看着他,又看了看儿子。

儿子已拉开了院门。太阳光一下子就射了进来。在狗看来,这是一个又高大又陌生的背影。

9.日外　院外

门外便是路。

狗一直守在父亲身边。

父亲:(蹲下身,看着狗)老二,从今天起,我不进山了,支局长不让我干了,虽然我还不算太老,可我的腿疼老治不好,他们让我退休,我退,你不能退。你得带路,得招呼人,得跟他做伴儿,听见了没有。

父亲说这些话的时候,声音很低,有些伤感。

狗的屁股上轻轻地挨了一脚,它往前趔趄了两步,回头看了一眼踢它的儿子。

儿子:老二,咱们走。

老二又转回父亲的身边,没有跟儿子走的意思。

父亲:老二,该进山了,听话。

狗抬起头看了父亲一眼,眼里是不满和疑惑。

父亲:没你不行,他路不熟。

已经走出几步的儿子回过头来。

儿子:老二,过来,别等我用链子拴你。

父亲想起了什么似的返身往回去了。

狗也跟他回去。

儿子:老二,你回来,小心我揍你。

老二回头看了儿子一眼,儿子对老二做了一个手势。

狗一扭身,进门去了。

儿子无可奈何地摇摇头。

儿子:没你我还省心呢,(对院里)我走了。

儿子往上纵了纵邮包,大步走了。

儿子背着邮包过了桥,他朝自家门口看了一眼。

父亲再次出现在门口,他已穿上了出门的衣服,狗依然跟在父亲的身边。

母亲站在门口。

母亲:等等你爸,他要跟你走一趟。

儿子:妈,你有事就找许万昌,我托付过他了。

母亲:路上当心,别喝脏水。

这时父亲已上了桥,老二跟在他的身后。

父亲:(对老二)妈、妈的,叫得亲。

父亲朝儿子走去。

狗跟在一边。

母亲目送着一老一小的背影。

10. 日外　进山的路

一条路通向远方,两边是水田。

太阳已经出来了,红红的一片追在他们的身后。

狗走在父亲和儿子的前面,父亲和儿子两个长长大大的影子罩在它的四周,它下意识地躲开更高更大的那一个,靠近更熟悉的那一个。

身后那个年轻的身影加快了脚步,罩住了狗。

老二的屁股上又轻轻地挨了一脚。它往前跑了两步。

儿子:老二,怎么慢吞吞的?

父亲:它晓得路长,暴食无好味,暴走无久力。

儿子:我看是陪您走得久了。

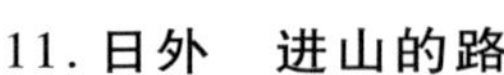

11. 日外　进山的路

迎面就是山，山如同一个屏障，挡在父子两人的面前。小路朝山里伸展开去，山的上半部，依然罩在雾里，进山的路却很清晰。

这时，可以听见山里传来的鸟叫声，儿子用双手比画成望远镜，朝山里搜寻着。大山对于他来说，虽不陌生，但依然好奇。

山势崎岖，一望无边。

12. 日外　山里

晨雾在散，在飘，在没声响地奔跑着，朝一个方向劈头盖脸地倒下去，最后留下一条丝带、一帕纱巾、一缕青烟。

眼前的景色突然清晰起来，山、山坳里的梯田。

13. 日外　山路上

父子两人沿着山间的石径向上攀，和苍茫的大山比起来，两个人的身影显得很小，狗的影子就更小了。

14. 日外　山路上

山路越来越窄了。狗的身手很矫健，它沿着石径轻巧地向上走，走过一段，便回过身来看看后面的父子两人，它有些轻视地瞥着有点手忙脚乱不时把邮包往上纵的儿子，儿子这时也顾不上再搭理它了。

父亲走在最后，大邮包在他的眼前晃晃悠悠的。

父亲：老二，别跑快了，他还没有走惯。

儿子：我没事。

偶尔有山民下山，肩上背着背篓之类的东西。

儿子有些笨拙地和对方互相让路，父亲告诉他，这种时候，两个人都要向右侧身，儿子一边走，一边练习向右侧身让路的动作，在狗看来十分可笑。

15. **日外　山坡上**

阳光耀眼，山中的景物也清晰起来。

父子两个登上了一道山坡，路平缓了一些。

【画外音】

儿子：越往上走，邮包越重，背着它走三天，真够我受的，好几次想放下喘口气，可总不能一上来就让我爸觉得我干不了，再说，我爸这岁数都背得动，我也不能就这么服软，他不说歇，我就不歇。

父亲：老二，歇一下。

老二停下脚步。

儿子“咚”地放下邮包。

父亲：慢放。

父亲在一块大石头上坐了下来。

儿子咧着嘴揉着肩膀，又使劲活动着双臂。

父亲则敲了敲腿。

两人不约而同地：

父子：累吗？

两人又都停顿了一下，不知下面该说什么，儿子兀自笑了，又扭过头去看山。

儿子四下眺望，对视线之内的景色感到很新奇，对视线之外的景色也十分向往。他又把手比画成望远镜。

父亲在看儿子，也挺新鲜的。

父亲掏出烟袋，独自点上，深深地吸了一口。

父亲：（一边捶腿）一片茅草阻河水，我老了吗？

狗听到父亲的话，马上回过头来，跑到父亲的身边，它已经习惯于做父亲的听众。

儿子：（头也不回地）支局长不是说了，这是组织上决定的。

狗知道父亲今天有了说话的对象，不是在和它讲话，失望地扭头走开了。

父亲：蜈蚣也吃了，叫鸡公也吃了，还花了局里那么多药费，怎么就不见效呢？

儿子：支局长不是说了，你退了休，一样可以治病。

父亲：（不快地）我不是在说治病。

儿子：你就是在说治病嘛。

父亲叹了口气，不说话了。

父亲：老二，过来。

狗扭过头，高兴地跑到主人身边，它对两人话不投机多少有点幸灾乐祸。

父亲指了指自己的腿。

老二懂事地抬起前腿，把身体伏在父亲的腿上。

父亲把水倒在手心里让老二喝。

儿子回过头来，接过父亲的水壶喝了几口。

儿子：你回吧，我一个人能行。

父亲：一出太阳，这山里就热。

儿子：你放心，我晓得走的，俗话说，路在嘴巴上。

父亲看了儿子一眼，站直了身子。

父亲：老二，赶路了。

狗熟门熟路地走在前面，父亲不理儿子，继续向上爬，儿子背了邮包，自己跟自己笑了一下。

16. 日外　山间

阳光在一笔一笔地勾勒山的轮廓，把山尖染成金色，这时刚才走过的山脚又被雾遮住了，没着没落的山好像浮在水中。

【闪回】

17. 日外　家门口

少年时的儿子，靠在自家的门口。

父亲大步进来，目光四下寻找。

父亲看到儿子，脸上露出笑容。

儿子的脸上没有表情。

父亲掏出给儿子带回的礼物。

儿子接过，还是有点不好意思。

【闪回完】

【画外音】

儿子：两个人走路，总该聊点什么，可我又不知道说什么好，因为爸不常回家，我小时候从不挨揍，别的孩子都羡慕我，其实他们不知道，我心里怕我爸，跟他生，那时他好像一个月才回家一次，到他回来的那天，我就在外面玩到很晚才回家，那种感觉挺奇怪的，也不是不想他，也不知道自己怕什么，长这么大，爸都很少叫一声。

18. **日外　山里**

父亲落在了儿子的后面，两个人就这么默默地走着。

儿子走下一段台阶，他回头看了一眼，没有父亲和狗的影子。

儿子继续向前走。

拐过一个弯，儿子又回头看，没有父亲和狗。

儿子有些不安，他放慢了脚步，最终停下脚步，邮包靠在山石上，等着他们。

等了一会儿，还是没有过来，儿子有点紧张了，他把邮包放在一棵树下，回头张望，他开始往回走，一边走，一边四处张望。

等他拐回两个弯，已经有些着急的时候，看见老二独自站在路中间。

儿子：老二，人呢？

老二看着儿子，不说话。

儿子：他去哪儿了？

老二还是看着儿子，不说话。

儿子着急地向四面张望，不知道该怎么办了。

这时，父亲从路边的树林中走出来，一边走一边系着裤带。

儿子长出了一口气。

父亲：邮包呢？

儿子撒腿就往回跑。

19. 日外　村路

终于进村了。

太阳挂在树梢上，碎碎的树影铺得东一片、西一片。房屋错落有致地依山排列着，四下里静悄悄的。

狗的主观镜头：一级一级高高的台阶。

狗熟门熟路地进村。

儿子不时东张西望，一是因为第一次来，同时他也期待着他们的到来在小山村里引起震动。

在村里没有见到几个人，偶尔有人经过，和父亲打着简短的招呼，父亲的回答也一样的简单，也就是“来了”“刚到”之类，如果人家用询问的目光看儿子，父亲就补充一句“我儿子”，人家就冲儿子笑笑，没等儿子展开笑容，人家就已经匆匆走远了。

儿子有些失望，他所期待的轰动并没有出现，那表情就像一个初次登台但没有得到掌声的演员。

父亲一边走，一边指指点点，告诉儿子一些他应该知道并且应该记住的事情。

老二走过一家院外，院外层层叠叠，有一些摞在一起的兔笼。在狗的眼里，这些兔笼很大，里面的兔子也怪里怪气的，它有些怕，往前几步，往后几步，又大叫了起来。

父亲：老二，别叫了，别吓唬兔子。村里还靠它们致富呢。

老二住了嘴，没精打采地走了。

父亲：（对儿子）下次你也要提醒它，它老是不习惯这些笼子。

【画外音】

儿子:我爸说,山里人几天不见县长没关系,几天不见他可不行,我以为我们的到来会在村里引起不小的轰动,就像电影里那样,大家围上来,接过盼望已久的来信,脸上露出满意的笑容,一进村我就发现我想错了,老大一个村委会,连个人影也没有,好像我们来也行,不来也行。

20. 日外　村委会院子里

父亲伸手推开虚掩的院门,院子里静静的。

这是一座颇有地方特色的山区民居,旧旧的,但很有情调。院子里也没有人。

狗熟门熟路地到一边的一个水槽中喝水。

父亲又推开照样虚掩着的屋门,屋里也没有人。

21. 日内　村委会屋内

儿子背着邮包,高高大大的在狭小的屋子里转不过身来。

父亲:把邮包放下,坐下边歇边等。

儿子:(放下邮包四下望着)怎么没有人?

父亲:大白天的,谁能专门在这里等你来?我们又不是来视察,要人家夹道欢迎。

儿子:那我们要等多久?

父亲:老二一叫,他们就知道了。

儿子不再说什么,打开那包邮件,分好了类。

父亲拿出了竹烟斗,点上,深深地吸了一口。

22. 日外　村委会院里

院门一响,狗叫了两声。

从外面匆匆跑进来一个中年汉子,他一边快步朝屋里走,一边把卷得高高的裤腿放下来。

23. **日内　村委会屋内**

汉子跨进门来。热情地。

汉子：来了？

父亲：秘书，又上山了？

汉子：想盖房呢，备料去了。老二叫的时候，我在那儿，一路冲了下来。

汉子用手指了一个高不可攀的位置。

儿子的表情有些惊讶。

父亲：这是我儿子。

汉子一边手忙脚乱地给他们倒水，自己先喝了几口，又递给父亲，扭过头来冲儿子笑，再递给儿子一碗，那笑容够纯朴。

儿子却故作严肃地要他在需要签字的地方签字。

汉子在衣服上擦了擦手，一边签，一边用疑问的目光看着父亲。

父亲：以后我这条邮路，就由他来跑了。

汉子：那你呢？要当局长了吧？

父亲：我嘛，以后愿意来，自然还可以来。

汉子：外面来我们这里的老师、医生、储蓄员、公安个个都能当劳模，当干部，就你，光是走啊走啊，这么多年。

父亲看了儿子一眼。

儿子表情不太自然。

父亲：我还没有嫌久，你倒嫌久了。

汉子：儿子都这么大了，你是不该受这份辛苦了。

父亲：好了好了，把要寄出的邮件拿来，我们赶路了。

汉子：学校王老师那里有个什么报名表要交出去，昨天没有送来，我去取一下，这就回来。

汉子像匆匆来一样，又匆匆地走了。

24.日内　屋里

屋里的气氛有些尴尬。

父亲低下头去抽烟。

儿子伸过手去。

儿子:我来试试。

父亲:我还不知道,你也抽烟。

儿子:你回来,我就不抽。

父亲笑了一下,咳起来。

父亲:老二呢？老二。

老二从外面跑进来。

父亲指了指腿。

老二趴在父亲的腿上。

父亲:(对儿子)你以后可别跟我学,为了抄近路老是蹚冷水,落了病不好治。

儿子:你蹚冷水谁知道?

父亲似乎有些不好意思,不知该怎样回答,他深深吸了一口烟。

父亲:这条路,就我一个人跑,我又不能整天跑到领导面前去叫苦。一个月前支局长陪我跑了一趟,他掉了眼泪,说他该死,怎么当了两年支局长就没想到这条路这么苦,他说他要给我记功,没有想到他一面拉你去培训,一面要我写退休报告。

儿子:那乡里村里的,也不给你写封表扬信?

父亲:写倒是写过,我没让他们寄,哪有自己给自己投递表扬信的,再说乡亲们整年累月在山里,谁又表扬他们了？你也记住了,不兴自己喊苦,不像个汉子。

父亲:走,我们出去迎迎他。

父亲站起来时有些吃力,儿子想扶一下,手伸出去了,但没有碰到父亲。

儿子背起邮包,跟在父亲的身后。

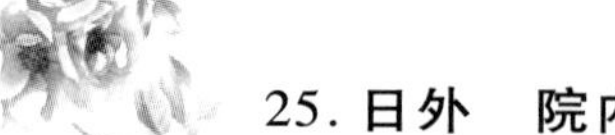

25. 日外　院内

老二冲到院门前，但它没有钻出虚掩的院门，而是转回身来看父亲。

父亲一把拉开院门，一愣。

26. 日外　院外

院门外面的石阶上，围了一群人，大家的脸上都露着憨厚的笑容。

儿子背着邮包站在门口，也愣住了。

27. 日外　山坡上

山坡上，中年汉子取了信朝这边跑来，他的身后跟了一串儿高高矮矮的小学生。

28. 日外　村委会院外

儿子和父亲站在门口。

站在斜坡和平地上的乡亲们看着他们。

父亲：（对儿子）来看你的。

儿子：看我干吗？

父亲：没见过你嘛。

儿子：那我该怎么办？

父亲：你不是等着人家欢迎你吗？

儿子：我没有……真没有想到……这可一点儿思想准备也没有。

儿子窘迫得脸都红了，不知该怎么办。

父亲：（对大伙）这是我儿子，以后他跑这条邮路了，你们有什么事，就找他，找他就跟找我一样。

儿子使劲点了点头。

乡亲们还是看着儿子笑。

小学生们挤进人群，脸上的笑更动人一些。

父亲从汉子手中接过信，小心地放进儿子背上的邮包。

父亲：忙吧，我们也该走了。

汉子：行了行了，以后有的看。（对身边的孩子）快回去上课，撒尿撒到村委会来了。

孩子们又踢踢拖拖往回跑了。

大家让出一条路，笑眯眯地看着父子两个上路。

老二已经等在前面了。

儿子不断地回过头去，向乡亲们挥手告别。

父亲却一直不敢回头。

走出好远，乡亲们还在。

【画外音】

儿子：乡亲们把我们送到村口，还守在那里，他们是来送我爸的，想想刚才自己说的那些话，挺伤他的，其实我想要的，我爸何尝不想要，只是想要的东西，并不一定能够得到，不过也不能说我爸什么也没有得到，至少这些乡亲，肯定会想他的。

29. 日外　山中

父亲、儿子和狗继续向山上走，狗仍旧在最前面。

儿子一边走，一边拧着一个小半导体，不多的几个台换来换去，没有什么可听的，还有杂音，就又关了。

儿子：这山里走几里路见不到一个人，就是神仙也要闷死了。（回头）神仙为什么要住在山里？到哪都不方便。

父亲：神仙会腾云驾雾。

儿子：山里人为什么住在山里？

父亲：因为他们是神仙的后代。

【画外音】

儿子:我妈是山里人,她说她和我爸就是在一条偏远的邮路上认识的,那天下着大暴雨,我妈在山上给生产队放牛,把脚扭了,困在山上下不来,正好我爸从那路过,我爸让我妈骑牛,我妈坚决不骑,我爸就一口气把她背下了山,乡亲们看着队上唯一的耕牛平安归来,都高兴地围了上去,我爸不看牛,只看我妈,后来,我爸就领着我妈走出了大山。

【闪回】

父亲和母亲年轻的时候。

大雨中,父亲背着年轻的母亲下山。父亲很兴奋的表情,母亲一直在哭。

雨中的大山,似乎包含着两个年轻人的未来。

村头,正要出去找牛的乡亲们远远跑来,围住牛,脸上笑着。

母亲还在哭。

父亲看着母亲,他在笑。

【闪回完】

30. 日外　山中

儿子又打开半导体,找到一个唱流行歌曲的台。

儿子跟着小声唱起来,渐渐地,他的声音压过了半导体。

老二回头看他。

儿子回头看父亲。

儿子:你一个人走路唱不唱?

父亲:不唱。

儿子:闷不闷?

父亲:看着脚底下。赶路嘛,有啥闷的?

狗突然叫了起来。

儿子:老二见我唱,它也唱。

父亲：它不是唱，是报信呢。

果然就到了山顶，可以看到山腰里零零星星的村落了。

31. 日外　山顶

父亲：那就是寒婆坳了。这包邮件全是他们的，每次送到村委会，要发走的邮件也在村委会。不过你要记住，倘若有葛荣的信，你要单独拿出来，弯两里路送到她家去，她家和村秘书家打过架，秘书不给她转信，她丈夫在外面当木匠，她盼信盼得心焦。还有，王五行是一个瘫痪，他大儿子在部队，要是有了汇票，你要亲手交给他，他那在家的细仔不正路，以前瞒着他取过汇款。

父亲抬头看了儿子一眼。

父亲：都记住了？

儿子：记住了。

父亲：你可要上心做，这山里的人，指望着咱们呢。

儿子：知道。

父亲：老二，我们下山。

32. 日外　山中

正午的阳光透过树梢，把四下里分割得明暗分明。

一个岔路口，老二习惯地走了大路。

父亲：老二，走这边。

一边走一边看图的儿子有些不解。

儿子：进村怎么不走大路？

父亲：我有封信要送。

儿子：哪封？

父亲：在我身上。早上忘了交给你。

父亲说着走到了前面。

儿子和狗跟在后面。

33. **日外　小屋前**

阳光和阴影勾勒出小屋的明暗。

独处的小屋显得有些凄凉。

屋前的阳光里坐着一位老人，她的脸上刻满了沧桑，一双大大的操劳的手放在膝上。

她的眼睛注视着一个并不存在的地方。

她好像听到了什么。

老人：是老二来了？

她的两只手在身边摸着什么。

老二却远远地站住了。

父亲走上前去。

父亲：五婆，还好吧？

老人：好，好，你快坐，稀饭在罐子里，老二，给。

老人把摸到的什么吃的东西朝老二扔去，却扔到了儿子的脚下，儿子发现老人看不见，十分惊讶。他把吃的东西踢给老二，朝前走了两步。

父亲从上衣口袋里掏出一封信，递给老人。

父亲：五婆，您的信。

老人一把接过，用大手小心地抚摸着信封。

儿子发现，信封上有邮票，却没有地址，是一片耀眼的空白。

儿子朝前跨了一步。

父亲用手挡了他一下。

老人：谁呀？是会计吗？

父亲：五婆，是我儿子，以后您的信就由他来送了。

儿子：五婆。

老人：（有些迟疑）他送，行吗？

父亲：五婆，他年轻着呢，我们都老了。

老人：我老了，你不老，你不是才四十七吗？

父亲：您记性好，我来的那年四十七。

老人小心地撕开信封，抽出信纸，当然那也是一张白纸。

老人把信纸抖开，抚平，里面有10元钱。老人脸上露出一丝笑意，她仔细地把钱收好。

老人把白纸朝父亲递了过来。

老人：念吧。

父亲看了儿子一眼。

父亲：（念信）奶奶，您好，您的身体还好吧，眼病没有犯吧，腰痛也好些了吧。

老人：问了多少遍了。

父亲：我这里一切都好，我的工作也十分繁忙，一时还抽不出时间来回去看您，您在生活上如果有什么困难，就告诉送信的乡邮员，他会尽力帮您解决。

父亲说到这里，抬头看了儿子一眼。

老人：他老让我有事找你，下次你写信告诉他，乡邮员换人了。

父亲：五婆，我不是跟您说了吗？乡邮员换了我儿子，他做和我做是一样的，您有什么事一定要告诉他，（父亲把信纸递给儿子）让他给您接着念信。

儿子接过信纸，心情有些复杂。

儿子：（念信）您一个人在山里住，真是不容易，城里的生活条件要好得多，真应该接您出来看看，让您安度晚年……

父亲捅了儿子一下。

儿子抬起头，老人在使劲揉着眼睛。

儿子：（迟疑了一下）祝您身体健康，万事如意。

老人：完了？

儿子：完了。

儿子把信递给老人。

老人把信装进信封，仔细收好。

父亲：五婆，有什么要帮忙的吗？

老人：没有，会计刚刚来过。

父亲:那我们走了,回信我会替您写好。

老人:让你儿子写吧,听他念信,就好像听见我孙子说话一样。

儿子有些感动,他在老人面前蹲下身来,轻轻拍了拍老人的手。

儿子:五婆,我会再来看您。

老人:我的信多,你得常来。

父亲:老二,走了,五婆,我们走了。

老人挥了挥手,雕塑一样地坐着,听着脚步声渐渐远了。

34. 日外　山中

父子两个还是一前一后。

儿子:她的孙子为什么不给她写信?

父亲:每年新年寄一张贺卡,春节寄一张汇款单。五婆的儿媳妇难产死了,这个孙子是老太太熬蛇羹喂大的,结果成了这方圆几百里第一个考上重点大学的孩子,我还记得我给他送来录取通知书那天,他哭着跪在了地上,他说,这回我可真的要走了,这一走,就再也没有回来,连他爹去世,他也没有回来,老太太哭儿子,想孙子,就什么也看不见了。整天就是等信,等孙子回来。

儿子:你这么做等于包庇他,你为什么不告诉她的孙子该怎么做?

父亲:他是大学生,又当了国家干部,该怎么做他自己不知道?

儿子:大学生怎么了?大学生就不能说了?

父亲:你就记着过十天半个月去看看五婆,随便给她念叨几句。

儿子:你交代的我当然可以去做,可要不是我跑这条路怎么办?换了别人,谁会像你这样?这事该她孙子做,你不要以为自己什么都可以。

父亲:你怎么教训起我来了?我行不行,该做的能做的我就去做,天花乱坠的想法,做不成又有什么用?

儿子:做成做不成,你等着瞧好了。

父亲:那孙子比五婆的眼珠子都金贵,你小子不许胡来。

两人谁也没有说服谁，于是谁也不再理谁，各自走路。

35. 日外　山中

【画外音】

儿子：拉着五婆的手，我忽然想到了我妈，出门在外的人总是有很多原因顾不上想家，倒是家里的人更牵挂他们，我妈老说我爸在外面怎么怎么苦，其实她在家里，也挺难的。

【闪回】

一家三口难得的团聚，父亲和儿子在绿色的田野间奔跑，母亲的脸上带着灿烂的笑容。

【闪回完】

36. 日外　山中

山色随时间的变化而变幻，浅灰到深蓝，分成了不同的层次，在橘色的夕阳之中，说不出的美丽与动人。

37. 日外　村头

村子坐落在山间难得的一片缓坡上，黑色的屋顶与木质的楼阁带有浓郁的少数民族特色。一条小溪缠缠绵绵地绕村而过。

老二终于找到可以飞奔的平地，它跑了起来，跑得很舒展，很漂亮。

老二在田埂上舒展地跑过。

老二跑向一个在溪边的菜地里挥着锄头的身影。

儿子也打起了精神，加大了步子。

38. 日外　地头

老二跑到低头干活的人身边，使劲地摇着尾巴，在她的身边绕着圈子。

干活儿的人直起腰来，这是一个二十出头的年轻姑娘，身上穿着有些民族特色的日常服装，漂亮的大眼睛闪着光。她朝老二跑来的路上寻找着乡邮员。

39. 日外　路上

暮色里，是儿子高大的身躯，由于是在田埂间小路上走，父亲的身体完全被儿子遮住了。

40. 日外　地头

姑娘看得有些发愣，她不知道朝她走来的这个年轻的小伙子是谁，可他又确实是朝自己走来的。

老二在姑娘身边绕着圈表示好感，姑娘竟然浑然不觉。

儿子越走越有精神，因为他也看清了姑娘漂亮的大眼睛。

儿子走近，面孔越来越清晰了，这张年轻英俊的面孔也是很容易让女孩动心。

忽然，父亲一步没踩稳，一只脚踏进了田里，这样，他才从儿子身后闪了出来。

41. 日外　田间

这一闪，也让姑娘脸上绽出了美丽的笑容。

42. 日外　田间

父亲站在姑娘和儿子中间。

父亲：这是我儿子，刚上任的乡邮员，今年24岁。

儿子看了父亲一眼，好像在说：说这干吗？

姑娘：是不是他管老师叫爸、挨了他妈的打？

儿子不好意思了，他又看了父亲一眼。

父亲：那还有错？（对儿子）我第一次到她们家住的时候，她才这么高（用手比画），她姐姐这么高（用手比画）。

这回轮到姑娘不好意思了。

姑娘：老二，走，咱们回家。

姑娘扭着腰肢走在前面。

43. 日外　进村的路上

村中有人燃起了篝火，映红了一片天空。

父亲：今晚村里有事？

姑娘：最好你们中午没有吃得太饱。

44. 夜外　村里

热闹的婚礼。

全村的男女老少聚在一起，四周点起了火把和篝火。

有人在唱着很古老、很纯朴又有些忧伤的喜歌。

父亲和村里的重要人物坐在一起，不管谁递给他酒，抬手就喝。

儿子则和年轻人凑在一起，身边是田里遇见的姑娘。

大家热热闹闹地挤在一起。

新郎和新娘穿着民族盛装，脸上是羞怯的喜悦。

他们两个被大家围在中间，挤在一起。

45. 夜外　村里

年轻人围着篝火跳起了舞，热情的音乐和着欢呼声此起彼伏。

父亲和上了年纪的人坐在一起，看着自己的儿子。

儿子的脸上放着光。

父亲也终于有了一个可以好好看看儿子的机会。

儿子和田里遇见的女孩在一起跳舞。

父亲看着他们俩……

46.【父亲的闪回】

父亲像儿子这么大的时候。

母亲在桥头等着父亲。

父亲在涨了水的溪中奔跑,跑向他想念的人。

婚礼。一队穿着绿色制服、骑着自行车的乡邮员组成的迎亲队伍,在田间小路上欢快地驶来。

穿着红衣服的母亲坐在父亲的后座上,害羞地笑着。

小伙子们把车蹬得飞快,父亲的脸上一片喜悦。

【闪回完】

47. 夜外　村里

热闹的舞还在跳着。

姑娘和小伙子对视的时间越来越长。

小伙子想起什么似的朝坐着的人们望去。

父亲已经在热闹的人群里守着火堆酣然入睡。

48. 日外　村中

又是一个清晨,山中的黎明。曙光冲破群峰与密林的遮挡,照射到村子中高大的景物上。

木楼前,老二舒展着身体。

父亲循着叽叽嘎嘎的说笑声,发现儿子和女孩正在灶间的炉火边上一边说笑,一边煮饭。

儿子在拨着小半导体,选中了一个音乐台,然后把小半导体放在灶台上,半导体以又大又难听的声音在播着音乐。

女孩顺手拿了一个小罐子扣在半导体上,声音一下子好听多了,儿子很惊奇,他把小罐拿开,又放回,放回又拿开,半导体的声音果然不同。

女孩一副"这有什么"的表情。

父亲笑着摇了摇头,独自走开了。

笑声还跟在他的身后。

49. **日外　山路上**

父亲、儿子和狗还没有走出平地，所以都比较轻松。儿子又掏出图来看。

父亲：侗族姑娘性子烈，你说话可要当心。

儿子：我没说什么。

父亲：说出来，就得算数。

儿子：看您想到哪儿去了，我向她了解一些情况。

儿子有些不好意思，一边走一边折着手里的纸。

父亲：（独自走在前面）我每次进山，只要看见她，就会想到你，我在心里面说：要是哪天，我儿子看到你，一定迈不动腿。

父亲爽朗地大笑起来。被窥破了心事，同时也被父亲的真诚打动的儿子也笑了。

50. **日外　村头**

河边的大树上，钉着一个邮箱，父子两个停下来打开邮箱。

父亲仔细地把信件整理好，儿子在一边认真地看。

父亲：（挑出一封信封上贴着五角钱的信）这样的信，你回去要替他贴上邮票。

儿子：知道了。

两人走上小桥，桥下的水里游着白色的鸭子。

51. **日外　山路**

父子在赶路，儿子不知道从哪捡了根树枝插在邮包上，把小半导体挑着，在父亲眼前晃来晃去。半导体里在播放着热闹的广告。

在他们的脚下，有曲曲弯弯的公路，公路上偶尔有汽车经过。

儿子：其实这样的路段，可以搭便车的嘛。

父亲：邮路就是邮路，该怎么走就怎么走。

儿子：可像这样没有人家的地方，我们根本没有必要这么走。

父亲：这么走踏实，有准头，你以为公路上的汽车都是给你预备的？

儿子：你没有试过怎么知道不行？

父亲：我才不会去站在路边给人家赔笑脸。

儿子：那也可以搭班车呀，花钱买票没有问题吧。

父亲：就那么几个站，几趟车，还没有我准时。

老二走在前面。

儿子：摸摸规律嘛。

父亲：（生气了）邮路就是邮路，像你这么整天想着投机取巧，还跑什么邮路？

儿子：我投机取巧？以后直升机落到山顶了，咱们还这么走啊走的，谁还要你送信？

父亲不说话了，儿子也不说话了，广告又浮了上来，父亲一把扯下半导体，关上开关。

52. 日外　溪边

一道溪水奔流而下，水湍急曲折，有丈余宽，溪中一些深深浅浅的石块露出水面。

父亲、儿子和狗站在溪边。

父亲：（指点着）从这里过可以少走 8 里路，可山里水凉，村里的人都要往上绕一段。水大的时候这里就不能过了，要再往上走一段，老二知道。

儿子听得不太认真的样子。他已经开始卷裤腿了。

父亲：邮包要顶在头上，这样才安全，还能保持平衡，让老二在前面走，它能替你挡着水。

儿子：放心，我是在江边上长大的。

父亲：能游江，可不一定能过好溪，不一定能在长满青苔的石头上站稳脚跟。你肩上的东西可不是自家的米袋。

儿子：你怎么好像老是不放心我？你这么多年不在家，我不是好好的？

父亲:这可不一样。

父亲也把腿放在一块石头上,开始卷裤腿。

儿子:你不要下水,有我在,你不要再下水了。

父亲:我走惯了,也不在乎多走这一回。

儿子把父亲按在石头上坐下。

儿子:好啦,享受一次嘛。

儿子顶起邮包,下了水。

儿子试探着朝水里走去。

在他的身后,父亲听话地坐在大石头上,老二蹲在他的身边。

父亲:老二,我一辈子独往独来,没有享受过。

53. 日外　溪中

儿子在过溪,他走得很稳,急流也奈何他不得。

儿子的腿变成了鲜红色。肌肉清晰可见。

溪水奔涌。

父亲盯住儿子的背影。

儿子登上了对岸,在干地上放好了邮包。

儿子朝父亲挥了挥手。

54. 日外　溪边

儿子背朝父亲,双手朝后抄了过来。

父亲伏在儿子身上。

老二非常主动地朝前蹿去,先跳下水。

55. 日外　溪中

老二拼命迎着水流,抵御着急流的冲击,为了给儿子减轻一些冲力。

儿子一步一步试探着迈步。

父亲伏在儿子的背上,手指轻轻摸了一下儿子脖子后面的一道

伤疤。

儿子痒得缩了一下脖子。

父亲奇怪地仰起头，眼睛眨个不停，他怕眼泪会落到儿子的脖子上。

【画外音】

儿子：村里的老人说，背得动爸，儿子就长成了，小时候觉得我爸特别高大，还担心自己什么时候才能背得动他，结果小学没毕业，个子就比他高了。

56. 日外　溪边

老二率先冲上岸去，它黑缎子一般的皮毛在阳光下闪着耀眼的光泽。

儿子轻轻放下父亲。

父亲转过身去，抹了一把眼睛。

儿子佯作不觉。

儿子：你还没有一只邮包重呢。

父亲：老二跑得多欢，它一跑就暖和了。

57. 日外　林边

顺着父亲的视线望去，老二正飞快地朝溪边不远处的树林中跑去。

阳光在它黑亮的脊背上跳跃。

它舒展的肢体显示出强大的力量。

58. 日外　溪边

父亲掏出烟袋先递给儿子，又拿了火柴给儿子点烟，火柴划了又划，也没有划着，还是儿子接了过去，先替父亲点上。

59. 日外　林边

老二拖了很大一根树杈子跑了回来。

父亲：老二，放在这儿。

儿子：它这是干什么？

父亲：它弄了柴来，让你烤火的，我每次过了溪都在这里烤一烤。

儿子：我用不着，还是赶路吧。

父亲：烤烤吧，老二的一点心意。

60. 日外　溪边

火着起来了。火光中，一切都有些变形，父亲、儿子、狗，隔着火堆，谁看谁都有些模糊。

狗很舒服地趴在地上。

父亲：我刚才见你脖子上有个疤？

儿子：早的事了。

父亲：我怎么不知道？怎么弄的？

儿子：好像是十五那年，扛了锄从地里回家，铁头滑下来，扎了一下。万昌用自行车驮着我到公社卫生院缝了几针。

父亲：（有些生气）我回来，你妈也没说起。

儿子：我不让妈说的，没什么好说。

父亲：生你的时候，我跑外线，三个月才回家一次。生你的当天，你妈写了封信给我，别看我整天给别人送信，写给我的信，只有那么一封。这么多年，你妈就给我写过那么一封信。我高兴得不得了，把吃饭的钱都给大家买酒喝了。

儿子隔着篝火望着父亲，父亲的形象有些模糊。

【闪回】

61. 日外　街上

节日。

到处张灯结彩，鞭炮齐鸣。

红红的对联、福字，贴在家家户户的门口。

儿子骑在父亲的脖子上看戏。

儿子骑在父亲的脖子上逛街。

儿子骑在父亲的脖子上放鞭炮。

儿子骑在父亲的脖子上睡着了。

【闪回完】

62. 日外　篝火边

柴已经快要燃尽了。

儿子两只大脚也烤暖了。

儿子：爸，该走了。

父亲：你说什么？

儿子：我说，爸，该走了。

儿子到溪边打水扑火。

父亲：老二，听见了？他喊爸了。

63. 日外　山中

崎岖的山路越来越窄，一点点向上盘旋、延伸。

起风了，山风发出很大的声响。

树枝在大幅度地摇摆着。

太阳也变得惨白。

64. 日外　山路上

由于刮风，上山显得困难多了。

父亲、儿子、狗都弓起了身子，低着头走路，彼此不再交谈。

儿子走几步就停下来回头看父亲，父亲朝他摆手，意思是让他先往上走。

老二在最前面带路，一直尽职尽责。

路越来越陡了。

土石开始有些松动，一脚踏上去，有碎石滑落。

儿子有些紧张，他使劲往上耸了耸邮包。

儿子：爸，你行吗？

父亲：往上走吧，我在后面，你放心。

儿子：这路怎么这么陡？

父亲：原来有条好路，后来下雨冲垮了，只好从这里过去，就快修好了。

儿子：你小心一些。

65. 日外　山路

山路突然窄了一段，一面是山，一面是陡坡，儿子背着邮包，很难走了。

儿子双手攀着石阶，弯着腰向上爬。

父亲：把邮包给我。

儿子：这次给你，下次怎么办？

老二过去了，返身看着他们。

儿子试探着向前走。

这时，老二突然叫了几声。

儿子猛地抬头。

只见一条又粗又长的大绳子从空中飞降下来，绳子翻滚着，扭曲着，轻盈地落了下来，落到了儿子面前，并继续向下延伸。

从上面他们看不到的地方，传来一声呼哨。呼哨声在群山之间有长长的回声。

儿子一把抓住粗粗的绳子。

向上望去，那绳子牢牢地牵着他们的手。

66. 日外　山顶

儿子终于攀上了山顶，绳的另一端绕在一块大石头上，一个十

五六岁的男孩,使劲揪着绳索的另一端。

老二围着他转。

小男孩看到儿子,有些愣。

儿子返身弯下腰,把父亲拉了上来。

小男孩亲热地叫了一声“爷”。

父亲一边往上拉绳子,一边说。

父亲:转娃,谁让你来的?这么大风?谁让你来这山上等我?

转娃:有风更要来嘛,我爷爷说了,这就是我的工作,我爷爷说,你为我们滚下山一次了,不能让你为我们再滚下山一次。

儿子望着来时的路,心中很不平静。听了转娃的话,他更加体会到父亲这一辈子走过的是一条什么样的路。

父亲:你爷爷老糊涂,让你这么小的娃在山上受罪。告诉他,以后是我儿子登山了,不用你来等了。

转娃:这是我的工作,你为我们滚下山一次了,不能让你的儿子为我们再滚下山一次。

儿子看着憨憨的转娃,笑了。

67. 日外　山路

儿子一边把邮件往转娃的书包里装,一边和他聊天。

儿子:转娃,上学了吗?

转娃:初中只上了两年。路太远,来回要翻三个山头,爹妈不让上了。我爷也说我的知识已经很丰富了,不用再读书了。

儿子:那你自己呢?

转娃:我知道他们心疼我。不上就不上,我读函授大学。我知识很丰富,高中不用读,直接读大学了。

儿子:你读什么系?

转娃:我非常希望有记者到山里来采访我,可是没有记者来过,我就学新闻系,以后就可以自己采访我自己。大哥,我觉得你也可以读新闻系,你刚才和我说话就跟采访一样,再说,你读函授又很方便。不用像我这样等啊等的。

父亲在一边绕着绳子，笑得双肩乱颤。

儿子回头看了父亲一眼。

父亲把大绳子套在转娃的肩上。

转娃：爷，我走了。

父亲：问你爷爷好，让他少喝点酒。

转娃一转眼就不见了。

68. 日外　山上

儿子、父亲和狗继续向上走。

儿子：你滚下山是怎么回事？

父亲：半年前的事了，我那天在下脚岭帮他们写个合同，出来晚了，又刮大风，滚下去后在坡下睡到天黑，搞得全村老小都打着火把出来找我，真不好意思。

这回是儿子眼圈发红，看别处了。

儿子：这路真不是人走的。

父亲：那边就要修好了。

儿子：好也好不到哪里去。

父亲：你后悔干这行了？

儿子：反正支局长没有说这么难走，你也没有说过。

父亲：你又没有问过我……

69. 日外　山上

远处传来一声长长的呼哨。

是转娃。

转娃爬上一道山坡。

转娃在山坡上飞跑。

转娃爬到一个视野开阔的地方。

可以看到沟对面的父亲、儿子和狗。

转娃:(大声)大哥!爷爷!是我,我在这儿。

70. 日外　沟对岸

父亲、儿子、狗停下脚步,他们看到了转娃。

转娃:我收到了成绩单,三门功课我两门得了优、一门良,我的作文被老师推荐给报社了,老师还要退回我的学费,老师说,老师供我到毕业。老师还让我多多地采访,下回你们再来,我采访你们……

儿子使劲朝转娃挥着手。

儿子:转娃,一言为定,快回去吧。

转娃一转眼便又消失了。

儿子很激动。

儿子:爸,你听见了吗?他下次还采访咱们呢。

父亲:他管你叫哥,管我叫爷爷,连基本情况都没搞明白,再说,我也没下次了。

父亲独自走了,背影有些凄凉。

71. 日外　山路

【画外音】

儿子:很长一段路。我和爸都没有再说话,各自想着自己的心事,我在想那个侗族姑娘现在不知道在干什么,也许真有书上说的心灵感应,我爸忽然就和我提起她来,他问我是不是喜欢侗寨的阿妹。

儿子:她和咱们那里的女孩不一样……

儿子的话停顿了一下,父亲回头看他一眼。

儿子:不过,也许我不会娶一个山里的姑娘。

父亲:为什么?你嫌她们见识少?

儿子:她见识一点都不少,刚才她把小罐往半导体上一扣,立体声了。

父亲：那是嫌她们穷？

儿子：不是。我怕她们也像我妈，离开了这里，一辈子都想家。

苍茫的大山里，响起了好听的山歌。

几个姑娘背着背篓从山路上走过。

儿子：小时候，妈老是给我讲山里的事情，我就问她，山里人为什么要住在山里？

父亲：你妈怎么说？

儿子：她说，山里人住在山里，就像脚放在鞋里，舒服。

山歌浮上来，飘过去，伴随父子对同一个女人的想念。

两人站着，望着山民们走远。

父亲：你妈跟了我，等了一辈子。

儿子把手里的纸飞镖扔下山谷。

父亲无言，眼中有些湿，山歌飘浮在山中。

飞镖飘啊飘。

72. 日外　风雨桥

风依然在刮着。

父亲在桥头坐下，捶了捶腿。

儿子在研究一个水罐。

儿子：这水能喝吗？

父亲：就是给过路人准备的。

儿子：谁放在这儿的？

父亲：我喝了这么多年也不知道。反正每天有人来送水。给赶路的人喝的。

儿子把水倒在手心里给老二喝。

儿子：你在这好好歇着，微波站路好走，我一个人上去。

父亲：老啦。

儿子一边说，一边打开邮包，取出要带给微波站的邮件，他用一

个邮件袋把它们缠起来，一下子从邮包里带出了几封信，被风卷走了。

几封信被风刮走了。

父亲一下子弹了起来，就朝信扑了上去。

他奋不顾身地扑向一封信，抓在手里。

另外两封信，在风中打着滚向桥上跑了。

父亲又冲向前面。

儿子抱着邮包和邮件不敢松手。他大声叫着"爸！爸！"

父亲摔倒了，他又爬起来，追着信。

信还在向前跑。

父亲又追了上去，扑到了另一封。

另一封信朝桥边飞去。

父亲仍然在追，他一点儿也没有犹豫。

儿子大声喊着：爸，爸，让我来。

父亲朝桥边扑去。

桥边就在眼前了。

这时，一道黑色的闪电划过。

老二又伸展开它的身体，箭一样冲了出去。

老二超过了父亲向信冲去。

父亲的手向前伸着，五指张开。

儿子的眼睛。

老二矫健的身影。

父亲的手。

桥边。

儿子的眼睛。

信在轻轻地、无声地飘。

老二跃向前去。

老二腾空而起。

老二叼住了飞起来的信。

父亲仆倒。

老二稳稳地落地。

父亲从老二嘴上轻轻地接过信,拿在手上。

儿子的眼睛,儿子紧紧搂住胸前的邮件。

父亲的脸上露出一丝欣慰的笑容。

73. 日外　山里

儿子独自沿着一条修得很好的石阶路向上走。

陡陡的石阶。

【画外音】

父亲:你后悔干这行了?

儿子的脚步。

儿子的眼睛。

儿子抬头望去。

高高的山顶上一架高大的天线。

74. 夜外　村中

半山上,一片有民族风情的民居。

屋前有一块平地,月光下有依稀的人影,鸡犬之声相闻,灯火与炉火闪烁,孩子在读书,书声琅琅。

75. 夜外　屋前

一座屋前。老二与主人家的一只母狗亲昵地凑在一起。透出一种安详的情绪。

女主人在敞开门的灶间烧火,红红的炉火映着她的脸。

孩子趴在台子上读书,读的是山外面的事情。

76.夜外 屋前

屋檐下摆着一些横横竖竖的竹凳。

父亲和儿子坐在竹椅上烫脚。每个人面前的大木盆里都冒出大团大团的热气。

两人十分舒服的样子。

群山环绕着山里人平静的生活。

孩子关于山外情况的课文清晰可闻。

望着黑漆漆的无边无际的群山,儿子的眼里闪过一缕惆怅。

儿子:(自语般地)他们为什么要住在山里,除了山,没有别的。

父亲:谁说没有?

父亲用手指点了点自己的头。

父亲:想头,越苦,越有想头,人有想头,就什么都有了,人要是没有了想头,再好的日子也没有滋味。

儿子侧过脸来,看着父亲饱经风霜又平静如山的侧面,心中有无限的感慨。

父亲:就像咱们跑的这条邮路,说苦,是够苦的,可干得久了,记挂的人多了,遇上的事多了,就觉得有干头了。

儿子:我都看见了。

父亲:你既然干上了,就要干出个样子来,能不能当上支局长,就由不得你我了。不冲别的,就冲这些乡亲,就冲他们住在这大山里……

父亲转过脸,儿子不知什么时候已经离开了。

小学生的课文再次飘来。

77.夜内 屋里

一盏汽灯照亮了桌前。

父亲又在收拾邮包,他非常仔细地把要带出山的邮包一件一件整理好,再装进去。

儿子在一边整理单据。

父亲：明天这时候，已经到家了。

儿子：回家后，你头一件事要多到老更叔公那里坐坐，他最顾咱家，缺东少西，都是从他那里拿，拿了也从来不要还。

父亲：这人不错，是得去感谢一下。

儿子：感谢倒不必，他是一个爱面子的角色，平素说你架子大，回来也不去看他。

父亲：哪能呢，抽不出时间嘛。

儿子：我是这样反反复复向他解释。还有，村长带大家致富是个厉害角色，就是爱占公家个小便宜，你看不得的闭只眼，听不得的当耳边风，莫要惹翻了父母官。

父亲：这人我看就不走正路，还老虎屁股摸不得了？

儿子：摸得摸不得，反正你不要去摸。

父亲：那怎么行？我是国家干部。

儿子：农药、化肥、种子都要从他手里过，耽误你几天就受不了。

父亲：公事公办，人不求人一般大。

儿子：反正我跟你讲了，遇到麻烦你不要找我。

父亲：这乡下，还有这么复杂？

儿子：这么多年，我们还不是一路复杂过来的？早点睡吧，明天还要赶路。

父亲：你先睡，我抽支烟。

儿子：（脱衣上床）水田里的活儿我交代给许万昌了，你就不要再下水了。

父亲嗯了一声。

儿子：你得答应我一声。

父亲：我答应，不下水。

儿子：妈一到冬天就喘得厉害，她不肯治，你县里熟，回去一定带她到县里检查检查。

父亲：知道了。

儿子打呼噜了。

78. **夜内　屋内**

父亲坐在桌前，望着跟了自己许多年的邮包，心里很不平静。

他又看看睡得很香的儿子。

烟从他的脸上飘过。

儿子的脸既熟悉又陌生，他总算可以好好看看他了。

父亲走到儿子的身边，他伸出手，想摸摸儿子，但又放了下去。

父亲看见儿子的脖子上多了一个红色丝线坠着的小挂件。

79. **夜内　屋内**

父亲在儿子的身边躺下。

月光从外面照了进来。

父亲一动不动，怕惊醒儿子。

儿子一翻身，一只胳膊搭到父亲的身上。

父亲被儿子压着，还是一动也不动，他甚至有些满足，带着笑容闭上了眼睛。

狗和它的女伴挤在一起，也睡着了。

儿子睡得很香。

80. **日外　家**

父亲、儿子、狗迎面走来，夕阳跟在他们的身后，红红的大大的。

他们看见了家门口的小桥，看见了母亲。

81. **日内　家中**

儿子睡得很香。他睡在自己的床上。

晨曦透过窗子。

父母的对话从外间传来。

儿子睁开了眼睛。

82. **日内　外间**

父亲：该叫他了。

母亲：再等一小会儿，看把孩子累成什么样了？昨天我见到支局长，就忍不住落泪，支局长说，要不是你一个劲地要求，他也不会让儿子跑这条邮路，你呀……

父亲：不交给他，我又能交给谁呢？交给别人，我也不放心。

83. **日内　里屋**

儿子一下子坐了起来。

84. **日内　外屋**

大桌子上放着邮包。

老二依然在门口来回走着。

儿子朝邮包走去。

父亲把邮包帮儿子背到背上。

母亲又在擦眼睛。

儿子朝门外走去。

门外亮了。

儿子没有回头，一直朝前走了。

父亲和母亲在他的身后。

老二跟着儿子走了几步，回头看见父亲站在原地，它犹豫了一下，返身跑到父亲的身边，父亲搂着老二，眼睛一下就红了。

老二的背上被一只手拍了一下，它终于懂了，猛地冲出去，去追儿子的脚步。

——完——

选自《字里行间的电影》，中国广播影视出版社 2019 年版

◇马俪文

马俪文(1971—　),原名马晓颖,电影编剧、导演,生于江西,在黑龙江哈尔滨长大,毕业于中央戏剧学院影视导演班。参与编剧、导演的影视作品主要有《世界上最疼我的那个人去了》《你在微笑我却哭了》《我们俩》《我叫刘跃进》等。其中,《世界上最疼我的那个人去了》获第6届中国长春电影节优秀华语故事片奖、最佳导演奖,《我们俩》获第25届中国电影金鸡奖最佳导演奖。

世界上最疼我的那个人去了

——根据张洁同名小说改编

字幕:仅将此片献给所有的母亲。

序一　早晨　内　诃家

剧烈摇晃的近景镜头:小阿姨的一声尖叫惊醒了诃的睡梦,诃跳下床快速跑到客厅,发现妈赤脚跪在地上,左膝稍稍往后,右膝稍稍往前,穿着运动服,跪倒在跑步机上。猫蹲在沙发上惊恐地注视着妈。诃奔过去的时候,猫才从沙发上跳下来奔了出去。先生也跑过来,诃把手指伸进妈的嘴里,又拿过手电筒去照妈的瞳孔,惊慌地说:没事,没事,是昏过去了,有救。

大家手忙脚乱,诃拿着电话声嘶力竭地叫道:急救中心! 人都停止呼吸了……你们快来呀! 当然是抢救了!

诃给妈嘴对嘴做人工呼吸,又用力挤压妈的胸口。伴着一阵上楼梯的杂乱脚步声和救护车刺耳的鸣音,窗户上映出急救车发出的蓝色光晕。急救中心的医护人员在妈的身上忙碌了一番……

心电图上显示是一条直线……

诃的心声:"这一辈子我想做的事,没有一件做不成功。唯有这一件做不成功,我失败了,我败给了妈,我不可能战胜命,也不可能战胜上帝……我越来越相信,妈是含冤而死的,而且是我害了妈,是我的刚愎自用害死了妈…… 是我把妈累死了……"

急救中心的医护人员停止了抢救。诃惊慌失措的目光。

一位医护人员看着妈说：老太太把全身的劲都使光了……多慈祥的一个老人哪。诃跪了下来惊慌失措地喊了一声：妈——

序二　夜　内　诃家

诃呆呆地看着妈用过的东西，妈坐过的沙发，妈戴过的手表，妈穿过的衣服……诃收起妈用过的牙膏，留起妈做鞋的纸样，用报纸剪的，上面有妈钉过的密麻的针脚……扣子、诃的新书、钱、存折，那些补了又补的袜子和衣服。诃拿着妈的内衣，把脸深深埋在了衣服里……

诃的心声：“后来我怎么想也想不明白，就在那一瞬间，我怎么就再也没有了妈！我不知道为什么世间有很多非常简单、非常简单的事，任你穷尽一生去想，可你就是想不明白。”

灯光下诃面带倦意呆滞地坐在电脑前，渐渐闭上眼睛……

黑底白字：“纵然我写尽所有的文字，我能写尽我对妈那报答不尽，也无法报答的爱吗？我能写尽对她的思念吗？我能写尽对她的歉疚吗？妈……”

悄悄奏起深情的弦乐……

诃在键盘上打出了几个字：**世界上最疼我的那个人去了**

字幕：根据作家张洁的同名小说改编

字幕：三个月前

1.日　天津市街道　鲁迅书店

书店是一座临街的老建筑，门外台阶上排着长长的队伍，一批读者等候在门外。手提各式录影机器设备的记者们也守候在这里。有记者不失时机地对排队等候的人们进行着采访。动荡摇晃的抓拍镜头里闪现着一片等候、拥杂、骚动的人群，保安维持着现场秩序。

一辆大型的黑色轿车朝着海滨的尽头急速奔驰着，急速地左拐，然后向新华书店驶来。轿车戛然而止，记者们便冲下台阶将车团团围住。排队等候的人们也开始骚动起来。

迎着一片闪光灯，气质不凡、穿着得体而有品位的中年女作家诃走下车。在陪同及保安人员的“保护”下穿过攒动的人群和四面八方伸来的话筒，诃被簇拥着走进高大、古朴的书店。

被周围喧嚷热情的读者夹杂的桌前，诃耐心地一遍遍在一本又一本的书上签着自己的名字，并不时地露出笑容与读者交谈、合影……

2.傍晚　外　郊外

一列火车呼啸而过……

收音机里传出声音：亲爱的观众朋友们，你们好，在今天的第50期的“女性空间”栏目，我们有幸请到了来自北京的、大家都十分熟悉的女作家诃老师……

3.夜　内　广播电台播音室

诃头戴耳机坐在麦克风前。

一位听众：现在作为一名成功妈妈、成功女人，您以后还有什么追求和打算吗？

诃想了半天两眼望着远处，动了动嘴巴笑着说：这个……很难说。

另一位听众：诃老师，您认为，什么是人生最困难的事情？

诃：困难？……一言难尽。

4.日　外　某码头

诃与随行人员走下轮船，走向不远处停着的一辆灰色轿车。

车飞速驶向远方。

5. 日　内　某大学礼堂

礼堂里坐满了大学生,密密麻麻的眼睛期待着演讲开始。

诃面带微笑走上台,礼堂爆发出热烈的掌声。

诃的心声:"妈年事渐高以后,我并没有经常守候在她的身旁,而是把她丢给小阿姨,或游走列国他乡,或应酬交际,或忙于写作,或去陪伴我的先生……以为有了小阿姨在她身边,什么问题都解决了……"

6. 日　内　记者招待会现场

记者甲:当初生下女儿发现她有病时,您有过绝望吗?

诃:我这个人从不服输。

记者乙:在您最困难的时候,您的爱人用什么方法来帮助您呢?

诃急了:我丈夫当时在牛棚。

记者乙:当他回到您身边以后呢?

诃思虑了片刻后意味深长地答道:他很忙,有很多工作要比家庭更重要……

记者丙:还希望女儿为您做些什么呢?

诃一摇头:NO。

老记者丁:您能走出这么多年的苦难真的是很坚强,也很了不起。这和您前半辈子受苦受累、无私奉献的积累有很大关系吧?

诃平静又安详地说:每个母亲都会这样做的……感谢能有这样一个困境让我踏踏实实地体会生活。当命运给你一个酸柠檬时,我们能不能试着把它变成一杯可口的柠檬汁呢……

7. 日　外　机场

一架飞机快速奔驰在跑道上,抬头仰起机翼,滑向蓝天冲向远景……

8. 傍晚　内　诃家

大居室的客厅宽敞明亮。诃的工作间很凌乱，长到垂地的窗帘半遮着，显得屋内有些暗，与女儿合影拥抱的照片、字画、奖杯、堆放的杂志、画报、传真机。到处是书，翻开的和摞在一起快要倒塌的……一台电脑醒目地摆在大桌子上。旁边是一些软盘、桌面上的台灯、烟灰缸、CD 碟、请柬、安神药、资料、信件，书房的角柜上有几只木刻艺术品，地板上铺盖了一张深色地毯，地面上扔着当天看过的报纸……

客厅开着电视。厨房里热气腾空，诃穿着休闲装系着围裙正在忙里忙外地做着饭，耳边和肩头夹着无绳电话还在和谁认真讲解着什么，手里的铲子漫不经心地翻动着锅里的食物，然后诃叉着腰微皱着眉大声对电话讲起来：你们出版社的这种做法我根本就不能理解！对！一个破折号也不能改！我的每一个符号都有它的意义……反正我的意思你都清楚了……这太让人伤脑筋了！害得我一连几天睡不着觉！不行！当然！你们要负全部责任！我要求你们马上停止发行！要不，终止与你们的合同！

诃气愤地挂上电话。听见先生开门的声音，快步走出来，麻利、迅速地把拖鞋递上去，又快步回到厨房。

电话又响。

诃：Hello？哦？结婚了？祝贺！

诃说着在门后一个日历上迅速写上几个字：小美结婚。

日历上的符号都满满的：看牙、领工资、开会、见大使馆MO……

诃对着话筒说：这件事我可不好多说，鞋好不好、合不合适只有你自己的脚知道……好了，到时候我一定去。再见。

诃挂断电话，又草草记录了两个字：礼物。

写完后叹了口气，摇摇头。在炉灶前继续忙碌。

厨房的门打开，露出先生的一张脸：对不起，餐厅的灯泡坏了。

诃：哦，我马上来。

解下围裙，拧小了火，走出厨房。

餐厅里

诃站在一张椅子上双手费劲地拧着一个灯泡，嘴巴里还叼着半支烟。先生坐在客厅沙发上喝着手里的大杯茶水，皱着眉看着报纸。茶几上摆放的一个粗瓷大碗烟灰缸里，密密麻麻地扔有好多烟头。先生不满地看看烟灰缸，对诃抽烟飘过来的烟味不耐烦地用手在面前来回挥舞着。

诃安完灯泡把烟掐灭问：车呢？

先生神情严肃，说：呦！刚回来你又要干什么？

诃把一只冒着热气的砂锅端出来摆放在餐桌上说：看老太太。

先生：司机回去了。

诃走进卧室很快地换了一身衣服，又拿出一套新西装递给先生，穿上鞋走出了门。门啪的一声带上。

先生翻动着西服，试穿，对着镜子瞧，脱下来看上面的牌子，挂在衣架上。空旷的房间里先生在摆了好多样菜肴的餐桌前坐下，一个人吃起来。

9. 黄昏　内　四合院

诃骑着自行车来到妈的家，锁好车，拎着几袋水果和食品走进一户四合院。院房老旧，院子里很多的杂物挡得拥挤不堪。透过窗口诃看见邻居俞大姐一大家子十几口人正在屋子里热闹地吃饭。

妈的住处屋内狭窄，是光线并不充足的两个小间。妈正坐在里屋床角窗口处昏睡着，她那白发稀疏的头枕在沙发的扶手上。沙发的扶手比较高，所以妈的脖子窝着，下巴顶在颈窝上，嘴巴被窝在颈窝上的下巴挤得瘪瘪地歪吊着，气也透不畅快，全身差不多摊放在沙发上……一台小黑白 12 寸电视机闪动着不清楚的文艺节目，墙上挂着诃的新书宣传海报。

诃在门口喊了一句：妈——

保姆小月儿正在外屋看着地上跑动的蚂蚁，咬着自己的手指等候着厨房里一锅菜的熬熟，听见诃的喊声兴奋地跑出来大声叫唤：姥姥——快，诃阿姨来了！

妈慌忙起身，马上走向电话旁边，颤抖地拿起电话：喂？

身边卧着一只白色的猫，听见响声警惕地站起来。

小保姆掀起门帘露出诃的脸孔大声兴奋地喊：错了！姥姥，在这儿呢！

妈瘦小的身体颤颤巍巍的，还有些驼了背，她发呆地看门口，冲诃站立的逆光身影吐出一句话：你找谁呀？

小月儿站在诃的身边：姥姥！是诃阿姨呀！

诃盯着妈走进屋内奇怪地问：妈连我都认不出来了？

妈走过来高兴地说：哎呀，听声音才听出来是你！

小月儿告诉诃：姥姥最近眼睛不好了。

诃突然看着妈的左肩：妈，您的肩膀怎么歪了？

妈笑着辩解说：这是因为右手老拄着拐杖，右肩老撑着，左肩就歪塌下去了呗！岁数大了嘛！没事，我挺好的。

诃问小保姆：给你的钱定时给姥姥买水果了吗？

小月儿：嗯。

妈：我天天都按你的要求吃水果了。

诃放下手里的一堆东西，走到窗口处"哗"地拉开窗帘：怎么不开窗呢？还不闷死了！

诃把身后的一堆东西连拖带拽搬弄开：小月儿，以后碍手碍脚的东西要靠边放……

妈岔开话题：对了，书包还给我来了信呢！我去拿……

妈迈着碎步走到里屋取。诃抬起头拍着手上的脏灰，看见妈裤带没有系，垂在衬衣下摆的外面，走起路来磕磕绊绊的，两只脚掌嚓、嚓、嚓地蹭着地面，双腿走路艰难的样子。

诃惊诧地问：妈，您怎么这样走路？

妈回过头晃动双臂尽力摆动着：怎么了？

诃:好好走。

妈走到里屋翻腾半天才说:刚睡醒,没事的。

小月儿:书包没来信,姥姥记性不好!

妈在里屋:小月儿,信呢? 快帮我找一找。

小月儿看了一下诃跑进去,留下诃呆呆地站在外屋发愣。

三个人坐在小桌子前吃着饭,上面简单摆着几样饭菜。

妈突然问:你说什么?

诃抬起头疑惑地:我没说话。

妈又高兴地问诃:你怎么不吃呀?

诃说:我吃着呢。

诃给妈夹菜,妈就吃诃夹的菜而眼睛茫然地瞪着前方,不知其味地机械地往嘴里填着,端碗、拿筷子的手也颤抖得厉害,已经不能准确地把饭菜送到嘴里,嘴角老是粘着饭粒、菜汤……端碗的样子是用左手指抠着碗边,把碗夹在食指、拇指和中指的中间,吃一会儿就不吃了。

诃:你怎么吃这么少?

妈:妈是吃什么也不香了,原来是眼睛小肚子大,现在是眼睛小肚子也小了。

妈去窗台拿磁化杯子坐在沙发上大口喝水:我怎么这么渴啊!

诃眨巴着眼睛看着妈。妈的发卡胡乱地卡在头发上,稀疏的白发,东一绺、西一绺地四下支棱着。小月儿正在洗碗,水龙头的流水哗哗地大声响着。

外面传来叫卖声:旧衣服换挂面……

小月儿关了水龙头、擦手、在身上的小口袋里翻腾一番,拎个包跑走出屋。屋子安宁下来。只有面前那台小黑白 12 寸电视机出现说书的节目……

诃若有所思地看着妈:妈,你不是最喜欢看田连元说书吗? 现在已经开始播了。

妈没有回答,似乎睡着了,手和裤带垂在地上……

诃心声:“妈突然以迅雷不及掩耳的速度衰老了,这次又明显老了一大截。身体也分崩离析的说垮就垮了,好像昨天还好好的,今天就不行了,连个渐进的过程也没有,而妈可能早有预感……我算是大不孝了,在她老迈力衰最需要我左右一旁的时候,我却远远地把她丢下了。”

10. 夜　内　诃家

夜深人静,月光投入到宽敞的房间里,诃和先生背对着睡在大床上。

诃:我想搬到那边住照顾我妈。

先生没有说话。

诃:妈已经老了。

先生冒出一句:我怎么办?

诃生气地说:那我妈怎么办?

先生起身拉开台灯坐起来很不满:干脆你去好了,我再请个保姆来算了!

诃:那让小月儿过来吧。

先生马上不屑地:她做的那饭!

诃:不是和你商量吗?

丈夫:你那是商量吗?每次出差也好、出国也好,都是对我最后通牒!哪次走不是十天半个月的。和谁商量了?

说完关上灯。半天两人不再说话,各自背离着心思躺下来。

黑暗中诃的眼睛盯着前方:好吧,晚上我回来做饭、回来住。

11. 日　内　妈家

诃搬到妈家,坐在电脑前开始工作,她啪啪打着字。面前开着小窗。妈一张年轻时的照片就在电脑旁边摆着。诃停下来仔仔细细看看妈的照片,自己还点燃了一支烟。工作室其实就是在妈住的屋和厨房过道的连接处。这时妈从外屋走进来,把诃看过扔在地上的报纸捡起来，理亏似的给女儿打招呼：我给猫煮点食儿，不影响你吧？剁点猫食，就几分钟……

妈对诃仰着头，信赖、期待的目光。

诃侧过头凝视着妈：妈，怎么会影响呢？

妈远远站在门口扶着门框看着电脑：我都不敢往前靠，生怕弄坏了它……

诃把烟掐掉：干吗不敢往前靠，又不是纸糊的。妈，您过来，您瞧多方便、多清楚啊。

妈走进来看着电脑上的字。诃把妈拉近，看着妈：妈，能看清吗？

妈晃动着头把脸贴着电脑很近，睁大眼睛盯住屏幕突然说：这要多少钱哪？

诃：一万多。

妈马上惊讶地问：呦！和我的那台小电视差不多大，怎么这么贵？

12. 日　内　妈家

诃抱着一盆大的绿叶植物回到妈这儿，头发因为外面下雨已淋湿。面前的一只木桶挡住她的道路使诃差一点绊个趔趄。诃用脚把它踢到一边，把花放在窗台上：小月儿，没记性！以后把碍事的东西往边上放放！

小月儿马上跑出来用力把桶抬走。

诃就手把买回的青菜放在身边的盆儿里，从桌上提起一壶水把花浇了浇。

诃走向冰箱，一打开却愣住了。她发现里面只有一些橘子，还都是烂的……诃突然火了，把冰箱里的一兜橘子哐的一声扔到了墙角：妈，你一定是又把我给小月儿买水果的钱收回去了！

妈跑出来：没有！没有！

诃：没有？你看看！这是水果吗？这不都是些烂橘子吗？！

妈:……

诃大声喊:我真是天天忙得快累死了,您要是疼我,就让我少操些心!

妈一看诃发火了就走过来:好孩子,别生气了,妈改,妈一定改。

诃:我让您吃什么您就吃什么! 我就会少磨几次嘴皮子、少受许多累是不是? 这是吃橘子的季节吗? 那些橘子干得成了橘子渣,而且越吃越上火,您的便秘就会更严重! 您看,为了这样的事,我们三天两头就得吵一次,怎么就不听我的呢? 怎么就不开窍呢? 难道我一定要给您磕头、下跪,求您吃,求您喝才成吗?

妈走向前看着女儿:别生气了,我的宝贝女儿,都这么大了,还像个小孩子似的呢? 我知道你疼我……

诃气急败坏地看着妈。

13. 傍晚　内　诃家

诃的先生正在家里举行一个聚会。透过门窗看见餐厅里烟雾缭绕。酒过半巡,人多话杂很是热闹,大家东一句西一句闲聊着。先生和旁边的一位男士谈笑风生,突然先生旁若无人地打了一声重重的响嗝。诃拧着眉头不满地看了先生一眼,先生像没事一样。

诃回过头问一位老先生:王教授,对于医学我非常无知,能借这个机会问几个问题吗?

老教授:您说。

诃:以前眼科医生说,我妈的视力不好,是长了白内障的缘故,而大夫说白内障一定要在它的翳子蒙上整个眼睛后才能手术,我不懂,为什么十几年过去妈的视力差不多等于零了,翳子还没有蒙上她的眼睛呢?

老教授:一个人的眼睛如果查不出别的毛病,视力却越来越差的话,是不是应该考虑是否是瘤子压迫视神经的缘故?

诃:可是,没有一个念医学院的眼科医生想到这一点……

老教授:说他们是庸医恐怕不够正确,只能说他们没有想到,如果他们当中有一位能够研究一下，一个视力已经近乎零的白内障患者，她的翳子还蒙不上整个眼睛，是否和脑子里发生占位性病变、压迫视神经有关？我劝你马上带你妈去看医生，彻底做一次检查。

诃紧张地看了先生一眼，对方嘴里正在咬着一个牙签，并且牙签从左边蠕动到右边，又从右边蠕动到左边……

14. 日　外　街道

天昏昏沉沉的，下起了小雨，路上的行人不多。

诃、妈和小阿姨站在街边等候着出租车。一辆一辆驶过的车都是满客，好不容易停下一辆车，对方一听去的地方就推脱：太远了，不去。诃和妈举着伞又等了半天……

又停下一辆车，司机伸出脑袋问：去哪儿？

诃不说话拉上妈就往出租车里钻。

司机没好气地问：喂！怎么就上来了？去哪儿呀？

诃马上说：我给你加钱！

出租车像飞一样迅速地冲向远处。

15. 日　内　医院

窗口外排着长长的队伍，小月儿站在其中。诃和妈坐在不远处的长凳上等候着……

妈问诃：你这几天这么急迫，到底我怎么了？

诃：没事儿。

妈：我觉得事情不妙呀。

诃：您又胡思乱想了。

妈沉默了，过了一会儿说：我想去厕所。

厕所

诃：没有坐桶……妈，我架着您……

妈:……

诃:您的腿别老抖!

妈:算了。

诃:这样凑合怎么行呢?

妈:没事的。

候诊室

一名护士叫妈的名字。诃把妈搀扶进检查室。诃用尽全身的力气托着妈才上了检查床。

妈说:我怎么这么沉呢?

诃擦了擦汗看了妈一眼,假装没有听见这句不吉利的话。手里的病例挂号单都攥湿了。

妈躺在检查床上,手颤颤的想动。

诃:妈,别动。

妈果然听话地不动了。

办公室

医生开了一些药对诃说:你母亲的其他病症还要等几天才能有结果,这些药先拿回去按说明吃。你母亲有尿道感染的症状。

诃不解地看着医生。

16.黄昏　外　妈家门口

诃搀扶着妈走得很慢。小月儿拎着很多捆菜和几份报纸走在后面。

诃跑步回到家先去开了门,当诃打开门再出来接妈时,看到在临近夜色的黄昏下妈正小心翼翼、慢慢地走过来。妈的脚步里藏着勉强和虚浮,也许是因为天色太晚,她的脸色看上去灰暗暗的。

17. 黄昏　内　妈家

妈从院里的厕所回来，正在洗着一块小毛巾……

诃放下手中的报纸，敏感地问小月儿：那是干吗用的？

小月儿小声在诃耳边说：擦屁股的。

诃对走进来的妈瞪大了眼睛奇怪地问：妈，您干吗不用卫生纸？这多脏呀。细菌会在上面繁殖的，难怪您这么大年龄还会感染！

妈：不脏，过几天我就把毛巾煮一煮，消消毒还能用。用纸多浪费呀。一卷最便宜的卫生纸要几毛钱，你那钱赚得多不容易。

诃上前一把抢过小毛巾甩手给扔在地上：一天煮一次都不行，您还几天煮一次！以后再也不能这么干了！您这么节省难道我就能发财吗？

妈拄着拐杖要去捡回来：别扔呀！多可惜……

诃气得说不出话，急赤白脸一个箭步上前一把拽过拐杖，举过头顶用力狠命一摔！诃是真生气了，大声喊：您再省！我也发不了财！您就是不吃、不喝、一个钱不花，钱也省不下！您的脾气太拧了，怎么劝都不行，怪不得我爸不理你，谁和你在一起也受不了！

妈和小月儿不敢动了，看着地上摔断的拐杖和诃气得脸通红、呼哧带喘的表情。

妈很小声地说：大脾气。

18. 下午　内　医院

专家赵大夫看过CT片子，摘下眼镜坐下来对诃说：你母亲的垂体瘤已经很大了，必须赶快手术。

专家指着CT片子说：你母亲的大脑也萎缩得非常厉害，垂体瘤的手术还有可能会加速脑萎缩的进程。

诃：脑萎缩可能引起的后果是什么？

专家：无神志、痴呆、六亲不认，和植物人差不多。

诃：以前有过脑萎缩的病例都是什么样的？

专家：我以前所见到过的病例发展到后期不但六亲不认，甚至吃自己的粪便,有一个还专门捡食垃圾……

诃心里一惊:还有救吗?

专家:垂体瘤还可以手术,脑萎缩是毫无办法的事了。

诃慌了:那我现在该怎么办呢?

专家平静地说:马上住院!

19. 日　外　医院　街路　办公室

诃忙碌奔波于各种医院和各种关系之间,她在混乱的人群中快步地行走,云层压得很低而晦暗,诃抬头望望这不祥的天空,穿过马路。

诃的心声:"这一拳出手又快又狠,一下子就把我打趴下了,可我只趴下一会儿就站起来了,我折腾了一辈子,从不认命。可到了这个时候我依然没有觉得妈病了,记忆中妈很少生病,就是有病,常常是独自面对一切。我对妈的关切,是不是连外人都不如?"

20. 日　外　诃家

诃在客厅忙碌着什么,跟先生商量:不找关系,像这样的专科医院还不知哪一天才住进去。

先生扶了扶眼镜问:手术要花十几万吧?

诃发愁地擦拭着汗:怎么办呢?

先生:找你们机关借吧!那还怎么办?你不能让我一个当领导的去找下面的人借钱吧!

诃坐下来看着先生:你去开会多长时间回来?

先生喝了口茶:一个月。

诃呆呆地愣神。

21. 下午　内　妈家

邻居七十多岁的俞大姐与妈在院落里说话。

妈:我想跟你告告别,过一两天我就要住院了,这一去不知道还

能不能再见……

俞大姐:您别这么说,很快会好的。

妈:我这是小手术……

俞大姐:就是呀,没有问题的。你们要搬去的新房子怎么样了?

妈:挺好的。

俞大姐:您去看过了吗?

妈:没有,我女儿要装修装修。要给我一个惊喜,我手术完了就直接搬进去。

俞大姐:你女儿又有名气又孝顺您老,你就享福吧!

妈:她现在在我身边照顾我可真好了,女儿太累、太苦了,又那么忙,我尽量不麻烦她,以前有什么事净找你们帮忙了……

俞大姐:没事,有什么事您就尽管说。

妈:我把猫放在你们家,你多费费心,猫很听话,不乱拉尿的。

俞大姐:没问题,放心吧。

俞大姐家里的几个小孙子在里屋、外屋兴致勃勃地互相追逐着,跑来跑去的。

22. 日　内　某医院

走廊钟表指向八点。妈坐在轮椅上病恹恹、愁容满面地看着诃跑下楼。

诃走过来说了一句:妈,等一会儿,马上就办妥了。

妈和小月儿隔着大玻璃窗看着诃转眼就不见了。不久诃和一位男医生走进来。又一起快步走上楼。

妈对小阿姨心痛地说:住个院这么难哪?把你阿姨累坏了!

诃满头大汗地上上下下,里里外外跑动着……

妈:你阿姨还算是有点地位的人,办起事来还这么困难,没地位的人怎么办?

两人耐心地等待,望着大门口的窗户方向。妈远远看见窗户外面,对街卖冰棍的一位老人坐在那儿正闲着……

妈:小月儿,你去买两个冰棍来。

小月儿“哎”了一声,跑步去买了。透过玻璃窗看见老人给小月儿拿冰棍。小月儿举着冰棍回到妈的身边……

妈抿了一口说:可没有我过去卖的好吃……

小月儿:姥姥,你卖过冰棍呀?

妈:那时候卖冰棍挣不了几个钱,一个月下来,就二十多块……

小月儿:……

妈自言自语:你阿姨挣了稿费以后,我才不上街卖冰棍了,记得她将第一笔稿费一百七十八块钱放在我手里时说,“妈,咱们有钱了,您再也别出去卖冰棍了……”我难过地哭了半天呀……

妈感慨万千地说着眼圈就红了。小月儿不知所措,放在嘴里的冰棍停下不吃了……

楼上传来一阵脚步声,诃走到妈这边来喘息着说:好了。

妈举着冰棍,瘪着嘴掉泪了,虚弱地说:真是太难了,又要为我花钱了,为了治我的病,你都要倾家荡产了。

小月儿看姥姥擦眼泪。

诃强作欢颜推着妈的轮椅走向远处:瞧您说的,怎么会倾家荡产呢?妈又发挥想象力了,我看妈才应该当作家呢。

钟表指向上午十一点半。

23.中午 内 单人病房

诃在厕所里把墙壁、洗脸盆、洗澡盆大洗大刷……

小月儿老老实实地站在妈身边看着诃。窗台上摆满了一大袋一大袋的手纸。

妈问诃:我怎么办?在学校里坐在沙发上还是怎么的?

诃停下来看着妈:妈,这是医院不是学校。您当然躺着,您是病人,怎么舒服怎么来。

妈想了想这才躺到病床上去,四处看着:到处都那么白花花的……

小月儿奇怪地看着妈。

诃擦着手对小月儿说:你去到楼下看看买些午饭和报纸来。

小月儿听话地走了。

诃把刷洗用品摆放好坐在妈身边,突然嗅到了妈身上的汗味说:妈,以后我给您洗澡。

妈:小月儿洗得不干净,有汗味儿是不是?

诃低着头擦着桌椅腿脚上的污垢没有说话。

妈又心满意足地说:你看,我每次生病你都恰巧赶了回来,真好。

24. 日　内　主任办公室

罗主任开门见山:不论从你母亲的病情、年龄、身体状况,或从手术准备情况来说,都是你母亲最后一次机会了。但以她八十岁的高龄来说,很可能下不了手术台。

诃:几年前妈得过黄疸性肝炎,治疗了一个月就恢复了正常,比年轻人都好得快。怎么会下不了手术台呢?

罗主任:这不等于她能经得起这次手术,谁也不知道手术中会出现什么问题。对于一个年轻人来说,比较容易经得起手术的打击,对老年人就很难了。所以我们一般不考虑接受八十岁以上老人的手术。老年人的脑子,软得像豆腐渣子,手术中需要把额叶托起,这一托,也许就能把脑子戳出两个窟窿。

诃慌了。

罗主任:麻醉这一关也很难过,很可能就醒不过来;抬起额叶的时候,也可能对大脑造成损伤,手术完了人也许就没意识了……当然,在脑外科手术中,切除垂体瘤手术算是最小的手术了,和普通外科手术中切除盲肠差不多。你要考虑好了,如果坚决要求手术,我们还是可以给她做的。

诃:如果不做手术还能坚持多久?

罗主任:一两个月吧。

诃瞪大眼睛……

罗主任安慰:也可能是一两年。不过不做手术也没有多大关系,顶多就是失明。

诃:您这么吓唬我,我就不敢签字了。

罗主任:难道你没人可以商量商量吗?

诃:没有。

赵大夫在一旁说:她有一个女儿,还在美国。也不是没人商量,还有先生都可以提出他们的建议,但大主意还得她自己拿。

诃:问题是我拿不了!如果是你们自己的母亲,在这种情况下你们同意还是不同意手术?

罗主任摇摇头。

诃:看来我只能和她本人讨论这个问题了。

罗主任:您怎么可以和病人谈这个问题呢?

诃:我妈行。

诃慌乱地走出医生办公室。

25. **日　内　走廊　大堂**

诃走到走廊不知所措地站住了。

赵大夫追了出来:罗主任既然肯做手术,就会有把握。你想,哪个大夫愿意病人死在手术台上?当然他要把丑话说在前头,万一将来出了问题……

诃:要是不手术呢?

赵大夫:不手术瘤子会破裂、出血,除了失明还会造成脑卒中,到那时候再到医院急诊就晚了。

诃:可罗主任说就是手术成功,也只能解决失明问题。可我母亲的脑子已经软得像豆腐渣了……

赵大夫:一般说脑软化,并不是脑子软了,而恰恰是脑子硬化的意思。怎么能捅出两个窟窿呢?再说额叶托起的时候,是用了很多的棉条的板子往上托起,而不是用两个手指去托。

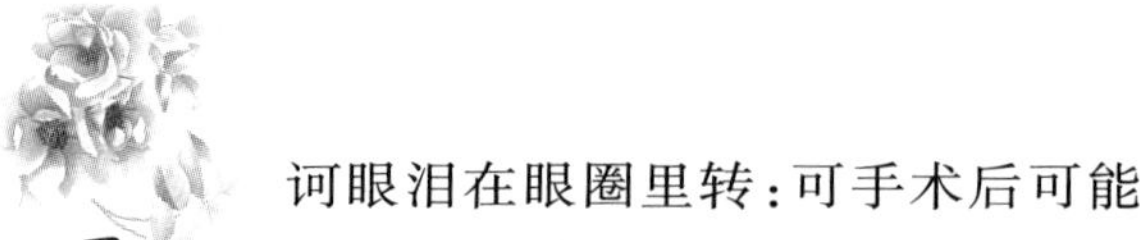

诃眼泪在眼圈里转:可手术后可能会变成植物人呢……

赵大夫:两个额叶同时托起也许有这个可能,你母亲只需要一侧额叶,而且是右侧,不会那么危险的……

诃避开赵大夫,怕他看见自己的慌张和混乱:谢谢您,我再好好想一想。

赵大夫目送诃的背影消失。

诃来到大堂呆呆地站着,高大的玻璃窗映照下诃的背影显得孤立无助。

诃和先生通着电话急促地问:怎么办呢?做还是不做?

先生:那么大年龄了,万一出现什么闪失,岂不是……

诃没话了。

先生:当然……最后决策还是由你来拿。

诃:可我做不了决策。

先生:你又不听我的……

诃挂了电话。终于控制不住哭起来,顺着大堂的走廊往外去。

万万没想到瘦弱的妈就在面前站着……

诃把脸背过去,心声:“我无法隐瞒住任何时候都比我明白的妈……”

26.日　内　单人病房

诃照实说了:不手术也没什么关系,顶多就是失明,我可以充当您的眼睛,虽然大夫说在脑手术中是最简单的手术,但您毕竟年纪大了,何必冒这个险呢?

妈:别、别、别,我一定要手术。我可不愿你那么活着,你不签字,我自己签去。

诃着急地说:您签字不管事!

妈看了半天女儿后,说:你就听妈一次吧……

诃控制不住地哭起来。

妈站起来:我自己找大夫去。

诃惊慌地看着妈。

27. 日　内　走廊　医生办公室

走廊里昏暗的光线映照在两人的背影上。妈瘦小个子牵引着诃的手向办公室走去。妈的手在诃的手里剧烈地颤抖着……

刚走到办公室门口,正巧罗主任出来,三个人就在门口站住说话。身材矮小的妈仰起头对罗主任说:我不愿意那样活着,我坚决要求手术。

诃心慌意乱地朝妈全身看了一眼。

罗主任:我们会考虑本人的意愿。

妈伸出右手和罗主任握了握:谢谢了。从今以后,你就是我的亲人了。

罗主任也动情地说:你也是我的亲人了。

妈又伸出小手指对罗主任说:来,拉钩。

罗主任也伸出小手指:嗯,拉钩。

诃呆呆看着妈和罗主任勾在一起的手指。

诃的心声:“既然妈还有一两个月的时间,而手术这条路也许还有希望挽救妈的话,我为什么不背水一战呢?”

字幕:这个错误的理解,也是后来下决心手术的原因。

28. 夜　内　单人病房

妈哆嗦着手兴奋地抓紧电话说着:声音大一点,我听不见……我的外孙女书包呀……哎……哎……我也想念你呀……我真高兴!有你这样的好孙女,我知道你对姥姥的体贴、关心……你挣钱不容易还花钱给我打电话……电话费要花很多钱……对,我会去的,到你那里只是想看看你,不是为了玩……我已老了,所以我特别珍惜这一次机会,所以要考虑仔细才行……我估计两年之内去看你吧……好的……哎哟……好。

诃接过电话对女儿说:姥姥住院了。

女儿:严重吗?

诃:你能回来吗?

女儿:我马上要毕业考试了,很难回去。

诃:……

女儿:妈妈,你怎么了?

诃:没事……你好吗?

女儿:挺好的,就是想您,等我考完试就回去看望您和姥姥……

诃:好,妈也很想你……再见。

诃挂了电话。

妈高兴地对诃说:我的孙女说了,等我出了院,等她回来要带我去吃遍北京所有的好馆子……她还说让我们去她那儿,到美国去一次也好,不过可别住得时间太长,住个一年半载的就回北京,可一定要等我的病全好了才成。

诃:妈,瞧您生病也会捡时候。秋天正好做手术,天也凉了,不容易感染,躺在病床上也比较舒服;我才50多岁而不是60多岁,正好全力以赴;您病好出院就住进新家……

妈高兴地说:把猫也带过来。

诃:妈,您的猫可真行,我去俞大姐家,那天猫咪吃食的时候脑袋还一甩一甩的,仔细一瞧,它在吐馒头的丁呢。原来它把馒头上的鱼和肝吃完就把馒头吐了。

妈这时脸上露出笑意:一只狡猾的猫。

诃又说了:咱们新家的地理位置相当好,离前门、西单都很近。比您这里热闹多了。

妈关心地问:楼下有街心花园吗?

诃:有个小花园,我还给您一个任务,每天让小阿姨陪您到前门法国面包房去给我买个小面包,既锻炼了身体,也等于上街看热闹。过马路也不用愁,刚好楼下就是地铁的通道,反正有小阿姨扶着您,上下地铁通道没问题。

妈:新房子的楼梯陡吗?

诃:不陡,上下都很方便,楼梯还挺宽的。还有电梯,您愿意坐电梯或是愿意走都行。

妈笑了:那我坐电梯。

诃看着妈,妈也是仰着头,期待地看着诃。

妈突然对诃说:咱们俩坐一会儿。

诃靠在妈的膝前坐下握住妈的手。

诃先说话了:书包说她明年结婚,请咱们去参加她的婚礼,你要给我做一套缎子礼服,上身是中式短袄,下身是到脚腕的长裙……诃又说,到时候我们去美国看她,还可以到处转转……

妈突然冒出一句:跟前没人了,你要吃得好一点。

诃:……

妈:你也成人了,书包也挺有出息,我也没什么牵挂了。

诃:……

妈:时间长了就好了,我不也孤独了一辈子吗?

诃:我想让书包回来看您……

妈:她在那边刚立住脚,买一次来回机票太浪费钱了,还影响学习,不合适。以后有的是时间。我看我活个三五年没问题。是不是?

诃使劲点头。

妈:我要是有个山高水低的,别叫书包回来,她回来也拉不住我,冒着坐飞机的危险,何必呢?你告诉我的孙女只要她听你的话,姥姥在九泉之下也安心了……

诃再也无法拦挡脆弱的提防,趴在妈的膝上大哭起来。妈一动不动、表情安宁地坐着,好像没有听见一样,似乎又进入了麻木的状态。

妈任诃大放悲声说:没事,没事,没那么严重,你就当是小事一桩。

妈自言自语:我不能死,我死了你怎么办呢?

诃趴在妈的膝上哭泣着。

29. 日　内　办公室

诃在病历上签字:同意手术。

赵大夫看着诃红肿的眼睛说:为了老人的安全,手术由罗主任亲自主刀,您也别太劳累了。

诃呆呆看着签字的字迹。

30. 日　内　单人病房

透过门窗暗淡的光线,诃正在给妈在洗手间里洗澡……

诃的心声:“给妈洗澡是我们共同的享受。每当我洗出一个干干净净、清清爽爽的妈,给妈擦干净身上的水,换上干净的衣服,就看到妈露出笑容很满足的样子,好像感受到了人们常说的那种‘老来福’。我更加为自己以前把妈撒手撂给小阿姨就走而自疚……”

诃用心给妈洗着内衣背心和内裤,干干净净挂在衣架上。

诃给妈的内裤换掉那条早已失去弹性的松紧带……

31. 日　外　医院的楼顶

去往平台的方方正正的出口处,露出妈的脑袋,她左右好奇地瞧着,然后是妈的两只胳膊,胳膊架在平台两侧的水泥沿边上。诃、小月儿搀扶着妈往上努力举……妈的两只脚踩在铁梯子上时腿还有些发抖……妈费劲地往上爬,爬上了平台……小月儿和诃先后爬出来,三人高兴地拍打着身上的灰尘,阳光照耀下,周围都是飘浮的尘屑……

妈不要诃搀扶,自己甩开膀子做 50 周年国庆节的阅兵领队正步走。

诃笑了:妈,还真行。

妈亦庄亦谐甚至有些调皮地笑笑:念小学的时候,老师就是教我们这样正步走。小月儿拿着手杖在旁边高兴地跟随着。

妈说:小月儿,把手杖给我。

小月儿递给妈。

诃问:要手杖干什么? 妈自己能走的。

妈手杖横空地握在右手,笑着说:我不拄,我就是拿着它壮壮胆儿。

诃看着妈若有所思,蓝天白云衬托下妈的背影显得很渺小。

32. 日　外　四合院里

诃从妈的小屋搬出几只大纸壳箱子,在自行车后座上费劲地捆绑着。

手机响起来。诃撅着屁股、手忙脚乱在地上的包里找寻着电话。一只脚抵挡着自行车,接听起来。

先生:我父母就要到了,现在正在路上,我派了司机去医院接你,你到火车站等他们……

诃急了:你怎么在这种时候让他们来?

先生:我能说不让他们来吗?

诃压抑着声音把脚撤出来:我妈明天一早儿就要上手术台了!我说不定就再也看不见她了! 你这不是难为我吗?

先生:他们待不了几天! 把父母接回来扔在家里就不用你管了!

诃越发慌乱的神情。先生不高兴地挂断电话。

自行车"哐"地倒了,一箱子的物品全部摔在地上……

33. 下午　内　单人病房

一个小护士走进病房说:三号病人起来吧,待会儿做手术前的备皮。

妈惊讶:备皮?

护士:理发。

她起身睁大眼睛:哦? 小月儿! 快去把你阿姨找来!

小月儿:阿姨不在。

妈:不在你去找呀!

小月儿:阿姨说有急事一会儿回来,我找不到她了。

妈:那怎么办?

妈没有主意看着护士:我女儿不在……

护士:又不是做手术,怕什么?

妈:是要刮光吗?

护士:做手术不刮光怎么行呢?准备准备吧!说完走了。

妈呆坐在床上若有所思:我这头发呀,从小长得就慢,这一刮还不知什么时候才能长出来……手术完了我还要去美国看孙女呢,这要是没了头发,和照片上的长相不符,不知还让不让上飞机?

小月儿也发愁了……

妈看着小月儿想着什么,突然说:小月儿,你去借一台照相机来,我要留个片子做纪念……快去!要不理发师一来我就没有头发了!快去!

小月儿"噢"地答应了一声跑了。

34. 日　外　火车站

司机小夏一阵疾风把车开到火车站。火车站到处是走动或东倒西歪的人。诃站在脏乎乎的轿车外面。

小夏从远处跑回来说:火车晚点了。

诃呆呆地看着车站顶楼高挂的时钟。

35. 日　内　医院办公室

小月儿跑到值班室站在门口对一个大夫着急地说:姥姥要拍片子!

大夫:拍什么片子?

小月儿:拍照片!

大夫奇怪地问:你哪儿的?几号病房的?拍什么照片?

小月儿发愁地：姥姥要上飞机，人家不让她上去。

大夫不解地盯着小月儿。

36. **下午　外　火车站附近的洗车处**

诃坐在轿车里，小夏扭开旋钮播放出优美音乐。车外四周几个擦洗工正在认真、热情地刷喷车体。诃在车里看着车窗外四溅的水柱……无数条挥舞的抹布迎面而来，更加增加诃的不安。

37. **下午　外　公园**

小月儿大汗淋漓四处张望着。拍一次成像快照的师傅正在给游人拍照。小月儿眼前一亮跑过去。

38. **下午　外　火车站**

轿车干干净净地在火车站出口。诃终于看见了两个晃动的人影远远拎着大包走过来……

39. **日　内　单人病房**

小月儿领着摆摊的师傅走进单人病房。

师傅一口山东话进门就问：哪个要照相？

小月儿指了指妈。

师傅看着妈：大娘是您要照相是吧？

妈坐起来：是呀。

师傅：有没有什么要求？师傅看了一眼小月儿又问妈，照头相？还是半身的？

妈眨了眨眼问小月儿：你说怎么着好？

小月儿犹豫地擦擦汗：照头发。

师傅：可得想好了，我今天活儿特别多，手头就剩下一张底片了。

妈发愁了：真是的，我女儿不在很多问题就是拿不准。

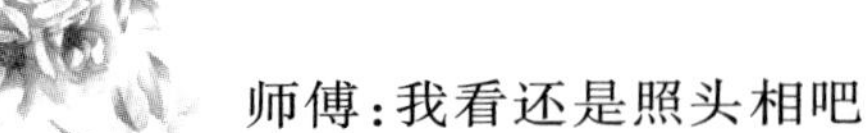

师傅:我看还是照头相吧!

妈想了想举起手比画到胸部说:到这儿吧……太近了也不好看,脸上都是褶子了,你说呢?你有经验还是你做决定吧……

师傅:好。照上半身。坐哪儿?坐床上行吗?

妈四周看看:还是坐窗户底下吧,光线比较好,你等我一会儿……

师傅:行。

妈仔仔细细地梳着每一根发丝……

师傅摆好一把椅子放在窗下。妈慢慢悠悠走过去坐下来。

师傅举起相机对准妈横竖比画、衡量着:坐好了,别动,往右点儿,再往左点儿……

妈坐在阳光下安详、笑眯眯地听从对方的指挥,突然妈说了一句:停!

师傅:呦!吓我一跳!怎么了?

妈:我想出去到外面拍,阳光好……

师傅眨巴眨巴眼睛连说:好、好、好。

40. 下午　外　医院后花园

妈坐在椅子上,手里拿着梳子还在头上梳了又梳,小月儿站在一边。

师傅:好,笑一笑……不好,再笑,高兴点儿……3、2、1——中!

随着师傅的话落,从相机里吐出来一张白色的片子。

师傅:老太太,这就是你的照片,你呀,拿在手里就这样甩,甩一会儿就看见了。

妈拿着照片甩来甩去,高兴地说:真先进呀!谢谢你啊。你不是活儿多嘛!赶紧去忙吧……

41. 日　内　诃家

公公、婆婆坐在客厅里一样一样往外掏带来的土产。

从洗手间里传来哗哗的水声。诃擦着手走出来:一会儿你们洗一洗吧。

婆婆:我们来北京待不了几天。

公公:净给你们添麻烦了。

诃:没关系,不用那么客气,来一次也不容易,怎么会麻烦呢?

婆婆:你妈还好?

诃:挺好的。

公公对老伴说:也应该见一面了,有六年没见了吧?

婆婆:是呀,你看,我们还给她带来了好多她喜欢吃的干笋,她牙口不好了,你做的时候要多泡几天……

诃:噢,我知道了。

婆婆:还住在那间小院里吗?

诃:年底就搬了。你们刚来好好休息、好好玩一玩,过几天我把我妈接过来看望你们……

42. 日 内 单人病房

妈拿着照片还在认真甩来甩去:半个小时了吧? 人哪儿去了?片子依然没有出现任何影像。小月儿在一旁伸着脖子好奇又关注地看着……

妈:都怪我非要坐在阳光下把人都给晒没了。

护士带着理发师走进来。妈和小月儿同时把目光投向门口。

理发师拿着剪刀在妈的头部来回运动着,一绺绺头发从理发师的手中掉下来落在地上……

妈感受着这一切,脑海里不知在想些什么。

理发师和护士走了。妈很长时间还在不知所措地呆愣着。

妈用手摩挲着头:怎么样?

小月儿:秃了。

妈一瘪嘴对小月儿说:要是你阿姨在就好了,要是你阿姨在就好了。

小月儿:姥姥,做手术您怕不怕?

妈:不怕,一点儿也不怕,是死是活由命了。我只是不放心把她一个人丢下,我不能死,我死了她怎么办?来,带我去厕所。

小月儿把妈领进厕所里。

妈在里面说:你阿姨快回来了吧?

诃手里拿着公公、婆婆带来的土特产品跑着来到医院……

妈的声音:书包,如果我匆匆去了美国,时间又不长,仅是一个月,花那么多的路费也太浪费了,所以我决定今年先不去了,等你毕业考上研究院,或者工作和结婚,那时我再去。住上一年半载的再回北京。我不能在你那里久住,你刚工作,必须奋斗使自己立住脚。我哪能累着你呢。你妈妈有了工作有了成绩,我只好累着她,她是我的女儿嘛……

诃穿过大堂、楼梯、走廊,进了病房,看见妈已刮光了头正趴在桌上给女儿书包写信。

妈困倦地伏在桌前。信纸掉下来,一张张纸被风吹向窗口、地上……

诃惊奇地看着妈的样子……

诃给妈找来一顶帽子戴上。

她遗憾地用手摸被刮光的头问:是不是很像你姥爷?

诃说:是。

妈说:真糟糕。上哪儿找一面镜子来。

诃糊弄妈:医院里不让病人照镜子,人家有规定的,照镜子罚款。

妈:真糟糕。这家医院可不好。

诃:不糟糕,一般人上了年纪就没法看了,可妈到了八十岁,眉还是眉,眼还是眼。

妈笑了。

43. **下午　内　单人病房**

妈一个人呆呆地躺在床上想着什么。小月儿坐在一旁守护着。另一个戴眼镜的小护士走进来,换取着床上用品,妈起身猛然拽住小护士,直勾勾地盯着小护士鼻梁上架着的眼镜,没等小护士明白怎么回事,妈便对镜片里反射出自己的形象拧着眉失望地说了一句:真丑。

戴眼镜的小护士看着妈生气地说:关你什么事!

诃正端着饭盒回到病房听到小护士的怨言,又看着她气哄哄地走开。

妈发呆地说:没事的。

44. **夜　内　单人病房**

诃的折叠床和妈的病床并排在一起,两人躺着。

诃侧过头看着妈,妈的手还在微微颤动着,似乎是睡着了。

妈:我也没有给你们留下什么钱,什么遗产……

诃:您把我们拉扯大,不就是最好的遗产吗?

诃不知不觉地伸出手握住了妈的手。两个人就这样地长时间握着……妈的手很快就从诃的手中滑下去了。妈睡了,睡得很沉,诃看着妈然后用棉被捂住自己的脸,在黑暗中抽泣呜咽……

走廊里。诃蹲在黑暗的走廊角落里抽着烟……

诃心声:“明天妈就要上手术台了,可是妈再也没有对我说过什么。一句也没有。我为她能安然再睡去松了一口气,也为她能这样淡然地对待生死,淡然对待和我的永诀而黯然神伤……”

字幕:这是一个空白的夜。

病房里。妈的眼睛睁得大大的……

45. **晨　内　单人病房**

晨光照耀的病房。诃睁开眼睛看见妈一早就站起来了,正把假牙摘下包好。

诃问:您要干吗?

妈:我要收拾收拾行李,准备上路了。

诃一惊:您上什么路? 您去做手术,什么东西也不用带。

妈"噢"了一声,这才又坐下了,像个幼小的、听话的孩子。诃心慌意乱地看着妈。

手术室的护士推着推车来接人,往病房里看了看问:这么大手术,就你一个人呀?

诃看着护士,又看着妈,"嗯"了一声。

46. 晨　内　走廊

诃一面推着推车向电梯走去,一面对妈说:别担心,您最喜欢的罗主任会一直守候在您身边。如果您感到有些痛,尽量忍住,可不能喊,一喊大夫也许就慌神了,那对手术不利,万一大夫以为您忍受不了,再给您加麻醉药就不好了。

妈"嗯、嗯"地答应着。

47. 晨　内　手术室门口

到了手术室门口,手术室的护士就接过诃手里的推车。车子从诃的眼皮底下消失的时候,诃鼓足力气发出信心十足的一声喊:妈! 您放心——

妈没有回答。手术室的门关上了。诃的眼泪一涌而出……

小月儿气喘吁吁地从先生那边过来。

饮水机倒置的水桶内,发出咕噜咕噜上升气泡的声音……

小月儿在一旁的饮水机里接水喝着,饮水机发出巨大的声音。小月儿再去接水。咕噜咕噜,上升气泡的声音扰乱着诃的心情……

诃望着门的表情。在门口心神不安、焦虑等候,与小月儿两人不同的状态。

诃的心声:"手术进行得很顺利,两个多小时就做完了,我至今记得罗主任从手术室出来后那种神采飞扬的样子……"

手术室的大门慢慢地打开，罗主任从手术室里出来，他的白外套敞开着，脸上浮着掩盖不住的高兴，眉宇间也洋溢着手术成功的自得。

诃奔过去看着妈的神志是清楚的，眼睛是张开的。

诃急不可待地问：妈，看得见我吗？

妈点点头。

字幕：两个月前。

48. 日　内　单人病房

妈躺在床上昏睡着，妈的头上还留有一个连接塑料袋的排液孔，用以排除术后脑中的积液，里面是半口袋的鲜红积液……

特护一会儿给妈量脉搏，一会儿量血压。

诃看着妈的脸问大夫：脸怎么这个颜色？

大夫：脸色晦暗是正常的，因为手术中的淤血还没有吸收干净。

诃奇怪地问：头上怎么会有个小坑？

大夫：这也是正常的。

旁边的护士说：有些病人的钻孔部位还鼓出一个大包呢！

诃焦虑地看着妈，妈躺在床上双手开始在胸前缓缓地、不停地绕着圈子，脚也在被子里乱蹬乱踹……

妈在睡梦中胡言乱语起来：你们要秉公办事！我就这一个后代……你还是我的亲生女儿哪，怎么就把我一个人赤身裸体地扔在大马路上，让那么多人站在两边看我……你们这是骗婚……怎么扔给我一个红裤衩……

诃怕妈乱抓手背上的输液针头，便按住妈乱动的手，可是妈还是乱动，诃就把妈的手用绷带固定在床栏上。可妈的脚蹬掉了脚背上的输液针头，蹭得被单上都是血。

罗主任来了，重新把针头扎进了妈的静脉血管。他还把放在枕底的塑料袋挪到枕上。对身后的特护说：口袋的位置不能太低，否则积液就排出太多了。

妈睁开了眼睛。

罗主任问妈:你还认识我吗?

妈:谢谢。

罗主任看了看老人对诃说:让老人多休息,你有事找我。

诃点了点头送罗主任走开。

身后的妈爆冷门地说了一句:我还能不认识他?他不就是小学校长吗?

诃走过来问:妈,你头疼不疼?

妈:不疼。

诃:头晕不晕?

妈:不晕。

诃伸出三个手指问妈:这是几个手指?

妈:三个。

诃又举出四个手指问:这是几个?

妈:四个。

诃看见妈包在头上的绷带都被鲜红的血湿透了。强挤出一丝笑。

妈迷糊地说:我刚才看见有人把我拉进一个帐篷,又扔给我一个红裤衩,我觉得那种情况很像骗婚,就冲上去和那些人说理,并且上诉到有关部门。你怎么都不管我?把我赤身裸体地扔在大马路上,好多人站在两旁看着……

诃不解地看着妈。

妈:我对你把我光着身子放在手术台上很不高兴,你是我的亲生女儿,竟然让我出那样的丑,我很有些伤心……

诃:妈,说不定要在什么部位做应急的处理,到那时再给扒衣服就来不及了。

她闭上眼睛:我不是不高兴大夫,你不理解。

诃看着妈睡着了。

49. **中午　内　单人病房**

诃疲倦地在椅子上睡了过去，地上扔了很多的报纸，一个电炉上正煮着一小锅粥。

小月儿和妈说话：姥姥，你年轻多了，从今天以后，你的年龄应该从一岁算起，以后谁要问你多大年纪，你就说：一岁。

妈说：是吗？这样说可以吗？没有人不愿意吗？

小月儿：没有人不愿意的。

妈说：你阿姨会不会不愿意？

小月儿：不会。

妈又说：你阿姨要是不签字，她会后悔一辈子的。

小月儿点点头。

诃突然被惊醒了，发现妈正要从床上站起来。

诃吓坏了，立刻跑过来说：妈，别乱动，要是摔倒问题就严重了！

妈一副痴呆的样子又回到床上去。

诃问：妈，你想喝粥吗？

妈：我早就想喝了。

诃：那您怎么不早说？

妈：刚才你不是说还有很多的大夫在这里，我怎么好意思吃饭呀，我想他们也都饿着呢！小学校长不吃饭我也不吃，我要是饿坏了才有可能吃，吃一些粥和电脑。

诃看着妈说些奇怪的话，不知该怎么办。

诃把粥端给妈，妈就呼噜呼噜喝了起来。

50. **日　内　CT 室**

做完检查的妈躺在白色凹槽里被巨大的仪器退了出来。

诃眨巴着眼睛看着大夫在病历单上快速记载着什么……

51. **日　外　走廊**

诃推着轮椅边走边对妈高兴地说：一般人脑部手术后常有水

肿、血肿、感染、发烧，妈您一律全无，太正常了，太顺利了！

妈也高兴地说：是呀，最高一次体温才不过三十七度五，而且很快就下去了。

诃大步轻松地把妈推向远处……

诃的心声："我和妈都太乐观了，真是乐极生悲，我们那时的欢乐，其实是坐在火山口上的欢乐，大功告成的兴奋也使我无法控制，我看着妈就像欣赏自己的一个杰作。我怎能知道，那其实是我一生最大的败笔……"

52. 日　内　电梯内

诃用双手护着妈，挡住那些拥挤的人说：别挤，别挤，这里有个刚做完手术的老人。

一个老头问诃：多大年纪了？

诃兴致盎然地说：80 岁。

老头：这样的高龄还这样硬朗，身体真棒！

周围的人见妈的样子惊奇地说：年龄那么大了还接受手术？

妈蜷缩在轮椅里抬头高兴地看着四周高大的人们。

53. 日　内　单人病房

吃完饭妈说：我想去厕所。

诃走过来两手搂住妈的腰说：妈，来吧！

妈喘着粗气，两条腿软得像是煮烂的面条，无论如何挺不起来。妈贴在诃的身上，大张着嘴，全靠诃奋力地往后仰挺着身体支撑着。诃两只胳膊往上提着，妈才勉强地站立。

恰巧护士长带着几个小护士查房，见此情形严厉地对妈说：站起来，自己站起来！

不等诃看清护士长，妈"噔"的一下就站直了。

护士长看着站起来的妈说：瞧！这不是起来了？您的腿和手术一点关系也没有。

妈和诃都抬起头望着护士长。

护士长又说：不要紧！您要多锻炼才成！说完就走向另一间病房。

诃带妈走出厕所。妈走起路来腿还是打晃，每迈一步膝盖就往前一拐。

妈说：老不走就不会走了！早点恢复还是好啊。

诃：出去转转吧。

妈说：我累了。我还是想回到床上躺着去。

妈自己挣脱开诃的搀扶，快步利落地绕过床栏上了床，自言自语说了一句：床真好呀，生也在床上，死也在床上，结婚在床上，做手术还在床上……

诃看着妈。

妈躺在了床上又说：我的皮子可合了，肉皮上拉个口子，不一会儿就长上了。

诃安慰妈：等您身体完全恢复以后，我再请一个美容师来，把您眼皮上下多余的部分剪掉，您再精精神神过几年，没看好些人不都剪了眼皮，染了头发吗？立刻就精神多了！

妈说：那感情好了。只怕去看望书包时她认不出我来了。我看最好你也去美美容，要不我们娘俩儿都一样年轻，那多麻烦。

诃笑了笑说：不会的，妈永远是妈，谁都会分辨出来的。

妈眨眨眼睛还在担心：那也未必。

诃不知该说什么了，离开病床在病房里收拾东，收拾西。

妈躺在床上半合着眼睛看诃在房间里走来走去，做这做那。诃走到哪儿，妈的眼睛就跟诃转到哪儿，舍不得睡去。

妈突然说：你还到法国去吗？

诃回过头：不去。

小月儿气喘吁吁地跑进来，手里拿着一大堆信件、电传、快递等，交给诃说：叔叔让我带来的。诃和妈同时看着这些信件。

54. **夜　内　单人病房**

妈突然惊醒坐起身，拼命摇晃床两旁护栏，说：小月儿快走，这是鬼住的地方，你这孩子怎么不听话？怎么不走？我可是为你好哇！

啪的一声，一只护栏被妈摔到地上。

妈又叫道：哎哟！天大的笑话，我怎么没有交代了？该说明的都说明了！电脑怎么了？写吃饭的事故！

诃被惊醒，迷迷糊糊看着妈。

诃在电脑前正在打着字，趿拉着鞋走过来摇晃着妈喊：妈！妈——

妈突然停下来看着女儿：你要干吗？

诃红着眼睛困意没消地说：妈！你怎么了？

妈好像醒悟过来：没事。有点难受。我要去看看厕所。

厕所外面诃的一只拖鞋掉在地上。

厕所里妈说：我怎么这么沉呢？

诃：您的两脚靠大腿越近就越省劲。

妈：……

诃哎哟一声。

妈：怎么了？

诃：扭着了！

妈：呦！

诃埋怨地说：您看这几天，一到晚上您两分钟就来一次厕所！

妈：哎哟！可别那么重地掰我的脚。

诃：您都没病了怎么还这样折腾人呢？你就不能把尿尿次数集中一下，将时间延长一点儿？别上了，干脆在盆里解算了！

妈白了诃一眼。诃把妈从厕所搀出来，两个都气喘吁吁、满面汗水。

妈躺在床上说：我要翻翻身子，翻到右边。

诃揉着眼睛走过去，帮妈翻了个身。

诃刚要回床上妈又说:我要去厕所。

诃:便盆里解吧。

妈看了看床底下用手把盆拉近在身下。

诃把便盆用脚踢到一边耐着性子说:先别着急上,等自己憋不住时再起来,要不您以后一秒钟就得起来一次。

妈就把便盆拉近。诃又踢开,妈又拉近。

诃干脆将便盆踢远,然后坐在一边看着。

诃的心声:"妈到底是清醒还是不清醒?要是清醒,为什么不懂得心疼我?要是不清醒,为什么知道把便盆从身子下拉近呢?"

55. 日　内　单人病房

妈说:我不舒服,想翻到左边了。

诃躺在另外一张床上脸上盖着报纸不理不睬地背对着妈。

妈大声喊:我不舒服,想翻到左边了!我叫你哪!

诃把报纸一扔,起身走过去,手用力把妈使劲地往后一撩。

妈狠狠地"哎哟"一声。

诃急歪歪地说:我刚把被套服服帖帖地装在棉胎上,一会儿棉胎就让你起来躺下、躺下起来,弄得滚到被套脚下去了!

诃把着妈的手:妈!您拽被子的时候光拽被套不行,您得这样,把被套棉胎一起拽着才行。

妈松开被子,双手紧紧把住床两边的栏杆不放,摇晃着说:我要撤掉一面!我只要一边!

诃力大无比地和妈撕来撕去:那不行!万一掉下去怎么办?

妈像是要拼命:像监狱一样!我不要!

诃的眼睛瞪着妈。妈也瞪着诃。两人互相僵持着。

诃生气地把妈的手甩在一边儿说:一会儿我就走!走得远远的!您什么时候改好了,我什么时候回来,您要是不改,我就永远不来了!

诃说完甩身就走出门。

妈傻了,半晌后才说:下雨天你这样窜来窜去的多穿件衣服!家里还有盒痰咳净你给我带来!鼠标!

56. 日　外　街道

诃从医院出来就掉进了瓢泼大雨之中,四周的人都在慌慌张张地跑,急于躲开这阴雨绵绵的天气。板车、商贩们的手推车全向四面八方散去。诃走在街头任雨淋着……

诃的心声:“那时我要是知道妈来日无几,虽然不能救妈的命,至少也能让妈做些顺心的事……”

57. 日　内　诃家

洗衣机里轰轰地搅动着脏衣服,房间里、阳台上已经满满地晾着几圈的衣裤、床单。

诃疲倦地倒在沙发上。面前的小桌子上摆着几片药和一杯热水。先生坐在诃对面一句话也不说。一只手揣在裤兜里,在里面摆弄几枚硬币,硬币发出哗啦哗啦的声响……外面还在下着雨。

先生:你妈的病到底好了还是坏了?

诃叹了口气:天天闹。

先生:……

诃:和梦游一样,大夫说这是手术后正常反应。

先生:吃点镇静剂或者是针灸有没有好处?

诃:没用。

先生喝了一大口没泡开的茶水,用手把嘴里的茶叶拿下来,扔在烟灰缸里。

电话铃声响起,先生走过去接,突然大声、兴奋地说起来:哎哟!老杨?你好!你好!听说你又进步了?

诃起身把药放在嘴里,又喝了一口水,躺下闭上了眼睛。

58. 日　内　单人病房

妈在床上爬起来下了地，喊着：我要逃了！我现在不要这个学校！说着就去开通往阳台的门，像是要逃跑的样子。

小月儿惊慌地赶紧把阳台上的门锁住了。

妈打不开门就拼命地摇，把门摇得哐哐地响。见阳台门摇不开，又去开病房的门，小月儿把病房的门也锁住了，吓得直喘气。

妈大吵大叫：不好了！我要出去！别拦住我……我要找我女儿！快把她找来！

小月儿：手机关机了，打不通。阿姨一会儿就回来了！

妈喊：那就给家里打电话！

小月儿紧张地说：没人接。

妈说：你给她往机关里打，机关一定知道她在哪儿吃饭！她下馆子了！

小月儿：我不知道阿姨的机关电话。

妈静下来：我知道，但是现在不在我身边，在手术台的家里。你去叫护士查找看一下。

小月儿用尽力气拉着妈可是还是挡不住妈的呼喊。

妈一直闹到值班的护士长来到病房，大声训斥道：闹什么？安静点！

妈吓得对小月儿说：巡逻的来了，巡逻的来了。快！小月儿，你快找你阿姨去！你快找你阿姨去！

护士长：您要是不闹了，我就给您女儿打电话让她回来。

妈果然不闹了。护士长看了看妈走了。

妈对小月儿说：完了，我给你阿姨闯祸了，我闹得太厉害，巡逻队都知道了。

小月儿眨巴着眼睛喘息着。

妈又说：你阿姨一定生气了，再也不会回来了。

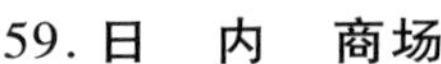

59. 日　内　商场

诃手里拎着几个大袋子，通着电话，对面的镜子里投射出背后的一个假发柜台。诃边听边凝神看着柜台前的一顶顶假发。

诃挂断电话，转身快步来到假发柜台方向。

60. 日　外　医院门外街道

诃拎着一堆袋子快步走着，突然一脚绊在道边，摔了一跤，东西散了一地。诃站起身，狼狈地掸着衣服上的土，然后心情沮丧地低头捡着东西。

61. 日　内　医院电梯

诃刚想爬楼梯，突然看见旁边的一架电梯停了下来，还开着门，里面有一个穿白大褂的女士正嚅动着嘴巴，一只手还按着门上的按钮。

诃一身脏、老着脸皮、低声下气地走进了电梯对女士说：我实在太累了，您看我又拿了这么多的东西，谢谢您就让我乘电梯吧。

女士手往电梯外面一挥，简明扼要地说：出去！

诃夹着尾巴红着脸走出了电梯。

62. 日　内　单人病房

妈探出头向门口看了看。远远看见诃被护士长叫住不停地说着什么……

妈转身来到病床躺下，小月儿看着姥姥……

妈对小月儿说：我最喜欢你唱歌了，唱一个！

小月儿惊讶地：唱歌？

妈：对。

小月儿忧郁地说：我不会。

妈：你会。闭上眼睛装作睡觉。

诃一身脏垢地跨进来生气地大喊：妈！您怎么就不懂我的心

呢？一天我忙得臭死，已经很着急了，连过马路都是横冲直撞的！挤公共汽车差一点儿就把内裤挤掉了！您再这么催我，我就更急了，一急就容易出事，那不是催命吗？到那时候您就后悔莫及了！

妈不说话依旧装睡。

诃：您比我强，您老了跟前还有我，只要您恢复健康，我宁可死了都行。

妈：你可以到书包那里去。

诃斩钉截铁地说：我才不去呢！

小月儿讨好地过来：诃阿姨，我给你买今天的报纸，上面还有你的照片呢！

诃生气地把报纸一扔对妈喊：咱们哄着他们大夫还来不及呢！怎么能为了这样的小事麻烦人家，像查电话号码这样的事，人家管得着吗？到真正有要紧的事的时候，人家还能耐心地照顾您吗？

妈看着小月儿说：你阿姨在哪儿都能打开局面。

诃：那叫打开局面吗？那是当下三烂、装孙子、讨人家的欢心！

妈说：我想喝水，谁给我拿？

小月儿给妈端过来一杯水，妈喝了一口就不喝了。小月儿给端走。

妈又说：我还要喝水。诃气歪歪地给妈端过去……

妈手颤抖得很厉害，喝了一口又不喝了：也不能怪我，可能是晚上睡得不好。

诃"啪"的一声把水放在桌上，埋怨说：您晚上闹不是因为睡得不沉，而是睡得太沉了！您现在白天不睡，晚上也不睡，一旦睡着就会睡得很沉，睡得越沉越不容易清醒，闹得也就越凶！从现在开始，您白天一定要多睡，晚上也要早睡，睡眠一充分人就容易清醒，越容易清醒就越容易从谵妄中醒来，如果觉得在床上躺得时间太长，不舒服，可以先靠着沙发上睡，睡过一觉，再到床上去睡，试试这样做，看看效果怎么样。

妈：那还不睡死了？我要坐起来！

诃没好气地把妈扶起来:自己把外套披上点儿!

妈好像根本听不进去,心神败坏地瞪着前方,看也不看拿起外套的下摆当领子,伸出胳膊就去穿袖子。

诃冷酷地说:好好看看!那是袖子吗?那是袖子吗?

妈呆滞地盯着前方。

诃:妈,每天晚上您都闹!我们一点儿不得休息,白天再闹就太说不过去了!我倒没什么,小月儿两边跑已经很辛苦了,要是她累了撂挑子怎么办?

妈看了小月儿一眼。

诃困惑地看着妈:您闹得病房里的大夫、护士、病人都对您有意见。我一到医院,大夫、护士就抓住我反映您的情况,让我带您出院。所以我都不敢到医院来了。老房子交了,新房子还没有装修完,咱们出了院上哪儿去?只好住在先生家!

妈马上说:别,别,我的好女儿。我最怕住在别人家里。

诃红着混浊的眼睛:在医院,还是住先生家,您看着办吧。

妈:大夫今天和我走对面也没理我,是不是对我有意见了?

诃:反正大夫、护士反映您不好!

妈突然轻微咳嗽起来……

诃问:要不要吃药?

妈说:我说怎么不对劲。原来该吃药了。

妈坐在镜子前。诃站在妈身后,把一顶假发戴在妈的头上。

妈:太黑了!

诃把另一顶假发给妈戴在头上。妈看着镜子摇晃着头说:发型不好!

终于换上一顶妈满意的假发套。妈用小木梳轻轻地梳着自己的"头发"。诃看着妈挤出笑容。

妈给诃梳着长长的头发,一双布满皱纹的老手在诃的头顶来回摆弄着……

妈看着女儿的黑发,用两指仔细拽下一根白发丝。

诃疲倦地坐在小椅子上竟睡着了。

63. 夜　外　医院后花园

一轮明月挂在天上。诃把妈的轮椅推到医院的小公园里散步。在面前的一条平静的小河边把轮椅停下来。

诃:妈,您还是跟我到先生那边去吧?

妈:我不愿意到一个不方便的地方去,他也不愿意在一个他觉得不方便的地方留下来,你又不能分成两半……你说是不是?没关系。你陪先生吧。

诃:我怎么能把妈一个人撂下呢?

妈:我实在不算什么重要的节……回去吧,听话。妈知道你疼我,可是,让他一个人在家实在不合适。

两人看了看水面。节日那喜气洋洋的声音不时传来。

64. 夜　内　医院病房

小月儿在折叠床上呼呼地酣睡着。妈瞪着眼睛斜着脖子孤独地瞧窗外的夜色……

诃的心声:“我终日为别人着想,却很少为自己的妈着想,老是觉得来得及、来得及,妈的日子还长着呢,好像妈会永远随着我……我甚至荒谬地觉得,妈还年轻着呢……”

字幕:一个月前。

65. 日　内　病理切片室

张大夫一面看切片一面问诃:你母亲最近是不是有一次大的发作?

诃:是的。

张大夫:你母亲是不是平时养尊处优?

诃:那倒不是,就是这几年岁数大了,手脚不便,请了个小阿姨,家务事才不让妈干了。

张大夫:你这是害了她了。你母亲的脑萎缩很严重,应该让她多动。她自己能做的事尽量让她自己做,不要替她做。你越不让她做就越是害了她。就像以前我带的研究生,我对他们的态度就是,我就是要常常踢他们的屁股,只有这样严格要求他们,才有可能使他们成才,才是对他们最好的帮助。

诃点了点头,走出病理室。

66. 日　内　走廊

诃疲倦地从病理室出来,来到走廊正好看见先生从单人病房里走出来。先生穿着诃给买的西服,有些小,一本正经的样子。

诃说:刚才朱主任找我谈话,他说等手术的人很多,已经有三个病人等我们的那个病房了,还说母亲术后良好,可以准备出院了。

先生点点头:知道了。

诃:你和妈谈得怎么样?

先生:聊了几句。

诃:妈说什么了?

先生:没说什么我就让她休息了。

诃:装修房子的事怎么样?你督促了没有?

先生一脸愁容:真是!一开始我给忘了。我以为说好的事也不用太催促,可前几天打过电话给装修公司,那边一而再、再而三地说马上就完工、马上就完工……

诃马上火了:我已经答应妈出院就直接进新家去!我怎么跟妈交代?这么点忙你都不帮,你还能干什么?!我又要伺候妈,又要写书,还有那么多的杂事,都快累死了!

先生拧紧眉头看着诃激动的样子:你能不能好好说?

诃怨气十足,几乎是在哀求地喊:你让妈出院住哪儿?

走过去一对病人往两人这边好奇地看了看……

先生:哪儿不能住?住家里呗!还能睡马路上?

诃:我妈惶恐住别人家,你又不是不知道!

先生压着声音低声说：什么惶恐？你们码字的就是爱“甩词儿”！家里有鬼？你就是事多！睡在客厅里怎么就不行了？

诃气得甩身走了。

67. 日　内　单人病房

妈躺在病床上听见了走廊上女儿和先生在吵嘴……

诃进了病房。妈对着床边的礼品对诃说：你看，他带来的，花那么多钱……

诃把礼品盒啪地扔在地上没好气地说：你以为他花钱买的！都是别人送的！一堆破烂！

妈拧紧眉头。诃气得坐在角落里背过身来偷偷地擦眼泪。

妈看着女儿的样子忧虑地说：……等我身体好了，去美国看书包，我们娘儿仨尽享天伦之乐时，他又要孤守北京……这些年，你常常不在国内，现在又总是照顾我。你不想想这似乎很对不起他，更何况还欠着人家一份情呢！妈能如愿以偿地去美国看孙女，全仗他办理的一切手续，你多操劳一些忍耐一些也没什么不好，你不是一家之主嘛！

诃：什么一家之主？就是样样都得操心！样样都得操练！开门要是真的只有油、盐、柴、米之类的事，也太便宜我了！

妈：他也是动过心脏手术的人……

诃又烦了：妈！我也是五十多岁的人了！你别管了行不行？过去你就是有事没事好提醒！从我的写作到结交的人，到来往的应酬，更别说是恋爱结婚……哪一样您不参政？真是烦死了！你老是不放心，总觉得我头上有一把利剑，随时都会掉下来扎在我的头上。

妈：……

68. 日　外　医院门口

诃拉着妈来到门诊大楼的台阶上。小阿姨提着一大包行李。

诃走在下一台阶和妈脸对脸地倒着下台阶。三人走到先生派来的车面前停下。

先生的司机一眼就看出妈气色不好:姥姥的脸怎么这么黑呀?

诃:大夫说淤血还没有吸收完呢!

妈对司机兴奋地打了个招呼:田连元?

诃:妈,这是司机小夏。

司机觉得妈的话奇怪只是笑笑。车离开医院开向远处。

69. 日　外　街道

路上。几人坐在轿车上安静地看着外面。街上的景致一滑而过……

司机小夏伸手一指窗外的一幢楼对妈说:姥姥,快看!这就是要搬的新家!

妈探头向窗外一幢楼憧憬地望着:不用给我装修啊?

诃:快装修好了,铺了木地板,新打的家具,安了空调,还是冷暖一拖二的呢。

妈扭过头望着那座楼:又给我花钱了。

70. 日　内　诃家

诃领着妈四处参观了一下,妈的脸上显出兴致。

妈走到阳台上,扶着墙往外看说:真不错,还有个小花园呢!

从阳台上回来诃对妈说:妈,你睡客厅的沙发上,这朝南,在暖气没来之前比较暖和。沙发也比较矮,这样方便您起坐。

妈看着沙发顾虑的表情。

诃说:怎么了妈?

妈摸着沙发布:我担心自己像在医院那样该上厕所的时候醒不过来,弄脏沙发……

诃马上从包里掏出“尿不湿”放在沙发上:有这个。

妈问:买这个干吗?

诃说：您就是不起夜也不用担心了……我在和平里商场买的，免得您担心弄脏沙发不能安心休息，或是不停地上厕所睡不安稳。

妈看着那一大包东西说：要是尿在上面多不好……

诃说：那怕什么？

妈：老了、老了还要用这个，越活越回去，不过小时候就爱尿床，十五岁才不尿的。

71. 黄昏　外　四合院门口　街道

诃和妈的邻居俞大姐告别后推着自行车离开。

自行车后架上是一个用绳子捆住的纸箱。猫在里面挣扎着不停地叫唤。诃一面推车一面不停地安抚喊着：咪咪、咪咪……

诃骑上车汇入了人海之中。猫在纸箱里乱蹬乱踹，诃骑的自行车摇摇晃晃……

72. 夜　内　诃家

诃笑着抱着装猫的纸盒回到家，妈一下子就从沙发上坐起来欣喜地笑了。

诃说：呵，这猫劲头大着呢！一路上鬼哭狼嚎的。

73. 夜　内　诃家

诃和先生睡在卧室里，先生已经发出呼呼的鼾声了。

诃张望着窗外的光线，然后爬起来，来到客厅，看见折叠床上的小阿姨挨着妈躺着。猫也在妈的脚下安心地睡着。

诃长时间地看着妈安详的睡相……

74. 日　内　诃家

诃家厕所。

诃：妈，你自己锻炼从马桶上站起来。

妈：……不好……

诃：小月儿，不许扶姥姥！

妈：……

诃：妈，您合作一下，站得起、站不起，对您的脑萎缩的病情发展至关重要，如果从这样小的事情上就倒退下去，以后的倒退就更快了！

厕所里一阵轻微的摩擦声……

诃装作力不从心的样子一惊一乍地喊：又扭着我的腰了！哎哟！我要摔倒了……你根本不体谅我，哎哟！我真的是力不从心了！

妈：可我还是不行……

诃从厕所里走出来一屁股坐在沙发上，累得大汗淋漓，对关着的厕所门说：小月儿！你出来！不许扶姥姥。

小月儿从厕所走出来也一脸汗、一脸困惑。

诃看厕所没有任何动静想了半天说：书包年底就回来了，她不是说要带您去吃遍北京所有的好馆子吗？您自己要是站不起来，她怎么带您去呢？再说大夫一看您的切片就说您过的是养尊处优的生活，这对您一点好处都没有，您可得要好好锻炼了！

厕所门没动。

诃走过去故意把厕所门打开说：快看！先生回来了，人家笑话您呢！

妈马上惊慌失措地关上门：别！别！别！

厕所门关上了，屋内一片寂静。

诃又坐下说：妈，您也知道，飞机上的厕所很小，根本进不去两个人，您又老爱上厕所，要是您自己站不起来，我又进不去怎么办呢？

没有用，厕所门没动。

待了好半天妈在里面说：小月儿，你干吗不帮我呢？我请你来就是要你帮助我的，你怎么不听我的净听你阿姨的呢？你别听你阿姨的。

小月儿不知所措地看看诃。

诃失望地拿过旁边的一张片子，看着厕所说：妈！本来我不想告诉您，但是现在不告诉你不行了。您瞧这张片子……您的脑子已经萎缩得相当厉害了。医生说，您自己再不好好锻炼、再不好好恢复各方面的能力，脑子还会继续萎缩下去，脑子一没，人就活不成了。照这样下去，再有三个月就要死了。

厕所突然发出"哗啦"一声响，妈在厕所"哎哟"了一声。

诃慌忙打开门，看见妈正自己挣扎着起来，浴帘和撑杆掉在地上……

诃赶紧把妈搀出来，放在沙发上。

妈伸出手摸诃的头顶说：我知道你是为我好……

诃忧心的表情。

妈疲乏地问：我真的是要死了吗？

诃：医生说，只要您好好锻炼，那就不会死了……

妈：我说也不会那么快……

妈躺在沙发上平静地待着，眼睛虚虚地看着空中，什么也不说了。

75. 日　内　诃家

诃、先生、妈、小阿姨一家四口在安静地吃早饭。

饭桌上妈只是怯怯低头吃着，手还是有些轻微发抖，一块煎好的火腿从妈的筷子里掉了下来，妈像犯了错，轻轻地"哎呀"了一声……

诃说：没事。

诃把掉在桌上的火腿夹在自己碗里，把自己碗里的火腿夹给了妈，像什么也没发生一样又安静地吃起饭来。

诃的心声："妈那像是犯了错的神态让我为之心痛……妈，您就是把什么都毁了，谁也不能说个什么，这个家能有今天，难道不是您的功劳？我当时为什么不说出来呢？"

小月儿在厨房洗刷着碗。

突然小月儿“哎呀”叫了一声，接着就听见啪的一声碎响。

诃走过去一看是小月儿摔碎了一个陶瓷碗，不高兴地说：你知不知道这是给姥姥七十岁的生日礼物？

小月儿吓得说不出话。

76. 日　内　诃家

诃进门问先生：妈呢？

先生：小月儿带出去散步去了。

诃：散什么步？

先生：谁知道。

诃在厨房里忙忙碌碌，着急地说：作协来了紧急通知，要我务必安排一周时间到瑞典参加一项活动……

先生脸上显出不太高兴的神色：我是没时间照顾你妈，小月儿一个人行吗？

诃大叹了口气在厨房忙来忙去。

先生：我有些重要的问题正想和你谈谈。

诃停下来看他。

先生：你看过法斯特的《最后的屏障》吗？

诃：没看过。

先生：太可怜了！

诃：……

先生：你现在净写些鸡零狗碎的东西，这也算文学？我看你这样下去没有什么前途，可怎么还像模像样地出去颁奖？奇怪。

诃盯着先生：你什么意思？

先生看着诃说：没什么意思。楼下不远处的“红苹果”托儿所听说因生源不足最近开展了“全托老人”业务，而且业务开展得不错，你走了以后，把你妈送过去吧……

先生说完回到里屋。

诃生气地看着门,回过头想到妈便走向阳台往下望。

远远的小月儿搀扶着妈正慢慢地上台阶。

诃喊了一句:妈——

妈没有听见。小月儿对诃喊:姥姥买五香花生米了!

诃喊:妈!你,别扶姥姥!让姥姥走快一点儿!

小月儿马上松开了妈,跟在后面。

诃又担心地大声喊:小月儿,走路的时候你可以不扶姥姥,但要跟紧她,万一走不稳,你一伸手就能抓住姥姥才行。上台阶的时候用点儿劲搀姥姥,不然会出事的!

小月儿和妈抬头仰望。

诃在阳台上喊了一声:等一会儿,我下去!

说着便不见了。

77.日　外　楼下

诃快步走过来冲小月儿喊:这种速度不行!你带妈走得那么慢!能起到锻炼的作用吗?

诃拉过妈的手说:生命在于运动!多多运动多多长寿!你那是锻炼吗?跟演个角儿差不多。锻炼完了您那角儿也就跟着卸装了,联系生活不多!

说完就拽紧妈疾走起来。妈狠狠瞪着诃。诃还是拉着妈疾走。她挣不过诃,吃力地跟着诃踉踉跄跄地往前走……

妈一头汗说:出汗了!

诃:出汗好,出汗是新陈代谢!

妈:我可得小心点,我要是摔着哪儿,不是给你添麻烦吗?

诃:不怕。

妈说:比小月儿陪我走得快多了。

78.中午　内　诃家

厕所里一阵摩擦声。先生尴尬地站在门口,双手似乎要帮忙的

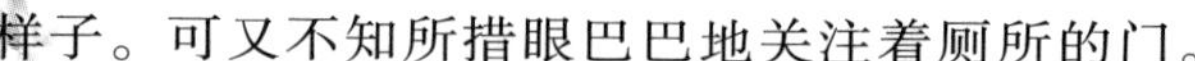
样子。可又不知所措眼巴巴地关注着厕所的门。

突然厕所门被撞开，小月儿正满脸汗水困惑、困难地使劲扶着妈，一只脚因不小心从里面歪斜出来……

先生马上回过头去。

字幕：十天前。

79.黄昏　外　红苹果托儿所

远处一群小男孩推动着一个个轮椅，好奇地左右扭转，淘气地把轮椅排成一排，全部面向大门。其中一个稍胖一点的男孩不高兴地把轮椅非要变成一顺的方向，像排队一样。最后，支持者和反对者互相推推搡搡打起来。老人坐在轮椅上无助地任其发展……

诃拎着一个箱子从国外刚回来，直接来到红苹果托儿所去接妈，诃看着辛酸的一幕：秋叶飘零的黄昏里，妈和许多年岁相仿的老人们散坐在各自的轮椅上，目光呆滞地感受着天边那最后的一抹红霞，周围是那些没调地唱着流行歌曲的四五岁的孩子们。孩子们没遮没拦地快乐嬉耍、大声吵闹着……

诃赶紧走上前去。

80.日　内　诃家

妈默默地扶着墙躲在阳台上。诃和先生在里屋又开始吵嘴，争执不休。一声响亮的关门声把妈吓了一跳。

81.夜　内　诃家

诃在自己的房间里坐在电脑前，电脑屏上是密密麻麻的文字……

诃小声问：还有呢？

小月儿在旁边说：姥姥还问我，“他们说我能活到一百岁，你说能吗？”

诃问：你说什么？

小月儿:我说当然能,你身体那么好……

小月儿接着说:姥姥还说我女儿对我真好,那么老了还要给我剪一剪眼皮……还说书包结婚的时候要去参加书包的婚礼,说她已经没病了,也该抱重孙子了,说书包的同学都做妈妈了,书包还没结婚呢!还让我别走,说等她去美国看书包时让我看着猫……说等她好了大家去北海公园玩……

诃问:还有呢?

小月儿想了想:……还说活着真没意思,这么老了,还锻炼什么?就这么过就行了……

诃:嗯,你接着说。

小月儿又说:……姥姥说等你们到了我这么大的年纪就知道了……

诃又问:还有呢?

小月儿实实在在地对诃说:……姥姥说你有时想不开,事情已经如此了,就得想开,说怕你神经了……还心疼你哭过一回呢,说你总出国是好事情,说坐飞机可太危险了,要是掉下来还不摔死了?

诃看着小月儿。妈在客厅躺在沙发上昏睡着。

82. **午　内　诃家**

妈看着诃突然说:我要去厕所。

诃:妈,我不扶你,你自己从椅子上站起来,自己去。

妈看了看诃不但没有从椅子上站起来,反而从沙发上溜到地上,如鱼得水地在地上爬起来,脸上有一种无意识的状态和解脱。

诃一下子愣住了,接下来就是气急败坏,甚至愤怒,那不是一般的愤怒。

诃看着妈,心声:"妈这样做是自暴自弃,简直是对我的爱的背叛,是对我们共同苦难、艰辛的背叛!我的大爱,那是一下变成了大恨。我恨妈的固执。她的固执不但是她的仇敌,也是我的仇敌!

我和她所做的一切努力，难道都是一场空？难道都救不了她吗？”

诃冷酷地说：好吧，就当这是床，就此练练怎么从床上坐起来！

妈在地上爬来爬去，翻来翻去，连从地上坐起来都不会了。

妈爬到长条茶几前用两只胳膊撑着茶几，两条腿软软地斜蹬在地上，一点劲儿也不使。仅仅靠着上半身撑了起来……

诃：……

妈像一只老马怎么也爬不起来了。小阿姨吓得躲在角落里也不敢坐在饭桌上了。那只猫这时冲过来，厉声地叫唤，用它那小脑袋一抵一抵妈的两只胳膊，好像要助妈一臂之力。

诃没有扶妈，大喊：起来！

妈的腿渐渐地收拢在一起，两腿这才能用上力，然后慢慢站起来。可不一会儿妈就又溜到地上去，爬了起来，一直爬到靠窗的沙发前，面朝南地跪坐在地上不动了……

诃大声说：妈！你只要一扒面前的沙发就能坐上去了！自己爬起来！到沙发上去！快点！！

妈低着头说：咱们协商协商。

诃一狠心：不协商。

电话铃声大响。

诃说：小月儿！到厨房去！

小月儿害怕地看看姥姥走向厨房。

诃喘着粗气走到里屋去接电话。趴在大床上没完没了地说起来，脚还一抖一抖的。

妈跪坐在沙发旁突然觉得呼吸困难，一口气提不上来。倒在地上。漆黑一片。

幻觉

随着不安的嘈杂声，穿过深渊般的隧道……眼前出现一道刺眼的白光，一片缥缈的雾状世界，妈被圆形光环吸引，走了过去。

这时响起清亮而幽远的音乐……

一些老人穿着古旧的白衣,面带微笑从妈身边一一滑过,一切都是纯白的。妈四处看看发现好多人都成群地盘旋在屋顶上。妈听见一个空旷的声音:你是否愿意让我带你去天堂?

妈:我愿意,我就在你的门外。

声音:留下来吧……

妈:可我还没有和女儿打招呼呢!

耳边出现一种飘忽的音乐……

一声尖厉的叫声打破幻觉:妈——

现实

诃抱着妈跪在地上摇晃着,声音都有些变了,大声喊着:妈!妈!妈——

诃呆了片刻喊了一声:妈!

小阿姨也慌张地跑过来。

妈醒了。睁开眼睛的刹那,由于光的突然消失,妈下意识地伸手向地按去,动了动手臂:叫什么?没事的。

诃松口气拍拍胸脯:妈,你可吓死我了!

妈:看你喊得我都起鸡皮疙瘩了,只是有些累了,睡了一会儿,你怕什么?我还能活几年呢。

诃拿过一块手巾给妈擦着额头说:妈,您还能活五年呢!

妈斜眼瞅了一眼诃,不太高兴地"嘁"了一声:真不会说话!

诃看着妈说:妈,您把身体侧过来,屁股放平挨着地,屁股一挨地您就能坐直了。

妈按照诃说的试了试,果然坐直了。

诃:您看多容易啊,不过一秒钟的时候,您就会坐了,一切您都办得到。

妈:连一秒钟也没用。

诃:可您就是不能自己坐到沙发上去。

诃把妈搀扶起来,坐到沙发上去。

妈在诃身后说:哎哟!全让汗湿透了……

诃说:我给您洗洗澡吧。

妈:哎,别,别,别。

诃:您饿了吗?

妈摇摇头就算是回答了诃的问题。

诃想尽办法和妈恢复原来的平静,但妈一直固执地沉默着。

诃心虚地走出客厅,躲藏到书房角落坐下,隔着房门观察着妈在客厅里的一举一动。

诃的心声:"我不但逃避自己的过错,也在逃避妈的控诉,因为深感良心的谴责,竟一时不敢去照管她了……"

妈用颤抖的手把歪斜的假头套戴正,下意识地整整凌乱的衣着……

诃的心声:"那个时候妈大概就知道,她其实已经不行了,可是她不肯对我说实话,她怕我受不了这个打击。一直是互相搀扶才能挣扎过来的、只有我们两个人组成的这个队伍,即将剩下我一个人了……"

83. **晨　内　诃家**

房间里空空荡荡的,小月儿和妈在客厅里发出"嘭嘭"的声响。地上画着一道道粉笔印……妈又一次摔倒在地。妈挣扎着爬起来,无依无靠地站立着……

小月儿担心地:姥姥,我扶你吧!

妈:不用,我再试试看……

妈小心翼翼地探着步往前走,一下,两下……突然又一个趔趄摔倒在地板上……

小月儿急了:姥姥,别练了!

妈说:我要练,不然你阿姨又着急了。

小月儿:不会的!

妈:再说,我不想听你的,我觉得你不好,不管我,为什么当时不扶我呢？

小月儿为难地说：可是阿姨说让您自己锻炼，我不敢不听她的。

妈：这么老了还得从头学起……早知道这样还不如不做手术呢！我去个厕所。

厕所

小月儿：姥姥，您能蹲下？

妈：你不扶我，我不蹲下还不尿在裤子上，尿在裤子上你阿姨还不说我？

听见在纸筒上一阵拽手纸的哗哗声。

妈大声说：你别拽那么多手纸！

声音没了。

妈：是不是没花你的钱呀？

84. 下午　外　山坡地的一处椅子上

俞大姐：世上的夫妻，哪儿有不置气的呢？

妈：可她干吗把我自己能上厕所的事和先生说？我很不高兴。

俞大姐：你女儿是高兴呀！你自己可以自如地起坐了。

妈：多不好意思。

俞大姐：您看，我一个手指扶您，有什么力量？就是您思想上的问题。再坐下来……再起来……再坐下去……

妈：一天就是这个，没新鲜的。

俞大姐：您看，您咚的一下就坐了下去，而且坐了几次都没出问题，说明您身子骨还很好。可是您不能这么高的时候就往下跌坐，这样很危险的！

妈：小月儿势利眼，她对我和女儿的态度不一样，我叫她扶我，她就是不扶。

小月儿在一边委屈地看着两个老人。

俞大姐：您别想那么多，别怪她，是您女儿不让她扶您，为的是

让您自己多锻炼锻炼。

妈:我只是跟你讲一讲。我不是心理障碍,就是谁,做不到。

妈:我要走了,我活不了几天了,我累了,我女儿也累了。她太累了。那么多的事要办,都耽误了……她要是三四十岁还好说,她也是到了关键的年龄了,像你,不是也得了那么严重的病吗?以后你们两个可以商量商量的,书包用不着我操心,我最不放心的就是我的女儿,我死了,她怎么办哪?!

俞大姐一听就慌了:您哪儿累?

妈:说不出。

俞大姐:您的腿累吗?

妈:不累。

俞大姐:您这样起来、坐下累,是不是?

妈:也不是,就是累了。

俞大姐着急地劝导妈:您怎么这么说,您得好好活下去,您手术做这么好,还得活好长时间呢!

妈:是啊,谁不愿好好活着、活得长,可是我不行了,力不从心了,我这样女儿多着急。她也累了,我帮不了她的忙,还给她添乱。

俞大姐:这是她当女儿应尽的责任。你不是还要到美国去吗?看书包吗?

妈:不啦,不行啦,我的腿硬了。

俞大姐:真奇怪,怎么就不行了呢?

妈:我看你还挺不错的!自己骑自行车来的吧?

俞大姐呆呆地望着妈:不是,我女儿送我坐地铁来的,您可不能太失望!因为我比您小呀!

妈:我女儿是很孝顺,可是她的脾气太犟、太急,我受不了。我知道这是因为她的心情太坏了……

俞大姐叹了口气说:我为您好、您为她好、她为您好……结果事与愿违。这就是命。

妈:我女儿现在好像精神有点毛病,更年期的病又复发了。

俞大姐:你可别这么说,她可是个有名的好人,又能干,又有才气,我两个孙子都看过她写的书呢!那么孝顺,我都想有这样的女儿呢!

妈:那就到你家去吧。带我去趟厕所。

85. **中午　内　诃家**

诃气喘吁吁地拖进来一个大纸壳箱子,小月儿忙前忙后地转悠着。

诃说:行了!你在这里晃得我眼睛疼,去做饭吧!

小月儿听话地走进了厨房。

妈看着诃问:这是什么新鲜玩意儿?

诃一边拆一边说:跑步机。

妈疑惑地问:干什么用的?

诃:让您锻炼。

86. **下午　内　诃家**

妈穿上诃买来的运动服后还诙谐地说:美国老太太。

诃摆弄运动服上的拉锁说:嗯——穿上它您就会有要运动的状态。

妈看着身边庞大的跑步机。

诃来到跑步机前对着它说:这要调到最慢一挡才行……

诃自己先到上面试了试,问妈:你看,这种速度怎么样?

妈:不好,我怕这东西……

诃:这对你有好处,你看多慢呀!你只要站在上面,双手扶着前面这个把手就行了。

妈看着跑步机琢磨了一会儿却躺在沙发上了:……这手术……嘁!

诃从跑步机上下来说:别练了,别练了,只好等死吧!

妈突然坐起来生气地说:我偏要练,我偏要练。

妈看着诃却又想起什么来：对了，今天还有人夸你呢。

诃叉着腰问：谁？

电话响了，诃看了看妈就去接，然后说了半天的电话。

诃回来时，妈已经躺在沙发上睡过去了……

87. 午后　外　香山

香山的树木、丛林、红叶、起伏的山坡和河流……远远地看到一条缆车从遥远的深处缓缓滑行而来……

妈：新家怎么样了？

诃：快好了，还有一星期，有两大间呢！

妈：让小月儿住小一点的，只给她一张单人床就够了，我想住在一间比较大的房子里，要靠阳的，前面放一台小收录机。种点草，再养几只猫，养几只纯种的波斯猫……

诃：放收录机多不好，应该放一台电视。再说应该养几只鸟，猫不用养那么多，你伺候不过来的。

妈：没关系，有小月儿呢。

小月儿影影绰绰地坐在了缆车里滑行过来。诃与妈坐在下一缆车里。小月儿好奇地上下左右瞧望着。妈却紧张地盯着前方。

缆车到了山顶。

妈慌张地说：我认识这儿，是“鬼见愁”，我六岁时来过，是我爸带我来的。当时带我来也是说要锻炼身体的，真是从小练到老哇……

诃擦着汗望着远处。

妈：我不能老，更不能走。要是老了、去了，谁还能像我一样呵护你、疼你、安慰你、倾听你……谁还能随时把一腔热血都倒给你呢？

诃：妈说得对。

88.日　内　诃家

餐厅

餐桌上有一些小菜、粥和小馒头。中间摆了一份被分成四瓣的双黄咸鸭蛋。

先生夹过一瓣咸鸭蛋吃起来,并且很快地吃完了。他喝了一大口牛奶,伸手又夹起一瓣咸鸭蛋放进自己的盘里。诃不满地看了先生一眼,马上夹起一瓣咸鸭蛋给妈放在碗里。妈没有吃,只是喝了口粥。

先生顿了一下,看了看餐桌上剩下的最后一瓣咸鸭蛋。诃干脆伸出筷子把给妈夹过去的咸鸭蛋给妈抠到碗里。

妈看着碗里的咸鸭蛋,又看了看桌上那最后一瓣咸鸭蛋,伸出手把它夹给了先生。

吃过早餐,桌子上还摆着一些剩余的菜。先生一个人吃了三瓣咸鸭蛋,擦擦嘴匆匆忙忙上班走了。

小月儿开始收拾。

妈对诃说:你不应该那样给我夹菜,让他多下不来台。

诃:那怎么了?咱们吃的又不是他的饭。

妈:他表现得不错,不怎么挑食。

诃来到客厅露出意外的惊喜:嘿,妈真棒,自己叠的被。

妈勉强地笑了,说:快天黑了?

诃心里一堵:妈,你怎么连白天黑天都分不清了?

妈像没事一样说:我今天特别不舒服。

诃:那今天早点吃饭吧,昨天可能太累了,肚子里没东西……

妈问:那是什么?

诃:哪个?

妈指了指远处桌子上的一瓶酒:就是那个。

诃:那是先生喝的酒。

妈:哪儿产的?

诃看了看酒瓶说:法国。

妈:好喝吗?

诃:我没喝过。

妈:我想喝。

诃:您可以试着尝一小口。

妈:为什么一小口?

餐桌前。诃和妈两人都喝了一些酒,诃面前是一个大玻璃杯子,妈拿的是一个茶缸。

诃:妈,不许喝酒了。

妈:为什么?

诃:会喝晕的。

妈:不会。我有度。

诃看着妈。

妈:我觉得味道还不错,怪不得他每天都要倒上一杯!好了,就此打住不喝了,这要是上瘾对我也不合适,哪儿能天天和他抢酒喝呢?

诃刚刚给妈倒了一大杯水,妈就颤抖着手给喝完了。又倒水时妈又喝完了。

诃再往妈的杯子倒水的时候说:妈,您怎么老喝水呢?

妈说:我觉得口干。

小阿姨说:我看复方阿胶浆上的说明,如果服后口干可以减量。

诃也看了看说明说:那从明天起就减量吧。好,洗澡吧。

妈:哎。

妈又说:我的头发长出来五公分了吧?

诃:可不是有五公分了,您自己摸摸……

妈:等到了春天就行了,不用买假发套,用不了多长时间……

诃牵着妈的手指,向妈的头发上摸去,妈翘着中指、无名指和小指,用拇指和食指捏了捏自己的头发……

妈点点头有些笑意。

客厅

妈刚换好衣服擦着头，戴好帽子对诃说：我的钱还在裤兜里装着，你们洗裤子的时候别洗了。

诃说：妈，您没换裤子，再说钱也没在裤兜里装着。

妈固执地说：在裤兜里装着呢！

诃拉着妈的手走到客厅的柜橱前，拉开柜橱上的抽屉，给妈看了看放在抽屉里的五十块钱，说：妈，您瞧，钱不是在这吗？

妈好像看见那张钱似的应了一声，可妈的视线根本没落在抽屉里，而是视而不见、直勾勾地望着前面的虚空……

诃惊奇地看着妈又拿起那钱放在她手中，让她摸了摸：妈，您看。

妈又应了一声，可还是一副无知觉的模样，这种没魂的样子一会儿就过去了。

妈恢复了正常说：给我点儿钱，我手头一个钱也没有怎么行？

诃呆呆地望着妈说：你想要多少都行，妈，走，我们坐下。

诃把妈搀回沙发上装作没事的样子，还拿出一袋孜然瓜子嗑着说：过去老没能抽时间陪您坐一会儿，现在终于可以陪您坐着聊聊天了……

诃说着放在妈身上一包芝麻奶糖。

妈咬了一口芝麻奶糖：我也不会说什么……过去的芝麻糖片比这个薄多了。

诃：妈还挺内行。您还记得您几号出的院吗？

妈：14 号。

诃：瞧，您比我还行，我都忘记是多少号了。

妈看着远处的那盆月季花说：你去浇浇水，都快蔫儿死了……

诃：我刚浇过的，水太多对花也不好。

妈满面愁容地看着那盆花。

诃不知怎么的一回头，看见猫咪就蹲在她的背后，也就是妈对面的沙发上，一眨也不眨地注视着她们。

诃有些慌张地看了看猫。猫那双眼睛忧伤而绝望地注视着妈。

诃把猫抱到妈膝上说:妈,您看猫对您那么好,您也不理人家。

诃刚说完话,猫就噌地一下子跳走了,把诃吓了一跳。

妈微笑着:沙发太窄,猫也要跳上来,就把我挤得不得了,特别是前天呀,猫跳上沙发来,还在我脸上蹭来蹭去的!

诃也笑了。

妈又说:虽然我老了,可是还是活着对你们更好。

诃急切地说:那当然。妈,您当然要活下去。否则我在这个世界上就没有什么意义了!

妈说:那我再练练……说完就像一匹发情的老马,摇摇晃晃又挣扎着站起来。

诃从后面托着妈的胳肢窝,只是轻轻用了一点点劲儿,妈就站了起来。然后两人练了一遍又一遍的从凳子上起立坐下的动作……

重复的、困难的动作。

妈出了一头汗,说:高兴,高兴,我的思想问题解决了一半。

诃:明天再练吧。

妈看着诃惊讶地问:怎么?不让我练了?

诃:我怕您累……

妈:不,我要练才好。

诃蹲在妈的床边说:妈,我这样做是为了让您在看见书包时,更开心地和她到处去玩儿,书包过不久就会回来了,病好了咱们可以去收拾新家、划船、逛公园,还照全家福的照片,去商场陪您买一件时髦衣裳,人家外国老太太九十岁了还穿花衣服呢!您也可以穿呀!还有,您不是会包八个褶的饺子吗?我早就等不及了想吃了……可这些必须要等您身体恢复了才行。手术做得那么好,这是老天爷的安排,让您多活十年!那现在您就得配合我……

妈的眼珠扫了诃的方向一眼说:大夫说只要运动,就一定会站起来的……坚持就是胜利,我也知道是这么个理儿,要是我自己活着怎么着都行,可是我还有你,所以我会坚持下去的……还有那么多的事情等着我……

诃在妈的面颊上吻了一下。

妈长时间看着诃摸着诃的脸说:为什么长大以后你就很少再亲妈了呢?

89. 夜　内　诃家

诃给妈在沙发上铺床时,妈声音有些颤抖地问:今天怎么个上厕所法?

诃想了想却没有多说什么。

妈又有些担心:嗯?

诃说:我十二点来叫您一次,小月儿五点来叫您一次。

妈怯怯地生怕添乱地问:不是说以后把便盆放在我的床边,我不用再上厕所了吗?

诃狠狠心假装没有听见。

小月儿说:要不,我还是陪姥姥睡吧?

诃:我不同意,还是让她练着自己睡吧,我们按时来叫她上厕所。

妈没有说什么闭上眼睛。

诃一个灯一个灯地关上,正要关小桌上的台灯时,先生从电视旁边起来对诃说:不必关了,就让它一直亮着,万一你妈晚上有事方便一些。

诃回到卧室去了。整个房间安静下来。钟表嘀嗒响着。

夜里两点

诃醒来看了看表,发现自己起晚了,"呦"了一声,下了床来到妈的沙发边。

妈已经醒了,说,我已尿在尿不湿上了……

诃说:没事,再去一次厕所。

妈起来走向厕所时说:那儿怎么一片火呢?

诃回头一看是对面小桌上的台灯映出的那片光晕:妈,怎么又糊涂起来了?

厕所

妈在厕所里说话时气也抖抖的:以后这个地方给我安装个扶手,我站起来蹲下去都不用你了。

诃:明天我就找人安装一个,过两天您就搬进新家,这种方便条件我都准备了。

妈:太好了!你看,像这块儿地你就应该安两层架子,要那种结实的材料。

诃:妈,您就放心吧!

妈出来看着沙发说:我不睡了,一会儿不是要出门儿吗?

诃呆了呆说:离锻炼的时间还早呢,您动作慢,咱们就六点钟起床,那也来得及,还是再睡一会儿吧。

诃在妈的背后看着妈说:您看您,动作多慢!越这样我们就会离目标越远。

妈坐在沙发上长久看着诃:咱们说一会儿话吧,我就说几句……

诃:早点睡吧,明天聊。

妈躺下来,眼里充满眷恋仰望着女儿:……明天变天,冷。你出门时,可得多穿一件衣服……

诃:嗯。

诃关上客厅的门时还看了看妈。门关上,从诃房间里映出的微弱光线也被关上。

在月光映照下,妈摸索着掏出手绢把一串钥匙包好,放在枕头下,然后安详地闭上眼睛。

迎接妈的是一片美丽的光明……

90. 幻觉　清亮而幽远飘忽的音乐……

一片缥缈的雾状世界，一切都是纯白的。一群白衣人在前面慢悠悠地走着，背后发出光芒，引导着妈，每个人都发出强烈的、耀眼的光环。妈被圆形光环吸引，随着走过去……

91. 晨　内　诃家

小月儿惊叫：阿姨！快看！姥姥怎么了？

诃猛地跳下床跑到客厅，发现妈穿着运动服，头套掉在地板上，赤脚跪在地上，左膝稍稍往后，右膝稍稍往前，倒在跑步机边……

猫咪蹲在沙发上惊恐地注视着妈。诃奔过去的时候，猫才从沙发上跳下来，奔了出去。先生也跑了过来。诃把手指伸进妈的嘴里，又拿过手电筒去照妈的瞳孔，惊慌地说：没事，没事，是昏过去了，有救。

大家手忙脚乱。诃拿着电话声嘶力竭地叫。

急救中心很快就来了人，忙碌一番说：心肌梗死，没救了。心电图上显示是一条直线……

急救中心的人看着妈说：多慈祥的一个老人哪。

诃大声呼唤着妈……

诃的心声：“无论我怎么叫妈，妈都不应了，妈不呼也不吸，那紧闭的嘴里一定含着没有吐出来的极深的委屈。生死和委屈紧紧含在嘴里了……我想翻开妈的眼睑，想要妈再看我一眼，可是小阿姨说，那样妈就永远闭不上眼睛了。妈，其实您是不该瞑目的……”

诃惊恐万分的表情，发出巨大、沙哑的声音喊了一句：妈——

92. 日　外　空镜

一股白色的浓密的烟雾腾空而起，上升，飞散而去……

93. 日　内　面包车里

诃迷迷糊糊不解地琢磨着：……不敢奢望妈活到一百，可我想妈活到九十、九十五岁是不成问题的……就在1989年妈得黄疸性肝炎住进医院的前几天，还自己走到魏公村口腔医院看牙呢……怎么就……

俞大姐叹了口气：可能是因为你妈太要强，从不需要你的照顾，什么事情都要自己做。她也是为了你们才分外爱惜生命，恐惧疾病的呀！

诃望着妈的骨灰盒。

俞大姐：你妈她觉得再不能爱护你，反过来还可能成为你的累赘，就宁肯冒着下不了手术台的危险，也不愿那样活着连累你们……

诃打开妈的骨灰盒，看着已经变成一堆白灰的妈难过地哭了：妈，以后该我搂着您睡了。

先生皱着眉头，不耐烦地看都不看说：收起来吧，收起来吧。

94. 日　内　诃家

先生：……我爱人她妈死了……

诃呆滞地听着，先生挂断电话走过来。诃马上说：这样说是不是太难听了？你能不能说我妈去世了？

先生眨巴着眼睛对诃说：好、好、好。

诃悔恨无穷地问：我当时昏了头，你经历过那么多事，又比我年长许多，怎么没替我想着给妈买个花圈呢？

先生：你又没告诉我。

呆了一会儿诃又悲痛地说：这一年要是没有朋友们的关心，我真不知道该怎么过，可你连问都不问问我是怎么熬过来的。

先生无辜地说：你又没告诉我。

诃哑口无言了……

电话响起来，是女儿来的，书包兴高采烈地说：……我往家里打了好几次电话都没有人接,后来才想起来你们一定是外出或游玩去了……

诃打断她:书包,姥姥去世了。

女儿声色俱厉地问:什么? 什么?

诃又重复一遍:姥姥去世了。

那边立刻没有了声音……

先生冷着脸一直坐在诃身边的沙发上……

95. 日 内 诃家

诃呆滞地停留在房间里。诃幻想着在自己的房间里,妈就在身边转来转去,然后趴在电脑桌旁的窗户上,对着外面的霓虹灯说:真好看哪!

诃一伸手就不见了……

诃几次觉得身后有人叫她,回过头一看是妈在门口推开门正叫着:……我的女儿……

可又消失了……

但是诃一回过头妈好像又出现在门口。

诃呆呆地望着门口,站起来喊了一声:妈——便跑过去冲出门外,不顾一切地快步追赶着踉跄下楼梯、来到广场、来到一条无人的小路上一直往前冲,妈就在前面站着……

诃跑到鬼见愁对着空旷的远景又喊了一声:妈——

妈的老拐杖躺在地上,妈的轮椅孤零零地空在角落里,那架大跑步机明晃晃地摆在房间里,那睡过的沙发床,诃与妈喝过酒的两只玻璃杯子显得很凄凉……

一个半大的、糊裱得一层又一层的纸箱子,里面有妈留下的做鞋的纸样(报纸剪的)、皱了的存折、诃的新书、一大包扣子,剩下的钱……

妈枕头底下的那一串新家钥匙,妈用一小块布包裹的,新新的,亮亮的……

诃:腿怎么有些肿?

妈:男怕穿靴,女怕戴帽……累的,没事。

诃:……妈……

妈:嗯。

诃:您“谵妄”的时候为什么老叫奶奶?

妈:因为奶奶对我最好。

诃:您不是说二姑对您最好吗?

妈:还是奶奶好。

诃:您老叫奶奶我很嫉妒!奶奶有我这么爱您、这么离不开您吗?

厕所

透过窗户里面散发出温暖、和谐的光亮,传递出喷头哗哗流水的声音。诃躲避在厕所里,抖抖地捧着骨灰盒看着,沙哑虚弱地哭着说:妈……请您原谅我……希望您在那个世界里有个好的住处……

厨房

诃正心情烦躁地往一个小小的药壶里装着中药,炉火上烧着水壶。会叫的水壶发出尖锐、刺耳的声音。壶盖很小,离壶嘴又近,中药怎么装也装不进去,撒得周围到处都是。

诃感冒引起的脸红、焦虑,因着急更加出虚汗,诃气急败坏地把药壶摔在地上……

先生推门问:水开了,你听见没有?

先生又看地上撒的药和碎裂的壶问:怎么了?

诃慌乱地说:没什么。

先生又看了看,关上门出去了。诃蹲在地上,看着破裂的药壶。

字幕:就在妈去世前的五六个月,她还给我熬中药呢……

书房

诃呆滞地坐在电脑前。这时先生又推门探头说:刚才装修队来人说,新房装修好了,要不要一起去看看?

诃发呆的表情,没有任何反应。

先生看了看诃:那我去吧。

先生关上门离开。房间里又剩下诃一个人。

电话铃声大响。诃呆滞地望着电话,没有去接……

小月儿没敢叫诃,只是躲在一边望着书房。电话铃声断了。

这时诃家大门被推开,露出一女孩子的脸。小月儿先是愣,转而兴奋地大喊:诃阿姨!书包来了!

诃昏迷、慌张地走到小柜前接听起电话……

小月儿:错了!在这儿呢!

诃发呆地看门口。

书包站立在逆光里的身影一片模糊。

诃吐出一句话:你找谁呀?

书包的笑容渐渐消失,她看见妈正慢腾腾地戴上了眼镜瞧着自己……

书包喊了一句:妈……

诃戴着老花镜迟钝地看着女儿:书包?

书包惊讶地看见妈已经老了……

诃的心声:"妈,您过去老说:'我不能死,我死了你怎么办呢?'妈,现在,真的,我怎么办呢?"

选自《八周岁(上、下):北京紫禁城影业公司优秀电影剧本选》,北京十月文艺出版社 2005 年版

敬　启

《百年中国女性文学作品选》精选 20 世纪初以来中国女性作家创作的优秀之作,呈现百年来女性文学取得的辉煌成就。丛书依体裁编排,分为小说、诗歌、散文、戏剧文学和电影文学五种。在编辑出版过程中,我们对个别文字内容视具体情况做了调整。由于收录的作品众多,时代不一,编辑出版时间有限,我们未来得及与部分入选作品的著作权人取得联系。为保护著作者合法权益,我社真诚敬告:请拥有丛书入选作品著作权者联系我们(hljupress@163.com)。

黑龙江大学出版社